AESCULAPIUS

Du même auteur

La Femelle de l'espèce, Éditions du Masque, 1996 ; Le Livre de poche, 1997.

La Parabole du tueur, Éditions du Masque, 1996.

Le Sacrifice du papillon, Éditions du Masque, 1997 ; Le Livre de poche, 1999.

Le Septième Cercle, Flammarion, 1998 ; J'ai lu, 1999.

Dans l'œil de l'ange, Éditions du Masque, 1998.

La Voyageuse, Flammarion, 1999 ; J'ai lu, 2001.

La Raison des femmes, Éditions du Masque, 1999.

Le Silence des survivants, Éditions du Masque, 1999 ; Le Livre de poche, 1999.

Et le désert..., Flammarion, 2000 ; J'ai lu, 2002.

Le Ventre des lucioles, Flammarion, 2001 ; J'ai lu, 2002.

De l'autre, le chasseur, Éditions du Masque, 2002.

Le Denier de chair, Flammarion, 2002 ; J'ai lu, 2004.

Un violent désir de paix, Éditions du Masque, 2003 ; Le Livre de poche, 2006.

La Saison barbare, Flammarion, 2003 ; J'ai lu, 2005.

Enfin un long voyage paisible, Flammarion, 2005.

Sang premier, Calmann-Lévy, 2005 ; Le Livre de poche, 2006.

La Dame sans terre, tome I, *Les Chemins de la bête*, Calmann-Lévy, 2006 ; Le Livre de poche, 2007.

La Dame sans terre, tome II, *Le Souffle de la rose*, Calmann-Lévy, 2006 ; Le Livre de poche, 2007.

La Dame sans terre, tome III, *Le Sang de grâce*, Calmann-Lévy, 2006 ; Le Livre de poche, 2007.

Monestarium, Calmann-Lévy, 2007 ; Le Livre de poche, 2009.

Un jour, je vous ai croisés, nouvelles, Calmann-Lévy, 2007.

La Dame sans terre, tome IV, *Le Combat des ombres*, Calmann-Lévy, 2008 ; Le Livre de poche, 2009.

La Croix de perdition, Calmann-Lévy, 2008.

Dans la tête, le venin, Calmann-Lévy, 2009.

Une ombre plus pâle, Calmann-Lévy, 2009.

Andrea H. Japp

AESCULAPIUS

Les Mystères de Druon de Brévaux

Flammarion

© Flammarion, 2010
ISBN : 978-2-0812-2544-2

Pour Andrée qui me porte toujours.

« Que tout soit fait pour que l'accusé ne puisse se proclamer innocent afin que nul ne puisse penser que la condamnation était injuste. »

« La finalité des procès et des condamnations à mort n'est pas de sauver l'âme des accusés mais de maintenir le bien public et de terroriser le peuple... S'il est difficile de conduire un innocent au bûcher... Je loue l'habitude de torturer les accusés[1]. »

---

1. Francisco Peña, canoniste du XVIᵉ siècle, chargé par le Saint-Siège de la réédition du *Manuel des inquisiteurs* de Nicolau Eymerich.

LISTE DES PERSONNAGES PRINCIPAUX
DRUON DE BRÉVAUX

DRUON DE BRÉVAUX, mire itinérant
JEHAN FAUVEL, mire, père de Druon
FOULQUES DE SEVRIN, évêque d'Alençon, ami de Jehan
HUGUELIN, jeune garçon, aide de Druon
EUDES DE GRIMBLANT, seigneur inquisiteur
ÉLOI SILAGE, dominicain

ALARD HÉRITIER, espion de M. de Nogaret
HUGUES DE PLISANS, chevalier templier, conseil de M. de Nogaret

HERBERT D'ANTIGNY, baron ordinaire, neveu de Béatrice.
HÉLÈNE D'ANTIGNY, épouse d'Herbert
FRANÇOIS DE GALFESTAN, bailli d'Herbert

Au château :
BÉATRICE, BARONNE D'ANTIGNY, seigneur, tante par alliance d'Herbert
IGRAINE, mage et conseillère de Béatrice
LÉON, homme de confiance de Béatrice

CLOTILDE, servante, anciennement placée chez Jean Lemercier

SIDONIE, servante affectée au service de Béatrice

JULIENNE D'ANTIGNY, belle-soeur de Béatrice

ÉVRAD JOLIET, bibliothécaire-copiste de Béatrice

GRINCHU, gens d'armes de Béatrice

Au village :

JEAN LEMERCIER, dit le Sage, riche mercier, chef du conseil de village

ANNETTE LEMERCIER, épouse de Jean

AGNAN MORTABEUF, orfraiseur, membre du conseil de village

THIERRY LAFLEUR, loueur de chevaux et d'attelages, membre du conseil de village

NICOL PAILLET, maître fèvre, membre du conseil de village

GÉRAUD PAILLET, fils de Nicol

LUBIN SERRET, apothicaire, membre du conseil de village

MICHEL JACQUARD, dit maître Limace, aubergiste, membre du conseil de village

SÉVERIN FOURNIER, riche fermier, membre du conseil de village

LUCIE FOURNIER, fille de Séverin

ALPHONSE PORTECHAPE, tonnelier

SÉRAPHINE, ongle-bleu

GASTON LE SIMPLET, idiot du village

I

Alençon, Montsort, février 1306

La modeste église Saint-Pierre-de-Montsort[1], construite sur un promontoire, regardait Alençon de l'autre côté de la Sarthe et dépendait du diocèse du Mans. Nombre de voyageurs choisissaient de dormir dans ce faubourg avant d'affronter au tôt matin les interminables queues de l'octroi qui permettait de pénétrer dans la ville.

Défait, épuisé, transi jusqu'aux os, le grand homme mince détailla le crucifix de bois peint. Le découragement l'avait envahi. Toutes ces années de quête incessante, de dangers, de dissimulation, et pour quoi ? À son accablement se mêlait une crainte de plus en plus insistante. N'avait-il pas fait preuve d'un égoïsme criminel, obsédé qu'il avait été par la magnifique chimère qu'il poursuivait ? Qu'importait, au fond, si lui se consumait ? Qu'importait si les menaces qui s'accumulaient au-dessus de sa tête fondaient un jour sur lui ? Mais Héluise, sa fille tant aimée ? Son obstination, son acharnement à percer la vérité avaient mis la jeune femme en danger. Jehan Fauvel,

---

1. Très ancienne, elle fut détruite au XIXe siècle.

13

mire[1], exhala bouche entrouverte, se détestant. Héluise, sa plus éclatante réussite, son secret le plus précieux. Il adressa une muette et fervente prière au christ de bois. Qu'elle n'ait jamais à subir les conséquences des actes de son père.

La même lancinante question le harcela : et s'ils s'étaient fourvoyés depuis le début ? Si ce qu'ils avaient pris pour des signes, des révélations, relevait de l'illusion ? Si tout ceci se résumait à un leurre dangereux ?

Non, cela ne se pouvait être, sans quoi sa vie n'aurait eu nul sens. Il avait reçu des preuves de l'existence de son but, des preuves certes bien floues mais qui justifiaient l'ampleur de ses efforts, de *leurs* efforts.

Un courant d'air glacial s'engouffra dans la nef. Jehan Fauvel se tourna d'un bloc. Un franciscain encapuchonné s'avança vers lui, mains tendues, livides de froid.

Fauvel retint le soupir de soulagement qui lui venait et murmura :

— Enfin vous, mon ami. J'ai redouté que vous ne puissiez me rejoindre.

Foulques de Sevrin, évêque d'Alençon, lui adressa un sourire contrit. Il effleura du regard les ravages abandonnés par le temps sur son vieil ami. De profonds sillons creusaient la peau presque cireuse du visage de Jehan. Sa chevelure, jadis si brune et conquérante, s'était clairsemée, et des mèches grisâtres l'avaient envahie. Il murmura à son tour :

---

1. Laïc, ayant le droit de se marier, le mire exerçait la médecine, souvent sans diplôme, après quelques années d'études. Le médecin, docteur en médecine, était un clerc jusqu'au XVe siècle et, à ce titre, avait interdiction de se marier.

— Il m'a fallu me déguiser afin de passer inaperçu. Jehan… nous avions décidé de ne nous rencontrer qu'en extrême nécessité.

Jehan Fauvel considéra son ami de tout temps, son fidèle compagnon de quête, conscient des risques qu'il avait pris afin de le rejoindre céans.

— Je ne me suis résolu à vous faire parvenir un message qu'en dernière extrémité. L'amitié dont vous m'honorez depuis si longtemps demeure l'un de mes derniers réconforts. Tant de choses se sont déroulées depuis trois ans que nous ne nous sommes vus. Fort peu d'entre elles fastes. Me suis-je entêté tel un vieux fol au risque de vous compromettre, vous et ma tendre Héluise ? Je ne parviens à le croire, et c'est la raison pour laquelle il me fallait vous rencontrer.

— Je ne le crois pas non plus, admit Foulques de Sevrin en un soupir. Notre destination de tout ce temps est fondée, j'en jurerai. Mais… l'Inquisition a tant gagné en puissance ! Elle étend maintenant ses malfaisants tentacules partout. Conçue pour sauver des âmes, elle est devenue une affreuse machine à broyer.

— Doux Jésus, je ne l'ignore point, admit Jehan Fauvel, tentant de repousser les scènes de mort et de supplice qui tentaient de se frayer un chemin dans son esprit.

En dépit de la crainte qui se lisait dans la crispation de ses mâchoires, Foulques avait toujours belle allure. La finesse de ses traits, qui évoquait presque la douce gent, était atténuée par l'intensité d'un regard presque noir qui contrastait avec la pâleur de sa peau.

Un léger craquement provenant d'une des absidioles les fit sursauter. Blême jusqu'aux lèvres, l'évêque se signa, jetant un regard apeuré à Jehan, qui rabattit un pan de son mantel[1] sur l'épaule, dégageant la dague pendue à son ceinturon.

---

1. Longue cape.

Main sur le pommeau de l'arme, le mire s'avança à pas de loup en direction du bruit. Il scruta les ombres de l'absidiole, à peine trouées par la lumière agonisante de quelques cierges qui achevaient de se consumer.

Rien. Sans doute un claquement de bois sous l'effet du froid mordant.

Il revint vers son ami. Sa décision était prise. Il récupéra le petit sac de toile dissimulé sous son bliaud[1], contre sa poitrine, et le tendit à son compagnon, qui d'abord le repoussa d'un geste apeuré.

— Le mieux, cher Foulques, est que je vous confie la pierre, murmura Jehan, sondant le regard sombre et affolé de l'évêque d'Alençon. De grâce, après tant d'années d'efforts incessants pour la retrouver. Vous connaissez son extrême importance. Des hommes ont péri afin de la détenir ou de la dissimuler, or elle est en danger en ma possession. Autant vous l'avouer : je redoute de revoir jamais votre visage ami. L'étau se resserre sur moi.

— Que me dites-vous ? s'alarma l'évêque en acceptant à contrecœur le sachet de toile.

Jehan Fauvel n'hésita plus. Il eût été indigne de tenir Sevrin dans une ignorance dont les conséquences pouvaient s'avérer dévastatrices pour lui.

— Une mienne patiente a eu la bravoure de me mettre en garde. Un ecclésiastique, un dominicain[2], est venu lui rendre visite au prétexte qu'il avait fort bien connu son défunt frère. Pourtant, selon elle, la conversation a vite dévié vers moi. Femme honorable et de belle intelligence, elle s'est aussitôt défiée. Elle a noyé le frère sous un déluge d'anecdotes flatteuses dont aucune ne me pouvait nuire. Il n'en demeure pas moins qu'ils... que l'Inquisition est sans doute à mes trousses.

---

1. Tunique.

2. Les inquisiteurs étaient principalement des dominicains, en plus de quelques franciscains.

L'inquiétude tendit le beau visage de l'évêque.

— Ah mon Dieu ! Doux Jésus… Il me faut réfléchir… Vous devez fuir, vous cacher… Vous les connaissez… Leurs méthodes font frémir… Nul n'ose plus élever la voix, bien sûr. À votre instar, je les redoute.

— Je ne l'ignore pas.

— Cette pierre, mon bon Jehan, que signifie-t-elle ? Pourquoi tant de fourberies, de meurtres à son entour ?

— Son mystère est intact, s'enflamma Jehan. Tout juste savons-nous qu'elle est cruciale. Je l'ai examinée sous tous les angles, m'aidant d'une lentille grossissante, l'éclairant de toutes sortes de feux… J'ai même tenté de la briser, mais elle est si dure que ma lame s'est cassée net. Rien, elle ne porte rien. Aucun signe, aucune inscription, rien ! Son eau est limpide. Le moine agonisant, mon cousin, qui me l'a tendue et fut empoisonné, est mort dans mes bras et a répété dans son dernier souffle : « *Templa mentis, templa mentis* »…

— Le sanctuaire de la pensée ?

Jehan hocha la tête en signe d'acquiescement. Il ferma un bref instant les yeux. Il se souvenait. Frère Agnan, portier[1] de l'abbaye de la Sainte-Trinité de Thiron[2], son cousin de sang, lui avait fait porter une courte missive par un hongreur, serviteur laïc. Le moine y avait tracé d'une plume hésitante que le mire avait eu grand peine à reconnaître :

« Mon bon cousin,

Mon vieux cœur tombe parfois en défaillance, ma vision se trouble, mes urines se foncent et le doute me vient. Je

---

1. Frère qui détenait les clefs de l'abbaye et surveillait les entrées et les parloirs.

2. Abbaye-mère formant l'ordre de Thiron qui rayonna jusqu'en Écosse, avec notamment l'abbaye de Kilwinning où serait née la franc-maçonnerie de rite écossais. La grande richesse des moines de Thiron fut bien vite en contradiction avec la pauvreté souhaitée par saint Bernard, le fondateur de l'abbaye.

soupçonne quelque enherbement sournois. L'on cherche à m'occire. La raison en est limpide. C'est pourquoi je vous veux remettre une chose fort précieuse dont je ne puis vous parler céans.

De grâce, rencontrez-moi au soir échu, à la Saint-Claude, dès après vêpres*[1], à quelques toises* de la porterie des fours. Je vous y attendrai.

Je n'espère plus en votre secours de prestigieux médecin. Le temps me fait défaut. Toutefois, l'objet que je détiens en secret depuis des années ne doit pas tomber en leurs mains.

Votre bien dévoué et bien aimant cousin.

Agnan Fauvel. »

Jehan avait forcé son cheval afin d'arriver à l'heure convenue. Par prudence, il avait parcouru à pied les dernières toises qui le séparaient du mur d'enceinte de l'abbaye. Le froid mordant de ce début de nuit lui engourdissait les membres du bas. Il avait patienté, piétinant sur place dans le vain espoir de se réchauffer un peu. Un son étouffé plus loin, provenant d'un bosquet d'arbres jeunes, tel que le produirait un animal rampant pour fuir en discrétion, l'avait alerté, puis une quinte de toux, bien humaine, celle-là. Jehan Fauvel s'était précipité, son souffle filant en buée.

Le visage figé de douleur, une main crispée sur le ventre, Agnan gisait sur le flanc, tassé sur lui-même. En dépit de la froidure, une sueur malsaine lui trempait le visage et sa peau avait viré au gris cendre des agonisants. Une salive jaunâtre s'écoulait de ses lèvres. Il avait bafouillé :

— Je me meurs, mon bon cousin. Maudits soient ceux qui...

---

1. Vous trouverez deux types de notes dans cet ouvrage : celles ouvertes par des étoiles présentent des notions ou des personnages explicités en fin de volume.

Une nouvelle quinte avait étouffé ses mots. Fauvel savait que rien de ce qu'il pourrait tenter ne lui redonnerait vie. Un autre médecin aurait pratiqué une saignée[1], éternel remède qui avait sans doute envoyé plus de malheureux au trépas que toute autre pratique, au prétexte qu'il s'agissait d'« une ventilation de la chaleur des quatre humeurs ». Sans doute aurait-il aussi eu recours aux recettes recensées dans les différents bestiaires ou lapidaires[2] et notamment aux bézoards[3], sensés faire merveille en pareil cas. Toutefois, Fauvel ne croyait plus depuis longtemps aux vertus alexipharmaques[4] de la fameuse pierre que certains charlatans vendaient à prix d'or en prétendant l'avoir extirpée du crâne d'un crapaud[5].

Il s'était agenouillé à côté du mourant, soulevant sa tête afin de faciliter sa respiration. L'esprit d'Agnan se brouillait. Il avait marmonné :

— Tant de temps pour si peu. Quel gâchis. Dieu tout-puissant, quel consternant gâchis !

---

1. La saignée ou phlébotomie se pratiquait depuis l'antiquité et elle a toujours été de vogue jusqu'au XIXᵉ siècle. Saint Bernard la justifiait en déclarant : « Il y a deux causes pour tirer le sang à l'homme : ou bien il en a trop, ou bien il l'a mauvais. » Elle est en accord avec la théorie des quatre humeurs vantée par Hippocrate et Galien. Il en existe quatre, liées aux quatre éléments et à quatre tempéraments : air-sang-tempérament sanguin ; terre-bile noire-tempérament mélancolique ou atrabilaire ; feu-bile jaune-tempérament colérique ou bilieux ; eau-flegme-tempérament flegmatique ou lymphatique. La saignée fut également beaucoup pratiquée en préventif, pour conserver une bonne santé.

2. Inventaires de toutes les préparations à base d'animaux ou de pierre, dont nombre réputées à tort capables de lutter contre les poisons.

3. Concrétions calculeuses trouvées dans l'estomac, l'intestin et les voies urinaires des quadrupèdes.

4. Remèdes qui expulsaient de l'organisme les toxiques et qui prévenaient l'effet des poisons.

5. D'où son nom : crapaudine, réputée pour prévenir les effets des poisons.

Son souffle s'était fait laborieux, heurté. Il avait tendu sa main courbée en serre. Ses doigts s'étaient entrouverts et la pierre rouge sang en était tombée. Le moine avait alors répété :

— *Templa mentis, templa mentis…*

— Mon bon cousin ?

— Si peu… Rien…

Jehan avait essuyé de sa paume la sueur qui baignait le front de l'agonisant. Un vague sourire déjà lointain. Les yeux d'Agnan s'étaient ouverts grands et sa tête avait basculé sur le côté.

Dans le froid glaçant, Jehan Fauvel avait prié pour le repos de ce cousin qu'il ne connaissait que de peu. Il l'avait ensuite allongé, croisant ses mains en prière sur sa poitrine, redoutant que le froid et la *rigor mortis* n'imposent bien vite à ce pauvre corps une posture grotesque.

Sans doute était-ce à cet instant précis qu'il avait pris la mesure de la formidable puissance de leurs ennemis, ces ennemis dont il ignorait tout.

Le mire revint à ici et maintenant et jeta un long regard à l'évêque en poursuivant d'une voix atone :

— Le pauvre trépassa sans m'en dire davantage. Aussi, il me faut assurément disparaître, Foulques, ne serait-ce que pour vous protéger ainsi qu'Héluise. Quant à elle, elle devra feindre l'innocence des agnelles.

— Non pas. Si vos craintes sont fondées, s'ils sont sur vos traces, vous ne parviendrez jamais jusqu'à la frontière italienne ou espagnole, ni même à embarquer pour le royaume anglais. Les relais de louage de chevaux, les auberges, les routes risquent d'être surveillés et de se transformer en piège mortel. Ils ne sont certes guère nombreux, mais jouissent de tant d'appuis, de complaisances de la part des laïcs de plus ou moins de puissance. Jusqu'à notre bon roi Philippe le Bel*, qui, à l'instar des autres souverains, laisse l'Inquisition prospérer, tant il espère de notre nouveau pape Clément V* dans sa lutte contre l'ordre du Temple* et contre la mémoire de Boniface VIII*. Non, vous dis-je... Le moment ne saurait être pire pour vous mettre en chemin. Terrez-vous quelque temps. Ils vous penseront glissé entre les mailles du filet et relâcheront leur vigilance, vous permettant d'atteindre un havre.

— Foulques, mon bon Foulques... soupira l'autre, je n'ai plus nulle part où aller. Quant à rejoindre Brévaux, c'est exclu. Mon pire cauchemar est qu'ils s'intéressent de trop près à Héluise.

L'évêque jeta un long regard au christ peint et ferma les paupières. D'une voix lasse, incertaine, il proposa :

— Cette petite ferme que je possède non loin de Saint-Aubin-d'Appenai, à cinq lieues d'ici... Oh, certes, il s'agit d'une piètre bâtisse. Toutefois, elle est fort isolée, entourée de bois et de champs, de si peu de mine qu'elle n'intéresse guère le promeneur. Edwige l'occupe depuis de longues années et n'y fut jamais inquiétée... Elle vous cédera volontiers une chambrette.

Jehan sentit le regret transparaître dans la voix de son ami lorsque celui-ci poursuivit :

— Vous vous souvenez d'Edwige, n'est-ce pas ?

— Fort bien, et j'avais trouvé votre décision d'un rare courage. Tant auraient...

— Ah, mais c'est que je ne suis pas « tant », et celui qui perd son honneur à ses propres yeux a tout perdu. Edwige, j'en suis certain, ne verra aucun inconvénient à partager pour un temps sa retraite avec vous. Vous la trouverez bien changée. La dernière fois que je lui ai rendu une visite clandestine, elle avait l'air d'une vieillarde. La vie ne fut guère tendre pour elle. Rejoignez-la, mon vieil ami, et montrez-vous aussi peu que possible.

De soulagement, de reconnaissance, Jehan lui prit les mains.

— Que deviendrais-je sans votre aide, votre fidélité, votre vaillance !

Le mire n'ignorait pas que Foulques avait dû tergiverser avant de lui proposer ce havre transitoire. Il prenait un considérable risque en s'interposant ainsi entre l'Inquisition et son ami.

— N'est-ce pas la définition de la véritable amitié ? chuchota l'autre dans un triste sourire. Je me vais renseigner, avec subtilité. Dès qu'il me paraîtra que la voie s'est dégagée, je vous ferai prévenir par messager. J'ajouterai un peu d'argent afin de faciliter votre périple hors le royaume. Non… ne protestez pas. Un fuyard sans argent est un fuyard à demi-mort.

Un silence accompagna ces mots, chacun reprenant conscience du danger qu'il encourait.

— Il nous faut nous séparer… bredouilla enfin l'évêque. Je ne sais… enfin…

— Si nous nous reverrons en ce monde ? termina Jehan tant il percevait l'émoi de son ami. Dieu décidera. Toutefois… vous resterez – Héluise et vous – mon plus beau souvenir et mon ultime réconfort. En dépit de tout, je suis homme fortuné puisque j'ai vécu au contact de deux magnifiques êtres. Une dernière requête, si je l'ose… Héluise…

— Oh certes, inutile même de l'évoquer ! Je veillerai sur elle, de loin afin de ne la pas compromettre. Je l'aime autant que si elle avait été ma fille de sang. Chère douce Héluise.

Un nouveau et court silence d'émotion suivit. Les deux hommes se dévisagèrent longuement, certains que cette vision serait la dernière qu'ils emporteraient de l'autre. Une peine lancinante rampa dans la poitrine de Foulques. Au fond, hormis Jehan, que lui restait-il de sa vie d'avant, de sa véritable vie, de ces années où il n'avait été que lui-même ? Que gardait-il de la grandeur de la passion, de la pureté des intentions si ce n'était leur jeunesse commune ? Il songea, faillit confesser que la vie de son ami comptait à ses yeux presque autant que la sienne mais se ravisa. Il devait longtemps le regretter. Jehan mit un terme à ce moment pénible mais parfait :

— À Dieu, mon ami et qu'Il vous garde toujours.

— À Dieu, mon frère. Je prierai pour vous. Avec ferveur.

L'obscurité de la nef engloutit d'un coup la haute silhouette de Jehan. Ne persista, durant quelques secondes, que l'écho de ses pas sur les larges dalles de pierre sombre. Les flammes des rares cierges vacillèrent lorsque la nuit du dehors l'aspira. Il avait disparu. Pour toujours. Une douleur en étau suffoqua l'évêque, qui refoula ses larmes. Il inspira profondément et rejoignit l'ombre nocturne à son tour.

Un frémissement perturba l'élégant tombé de l'antependium[1] brodé de fil d'or. Une silhouette gracile, vêtue de noir, s'extirpa sans effort de dessous la table de messe. Son maître serait satisfait : il savait maintenant où se trouvait la pierre qu'on avait dérobée à son commanditaire longtemps auparavant, en une lointaine contrée. Peut-être lui ferait-on le reproche de ne pas avoir profité

---

1. Linge ornant le devant de la table de messe.

des quelques instants de solitude de l'évêque pour l'occire et la récupérer aussitôt. Toutefois, on n'égorge pas un évêque sans ordre formel et si possible écrit. Les puissants ont souvent tendance à oublier qu'ils ont commandité un meurtre.

II

Citadelle du Louvre, alentours de Paris, février 1306

Alard Héritier portait fort mal son nom, raison des enchaînements fâcheux qui avaient mené sa vie, du moins selon lui. Cadet d'un très riche meunier sarthois, il s'était retrouvé dans l'impécuniosité dès après le soudain trépas de son père. Il en avait mortellement voulu à ce vieil imbécile d'avoir tant favorisé son aîné, songeant qu'il l'aurait volontiers étranglé de ses mains, ce qui n'eût pas changé grand-chose à son affaire. Certes, son aîné était probe et travailleur. Pas lui. Néanmoins et puisqu'il était hors de question qu'il s'échine à servir son frère et sa famille afin de garantir sa subsistance, il avait pris les chemins, mettant à profit ses indiscutables dons : mentir, trahir, voler, se louer au plus offrant et sans vergogne. Tuer, parfois.

Un sourire aux lèvres, l'allure fière au point qu'on aurait pu le croire bourgeois dans ses vêtements qui, sans être luxueux, respiraient l'aisance, il dépassa commères et badauds, pêcheurs de Seine, et fillettes[1] de maisons lupanardes, se rencogna sous des porches pour laisser passer les charrois et longea la rue Saint-Jacques jusqu'au Petit-Pont avant de traverser

_____

1. Prostituées.

l'île de la Cité. Il emprunta ensuite le Pont-au-Change pour déboucher rue Saint-Denis. Revenant sur ses pas, cette fois sur la rive droite, il se dirigea d'un pas alerte vers la « grosse tour du Louvre ». Les pouvoirs de l'État se trouvaient toujours concentrés dans cette citadelle peu engageante, située juste derrière la frontière de Paris, la construction du palais de l'île de la Cité voulu par Saint Louis tardant à débuter.

Qu'avait Alard à chaloir de cette foule, de ce vacarme incessant souvent percé d'injures, de vagues menaces qui retombaient dans l'indifférence générale, de ces encombrements de rues et de leur empuantissement ? Une seule chose importait dans ce lacis de ruelles : prendre garde à sa bourse, de petits gredins profitant de la cohue pour en couper prestement les liens. Bah ! Elle serait bientôt si ventrue qu'il pourrait s'offrir les services d'un gens d'armes. Certes, Alard était capable d'égorger n'importe qui sans l'ombre d'une hésitation ni d'un remords. Toutefois, un gens d'armes, quelle pompe, quel luxueux étalage !

Tout à ses pensées et à ses calculs, il ne prêta pas attention aux regards intéressés, appuyés, voire aguicheurs qui escortaient sa progression. Fieffé coquin[1], Alard Héritier pouvait se vanter d'avoir belle figure, jolie prestance, un minois gracieux et plaisant que n'auraient pas dédaigné nombre de donzelles[2]. Au demeurant, il n'hésitait pas à user de déguisements féminins[3] afin de parvenir à ses fins.

---

1. Le terme était très fort à l'époque et indiquait tout à la fois : un voyou, un menteur, un lâche, un homme sans honneur, un paresseux, etc.

2. À l'époque : jeune fille ou femme de qualité.

3. Étaient proscrits par l'Église tous les travestissements qui pouvaient engendrer une confusion de genre, voire de niveau social, le vêtement servant de code afin d'indiquer la richesse de celui qui le portait.

L'huissier ne tarda pas à le revenir quérir dans l'anti-chambre de monsieur Guillaume de Nogaret*, conseiller très écouté du roi Philippe le Bel. Alard y vit une preuve certaine de sa nouvelle importance. Il venait de gravir un échelon vers l'immense pouvoir. Il se leva avec lenteur, son regard balayant l'homme entre deux âges comme s'il s'agissait d'un vil insecte. En réalité, Alard n'en menait pas large. Messire de Nogaret était notoire pour sa vive intelligence, son sens inné de la stratégie politique, sa foi exigeante et sa totale absence de complaisance pour qui encombrait la voie de son maître aimé et respecté : Philippe.

L'homme d'une bonne trentaine d'années, installé derrière la longue table de bois sombre qui lui servait de bureau, encombrée de rouleaux, d'écritoires, de cornes à encre dont usaient ses secrétaires, leva la tête à son entrée. De petite stature, chétif, son regard intense, rendu déplaisant par l'absence de cils aux paupières, évoquait celui d'un oiseau de proie. En dépit de l'insatiable appétit des nantis pour les luxueuses parures, orfraisées[1] telles celles des dames, doublées en toute saison[2] de lynx, de loutre, de loup, de vair[3], pour les vêtements masculins courts et moulants, M. de Nogaret avait préféré la longue robe sans ostentation des légistes. Un bonnet de feutre couleur terre de Sienne couvrait ses oreilles et son crâne jusqu'à mi-front. Alard s'en étonna un peu. Quoi ? Cet homme, un des plus riches du royaume, allait vêtu tel un régisseur de grosse ferme ? Le petit faquin ne comprit pas que la puissance de M. de Nogaret était telle qu'il suffisait qu'il prononce un mot pour qu'on oublie sa terne mise.

Alard Héritier salua bas et avança vers la table de travail,

---

1. Brodé de fils de métal précieux.
2. Le lynx, la loutre, le vair étaient réservés aux classes les plus riches, les autres se contentant de lapin.
3. Écureuil petit-gris, fourrure très prisée à l'époque.

courbant l'échine avec onctuosité. Son rêve était à portée : devenir l'un des sbires prisés du conseiller du roi. À lui l'argent, le cul des filles et des dames, le respect peureux de tous, même celui de son frère, le riche meunier. M. de Nogaret le détaillait, son visage émacié impavide. Il ne le pria pas de s'asseoir.

— Alors, Héritier ? De plaisantes nouvelles, ai-je cru ouïr.

L'autre adopta un ton de fausse modestie et murmura avec douceur :

— Certes, messire. Je sais où se trouve la pierre rouge. En les mains de messire Foulques de Sevrin, évêque d'Alençon. Il fut à portée de ma dague durant quelques instants. Toutefois…

Messire de Nogaret lui intima le silence d'un geste et déclara d'un ton affable qui soulignait sa menace :

— Si vous souhaitez vivre longuement et bellement, n'anticipez jamais mes ordres, Héritier. Vous savez où se trouve la pierre, la jolie bourse promise est vôtre. Eussiez-vous commis le grave impair de récupérer ce… joyau pour nous, vous disparaissiez à la vue de tous. À jamais. Chacun son métier. Ne vous mêlez pas de politique. Je ne me mêle pas de filouterie.

— Mais cette pierre, messire… ? insista l'autre, à tort.

Le regard marron se fit glacial. Pourtant, la voix du conseiller resta plate :

— Quoi, cette pierre ?

Alard comprit sa dangereuse bévue. On ne posait pas de questions à messire de Nogaret. On se contentait de lui apporter au plus preste les réponses qu'il exigeait. Quant à son service au roi, la rumeur voulait qu'il ait tout perdu pour lui plaire, hormis son âme qui n'appartenait qu'à Dieu. Cependant, aux yeux de Guillaume de Nogaret, le roi était une émanation directe de Dieu, méritant son absolue dévotion, sa plus entière fidélité.

— Héritier, en quittant mes appartements, n'omettez pas de laisser à mon huissier – qui vous remettra votre bourse – une adresse où vous rejoindre. Votre mission… pourrait suivre un autre cours.

Le congé était clair, mais la promesse alléchante. Alard se plia dans un salut en bafouillant :

— Avec grand honneur et immense reconnaissance, messire.

Alard n'avait pas refermé la haute porte derrière lui qu'une vague déforma le dorsal[1] suspendu derrière M. de Nogaret. Hugues de Plisans s'extirpa des plis de la lourde tapisserie qui représentait une vierge diaphane aux longs cheveux blonds ondulés, tenant tendrement contre elle un enfant Jésus dont le petit visage semblait d'une sagesse millénaire.

— Qu'en avez-vous pensé, Plisans ?

— Que ce petit vaurien vous entourloupera à la première occasion. Toutefois, il est d'esprit agile, à l'évidence.

— Je ne doute pas de sa gredinerie, elle me sert. Tant que je resterai son plus généreux… mécène, il ne me cocufiera pas. Cela étant, que vous inspire le reste ?

— Question si embrouillée que je redoute d'y répondre !

Nogaret considéra son plus fidèle et plus discret acolyte. Âgé de vingt-cinq ans, bel homme, grand, d'une minceur musclée, le cheveu blond moyen et ondulé, l'œil très bleu, les dames devaient se pâmer sur son passage. Pourtant, Nogaret ne doutait pas de la totale abstinence de ce chevalier templier* ni de sa puissante intelligence. Pour preuve, il avait rejoint le clan de Philippe le Bel qui souhaitait réunir les ordres soldats sous la bannière de son fils Philippe de

---

1. Grandes tapisseries que l'on suspendait aux murs pour se préserver du froid et de l'humidité. Elles pouvaient également dissimuler des passages ou des salles secrètes.

Poitiers. À l'inverse de son grand maître Jacques de Molay, Plisans jugeait cette solution seule viable : elle contentait le roi, sans ulcérer la papauté, puisqu'elle maintenait les ordres soldats. Néanmoins, Molay, excellent chef et soldat, valeureux et digne, mais d'arrogance et de peu de sens politique ne le voyait pas du même sentiment.

— Allons, Plisans, je ne suis pas une frêle pucelle.

— Que dire au roi : nous ne savons rien de cette pierre volée au Temple, si ce n'est que tous la poursuivent et sont prêts à tuer pour la récupérer. En d'autres termes, elle est de cruciale importance, même si nous ignorons pour quelle raison.

— À l'évidence, approuva M. de Nogaret. Si Rome veut désespérément recouvrer quelque chose, cette chose est vitale pour nous. Monnaie d'échange, de pression, voire de chantage, peu importe. Au-delà de cette pierre, il nous faut connaître enfin sa signification, s'emporta le conseiller du roi. Quant à Philippe notre roi, il a fort à battre. Inutile de lui occuper l'esprit avec des points d'interrogation. Avançons d'abord.

— Je suis en accord et vous avez belle raison, messire Guillaume. Pour l'instant, ce… Foulques de Sevrin peut se révéler intéressant. Qui peut dire s'il n'en sait plus ? Suivons son ombre, où qu'elle aille. Gardez-vous — et surtout lui — de l'Inquisition, le féroce chien de garde de Rome. Nous le fûmes en Terre sainte, mais…

— Mais les intérêts et les alliances changent. Le Temple est devenu trop puissant. Vous avez fort bien jugé, mon ami, en songeant que le roi était le seul à pouvoir maintenir votre magnifique force de pieux… Si Molay ne s'entête pas. En dépit de sa vive intelligence, Clément est un faible. Il optera pour une cote mal tranchée, qui ne le fâchera avec personne. Du moins pas avec ceux qui ont aidé à son élection.

— Oh, Molay s'entêtera. Il s'obstinera jusqu'à nous faire disparaître, rectifia l'autre d'un ton dont la tristesse frappa le conseiller. Nous sommes... étions... nous connaissons tant de magnifiques secrets étant au carrefour de multiples civilisations, ayant fraternisé[1] avec, en toute prudence. Molay défend la pureté et l'autonomie de l'ordre. Il refuse d'admettre qu'elles se traduiront par sa disparition.

— Je le déplore. Plisans, il faut suivre cet évêque, apprendre s'il en sait davantage au sujet de la pierre. Le cas échéant, nous devrons nous interposer, avec finesse, et surtout grande discrétion, entre lui et l'Inquisition.

---

1. Ce fut une des attaques contre le Temple : ils connaissaient fort bien l'Islam, parlaient souvent l'arabe, à ce titre, ils étaient suspects. Pourtant, cette connaissance du monde arabe leur permettait de traiter et de négocier avec ses chefs, pas toujours avec succès, comme le prouva le carnage de Saint-Jean-d'Acre. S'y ajouta sa richesse qui n'était guère supérieure à celle d'autres ordres.

III

Maison de l'Inquisition, Alençon, avril 1306

Après plusieurs semaines passées au secret, sans aucune visite sauf celle des geôliers qui lui apportaient ses maigres repas, composés de pain de famine[1], d'écuelles de lait aux raves dans lesquelles ils s'amusaient parfois à pisser ou à cracher, Jehan Fauvel n'avait plus d'illusions. Non qu'il ait jamais entretenu beaucoup d'espoir. Pourtant, il s'était accroché à l'idée que ses dires seraient inscrits, que la vérité serait tracée sur les pages du carnet dans lequel les inquisiteurs consignaient les détails d'un procès. Il s'était ensuite étonné de sa propre candeur. Ces carnets n'avaient pas destination d'être lus, et encore moins de vérifier l'équité d'une procédure. Ils n'avaient d'autre objet que de permettre d'incriminer à nouveau un acquitté pour un chef d'accusation différent.

Une implacable machine. À preuve : il ignorait encore le nom de l'inquisiteur nommé pour mener le procès et ce qu'on lui reprochait au juste. Tout du moins, il ignorait les charges qu'ils avaient pu inventer afin de se débarrasser de

---

1. Mélange de paille, d'écorces d'arbres, d'argile, d'herbe et de farine de gland.

lui, puisque Jehan ne doutait pas que tel fût leur véritable but. Ils étaient roués, manipulateurs et, répondant au pape seulement[1], ils détenaient tant de pouvoirs que fort peu de gens parvenait à sortir vivants de leurs griffes, et ceci bien qu'il existât parmi leurs rangs quelques purs que leur foi brûlante avait aveuglés au point de les rendre implacables.

Jehan n'ignorait rien de leurs ruses, de leurs procédés d'intimidation, de leur talent à vaincre les résistances les mieux trempées*.

La vague de chagrin et de panique qu'il repoussait avec piètre succès depuis son arrestation dans la fermette de Saint-Aubin-d'Appenai, deux semaines après son arrivée, le reprit d'assaut : Héluise, sa fille adorée, sa plus grande faiblesse. S'il était condamné pour hérésie, culte de latrie[2] ou de dulie[3], sorcellerie ou même thaumaturgie, elle serait aussitôt inquiétée, éventuellement jugée à son tour, à moins qu'elle ne maudisse la mémoire de son père en place publique, ce qu'elle n'accepterait jamais. Héluise savait-elle seulement qu'il avait été jeté dans un cul de basse-fosse, en la maison de l'Inquisition d'Alençon ? Comment l'aurait-elle pu, puisque cette procédure était une mystification depuis le début ? Il l'avait prévenue par messager de la localisation de sa cachette. Sans doute se réjouissait-elle toujours à l'idée de l'y savoir en sûreté. De quelle manière

---

1. Les inquisiteurs pouvaient s'absoudre mutuellement de leurs fautes et de leurs irrégularités. Ce privilège leur avait été accordé par Alexandre IV en 1256 pour être confirmé en 1264 par Urbain IV.

2. Que l'on rendait à Dieu seul. Dans le cas des sorciers : culte que l'on rendait au diable en le tenant pour Dieu.

3. Culte que l'on rendait aux saints. Dans ce cas, culte que l'on rendait aux démons en les tenant pour des saints.

aurait-elle pu soupçonner l'ampleur du piège tendu à son père puisque, contrairement à l'acte frauduleux qu'on lui avait lu à son arrivée, le début de sa période de grâce[1] ne lui avait jamais été signifié, ceci afin d'être certain qu'il ne pourrait se volatiliser à nouveau.

Il tenta de dissoudre les effroyables images qui rampaient vers sa conscience. Héluise insultée, violentée par ses geôliers. Qui s'en préoccuperait ? Ainsi, ils pourraient la calomnier davantage en étalant sa prétendue débauche lorsque la matrone jurée[2] certifierait qu'elle n'était plus pucelle. Héluise traînée sur la table de Question, les magnifiques cheveux bouclés trempés de sueur, roussis par les fers, puis rougis de sang. La peau pâle, presque translucide, hachée par les coups de fouet. L'enfer. Celui que savent si bien sécréter les créatures de Dieu.

Il lutta pied à pied contre ces intenables visions, songeant qu'il avouerait ce qu'ils souhaitaient entendre plutôt que de condamner sa fille au supplice. Il n'avait aucun moyen de la faire prévenir, de lui ordonner de fuir et de se terrer en un lieu lointain en changeant de nom.

Une haine suffocante recouvrit sa terreur. Foulques de Sevrin, cet ami de toute vie, de toute âme ! Qu'il soit maudit à jamais, honni de tous. Deux êtres connaissaient la cachette de Jehan, sa fille et l'évêque qui la lui avait recommandée. Il avait cru son frère d'âme, le remerciant

---

1. Période d'un mois durant laquelle l'inculpé pouvait faire amende honorable, avouer ses péchés, dénoncer à son tour, démontrer qu'il était un fervent chrétien. Une pénitence lui était alors imposée. Au moindre doute de l'inquisiteur, il était alors accusé d'être un relaps, le pire des crimes.
2. Sage-femme habilitée à témoigner devant les tribunaux.

avec effusion de son aide. De stupide, son aveuglement devenait coupable puisque Héluise était menacée.

Une autre crainte se surajouta aussitôt. Dieu du ciel, qu'Héluise ne cherche pas soutien ou refuge auprès du prélat qu'elle considérait depuis la tendre enfance comme son parrain ! Ce coquin, ce félon et ce pleutre n'hésiterait pas à la livrer à l'Inquisition ainsi qu'il l'avait fait pour son père.

La peur avait-elle poussé Foulques ? Le goût du lucre avait-il été son mobile ? La crainte qu'Edwige soit inquiétée l'avait-elle décidé à la traîtrise ? Edwige, son bel amour de jeunesse auquel il avait été contraint de renoncer lorsqu'il avait été nommé évêque d'Alençon ? Les rumeurs de nicolaïsme[1], aggravé puisqu'il avait eu deux enfants d'Edwige, avaient enflé, peu propices à sa belle ascension dans l'Église. Surtout, qu'avait relaté Foulques de leurs avancées, de la pierre, de leurs tâtonnements ? Peu de chose, sans doute. Sans quoi, l'Inquisition n'aurait pas eu à traîner un obscur mire dans ses geôles. Il aurait suffi de le faire disparaître pour s'assurer de sa discrétion. Une mauvaise rencontre aurait fait l'affaire. Si Foulques l'avait dénoncé tout en taisant le secret qu'ils protégeaient depuis des lustres, une seule conclusion s'imposait : le scélérat avait voulu garder pour lui seul les fruits de leurs recherches, de cette fabuleuse découverte dont l'échéance se rapprochait maintenant que Jehan avait récupéré la pierre. S'il voyait juste, et il en aurait juré, il suffirait que Foulques soupçonne Jehan d'avoir confessé une partie de leurs trouvailles à Héluise pour que la jeune fille soit menacée.

---

1. Mariage ou concubinage des clercs, assez bien toléré avant le Xe siècle.

Jehan Fauvel se laissa glisser à genoux de son bat-flanc, implorant Dieu et Ses saints de protéger la chose la plus précieuse de sa vie, l'être qui avait éclairé toute son existence. Il murmura, telle une litanie :

— *Exaudi, Deus, orationem meam cum deprecor, a timore inimici eripe animam meam*[1].

Une autre pensée se fraya un chemin au travers de ses interrogations sans fin. Comment Foulques de Sevrin pouvait-il être assuré que son ancien ami ne céderait pas, ne parlerait pas ? On avait vu tant d'hommes braves fléchir sous le martyre qu'on leur infligeait. L'évêque se risquerait-il à commanditer un assassin afin de l'occire au plus vite en la maison de l'Inquisition ? Son calcul avait-il même été encore plus tortueux ?

Des éclats de rire vulgaires, un raclement de clefs dans la serrure, un verrou que l'on repoussait. On le venait chercher. Le procès commençait. Gêné par les entraves de chevilles et de poignets, Jehan se leva en s'aidant du rebord du bat-flanc et se redressa de toute sa haute taille. L'un des deux gardes le menaça de son poing serré et lui jeta d'un ton mauvais :

— Tu nous suis et sans causer d'tracas, sans quoi t'en prends un.

Il se souvenait de ce faciès de brute. Il avait délivré sa femme contre deux boutilles[2] de piquette pour tout paiement. La phrase qu'aimait à répéter son vieux mentor, Antoine de Saint-Arnoult, lui revint :

---

1. « Écoutez, mon Dieu, ma voix suppliante, délivrez mon âme de la crainte de l'ennemi. »
2. Bouteilles.

— Ce que tu fais de bon, ne le fais pas pour les hommes, rares sont ceux qui le méritent. Fais-le pour Dieu et pour toi.

Jehan les suivit en silence, bronchant[1] sur le sol irrégulier.

Ils remontèrent l'escalier de pierre et traversèrent la vaste salle basse, seulement meublée d'une grande table de bois noir, flanquée de ses bancs, et débouchèrent dans l'ouvroir[2]. La lumière de plein jour lui fit cligner des paupières. Quelle heure pouvait-il être ? Tierce* ? None* ? Après les relents d'excréments, de sanie, de charogne et la tenace odeur de la peur qui l'avaient environné au cours des dernières semaines, l'air frais et léger qui filtrait par les étroites fenêtres ouvrant sur la cour lui parut enivrant.

Ils obliquèrent à droite et les gardes le poussèrent sans ménagement vers un autre escalier, dont Jehan gravit les marches tel un enfant malhabile. Un des geôliers poussa la haute porte devant laquelle ils parvinrent. Un coup hargneux entre les omoplates propulsa Jehan Fauvel dans l'immense pièce.

Six hommes sombres se tenaient autour d'une table, le visage sévère.

Jehan repéra aussitôt les deux dominicains à leur robe noire et à leur longue cape blanche. Celui qui se trouvait en bout, un petit homme gras au visage rose et débonnaire, installé dans un fauteuil à haut dossier sculpté, devait être l'inquisiteur. Deux autres hommes se serraient l'un contre l'autre au point qu'on aurait pu croire qu'ils s'apprêtaient à résister à un assaut d'envergure. À leur bonnet et leur robe d'un marron terne, Jehan déduisit qu'il s'agissait du

---

1. Trébucher.
2. Première pièce qui donnait à l'extérieur.

notaire et de son clerc, leur présence étant exigée par la procédure. Le plus jeune des deux, petit, émacié, au teint de bile, semblait ratatiné dans son escoffle[1]. Le notaire sans doute. En dépit de sa mine sérieuse, un autre homme se passionnait pour la contemplation de ses doigts croisés en prière. Sanglé dans une housse[2] d'épais cendal[3] bordé de vair[4], ce « laïc d'excellente réputation » devait espérer un surcroît de notoriété de sa présence en ce lieu. Jehan paria pour un riche drapier[5]. Enfin, le dernier se tenait debout, son écritoire munie d'une corne à encre, pendue autour du cou, appuyée contre son ventre. Le graphiarius requis, chargé de noter le moindre mot suspect de l'accusé.

Jehan détailla quelques instants l'homme sans âge, au visage gris cendre, au long nez triste. Ne persistaient autour de son crâne que quelques maigres mèches de cheveux d'un blanc jaunâtre. Une question inepte traversa son esprit : combien de tortures et d'arrêts de mort avaient consigné ce secrétaire ? Obéissant à un signe de l'inquisiteur, il s'installa sur une escame[6]. Outre qu'elle signalait son rang inférieur, cette position basse permettait d'installer l'écritoire en équilibre sur les genoux.

Le silence se poursuivit durant quelques instants. Enfin, l'inquisiteur, les mains jointes sous son menton gras, parut hésiter, comme si la question qu'il préparait était ardue. D'une voix trop haute perchée pour son genre, il demanda enfin :

— Veuillez décliner vos prénoms, nom et qualité, monsieur.

---

1. Pèlerine doublée de fourrure.
2. Manteau sans manche.
3. Soie, en général épaisse.
4. Fourrure de petit-gris, très prisée à l'époque et fort chère.
5. Les drapiers formaient l'une des riches et puissantes corporations de marchands.
6. Sorte de tabouret bas, souvent de forme triangulaire.

— Jehan, Aimoin, Arnaud Fauvel, mire à Brévaux.

Le notaire se leva alors et récita :

— *In nomine Domini, Amen.* En l'an 1306, le 5 du mois d'avril, en présence du soussigné Alain Barbe-Torte, notaire à Alençon, accompagné de l'un de ses clercs et des témoins nommés frère Éloi, dominicain du diocèse d'Alençon, né Silage, et René Éveille-Chien, drapier d'Alençon, laïc d'excellente réputation, comparaît personnellement Jehan, Aimoin, Arnaud Fauvel, mire à Brévaux devant le vénérable frère Eudes, né Grimblant, dominicain, docteur en théologie, seigneur inquisiteur pour le territoire d'Alençon.

Le notaire salua sa tirade d'un claquement de langue satisfait et se rassit.

Eudes de Grimblant se leva d'un lent mouvement et s'approcha de Jehan afin de lui présenter les Évangiles. Le grand homme qui luttait avec vaillance contre la fatigue due aux privations posa sa main sur le livre relié de cuir noir.

— Monsieur, jurez-vous devant Dieu et sur votre âme de dire la vérité sans rien omettre ni dissimuler ?

— Je le jure.

— Le jurez-vous sur votre âme et sur la mort et la résurrection du Christ ?

— Je le jure.

Le notaire se leva à regret et déclara :

— Jehan Fauvel de Brévaux, dénoncé, a prêté serment sur les quatre Évangiles qu'il touchait de sa main de dire toute la vérité tant sur lui-même que sur les autres. Il a été interrogé comme suit.

Eudes de Grimblant le remercia d'un petit geste mou et reprit avec une moue goguenarde :

— Bien…

Avant que l'inquisiteur ne puisse poursuivre, Jehan se hâta de déclarer :

— Graphiarius, vous voudrez bien consigner que nul ne m'a signifié le début de la période de grâce.

— Mensonge éhonté ! vociféra Eudes de Grimblant. Je suis moi-même venu vous visiter en une fermette située non loin de Saint-Aubin-d'Appenai afin de vous supplier de sonder votre âme, de confesser vos péchés et de vous repentir. Ah, ah, voici que se révèle la perfidie du prévenu ! lança-t-il aux autres qui approuvèrent avec un bel ensemble.

Jehan savait enfin. Le petit homme gras n'était pas un pantin manipulé. Il jouait un rôle majeur dans le piège, n'hésitant pas à mentir et à souiller la robe qu'il portait. Il comprit à cet instant qu'il ne sortirait jamais vivant de la maison de l'Inquisition. Ne lui restait qu'une voie : mourir au plus vite pour abréger ses souffrances, et surtout ne rien confesser.

— Mire, affirmez-vous, monsieur ? Ce n'est pas ce qui est venu à nos oreilles, du moins pas seulement. À moins que ce noble métier soit, pour certains, synonyme de sorcellerie et d'hérésie ? D'autres chefs d'inculpation ont été retenus contre vous. Pour la clarté des débats, nous ne les exposerons pas aujourd'hui. Qu'en dites-vous, monsieur ?

— Rien, sinon que je suis mire à Brévaux, répondit Jehan d'un ton plat.

L'inquisiteur se rapprocha de la table et fit mine de consulter ses notes avant de tourner un visage flasque vers Fauvel :

— Je vous épargnerai, monsieur, les questions habituelles de doctrine. Ainsi, si je vous demande si le Saint-Esprit procède du Père et du Fils, vous me répondrez, à n'en point douter, que ce fait est évident. Les hérétiques les plus roués connaissent les réponses à merveille.

— Ah ? Je pensais qu'il s'agissait surtout d'un trait commun aux bons chrétiens.

— Reconnaissez-vous avoir utilisé des substances maudites afin de délivrer des femmes grosses ?

— L'opium n'est pas une substance maudite. C'est un remarquable médicament à faible dose, mortel toutefois à haute dose. Aucune de ces femmes n'a trépassé.

— Nous y reviendrons. Lorsque j'utilise l'adjectif « maudit », c'est à bon escient. Ce qui est contre la volonté de Dieu – laquelle est d'une limpidité qui éclaire chacun de nos moments – est maudit. N'est-il pas écrit : « À la femme, Il dit : "… dans la peine tu enfanteras des fils[1]." » ?

— Son courroux s'adressait à Ève, afin de la punir de sa désobéissance, pas à toutes les femmes puisque, ainsi que vous l'affirmez avec raison, la parole de Dieu est d'une absolue perfection. S'il avait souhaité que Son ire s'étende à toutes les autres, Il l'aurait clairement indiqué. De surcroît, n'est-il pas exact, seigneur inquisiteur, que Dieu est tout amour et que cet amour nous fut dispensé sans compter par Son Fils qui périt sur la croix pour nous sauver ? Comment croire donc que Dieu et notre Sauveur bien-aimé aient condamné toutes les femmes à la souffrance pour la faute d'une seule ? D'ailleurs, n'est-il pas également relaté : « À l'homme, Il dit : "… à force de peines tu tireras subsistance du sol… et tu mangeras l'herbe des champs. À la sueur de ton front, tu mangeras ton pain[2]…" » Convenait-il également de généraliser la punition d'Adam à tous les hommes ? En ce cas, pourquoi nos bons seigneurs et nos pieux prélats ne grattent-ils pas la terre pour en tirer de quoi se nourrir ?

Une ombre de franc déplaisir passa sur le visage poupin. La voix de fausset grimpa encore :

— Comprendriez-vous mieux les Textes sacrés que les plus érudits de nos moines ?

— Sans doute bien mieux que moult d'entre eux. De plus, je lis le latin avec finesse.

---

1. Genèse 3 : 16.
2. Genèse 3 : 17, 18, 19.

L'inquisiteur se tourna vers les autres et s'exclama :
— Quelle arrogance, quelle impertinence !
— S'agit-il là d'une nouvelle hérésie ? se moqua Jehan. Faut-il un procès inquisitoire afin de punir les insolents ?

Eudes de Grimblant poussa un long soupir, feignant le chagrin à la vision d'un être retors qui refusait son secours et celui de l'Église. En réalité, il réfléchissait, et l'incertitude le gagnait. Il s'interrogeait sur la plus habile manière d'acculer cet homme. Ses ordres étaient formels. Jehan Fauvel ne devait pas ressortir vivant de la maison de l'Inquisition et nul, hormis le Saint-Siège, ne recevrait son secret. En d'autres termes, Jehan Fauvel ne serait pas remis au bras séculier après sa condamnation à mort[1]. Eudes de Grimblant ne connaissait qu'un moyen efficace de faire parler puis d'occire : la Question. À l'issue de tortures trop insupportables, le tourmenté[2] trépassait. On affirmait alors que Dieu, dans sa colère, l'avait puni ou que le remords occasionné par ses fautes l'avait tant rongé qu'une faiblesse de cœur l'avait emporté. Pourtant, le seigneur inquisiteur se retrouvait confronté à une épineuse situation : justifier un tant soit peu le recours à la Question devant les autres qui, même s'ils lui étaient acquis, ne devaient jamais pouvoir s'interroger sur la loyauté du procès. Mais, après tout, serait-il tant apprécié de ses supérieurs s'il n'excellait à ternir et à pousser vers le bûcher ceux qu'on lui désignait comme coupables ? À la vérité, quelle importance qu'ils fussent innocents puisque, de toute façon, ils rejoignaient Dieu ?

---

1. Ainsi qu'il était toujours pratiqué.
2. Le mot est très fort à l'époque et sous-entend des souffrances terribles.

— Vous vous êtes appuyé pour distribuer cet infâme traitement sur les élucubrations d'un personnage de fable que les plus grands médecins récusent !, tonna-t-il.

— Trotula de Salerne[1] n'a rien d'une fable et ses ouvrages le prouvent, notamment le *Trotulae curandarum aegritudinum mulierorium ante et post partum*[2]. Je me permets de rappeler au seigneur inquisiteur et à cette noble assemblée que Trotula fut professeur à l'université de Salerne, placée sous la bienveillance du Saint-Père de l'époque. Faudrait-il croire qu'il laissa enseigner une insensée, une sorcière ou une hérétique ?

Les lèvres charnues de l'inquisiteur se serrèrent d'exaspération.

— Et que pense la damoiselle votre fille... Héluise, n'est-ce pas, une future mère, donc, des procédés révoltants que vous avez employés ?

Jehan se redressa. Le danger se rapprochait. Il était prêt au parjure pour protéger Héluise.

— Ma fille est une donzelle, messire. À ce titre, elle coud, brode, cuisine et joue bellement de la chifonie[3]. Elle déchiffre assez de latin pour lire son psautier. Toutefois, il ne m'a pas paru nécessaire de pousser son éducation, mentit

---

1. XIe-XIIe siècles, première gynécologue, qui prônait l'accouchement sans douleur. On lui doit différents ouvrages qui jetèrent les bases de la médecine féminine dont *De passionibus mulierum* (*Les Maladies des femmes*). Le Moyen Âge puis la Renaissance ont tenté d'imposer l'idée qu'elle n'avait jamais existé et qu'un homme avait rédigé ces ouvrages. De nos jours, la plupart des historiens sont convaincus du contraire.

2. « *Traitement des femmes malades avant et après l'accouchement.* »

3. Sans doute l'ancêtre de la vielle.

Jehan avec aplomb. À quoi lui servirait d'entendre parler de Trotula ou de l'université de Salerne ?

Héluise avait été sa plus brillante élève. Outre le français, la jeune femme parlait et écrivait à la perfection le latin et le grec[1]. Les mathématiques, la médecine et l'astronomie n'avaient plus de secret pour elle. De plus, elle était devenue, en discrétion, une bretteuse de talent, frappant de taille[2] et d'estoc[3] avec la rapidité et la force d'un jeune homme et se fendant avec la souplesse caractéristique de la douce gent. Sans doute dépassait-elle maintenant son maître, son père, bien qu'elle protestât avec véhémence lorsqu'il le lui répétait. Comme il avait aimé leurs discussions jusqu'à point d'heure, la flamme de leurs débats ! Ils s'isolaient dans le bureau du mire, dans leur maison de Brévaux. Les bibliothèques, les piles d'ouvrages entassées à même le sol en avaient peu à peu réduit l'espace, au point qu'ils se tenaient serrés l'un contre l'autre devant l'âtre, dégustant une infusion, lisant parfois jusqu'au petit matin à la lumière des esconces[4]. L'intelligence vorace d'Héluise qui apprenait, assimilait et retenait tout ne cessait de le stupéfier. Il lui enviait presque la puissance de son esprit d'analyse. Rien ne lui échappait.

— Voilà du moins une preuve de sagesse de votre part, commenta l'inquisiteur d'un ton aigre.

Héluise savait qu'elle devait feindre l'ignorance des femmes. Ils ne parviendraient pas à l'incriminer de cette façon. Jehan grimaça et se plia vers l'avant, tel un homme en peine, afin de dissimuler son soulagement. Il intercepta

---

1. Rare en cette époque où seuls les textes latins étaient considérés.
2. Avec le tranchant de l'épée.
3. Avec la pointe de l'épée.
4. Sorte de petites lanternes en bois ou en métal qui permettait de protéger les flammes des courants d'air et de transporter l'éclairage.

le sourire satisfait de l'inquisiteur qui en déduisait que les privations avaient amoindri sa proie.

— Sachez, monsieur, que vous ne nous bernerez pas en tordant à votre aise les textes sacrés, reprit Eudes de Grimblant. (Il se tourna vers les quatre autres hommes attablés et précisa :) Au demeurant, c'est la tactique des hérétiques brillants. Chercher à convaincre les âmes pures de la prétendue rigueur de leurs billevesées !

Le drapier hocha sa grosse tête, un air pénétré sur le visage.

— Et de quelle hérésie, au juste, suis-je accusé ?

— Toute désobéissance à Dieu, à Ses ordres est hérésie, se rengorgea l'inquisiteur.

— Vraiment ? En ce cas, nous sommes presque tous des hérétiques. Il est écrit « Tu ne tueras pas »… Or donc, les croisés sont des hérétiques, pour n'évoquer qu'eux.

— Outrage ! couina Eudes de Grimblant. Nos nobles croisés défendent le Christ, portent haut Sa parole et nous protègent des sectateurs du diable.

— Quel paradoxe, n'est-ce pas ? Porter une parole d'amour en tuant. Donc en désobéissant à Dieu.

— Oubliez-vous que l'Église, représentante de Dieu sur terre – par la voix du concile d'Arles[1] –, excommunie les chrétiens qui refusent de porter les armes, même en temps de paix. Seuls les hommes de robe ont obligation de ne pas souiller leurs mains de sang.

— Commode !

Grimblant sentit que la joute lui devenait défavorable. L'homme qui se tenait devant lui était trop intelligent, trop lettré, trop habitué aux controverses. Quant à son âme à lui, le Saint-Siège l'avait pleinement rassuré, des années auparavant : il était absous pour le passé, le

---

1. Les premiers chrétiens étaient vivement opposés au recours à la violence et refusaient d'intégrer les armées.

présent et le futur. Il revint à des attaques bien de ce monde.

— Nous avons là le témoignage d'un Durette, Gilbert, vivandier[1] de son état, logeant à Moulins-la-Marche. Accablant. Durette affirme qu'alors que la délivrance de sa femme tardait depuis des heures, qu'elle avait perdu moult sang, que ses gémissements s'affaiblissaient et que son souffle devenait fort court, vous avez pris le risque d'extraire l'enfant, je cite « de violente main, au risque de lui briser le col », afin de soulager la mère.

— Afin qu'elle survive, et l'enfant n'a pas trépassé. De surcroît, l'homme ne se nommait pas Durette. Le seul Durette de mes patients est un vieillard de soixante ans que j'ai soigné d'une fièvre de poitrine. Aurait-il à s'en plaindre ?

— Oui-da, admit l'inquisiteur à contrecœur. Où avais-je la tête ? Il s'agit d'un Tue-Vache, Gilbert. Broutille que cette bien involontaire inversion de nom*. Or donc, en toute possession de vos sens, vous avez choisi de sauver la mère au risque que l'enfant décède ?

— Il n'est pas décédé.

— Il l'aurait pu ! s'énerva Grimblant. D'après le père, il était violacé de la face lorsque vous l'avez extirpé sans ménagement du ventre de la femme, manquant l'étrangler.

— Beaucoup d'enfants ont la face violacée lors des délivrances difficiles et trop longues.

— Vous auriez dû prendre bien davantage de précautions afin d'être assuré que l'enfant ne risquait pas le trépas, quitte à inciser la mère ainsi que le pratiquent vos confrères. Niez-vous, là encore, que la position de l'Église soit juste et saine à ce sujet ? La mère peut trépasser : elle est baptisée et rejoindra Dieu en très grande paix. Pas l'enfant. Êtes-vous prêt à le condamner à errer dans les limbes pour toute l'éternité ? C'est un odieux crime, acheva

---

1. Intermédiaire qui vendait les vivres.

l'inquisiteur d'une voix tremblante d'indignation qui produisit son effet.

Le drapier se signa, le notaire et son clerc rentrèrent les joues de réprobation dans un bel ensemble ; quant à l'autre dominicain, frère Éloi, il porta ses mains jointes en prière à ses lèvres et ferma les paupières.

— Notre doux Sauveur ne permettra jamais qu'un nouveau-né, aussi innocent que l'agneau qui vient de naître, erre dans les limbes.

— Décidément : vous connaissez les volontés du Père et déchiffrez les intentions du Fils mieux que quiconque, ironisa l'inquisiteur.

Jehan Fauvel ravala l'argument, selon lui imparable, sachant qu'il commettrait une grave erreur : une femme pouvait donner de multiples enfants. En revanche, un enfant mal né, même baptisé à la hâte, risquait fort de décéder quelques heures plus tard. À leurs yeux, seul le fait qu'un être ne trépasse pas hors le sein de l'Église importait. Au lieu de cela, le mire contra :

— J'avoue être égaré, seigneur inquisiteur. En quoi le témoignage d'un homme dont j'ai sauvé la femme et le fils, permettant qu'il rejoigne notre sainte Église, serait-il accablant ?

À ces propos sensés, le regard interrogateur du drapier se posa sur Eudes de Grimblant, l'exaspérant. Quoi ? Qu'avait-elle cette grosse poupée d'étoupe[1] gonflée de son ? s'agaça l'inquisiteur. Commençait-elle à se laisser convaincre par les habiletés de ce Fauvel ? Enfin : ce drapier était un abruti ignare et fort riche, seule raison qui l'avait poussé à le nommer comme membre consultatif d'un procès de parodie.

— Vous ignoriez si l'enfant vivrait ! fulmina le dominicain. En d'autres termes, vous avez, en connaissance, parié sur une âme innocente.

---

1. Partie grossière de la filasse.

— Je savais qu'il vivrait.

— Certes, puisque vous êtes également mage ou nécro-mancien !

— Non. Je suis mire. À ce titre, j'ai bonne expérience de qui va mourir ou survivre.

— Ou peut-être avez-vous jeté un sort à cet enfant, le tirant de chez les défunts ?

— Avouez, seigneur inquisiteur, que si je connaissais des sorts si puissants qu'ils rendent la vie, je n'aurais pas recours à l'opium afin de calmer les douleurs de délivrance.

Eudes de Grimblant comprit qu'il était en train de perdre la partie. Le regard perplexe de frère Éloi le conforta dans son appréhension. Il avait méjugé la résistance de ce prévenu, pensant que plusieurs semaines de *murus strictus* la lamineraient assez. De surcroît, quel besoin d'interroga-toire, hormis pour justifier la procédure inquisitoire ? Peu importait la réelle culpabilité de ce Fauvel : bon mire ou effroyable sorcier. Il allait mourir et Dieu jugerait. Seul comptait son secret que Rome désespérait d'apprendre et qui ne tenait en rien, ou si peu, à sa pratique.

L'inquisiteur se tourna d'un mouvement vif vers le secrétaire gris à long nez, installé sur son escame, et lança :

— Graphiarius, notez que l'audience se termine. Nous fixerons sous peu une date pour la suivante. Hélez les gardes. Qu'ils escortent l'accusé dans son cachot.

IV

Alentours de Pré-en-Pail, juin 1306

Gloussant, Lucie Fournier, quatorze printemps, prétendit fuir. Basile, guère plus âgé, se leva et la pourchassa en riant. Les quatre esconces qu'ils avaient semées autour d'eux dans la clairière jetaient une lueur dansante et guillerette.

Basile se posait la même question pour la centième fois : ce milieu de nuit serait-il enfin le moment choisi par Lucie pour s'offrir à lui ? Car la belle était aguichante mais sensée. Les caresses et les baisers un peu hardis ne lui déplaisaient pas. En revanche, elle défendait avec une farouche énergie ce qu'elle nommait « sa fleur ». Fille d'un des plus gros fermiers du coin, Séverin Fournier, jolie comme un cœur et loin d'être sotte, elle n'ignorait pas qu'elle serait bien mariée et que son hymen entrerait dans le marché. Cependant, Basile, très amoureux, acceptait de museler un désir qui devenait de plus en plus impérieux au fil de leurs rencontres nocturnes et très clandestines. Fils d'un manœuvrier[1], manœuvrier lui-même, jamais le père de Lucie ne le considérerait comme un prétendant acceptable. Il risquait

---

1. Paysans sans terre qui louaient leurs bras.

au contraire de se faire jeter dehors ou rosser par un valet de ferme s'il avait l'outrecuidance de se présenter. Et puis… qui disait qu'il était autre chose qu'un plaisant divertissement pour une Lucie habituée au confort d'une ferme cossue, aux chainses[1] et aux bonnets brodés, aux rubans de cheveux, aux serviteurs et aux lits chauffés à l'aide de bassinoires ?

Elle couina en sautillant sur place lorsqu'il la rejoignit et lui enserra la taille de ses bras avant de la soulever de terre. Il déposa une nuée de baisers sur son visage, son cou, ses épaules. Il la fit choir avec délicatesse sur l'humus et lui dévora les lèvres avec passion.

Ils ne perçurent pas les légers craquements qui provenaient de leur gauche. Ils ne virent pas la forme massive qui avançait presque sans bruit dans leur direction. Ils entendirent le hurlement à glacer le sang s'élever.

Basile, affolé, releva la tête et aperçut deux énormes pattes terminées de griffes longues comme une main, deux yeux d'un vert démoniaque qui luisaient telles des lucioles. Son cœur s'emballa. La Bête, celle qui avait mis en pièces un berger. Il fut debout d'un bond. Alors même que la terreur lui faisait trembler les membres, il tira son couteau de chasse. Une sueur d'effroi lui trempa le front. Basile, courageux et fort, songea soudain, en dépit de sa peur, que s'il sauvait Lucie d'une mort affreuse, le sévère maître Fournier ne pourrait lui refuser sa main. Il s'avança, lame brandie. La Bête hurla à nouveau et une puanteur infernale fouetta Basile au visage.

Il cria à la jeune fille :

— La Bête… ou un ours ! Énorme ! Fuis ! J'en aurai raison, mais fuis ! Préviens la ferme. Que des serviteurs armés me rejoignent.

Au-delà de la terreur, Lucie n'hésita qu'un bref instant.

---

1. Longue chemise portée à même le corps, sous les vêtements.

Elle détala, remontant sa cotte[1] sur ses jambes. Elle courut à perdre haleine, sans jamais se retourner. Elle entendit des cris perçants, puis des hurlements affreux ou bestiaux. Ceux de Basile. Ceux d'une bête à la cuirée[2] aussi. Qui, bien vite, s'éteignirent.

Elle fonça, ne s'arrêtant pour reprendre son souffle qu'à quelques toises de la ferme paternelle. Suffoquant, la sueur trempant sa chair, elle ne réfléchit qu'une seconde. Elle attendit que son cœur affolé s'apaise un peu, puis grimpa sur le toit de l'appentis grâce au vieux tonneau qui lui servait d'ordinaire d'escabeau pour ses escapades galantes à la nuit tombée. Elle avança avec prudence sur les bardeaux de châtaignier de la toiture et se hissa par la fenêtre restée entrouverte de sa chambre. Elle se déshabilla alors sans bruit et se glissa dans son lit, haletante mais rassurée de ne point avoir péri. Basile était mort, cela faisait peu de doutes. Pauvre Basile ! D'un autre côté, réveiller la ferme et prévenir son père revenait à admettre qu'elle rencontrait le jeune homme en cachette. Elle frémit à la perspective de la punition qui ne manquerait pas de lui échoir. Son père l'adorait. Toutefois, sévère et intraitable sur la virginité des filles, notamment de la sienne, il avait en tête de la bien marier, certes pas à un manœuvrier sans terre. Elle pria la bonne Vierge, espérant que Basile n'ait pas trop souffert entre les griffes de la Bête, promettant d'offrir un cierge à sa mémoire. Il reposait maintenant en grande paix. Lucie s'endormit, épuisée par sa fuite. Et la peur.

---

1. Robe.
2. De cuir. Partie du gibier que l'on donnait aux chiens après la chasse. A donné « curée ».

V

Brévaux, juin 1306

Installée devant la fenêtre dont la peau huilée[1] avait été roulée pour laisser pénétrer l'air tiède et parfumé, Héluise Fauvel, dix-huit ans, brodait avec application l'ourlet d'une robe afin que tous les passants et voisins puissent constater la nature féminine de ses occupations. Elle retenait cependant avec de plus en plus de peine les soupirs de lassitude ou d'agacement qui lui venaient. Dieu que cette guirlande de boutons-d'or se révélait longue à réaliser ! Et qu'avait-on à faire qu'un ourlet fût brodé puisqu'il allait traîner dans la boue et la poussière des chemins ? Toutefois, Héluise reconnaissait une précieuse qualité à ce genre d'ouvrage : la contraindre, minute après minute, seconde après seconde, à la concentration, offrir à son esprit une éphémère trêve, lui épargnant de revenir, encore et toujours, au sort de son père tant aimé, dont elle avait appris deux semaines plus tôt l'incarcération en la maison de l'Inquisition d'Alençon.

---

1. Le verre, encore peu fréquent, était très dispendieux.

Pourtant, l'aiguille lui échappa des mains. Pourtant, elle revécut la scène, cherchant comment une parole en avait amené une autre, jusqu'à l'épouvantable compréhension.

Ce jour-là, elle attendait Guy, un ongle-bleu[1] auquel son père confiait la teinture en plus sombre des vêtements ou du linge défraîchis de la maison. Sitôt son arrivée, elle lui avait offert un godet de cidre qu'il avait avalé d'un trait. Contrairement à l'habitude, il lui avait semblé nerveux, distant, évitant autant que faire se pouvait son regard. Un peu perplexe, elle avait désigné le ballot de vêtements préparé, s'enquérant de sa santé, de celle de sa maisonnée, de ses affaires. Il avait d'abord répondu par monosyllabes. Puis, baissant les yeux, prenant une longue inspiration, il avait débité, le regard fixé sur ses socques[2] :

— J'ai rentré d'Alençon hier, damoiselle. J'avais affaire avec un d'mes gros clients, un drapier coquin, riche comme Crésus, mais qui vous sucerait la moelle des os si ça pouvait lui faire économiser deux fretins[3]. Crapule de René Éveille-Chien ! Et ça se donne des airs avec la rombière qui s'croit parvenue bourgeoise et qu'a maintenant ses bonnes œuvres. Au point qu'on dirait qu'y sont pas sortis du même trou que nous autres qu'ils tondent... Votre pardon, damoiselle. Il était pas peu fier, l'Éveille-Chien ! Fallait qu'il le fasse savoir à tous...

---

1. Teinturier travaillant le plus souvent pour un drapier ou, parfois pour des privés et teignant la laine et le drap. La guède, pigment bleu, utilisée pour la laine colorait la peau de leurs mains. Il s'agissait d'une corporation un peu méprisée à l'époque.
2. Chaussures à semelles de bois.
3. Quart d'un denier. Petite monnaie. A donné « menu fretin ».

Guy s'était interrompu, gêné. Elle avait dû l'encourager à poursuivre, songeant, amusée, qu'il avait besoin d'un peu de conversation. Comment n'avait-elle pas senti au malaise de cet homme bourru mais honnête que la suite serait terrible ?

— Ben... c'est que, damoiselle... L'Éveille-Chien a été mandé par-devant un seigneur inquisiteur afin de... j'sais pas quoi qu'on dit mais... l'est présent durant les audiences d'un procès. Ça l'gonfle d'importance, pour sûr. Y se croit notable.

Ne voyant toujours pas où il voulait en venir, elle avait répondu d'un ton indulgent :

— Oh, chacun ses menues satisfactions, Guy. Tant qu'elles ne portent préjudice à personne...

Il avait enfin levé le regard vers elle, un regard où se mêlaient chagrin et crainte, puis débité :

— C'est vot' père, damoiselle. Le procès, c'est vot' père. Dieu le garde. J'vous ai rien dit.

Il avait agrippé le ballot de linge et quitté la demeure aussi vite que l'on fuit.

D'abord, elle n'avait pas compris. Son père se cachait non loin de Saint-Aubin-d'Appenai, en lieu sûr, grâce à son bon parrain l'évêque Foulques de Sevrin. Puis, la vérité s'était frayé un chemin dans son esprit. Son père avait été arrêté. Une multitude de questions s'était d'abord pressée. Comment se faisait-il ? Son père était sur ses gardes depuis des années. Deux personnes seulement connaissaient le lieu de sa cachette. Toute présence inhabituelle aurait éveillé sa méfiance. Et puis, dès l'annonce du début de sa période de grâce, il l'aurait fait prévenir. À moins que... Héluise était, elle aussi, prévenue des chausse-trapes semées par l'Inquisition. Mais comment alors expliquer que l'ami d'âme de son père, l'évêque qu'elle aimait tel un parrain, ne l'ait pas informée aussitôt ? L'affolement était venu. Le sens en déroute, elle s'était ruée dans sa chambre et avait jeté son mantel de tiretaine[1] sur ses épaules, passant le fourreau de sa courte épée de dame à sa ceinture. Elle avait foncé ensuite vers l'écurie, criant à Pierre, l'un de leurs serviteurs, de seller sa jument de Perche gris anthracite, qu'elle avait nommée par humour Brise[2] tant la bête était lourde mais fiable et valeureuse. Pierre, qui l'avait vue naître et dont la dévotion pour son père ne s'était jamais démentie, avait d'abord tenté de la raisonner : elle ne parviendrait pas avant le demain à Alençon. Une dame seule n'avait rien à faire par les chemins, surtout de nuit.

— Je puis me défendre, avait-elle insisté.

— Pas contre trois gredins en armes. Il te faut traverser les bois sur une longue distance. Et je ne sais qui est pis des ours, des loups ou des vauriens qui les hantent.

Afin de le convaincre, elle avait fini par lui relater la confidence de Guy. D'une main amputée de deux doigts, Pierre s'était signé, le visage dur.

— C'est donc encore plus grave que je ne l'avais supposé, avait murmuré l'homme à tout faire.

— Certes, selle Brise à l'instant, je t'en conjure.

Il avait croisé les bras sur son large torse et déclaré d'un ton sans appel :

— Que nenni. Et je t'empêcherai de t'approcher des chevaux.

— À la vérité... c'est un ordre ! s'était-elle emportée.

— Peu me chaut. L'ordre ultime me vient de ton père et j'y obéirai jusqu'à mon dernier souffle : te protéger.

---

1. Épaisse étoffe de laine puis de coton.
2. Animaux nobles, les chevaux et les chiens étaient nommés.

— Je dois lui porter secours, Pierre, avait-elle tenté.

— De quelle façon ? En te jetant dans la gueule du loup ? En affaiblissant sa résistance et ses défenses ? Ils t'arrêteront pour complicité, ton père leur cédera pour te tirer de leurs griffes et ensuite... il sera occis. Tu es sa plus grande force et sa plus terrible faiblesse. Réfléchis au lieu de t'agiter telle une bécasse privée de sens ! Fais honneur à ton père.

La verte remontrance avait porté. Héluise avait fait taire la terreur que lui inspirait l'Inquisition et pesé les paroles de Pierre. À l'évidence, le courage de son père, sa vaste intelligence, sa prodigieuse science ne résisteraient pas s'il redoutait pour la vie de sa fille. Il était de taille et de valeur à les contrer pied à pied, sauf si une menace pesait sur elle. Elle avait ensuite attendu, jour et nuit, guettant la moindre nouvelle, écoutant la plus infime rumeur. Elle attendait, luttant de toutes ses forces contre la dévastation.

Le souvenir de sa mère, morte un an après sa naissance, lui revint. Plus exactement la légende qu'elle s'était composée enfante, puisque son père évoquait fort peu la défunte, son terrible chagrin de veuf ne semblant guère s'être estompé avec le temps. Héluise l'avait imaginée cent mille fois, grande, de silhouette bellement tournée, brune comme elle, les yeux bleus, comme elle. Dans les fables qu'elle se racontait au coucher, sa mère était souriante, prompte au rire. Elle soulevait Héluise telle une plume pour la faire tournoyer. Elle couvrait son visage et ses bras de baisers, lui murmurant des petits mots de tendresse. Son père avait quitté Chartres, où il exerçait avant, dès après le trépas de sa femme, pour s'installer à Brévaux avec l'enfançonne Héluise, sans doute dans l'espoir que cet éloignement d'avec ses souvenirs de bonheur allégerait sa peine. Au fond, en dépit du réconfort que lui aurait apporté la présence de sa mère à ses côtés, peut-être valait-il mieux que celle-ci soit partie rejoindre son Créateur sans jamais imaginer ce qu'il adviendrait un jour de son cher époux.

Une voix de stentor, amie, la tira de sa dangereuse glissade.

— Damoiselle Héluise ?

Un visage joufflu et jovial s'encadra devant la fenêtre, celui de Sylvine. La brave fille annonça assez haut pour que tous les voisins curieux puissent l'entendre :

— J'ai ici une grosse part de pain monté[1] qui a fort bonne allure, m'est avis.

— C'est si aimable à toi, Sylvine. Entre, je te prie.

Sylvine Touille. Une jeune femme, guère plus âgée qu'Héluise, que Jehan Fauvel avait sauvée d'une large suppuration de la cuisse survenue après une blessure. Il était intervenu juste à temps puisque les parents de l'alors très jeune fille, de petits commerçants, avaient agi ainsi qu'il était de coutume, en faisant d'abord appeler le prêtre, un astrologue puis un mage du coin, tant le recours aux prières, voire aux amulettes et aux préparations magiques paraissait à la plupart plus certain que la médecine. Tout l'entourage de Sylvine avait protesté lorsque le mire avait tiré une bouteille de vin très aigre[2] de sa bougette[3]. Quelle aberration que cette nouvelle pratique ! Le remède des médecins se résumait à enduire les plaies suintantes de cataplasmes de boue afin d'amplifier la purulence[4]. Toutefois, Jehan avait

---

1. L'équivalent de notre brioche.
2. Vinaigre fort. On versait sur les plaies du vin, qui ne faisait le plus souvent qu'amplifier l'infection.
3. Petit sac en cuir que l'on portait le plus souvent en bandoulière.
4. Ce qui se soldait par une surinfection quasiment inguérissable.

remarqué que l'extrême aigreur jugulait l'infection. Sylvine avait hurlé lorsque l'acide avait coulé sur la vilaine plaie étendue. Un cruchon de piquette plus loin, elle avait dodeliné de la tête, ivre, et s'était assoupie, permettant à Jehan Fauvel de gratter de sa lame les chairs nécrosées. Il avait ensuite réalisé un bandage d'eau de mélisse bouillie, sauvant la jambe de Sylvine et probablement sa vie.

Héluise se sentait une grande reconnaissance vis-à-vis de la jeune femme. Elle faisait partie des rares habitants de Brévaux qui ne tournaient pas la tête à son passage ou qui ne l'évitaient pas telle une scrofuleuse[1]. La rumeur de l'arrestation de son père s'était répandue à la vitesse d'un cheval au galop. Fort peu se risquaient encore à être vus en sa compagnie de crainte qu'on les accuse de complaisance envers la fille d'un hérétique. Héluise s'interdisait le ressentiment ou l'amertume lorsqu'elle songeait que la plupart d'entre eux seraient passés de vie à trépas sans l'intervention de son père.

Sylvine, sa boule de pain monté enveloppée d'une touaille[2], pénétra. Dès qu'elle eut refermé la porte derrière elle, son sourire avenant mourut et elle posa l'index sur les lèvres. Elle murmura :

— Allons dans votre chambre, damoiselle, pour plus de confidence.

Héluise l'y précéda, son cœur battant la chamade. Le visage tendu de l'autre ne lui disait rien qui vaille. Chuchotant toujours, Sylvine reprit :

---

1. De *scrofa*, truie. La véritable scrofule (appelée écrouelles à l'époque), due à la tuberculose, se traduit par des fistules purulentes localisées sur les ganglions, surtout du cou et de la face antérieure du thorax. Mais le Moyen Âge regroupe sous ce terme les maladies provoquant des symptômes dermatologiques, dont la lèpre.

2. Sorte de linge ou de torchon.

— Je le tiens d'une mienne bonne amie qui, sans être puterelle[1] n'est... disons, guère farouche. Elle s'est fait abreuver, puis trousser juste ce qu'il convenait par un des gardes de la maison de l'Inquisition d'Alençon. Le gars est devenu fort bavard ainsi qu'ils le sont tous dès qu'ils veulent séduire une fille.

— Et ?

Sylvine baissa le regard et s'humecta les lèvres de la langue :

— Et... Votre père n'a pas cédé un pouce* lors des interrogatoires, toisant même l'inquisiteur à plusieurs reprises, ce qui lui a fort déplu... La Question commencera à l'après-demain.

Héluise se sentit vaciller et se retint de justesse au rebord de sa table d'atours. Sylvine se précipita et la serra contre elle en gémissant :

— Diantre, que lui veulent-ils à la fin ? Sorcier, hérétique, messire Fauvel ? Que nenni ! Je l'ai attesté, d'autres également. Lorsqu'ils sont passés à Brévaux, ils ont obtenu pléthore de témoignages certifiant de l'honneur et de la foi de notre mire. Que veulent-ils ?

Incapable de prononcer un mot, Héluise hocha la tête en signe de dénégation. Elle savait. Du moins connaissait-elle une parcelle de la vérité. Une vérité que nul ne devait apprendre. Elle eut soudain la certitude que l'inquisiteur pousserait les tortures au-delà du supportable dès qu'il aurait obtenu ce qu'il cherchait. S'il l'obtenait. Quoi qu'il en fût, Jehan Fauvel allait souffrir tel un damné. Lorsqu'il perdrait conscience, ils lui jetteraient un seau d'eau au visage pour le ranimer. Lorsque sa peau lâcherait sous les fers ou les pinces, ils le soigneraient afin de recommencer. Jusqu'à ce qu'il rende l'âme. Ils ne pouvaient prendre le risque qu'il revoie le jour, qu'il parle à autre qu'eux, pas même au

---

1. Prostituée.

bourreau. Un calme presque irréel l'envahit. Elle se dégagea avec douceur de l'étreinte amie et s'enquit d'une voix lente qui lui sembla étrangère :

— Cet homme, ce garde, celui de ton amie, peut-il être acheté ?

— Ils le peuvent tous, s'ils sont certains de ne pas se faire pincer et que la récompense est rondelette. Ajoutez en sus une commère[1] bien tournée, ce qu'est mon amie. Et je m'étonnerais que le garde boude son plaisir.

— Ton amie, m'aiderait-elle ?

— Non pas, mais elle m'aidera, moi. Or c'est grâce à messire Jehan que je suis bien vive aujourd'hui.

---

1. Le terme, tout comme compère, n'avait, à l'origine, rien de péjoratif. Il signifia d'abord, seconde mère, dans le sens de marraine, puis devint un terme amical qui désignait de plaisants voisins.

VI

Maison de l'Inquisition d'Alençon, juin 1306

Avachi sur le sol en terre détrempée de son répugnant cachot, enchaîné à un anneau scellé au mur de pierre telle une bête dangereuse, Jehan Fauvel lutta contre son cerveau qui n'aspirait plus qu'à l'inconscience. Il se contraignit à d'imperceptibles inspirations afin d'alléger la torture que lui causaient ses côtes cassées. Il souleva ses paupières tuméfiées et détailla ses mains étroitement entravées. Le bourreau avait brisé chaque doigt, avec application. Il songea à tous les êtres que ces mains avaient mis au monde, à tous ceux qu'elles avaient aidés à le quitter. Des visages défilèrent dans son esprit noyé de souffrance. Visages de femmes trempés de sueur, la bouche ouverte sur un cri, espérant la délivrance. Visages d'hommes, cireux d'agonie. Visages fiévreux d'enfants qui acceptaient déjà la mort sans tout à fait l'avoir comprise. Après tout, la mort rôdait en chaque recoin. On la raillait dans l'espoir d'en avoir moins peur. Pourtant, elle s'attribuait toujours le dernier mot. Et puis, encore et toujours, un visage d'ange, aux yeux bleus d'enfante, aux longs cheveux bruns bouclés, à la petite bouche vivace. Héluise.

La Question reprendrait demain, dès l'aube, rythmée par une scrupuleuse comptabilité de monstruosités. Ainsi l'exigeait la procédure inquisitoire : les tourments ne pouvaient être infligés qu'une demi-heure par accusation formulée. Nombre d'inquisiteurs ne la respectaient pas. Il leur suffisait ensuite de prononcer un *mea culpa* pour être absous par un pair. Jehan Fauvel maudit sa grande et robuste carcasse de tant de résistance. Des mois de procès inquisitoire, de *murus strictus*, d'humiliations, de privations. La vermine lui avait rongé la peau, la pestilence la lui avait fendue. Et son imbécile de corps s'acharnait à vivre. Une semaine de Question, dont les souffrances étaient orchestrées selon un méticuleux crescendo. Et son vieux corps malmené refusait de lâcher prise. Pourquoi Dieu, qu'il avait servi avec un infini amour et une assiduité sans faille, Lui refusait-il la grâce de le reprendre ?

Une inspiration trop puissante lui arracha un gémissement. Il tenta de juguler la quinte de toux que faisait naître l'odeur malsaine du cachot, celle de sa chair envenimée de pus, souillée d'excréments, celle aussi de sa peau brûlée par les fers rouges. En vain. Une intenable douleur explosa dans sa cage thoracique. Grelottant de fièvre, il se sentit glisser dans l'inconscience, s'accrochant au visage d'ange d'Héluise afin de ne pas sombrer tout à fait. Des bribes de souvenirs s'entrechoquèrent.

« ... le péché n'est-il pas à la porte, une bête tapie qui te convoite et que tu dois dominer[1] ? »... Un visage pâle, un sourire attristé, une longue main fine qui lui tendait un

---

1. Genèse 4 : 7.

volume relié de cuir carmin : *Consultationes ad inquisitores haereticae pravitatis*[1], rédigé par Gui Faucoi[2], conclu par un mince manuel pratique, recueil de monstrueuses recettes, toutes destinées à tourmenter les chairs, à arracher des hurlements sans occasionner le trépas... Une autre main ornée d'une lourde pierre rouge, sertie dans un anneau d'or qui couvrait toute une phalange du majeur... Sa voix à lui qui expliquait avec tendresse : « La connaissance n'est pas le péché. C'est l'illumination qui différencie l'homme de la bête et le rapproche de Dieu. À moins de croire que Dieu... » Le râle d'un moine au visage cireux qui lui tendait une pierre, rouge, en bafouillant *templa mentis, templa mentis*... Le froid mortifère qui régnait dans l'ouvroir, seulement éclairé par la lueur vacillante de chandelles de suif qui dégageaient une odeur âcre et une suie noirâtre... Était-ce le soir de son arrivée ou lors du premier interrogatoire ? Jehan n'aurait su le dire. Quelle importance ?... Une dague, aiguë et meurtrière, qu'il arrêtait à quelques millimètres de sa gorge. Une dague serrée par une main gantée de bleu. Une main de femme... Le rire d'Héluise enfante, cascadant pour un rien, un papillon, un chiot que sa mère promenait avec délicatesse et fierté dans sa gueule...

Un filet de salive rosée de sang dévala jusqu'à son menton. Sa tête s'affaissa vers l'avant.

Il n'aurait su dire où s'était perdu son cerveau délirant, ni durant combien de temps, lorsque le raclement de la

---

1. « *Consultations à l'usage des inquisiteurs.* »
2. Dit le Gros. Soldat puis juriste, il devint conseiller de Saint Louis puis pape sous le nom de Clément IV (? – 1268).

clef et des verrous le tira de sa pâmoison. Quelle heure ? Déjà prime* ? La Question reprenait-elle ? À cette pensée, l'effroi le suffoqua. Qu'il meure, qu'il meure enfin, sans avoir parlé ! Et pourtant, lui venait parfois un intenable désir d'avouer, durant ces effroyables demi-heures au cours desquelles se concentrait toute la cruauté, toute l'imagination féroce de ces humains qui savent déployer des trésors d'inventivité pour tourmenter jusqu'à faire perdre le sens. S'il parlait, il mourrait ensuite. Le soulagement, enfin.

En dépit de la douleur qui noyait son esprit, Jehan Fauvel jugea étrange l'attitude du garde qui pénétrait dans le cachot. Il était seul et paraissait aux aguets, apeuré. La lourde créature à la trogne bestiale, aux grosses mains en battoir, mais au regard affligé, referma le battant derrière lui et s'avança vers l'enchaîné, murmurant :

— On a peu de temps, mon gars. Laudes* est proche. Mon compère cuve son vin, j'y ai veillé, mais s'réveillera tôt ou tard. J'réfléchis depuis deux jours... C'est pas pécher puisque tu vas mourir, sauf que ce sera interminable. C'est juste pitié de ma part.

Jehan Fauvel ne comprit pas aussitôt. Pourtant, son cœur malmené s'emballa dans sa poitrine.

L'autre poursuivit d'un ton précipité et bas :

— J'chais pas qui c'est qui paie ta délivrance, mais tu peux l'remercier tant qu'il est temps. Il avait donné ça...

Il tira de sa tunique de cuir sans manches un fin mouchoir de batiste et l'approcha du visage tuméfié. Jehan parvint à soulever assez les paupières pour distinguer le grand « H » brodé. Soudain, les larmes l'étouffèrent.

— Y a une poudre d'dans. Assez pour tuer trois bœufs, qu'on m'a dit. J'peux pas te la donner. Y s'douteront que c'est l'un d'ent'nous et j'sais ce qu'y sont capables de faire, j'entends les hurlements tous les jours. J'ai tourné et retourné ça dans ma tête et y a qu'une solution. Si t'es en accord et qu'tu m'offres le pardon de mon acte.

Jehan hocha la tête en signe d'acquiescement, sans même savoir l'issue qu'avait imaginée l'autre. Aucune ne pouvait être pire que celle qui allait lui échoir.

— Si j't'étrangle ou que j't'étouffe, y auront aussi des doutes, vu que t'es enchaîné. Y a qu'un moyen, j'te dis. J'te fais avaler ta langue. Avec de l'entraînement, tu pouvais y arriver seul. Ça va pas être beau, mon gars, mais c'est pain béni à côté d'eux.

— De grâce, pour l'amour de Dieu... Je vous pardonne... je vous suis reconnaissant pour l'éternité... Aidez-moi, faites-le... bafouilla alors Jehan Fauvel.

Qu'était une agonie de quelques secondes, qu'il appelait de ses prières depuis des jours, face à la méticuleuse horreur qui l'attendait ?

L'homme le considéra durant un long moment puis avoua :

— Pas simple de tuer un homme qui vous a jamais porté tort.

— Dieu vous sera reconnaissant de votre compassion envers l'une de Ses créatures innocentes. Je n'ai rien fait de mal...

— Oh, je l'sais. C'est l'cas de la plupart de ceux qui finissent dans cette antichambre de l'enfer.

— Dites, je vous en conjure, à votre commanditaire...

— J'le connais pas. C'est un intermédiaire.

— Que cet intermédiaire transmette mon dernier message, je vous en supplie. Qu'on dise à cette personne qu'elle fuie, au plus vite, très loin. Qu'on lui dise que je l'aimerai pour toujours, par-delà le trépas. C'est le dernier vœu de celui qui va mourir.

— J'm'en acquitterai. Parole. Bon... Ouvre grand la bouche.

Tremblant d'espoir, Jehan s'exécuta. Les gros doigts de l'homme s'enfoncèrent, tirant sa langue vers le haut. Un dernier regard. Il retourna la langue vers la gorge de Jehan, l'enfonça dans l'ouverture de la trachée et maintint la main dans sa bouche.

Le mire s'efforça de ne pas se débattre dans un réflexe et de demeurer inerte. Il aurait aimé remercier l'homme à nouveau mais aucun son ne pouvait plus sortir. Cet homme de rien venait de commettre l'acte le meilleur de toute son existence. Le meurtre. Il sentit son cerveau, tout son être lutter contre l'asphyxie et lui ordonna de se taire. Il contraignit ses mâchoires à ne pas tenter de se refermer sur la main providentielle. Un voile noir, doux, paisible, envahit peu à peu son esprit. Toute souffrance disparut enfin. Et il mourut, un joli sourire l'accompagnant. Celui d'Héluise.

Lorsque le pauvre corps martyrisé s'affaissa, le garde retira sa pogne et en essuya la salive sur ses braies[1]. Il recula de quelques pas, se signa et conclut en haussant les épaules :

— Repose en grande paix, l'ami. Tu l'as pas volé.

---

1. Pantalon large porté par les paysans ou les classes pauvres depuis les Gaulois. Nous en avons gardé « débraillé ».

VII

Maison de l'Inquisition d'Alençon,
juin 1306, ce même jour

Eudes de Grimblant éructait. Ses joues poupines et roses tremblaient de rage. Il s'était agité toute la matinée dans l'espoir de trouver un coupable sur qui passer son ire. En vain. D'un œil torve, les gardes l'avaient écouté vitupérer sur un ton rendu suraigu par la fureur, lancer d'affreuses imprécations, aucune lueur ne passant dans leurs regards abrutis. Il avait résisté à grand-peine à l'envie de les frapper. Quant au bourreau, qui possédait une longue habitude des sournoiseries des accusés, il avait été formel : certains d'entre eux étaient si dévoyés qu'ils parvenaient à avaler leur langue pour échapper à leur punition, leur juste punition.

Un échec. Cuisant. Comment allait-il l'apprendre, à Rome, qu'il n'avait rien tiré de ce maudit Fauvel, hormis des hurlements de bête ?

✠

Grimblant avait recouvré un peu de son calme vers none*. Au fond, mieux valait pour lui que Fauvel fût mort de son propre fait, plutôt que d'avoir bénéficié d'une complicité ; en ce cas, on n'aurait pas manqué d'accuser l'inquisiteur de négligence. Cette déduction le rasséréna un peu. Que les gardes respirent : il ne chercherait plus à les incriminer, au risque de se porter à lui-même préjudice. D'autant qu'il doutait fort que l'un deux ait été assez sot ou brave pour s'opposer, même en se cachant, aux volontés de l'Inquisition qu'il représentait.

Eudes de Grimblant l'admettait. Il aimait la terreur qu'il inspirait à tous, lui, le petit puîné[1]. Il avait préféré prendre la robe plutôt que de servir et de devoir sa subsistance à son frère aîné et à sa mesnie[2]. Si l'aigreur l'avait habité durant des années, l'implacable puissance devenue sienne l'avait amplement dédommagé. Certes, il haïssait toujours son frère d'être né deux ans avant lui. Toutefois, l'espèce de crainte qu'il sentait chez lui, son épouse et même ses neveux lors de ses rares visites familiales lui faisait chaud au cœur. Eudes s'était fait un malin plaisir de rappeler à son aîné le sobriquet dont il l'avait affublé durant leur enfance : le muid[3]. Il avait vu l'autre pâlir à ce rappel et s'était délecté de ses excuses tardives quoique peureuses.

Dans la chambre mansardée qu'il avait tenu à occuper, délaissant la pièce confortable réservée pour lui par le seigneur inquisiteur, frère Éloi Silage, dominicain nommé au procès, relisait la missive qu'il venait de terminer.

1. Né ensuite et n'héritant ni du titre ni de la fortune familiale.
2. Maisonnée au sens large, du seigneur aux serviteurs logés.
3. À Paris, environ 268 litres. Se disait péjorativement de quelqu'un de gros.

« Excellence,

Je me suis acquitté en serviteur zélé de la mission confidentielle que vous m'aviez fait l'immense honneur de me confier. Jehan Fauvel a trépassé cette nuit, sans doute d'avoir avalé sa langue afin de s'asphyxier. Il n'a rien révélé du secret qu'il retenait. Nous ignorons donc à ce jour où se trouve la pierre rouge que nous recherchons depuis un demi-siècle, ni, surtout, ce qu'elle représente.

Mon cœur se serre à la perspective de l'aveu que je vous dois faire. En effet, c'est mon intime conviction que le seigneur inquisiteur en qui vous plaçâtes votre confiance – mon frère d'ordre Eudes de Grimblant – s'est débrouillé de cette affaire avec grande maladresse. Outre qu'il n'avait pas l'esprit pour jouter de ruse avec Fauvel, et encore moins pour l'acculer, il a fait preuve de peu de finesse. Nos émissaires chargés de recueillir des témoignages de voisinage au tout début de la procédure avaient été unanimes : Fauvel était un père dévoué et très aimant. C'était donc sa fille qu'il convenait d'inquiéter afin de le fragiliser. Selon moi, il n'y aurait pas résisté longtemps. Au demeurant, ma conviction, avec mon grand respect, est que cette donzelle Héluise Fauvel devrait être interrogée par nos soins. Peut-être son père lui a-t-il révélé quelques détails de nature à nous guider.

Je me tiens humblement à votre entière disposition pour toute suite que vous souhaiteriez donner à cette affaire.

Que Dieu vous garde toujours, Excellence.

Votre très dévoué, très fidèle et très respectueux serviteur :

Éloi Silage, dominicain. »

Il n'hésita qu'une seconde avant de plier la missive et de la sceller de trois cachets de cire. En effet, connaissant un peu son destinataire, il ne doutait pas que celui-ci entrerait dans une violente colère à sa lecture. Bah, que lui importait cette grosse poupée vaniteuse d'Eudes de Grimblant que sa mission consistait à évaluer[1] lors du procès ? De fait, il avait manqué de la plus élémentaire subtilité, à l'évidence peu accoutumé à affronter des adversaires aussi retors et sagaces que le mire Fauvel. Grimblant n'avait guère fait preuve d'intelligence en ne changeant pas de stratégie au fil des interrogatoires. Il avait échoué. Or le destinataire de la lettre détestait les échecs.

---

1. Rome dépêchait des « espions » lors des procès inquisitoires et surtout dans les couvents afin de veiller au respect des ordres donnés et à la bonne marche des choses.

VIII

Brévaux, juin 1306

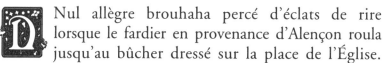Nul allègre brouhaha percé d'éclats de rire lorsque le fardier en provenance d'Alençon roula jusqu'au bûcher dressé sur la place de l'Église. Aucune remontrance agacée de mère retenant un enfant turbulent. Pas de commères et de compères discutant en se donnant du coude. Personne n'avait sorti d'une bougette une bonne boutille et une miche de pain accompagnée de lard et de fromage pour les partager en convivialité durant le spectacle. Un silence irréel avait figé la foule, tel un puissant sortilège. Au point que le hennissement de l'un des traits de Perche du lourd chariot fit sursauter plusieurs badauds, dont la voisine de Druon, une jeune et riche commerçante, à en juger par sa mise et ses bagues de turquoise et d'améthyste. Elle se tenait très droite, les mains jointes en prière sur son ventre.

Druon remarqua cinq gardes qui parcouraient sans hâte la foule, détaillant les femmes jeunes, interrogeant celles dont on devinait la chevelure très brune sous leur bonnet empesé ou leur voile. Sans tourner la tête vers lui, sa voisine commenta bas :

— Ils cherchent sa fille. Celle de messire Fauvel.

Druon accueillit l'information d'un léger mouvement de tête.

— Doux Jésus, murmura alors la femme en se signant avec discrétion.

Le regard de Druon suivit le sien. Deux gardes tiraient du fardier un corps enveloppé d'une épaisse toile, retenue d'un cordage qui enserrait les pieds, les jambes, le torse et le cou.

Le silence de la foule se fit encore plus compact. Puis un murmure indistinct monta dont Druon n'aurait su dire s'il était de surprise, de reproche ou de consternation.

Les deux gardes portèrent le cadavre jusqu'au poteau de bûcher et l'y arrimèrent avec difficulté, tentant de le faire tenir droit pour mimer un vivant. Le seigneur inquisiteur n'ayant pas daigné accompagner le supplicié, ce fut au secrétaire du bailli d'énoncer la sentence. Il s'y résolut d'une voix mal assurée :

— Jehan, Aimoin, Arnaud Fauvel, mire à Brévaux, né à Chartres en l'an de grâce 1260, accusé et reconnu hérétique et sorcier, a été condamné au bûcher ce jour. Dieu, ulcéré par l'immensité et la noirceur de ses péchés, l'a frappé en sa cellule de la maison de l'Inquisition d'Alençon, aussi ne sera-t-il pas brûlé vif. Bourreau, exécute ta tâche et sois-en à jamais absous.

Le feu prit avec fureur à la paille puis au petit bois sec, remontant vers le défunt. Lorsque de hautes flammes orangées léchèrent la toile, Druon baissa les yeux.

Sa voisine se rapprocha à lui frôler l'épaule. Il remarqua les belles larmes qui trempaient ses joues pâles et eut envie de la serrer contre lui. Quant à elle, détaillant sa petite tonsure[1],

---

1. Que portaient les ecclésiastiques ou certains laïcs lettrés pour faire acte de dévotion.

sa longue robe sombre et le museau de cuir qui pendait à sa ceinture[1], elle demanda en chuchotant :

— Messire mire, avez-vous été élève de messire Jehan ?

— Certes, madame.

— N'ajoutez aucune foi à ce qu'ils font accroire. Ce n'est que menteries. Il m'a délivrée de mes deux fils. J'ai souri tout le temps qu'il les tirait de dedans moi. Les plus jolis moments de ma vie… que je lui dois. Un grand homme, bon et généreux. Un immense médecin. Quelle perte ! Quelle ignoble injustice !

Il lui prit les mains de reconnaissance, sans un mot. Un garde avançant dans leur direction, ils s'éloignèrent l'un de l'autre. Le garde les frôla sans leur prêter attention. Les cheveux de la femme, qui dépassaient de son voile fin pincé sous un touret[2] de laine gris pâle, étaient couleur de blé mûr. Elle jeta un dernier regard de tristesse à Druon et s'écarta à pas lents.

La place se vida peu à peu de sa foule silencieuse. Druon se souvint de la dernière exécution à laquelle il avait assisté. Deux coupe-jarrets qui semaient la terreur – violant les filles qui avaient le malheur de croiser leur chemin, frappant, au point de les laisser pour morts, les voyageurs malchanceux qu'ils détroussaient – étaient pendus ce matin-là. Il se rappela la liesse publique. On riait à gorge déployée,

---

1. Que les médecins et les mires s'appliquaient parfois sur le visage, redoutant la contagion. Les microbes n'avaient certes pas été découverts, mais l'on avait compris depuis longtemps que la proximité de certains malades pouvait être dangereuse, expliquant, entre autres, l'enfermement des lépreux.

2. Coiffe en forme de tambourin que portaient les dames aisées et qui retenait le voile.

on se tapait le ventre, on se passait la piquette. Il se souvint du hurlement de joie féroce lorsque la trappe du chafaud[1] avait basculé sous les pieds des condamnés, des plaisanteries obscènes qui s'étaient alors échangées, chacun souhaitant vérifier si on « en avait une aussi roide que celle d'un âne » dès qu'on vous serrait bien fort le col. Les deux malandrins avaient rendu l'âme dans l'hilarité générale.

Druon aurait-il pu supporter ce jour la moindre plaisanterie déplacée ? Il en doutait. Pourtant, il l'avait redouté. L'espèce de pesant respect de la foule l'avait un peu apaisé.

Il sortit de la ville, se dirigeant sans hâte vers le ru qui s'écoulait au nord. Il s'assit sur la berge moussue et ouvrit le grand sac d'épaule dans lequel il avait entassé son maigre frusquin[2] et ce qui était devenu ses outils de médecin et de chirurgien[3]. Il récupéra au fond une longue natte très brune qu'il huma. L'odeur de l'eau de chèvrefeuille utilisée pour rincer les cheveux lui fit monter les larmes aux yeux. Son père l'adorait, enfouissant son nez dans les boucles parfumées. Il offrit la lourde tresse au courant léger. Les mèches de feu Héluise. Les siens.

Et Druon quitta Brévaux pour toujours.

Du moins le croyait-il.

---

1. Qui a donné « échafaud » et qui désignait à l'époque une plate-forme montée sur de hauts tréteaux mais également un grenier à foin.
2. Ce que l'on possède d'argent, d'objets, de vêtements. A donné saint-frusquin.
3. Les chirurgiens, qui versaient le sang, étaient très mal considérés à l'époque. On laissait le plus souvent cette tâche aux barbiers.

IX

Château de Souprat, juillet 1306

Herbert, baron ordinaire[1] d'Antigny, croisa et décroisa ses longues jambes. Grand, de belle carrure, le cheveu châtain et l'œil bleu pâle, âgé de trente-quatre ans, il était ce qu'il est convenu d'appeler un beau spécimen de la gent forte.

Installé dans sa salle d'étude, de taille modeste, lambrissée de panneaux de chêne sombre du sol au plafond, afin que les deux grandes cheminées y maintiennent une température supportable le froid venu, il jugulait son impatience avec de plus en plus de difficulté. Dieu que ce nabot enrubanné était sot ! L'écouter ressasser pour la dixième fois qu'il avait échoué, certes, mais qu'il fallait y voir un amoncellement de circonstances infortunées, en plus de la bêtise des hommes qu'il commandait, chauffait la bile du seigneur.

Assis derrière la grande table lui servant de bureau, il détailla son bailli. François de Galfestan se tenait debout et ne semblait nullement embarrassé, et encore moins contrit, par l'étalage de son incompétence. La quarantaine

---

1. Par opposition aux grands barons du royaume.

grasse[1], les cheveux frisottés, le visage alourdi de bajoues peu seyantes ; il était bellement vêtu, le bailli, des atours peu faits pour la chevauchée, la chasse et encore moins la guerre. Au fait de la dernière mode courtisane, François de Galfestan portait un blanchet[2] sur une chemise de soie safran. Ses chausses raccourcies en peau d'un bleu lumineux[3] étaient retenues à sa culotte par un lien de ruban plus pâle. Une nouvelle folie que les Parisiens nommaient haut-de-chausse. Un gipon[4] richement orfraisé d'or et d'argent sanglait sa bedaine avantageuse. Une jaque[5] de luxueux cendal lie-de-vin complétait l'ensemble.

Herbert se fit la réflexion qu'avec sa culotte de peau et ses bottes patinées d'usure il avait l'air d'un hobereau comparé à son bailli, ce qui n'arrangea pas son humeur déjà incertaine. Il tenta de se raisonner. Fin politique, retors, bon stratège, il n'avait distingué Galfestan qu'en raison de sa mollesse d'esprit et de sa souple échine. Il n'avait nul besoin d'un conseiller qui mettrait son grain de sel partout. Son épouse, Hélène, femme de redoutable intelligence, sachant s'effacer pour lui laisser les succès qu'elle orchestrait, remplissait ce rôle à merveille. Or Hélène était formelle. Si leur tante d'alliance, Béatrice d'Antigny, dont les terres s'infiltraient dangereusement dans les leurs, formant une sorte de langue qui coupait leur province, s'alliait avec un ennemi – l'Anglais, pourquoi pas –, Herbert ne parviendrait à maintenir la paix chez lui. Hélène avait ajouté que Béatrice étant sans descendant, on ne pouvait espérer un mariage qui stabiliserait la situation politique.

---

1. On était plutôt mince au Moyen Âge, et, dans toutes les classes, en raison d'une pénurie alimentaire chronique et de la rudesse de la vie.
2. Qui remplaça le doublet, plus long.
3. Le Moyen Âge aimait les couleurs vives.
4. Sorte de pourpoint lacé sur le côté.
5. Sorte de veste longue arrivant aux cuisses.

En d'autres termes, d'une façon ou d'une autre, Béatrice devait devenir leur obligée, ce pacte d'honneur l'empêchant de leur porter préjudice, même sans intention de nuisance. Les abominations auxquelles elle devait faire face – des meurtres épouvantables causés par une bête ou une créature particulièrement féroce, la panique qui s'était emparée de ses gens, l'appel à l'aide qu'elle avait envoyé à son bon neveu Herbert – avaient semblé le prétexte idéal pour la placer en état de reconnaissance. Ainsi qu'il fallait s'y attendre, ce crétin de bailli, en dépit de ses dix gens d'armes, était revenu bredouille, n'ayant pas même aperçu l'ombre de la fameuse créature qui terrorisait le petit peuple de Béatrice.

Suffisant, François de Galfestan poursuivit :

— C'est que, monseigneur, je suis convaincu que nous avons affaire à un loup solitaire ou à un ours de taille exceptionnelle. (Il ajouta dans un sourire ironique, gonflé par sa supériorité :) Ah, que voulez-vous... Ce sont des paysans, très frustes... bref, gens du commun ! Dès qu'ils ne comprennent pas un événement, et Dieu sait qu'ils n'y comprennent goutte, ils y voient une œuvre démoniaque. Et quoi ? Trois bergers, un jeune manœuvrier et une femme se sont fait dévorer, la belle affaire ! Ce ne sont pas les bergers qui manquent.

Herbert d'Antigny mit terme aux sornettes de Galfestan qu'il n'avait toujours pas prié de s'asseoir :

— Là n'est pas la question, monsieur mon bailli. Enfin quoi ! Vous n'êtes pas capable de venir à bout d'un ours, même de taille exceptionnelle, accompagné de dix hommes, dont la plupart anciens soldats ? Faudra-t-il que je me charge en personne de cette chasse ?

— Cette bête est particulièrement madrée, monseigneur, se justifia l'autre d'un ton docte.

Plus que toi, à l'évidence, non que la chose soit malaisée, songea Herbert.

— Je souhaitais, par mon aide, rendre ma chère tante d'alliance Béatrice... disons, redevable envers moi. Cela n'a pas été possible. Votre faute, monsieur. Je suis fort marri. À vous revoir.

Le bailli serra ses lèvres grasses de dépit et lâcha :

— M'est venu un doute lorsque j'interrogeais les villageois terrorisés. Vous souvenez-vous, monseigneur, de cet...

— Billevesées ! le coupa le baron Herbert de façon assez discourtoise. Merci, monsieur. Il me faut réfléchir.

Le bailli prit congé sur un ample salut.

Après son départ, Herbert d'Antigny récupéra la missive que lui avait portée un messager au tôt matin. À première lecture, la prose ampoulée et la multitude de détails anodins l'avaient agacé. Toutefois, l'échec cuisant de Galfestan donnait à la lettre une autre portée. Il décida de rejoindre les appartements de son épouse.

Hélène d'Antigny n'était sans doute pas la plus jolie donzelle du royaume. Brune, de petite taille, un peu ronde, le nez trop fort, la bouche trop grande, elle ne possédait aucune des qualités esthétiques prisées en cette époque, à l'exception d'une peau de lait et d'un front très haut et bombé qu'elle n'avait nul besoin d'épiler[1] pour le prolonger encore. S'il l'avait épousée pour sa fortune et sa belle naissance, il n'avait fallu que quelques semaines pour que l'intelligence de sa femme, sa vivacité, son humour le séduisent. Il avait songé qu'au fond l'affaire était ronde : on se lasse vite de la beauté, rarement de l'esprit. Et puis,

---

1. Un des critères de beauté étant la hauteur du front, les dames s'épilent à cette époque.

les jolies maîtresses ne faisaient guère défaut. Néanmoins, lorsqu'elle avait eu vent de l'une de ses aventures, peu après leurs épousailles, Hélène l'avait sommé de paraître devant elle. Amusée mais très ferme, elle avait déclaré d'un ton sans appel :

— Monsieur mon époux, peu me chaut vos amourettes. Toutefois, j'exige… entendez-moi, j'ai dit « j'exige », de ne jamais être la risée de notre mesnie ou de la populace. Cocue[1], pourquoi pas ? Mes sœurs, ma mère et ma grand-mère le furent à l'évidence sans que cela trouble l'agrément de leur vie. En revanche, humiliée, que nenni ! N'oubliez jamais ma naissance. Il n'y aura pas de deuxième mise en garde. Car c'en est une, mon ami. Dans l'éventualité où vous me ridiculiseriez, je rejoins un couvent, accompagnée de ma fortune. Moi en vie, vous ne pourrez vous remarier – sauf à faire annuler notre mariage, et je vous assure que je me défendrai. Vous resterez alors sans descendant.

Herbert avait parfaitement senti qu'il ne s'agissait pas de menaces de parade. Étrangement, il en avait conçu pour elle un surcroît d'admiration. Il avait donc continué d'honorer des dames – ou des moins dames – de façon très discrète, pour ne pas dire confidentielle, fuyant les éphémères emballements de sens qui auraient pu mener tapage et venir aux oreilles de son épouse ou de son entourage.

Il l'admettait bien volontiers, au fil des années, des trois beaux enfants vigoureux qu'elle lui avait donnés – dont deux mâles indispensables, même s'il préférait sa fille, la cadette, une adorable mie qui lui retournait le cœur avec ses mines gracieuses et ses rires –, Hélène était devenue son plus parfait, son plus fidèle compagnon. Il l'aimait, certes pas charnellement, mais plus que tout. La voir, l'écouter, lui parler le délassaient et lui rendaient sa force.

---

1. Le terme, dérivé de « coucou », est très ancien. On le trouve déjà dans Boccace (1313-1375).

Elle se leva à son entrée et avança vers lui mains tendues. Se tournant vers ses deux dames, elle les congédia d'un gentil sourire.

— Ah, mon époux, quelle magnifique surprise que votre visite ! Je m'ennuyais.

— Vous ? L'ennui ?

Désignant un guéridon en bois de rose sur lequel était posé un livre, elle fit la moue :

— Bouh ! Ce *Vitae fratum ordinis praedicatorum*[1], que tout le monde porte aux nues est si... long. Très, très long ! Sans doute riche en précieux enseignements, mais il vous envoie dormir en dix pages !

Herbert partit d'un rire franc. Il n'avait pas la passion des livres – la chasse était quand même plus distrayante – mais l'appréciait fort chez sa femme.

Il aimait cet endroit. Indiscutablement un lieu féminin, avec ses jolies escames recouvertes de tapisseries, ces dorsaux, ses bouquets de fleurs odorantes, mais un lieu dans lequel il se sentait bienvenu.

— Hélène...

— Fichtre... l'heure est grave, donc ! Lorsque vous me donnez de mon prénom et non du « ma chère mie » ou « mon épouse », c'est que nous voilà confrontés à une épineuse situation.

Sa sagacité ne l'étonna pas et il lui tendit, sans un mot, la missive qu'il avait reçue au tôt matin, signée d'un certain Lubin Serret, sujet de sa tante Béatrice, apothicaire à Saint-Cyr-en-Pail, qui s'embourbait dans ses formules de

---

1. De Géraud de Frachet, 1206-1271. Il dirigea le couvent de Montpellier de 1259 à 1263. Les deux ouvrages qu'il a laissés, sur la vie de son ordre, ont eu un grand succès à l'époque.

respect et de courtoisie au point que ses lignes devenaient difficiles à déchiffrer. Serret insistait lourdement sur la confidentialité de sa démarche, qu'il n'avait pas même évoquée par-devant le conseil de village.

Hélène d'Antigny la lut et la relut, son beau front haut plissé de concentration. Elle leva un regard sérieux vers lui et commenta :

— Après l'échec de cette baudruche de François de Galfestan, qu'espériez-vous ? Mon doux, ces gens ont peur et on ne peut leur en tenir rigueur. Je pense, à l'instar de votre bailli, qu'il s'agit d'une bête, particulièrement féroce. Cela étant... Les superstitions vont bon train, vous le savez comme moi. Dès que l'homme ne peut pas maîtriser une situation, il y voit l'œuvre du diable. Il aurait donc été important que vous portiez une aide efficace à votre tante qui vous en aurait su gré. Une gratitude cruciale étant entendu la géographie de vos terres à tous deux. Mais avec ce gros Galfestan... Qui ne doit pas reconnaître un lièvre d'un blaireau... Et qui craint de salir ses chausses...

— Je puis m'y rendre moi-même, avec trois hommes. Nous ferons la peau de cette... chose.

— Oh, je n'en doute point. (Elle serra les lèvres, et haussa les sourcils.) D'un autre côté... Ah, mon ami, je vais vous paraître sans cœur... Si la situation s'envenimait fort sur les terres de madame Béatrice, si elle ne pouvait faire face et protéger ses gens ainsi qu'elle le doit... Si donc vous arriviez en sauveur après d'autres horreurs qu'elle n'aurait su juguler...

— Elle ferait la preuve qu'elle n'est pas un seigneur digne de ce nom.

— Voilà ! Cette langue de terre qu'elle possède et qui traverse les nôtres m'inquiète fort. Vous rendez-vous compte si elle s'alliait à l'un de nos ennemis ? Nous serions

menacés au nord et au sud. Nous avons deux possibilités :
la rendre notre obligée ou la destituer.

— Votre conseil, ma mie ?

— Laisser aller pour l'instant. Que la panique enfle. J'ai
peine à le conseiller car d'autres morts risquent fort de
suivre, toutefois, on ne fait pas d'omelette sans casser
d'œufs.

X

Alentours de Tanville, juillet 1306

Druon de Brévaux était épuisé par sa longue marche sous l'accablante chaleur de la journée. La perspective de dormir à nouveau à la belle étoile ne l'enchantait guère. Certes, il économisait ainsi son maigre pécule. Toutefois, ce sommeil de vigilance le laissait fatigué au matin. Il convenait en effet de s'endormir en restant prêt à se relever d'un bond à la moindre alerte pour tirer sa courte épée et se défendre contre les inévitables prédateurs de la nuit, ceux qui avançaient à deux pattes l'inquiétant bien davantage que les autres.

De mauvaises surprises n'étaient pas non plus exclues dans une auberge, aussi Druon essayait-il de fréquenter celles qui accueillaient des familles en voyage, guère fréquentes.

Lorsqu'il poussa la porte basse de l'auberge du Chat-Huant, sur laquelle un panonceau « qui dort, dîne[1] » était

---

1. Une obligation assez fréquente dans les auberges. Ceux qui souhaitaient un lit devaient dîner sur place. L'expression a ensuite perdu son sens premier pour signifier aujourd'hui : un bon sommeil remplace un repas.

cloué, une étrange sensation l'envahit. Pas véritablement menaçante, déroutante cependant. La salle toute en longueur, seulement éclairée par quelques fenêtres étroites, était sombre et déserte. Les murs badigeonnés au lait de chaux noircis par la suie des torches la rendaient un peu sinistre. Une odeur peu flatteuse, mélange de graillon, de lait tourné et des remugles du putel[1] voisin flottait à hauteur de narines.

Forçant les graves de sa voix ainsi qu'il s'y était entraîné, Druon cria :

— Ohé, maître Huant ? Maître Chat[2] ?

Le silence lui répondit.

Il récidiva, toujours sans succès. Il hésita. Tourner les talons et chercher un autre gîte pour la nuit ? Il était épuisé, la prochaine auberge devait se situer à plus d'une lieue* de marche, et le soir ne tarderait pas à tomber. Il avait envie d'un souper digne de ce nom, d'un bon matelas de paille, d'ôter la large bande de lin qu'il serrait autour de sa poitrine afin de comprimer ses seins, et de longues ablutions au matin[3]. Il s'installa, attendant que l'on daigne s'occuper de lui.

Les coudes plantés sur la table de vilain bois, le menton appuyé sur ses poings fermés, il glissa dans ses pensées. Étrange. Avant, avant cette horrible chose, chaque jour,

---

1. Ou encore merderon. Équivalent de nos fosses septiques, à ceci près qu'elles ouvraient en plein air. S'y accumulaient les déjections humaines et les déchets organiques divers et variés.

2. La coutume voulait que l'on nomme les taverniers d'après leur enseigne.

3. Le Moyen Âge est une période relativement « propre ». On s'y lave, on se rend dans les étuves (bains publics).

chaque heure, chaque minute avait un sens, une importance. Il fallait tenir la maison, préparer les repas, s'approvisionner au marché, houspiller parfois un serviteur qui se dorait la couenne au soleil ou confondait un tonneau en perce de la cave avec l'eau du puits, et qu'Héluise retrouvait fin saoul, ronflotant, couché à même le sol, roulé en boule entre les barriques, un sourire ivrogne aux lèvres. Ensuite, son père rentrait de ses visites, ou de ses consultations à ciel ouvert les jours de marché aux bestiaux ou au drap, agacé ou satisfait, parfois triste. À son regard, à la sécheresse de ses gestes, elle savait si la vie avait triomphé ou si elle avait battu en retraite. Il bougonnait souvent, s'emportant sur la pingrerie de ses patients, qui ne reculaient devant aucune ruse pour le moins payer. « Les riches venaient le trouver en habit de pauvre et s'ils étaient en habit de riche, ils donnaient de faux prétexte pour diminuer son salaire[1]. » L'univers s'ouvrait ensuite au seul profit de l'enfante Héluise, puis de la jeune fille, enfin de la jeune femme. Il l'entraînait dans sa petite salle d'étude située au bout d'un long couloir, et verrouillait la porte derrière eux pour décourager ce qu'il nommait les « longues oreilles ». La Connaissance se révélait. Héluise apprenait tout avec la même délectation et tout la fascinait, pour le plus grand bonheur de son père. De lui, elle avait appris que la médecine astrologique qui se pratiquait alors était une aberration, tout comme les remèdes analogiques. Naître sous le signe du Gémeaux n'impliquait pas nécessairement que l'on souffrirait de faiblesse de souffle, sous celui du Cancer que l'on peinerait à digérer[2]. Ce n'était pas parce qu'une

---

1. Extrait des œuvres d'Henri de Mondeville (1260-1320), médecin des rois de France dont Philippe le Bel.

2. Rappelons qu'Uranus, Neptune et Pluton ne sont pas connus à l'époque. On pense la Terre immobile, les autres planètes et le Soleil tournant autour. Ce système, inventé par Ptolémée (IIe siècle av. J.-C.), persistera dix-sept siècles.

fleur était jaune que ses décoctions avaient le pouvoir de guérir une jaunisse. Quant au coquelicot, il ne vivifiait pas le sang paresseux, juste par sa couleur. Il s'emballait, prédisant un avenir mirifique à la science, qui, disait-il, soignerait les gens de leur pire ennemi : la superstition, les croyances ineptes. Il se désespérait parfois lorsqu'il évoquait l'immensité des progrès à accomplir. Dieu qu'elle l'avait aimé. Qu'elle l'aimerait toujours.

Un son lourd tira Héluise de ses souvenirs. Elle réintégra l'enveloppe de Druon. Il tourna la tête vers l'escalier qui montait aux chambres et aperçut tout d'abord deux chevilles grasses que frôlait l'ourlet crasseux d'une robe. On eût cru qu'un éléphant peinait à descendre les marches. Au demeurant, sa peu charitable comparaison se justifia lorsque la femme déboucha dans la salle. La tenancière. Une sorte de grosse outre ventrue, sanglée dans une cotte trop juste et dont le chainse était délacé, laissant entrevoir deux énormes mamelles peu ragoûtantes. Des mèches grisâtres et sales s'échappaient de son bonnet de lin posé de guingois sur son crâne. Ses joues étaient empourprées et Druon se demanda d'abord s'il s'agissait d'une vilaine couperose d'excès ou d'un afflux de sang trop épais. Jusqu'à ce qu'il aperçoive le gamin maigrelet qui descendait derrière la femme. Il était décharné comme un chat errant, de petite taille, enveloppé de haillons, pieds nus. Les larmes avaient laissé des sillons plus pâles sur la crasse de ses joues, dont l'une s'enflammait, portant avec netteté la trace d'une gifle violente. D'un geste inconscient, il s'essuya la bouche d'un revers de main, la renifla, un air de dégoût se peignant sur son visage.

La tenancière se retourna et lui cracha d'un ton mauvais :

— Eh ben ? J'te nourris à rien faire peut-être ? File à l'office et rends-toi utile. Vilain cafard !

Druon soupira. La femme devait avoir cinquante ans, le garçonnet neuf ou dix. L'enfant surnuméraire d'une famille pauvre, vendu, ainsi qu'il se pratiquait, contre quelques deniers tournois* à un aubergiste, un commerçant, un seigneur, voire offert à un monastère comme serviteur. Bien peu de parents se préoccupaient de ce qu'il devenait ensuite, s'en remettant à l'infinie mansuétude de Dieu. Certains des enfants atterrissaient dans de bonnes familles. La plupart échouaient dans les souillardes, ou aux champs, traités à la manière d'esclaves, souffre-douleur et souvent objet de délassement des sens. Ceux qui ne mouraient pas de maladies, de mauvais traitements ou de faim, se sauvaient dès qu'ils en avaient l'opportunité, allant grossir les rangs des bandits de chemin ou ceux des ribauds[1] et des stipendiaires[2].

La femme s'approcha de la table de Druon, l'évaluant d'un regard égrillard et appuyé. Elle leva les bras au prétexte de rajuster son bonnet, dans le seul but de découvrir un peu plus sa poitrine flasque. Druon songea que certains hommes étaient peu regardants, à moins qu'ils fussent fort saouls. À vrai dire, il n'avait connu d'homme que son admirable père, et Pierre qui l'avait serré dans ses bras en pleurant et en le bénissant lorsque Héluise s'était métamorphosée en… lui.

— Messire…

— Chevalier, rectifia-t-il d'un ton sec et grave dont il espérait qu'il tempérerait les ardeurs de la gargotière en chaleur.

---

1. Soldats à pied qui précèdent la cavalerie. Leur comportement grossier explique l'évolution du mot.
2. Équivalent à mercenaires.

Il n'avait pas usurpé ce titre par fanfaronnade, mais parce qu'il indiquait un homme de vaillance, capable de croiser le fer avec un opposant. Bien que sachant se défendre grâce à l'enseignement de son père, Druon espérait ainsi décourager nombre des petits voyous que l'on croisait sur les chemins ou dans les auberges où ils repéraient leurs futures « proies ».

— Tudieu... Quel honneur pour mon humble établissement !

— J'espère juste que la chère y est mangeable car je ne vois d'autres clients, remarqua Druon.

— C'est que... j'suis veuve. C'est pas aisé pour une faible femme d'mener un commerce de c'genre.

Druon considéra la « faible femme ». Elle était sans doute aussi grande que lui. Quant à sa taille, les bras d'un homme adulte ne devaient pas parvenir à l'enserrer.

— Que puis-je pour vous plaire, seigneur chevalier ?

— Une chambre sans vermine, un cruchon de vin buvable et un repas qui passe sans aigreurs d'estomac ou bouleversements d'intestins.

Sur une moue qu'elle devait croire mutine et qui plissait la chair blême et grasse de ses bajoues, elle disparut vers les cuisines.

Presque aussitôt le gamin reparut, portant avec précaution un cruchon et un gobelet de terre cuite qu'il posa devant Druon en bafouillant :

— Vot' vin, seigneur chevalier.

Druon de Brévaux remarqua qu'il s'était lavé le bas du visage, sans toutefois pousser plus avant sa toilette, abandonnant une sorte de masque crasseux qui lui coloriait la figure depuis le haut des pommettes jusqu'à la racine des cheveux.

— Ton nom ?

— Huguelin, seigneur.

— Ton âge ?

— Bientôt dix ans.

— Depuis quand sers-tu ici ?

— Trois ans, j' crois. Ça fait trois étés, pour sûr.

— Et le tavernier ?

— L'est mort l'année dernière, aux Pâques. L'avait des écrouelles. Sauf que not' bon roi[1] l'est pas passé par chez nous.

— Et la bonne femme ? demanda Druon en désignant la direction des cuisines d'un mouvement de menton.

— L'en a aussi, des répugnantes, sauf qu'elles sont plus bas que le cou, alors ça s'voit moins... enfin, quand elle s'rajuste.

— La clientèle est rare, commenta Druon en jetant un regard vers la salle déserte.

— Ben, c'est que vous avez pas encore goûté à votre assiette. Et pis, elle pense avec son cul. Pire qu'une chatte en chaleur, sauf qu'elle, ça lui dure l'année. Alors les femmes des environs veulent pas qu'leurs hommes[2]...

Un hurlement en provenance de la cuisine l'interrompit :

— Chenapan[3], amène tes fesses de paresseux aussitôt !

Le visage trop maigre, à la joue rougie par l'empreinte d'une main, se crispa. Pourtant, il ne murmura pas d'injure. Au lieu de cela, une ombre infiniment triste passa dans son regard. Il demanda d'un ton défait :

— Seigneur chevalier... Vous croyez qu'on mérite toujours c'qui vous échoit ? Parce que j'vous jure sur la tête de ma mère dont j'me souviens pas bien vu qu'elle est morte y a du temps... j'ai jamais rien fait de mal. Juste volé un

---

1. Depuis les Capétiens et jusqu'à Charles X (XIXᵉ siècle), on prêtait aux rois de France (ainsi qu'aux rois d'Angleterre) le pouvoir de guérir les écrouelles par simple toucher.
2. Rappelons que si la précocité des enfants étonne à notre époque, les filles étaient majeures et mariables à douze ans, les garçons à quatorze.
3. À l'origine assez fort : vaurien, voyou.

peu d'nourriture, parce que si elle s'empiffre, elle me laisserait bien crever d'faim.

Il fila sans attendre la réponse.

Druon ne revit pas le garçonnet de la soirée. Il se demanda si elle le frappait uniquement pour le contraindre à satisfaire ses besoins ou s'il s'agissait chez la grosse femme d'une habitude.

L'avertissement d'Huguelin se révéla très en dessous de la vérité : le repas était infect. Le demi-lièvre qui nageait dans une épaisse sauce noirâtre sentait la semaine et même la dizaine écoulée. Son accompagnement, une porée noire[1], avait été desséché par des réchauffages successifs, en dépit de la graisse dans laquelle il baignait. Druon se rabattit sur le fromage aigrelet et le pain, sans oublier l'issue[2] composée de croûtes dorées[3], en espérant que les œufs aient été à peu près frais.

Une sorte d'ivresse assez plaisante et très inhabituelle lui faisait un peu tourner la tête. La nuit était tombée lorsqu'il tapa sur la table du manche de son couteau afin d'attirer l'attention de la tenancière. On réglait son repas sitôt repoussée son assiette, ceci pour éviter que d'indélicats clients ne prennent le large à la nuit en omettant de payer. Sitôt qu'il la vit, il songea qu'il aurait eu grande raison de monter se coucher sans l'appeler. Elle était encore plus dépoitraillée que plus tôt, un feu de sang avivait la chair de son visage et son regard humide ne disait rien qui vaille. Elle s'approcha de la table et

---

1. Plat de légumes à base de feuilles de blettes et de cresson que l'on faisait revenir dans la graisse de porc.

2. L'équivalent du dessert.

3. Un peu équivalant à notre pain perdu.

se pencha sur Druon au point que ses mamelles s'affaissèrent sur son épaule. Il tenta de reculer sa chaise mais la main de la femme se faufila dans son cou, cherchant à descendre le long de son dos. Elle bafouilla d'une voix humide de salive :

— Un beau gars, ça s'refuse pas. Quant à toi, une femme d'expérience devrait t'tenter. J'connais tout aux envies des hommes. Et cette bouche-là en a servi des centaines qui l'ont jamais regretté.

Elle sentait le vilain vin, la vieille sueur et la femelle négligée. L'espace d'une seconde, il ne sut ce qui allait l'emporter chez lui de la panique, de l'écœurement ou du fou rire. Il se leva d'un mouvement et déclara d'une voix glaciale en la repoussant :

— Appelle le garçon.

Elle ne comprit pas et hocha la tête en fronçant les sourcils :

— Bah, elle est aussi mince qu'une saucisse de chair ! Faut qu'y se démène pour qu'on la sente. À son âge, c'est pas trop raide, quand ça veut bien raidir. On s'ra bien mieux que nous deux.

Tournant la tête vers l'escalier, Druon cria :

— Huguelin, descends !

— Vicieux, j'aime ça, gloussa-t-elle en tentant de lui plaquer la main sur le sexe. Bon, tu préfères à trois ? Ça m'dérange pas, bien au contraire. Plus on est d'fous... Huguelin ! hurla la mégère. Amène ton cul. On en a besoin.

Le gamin apparut dans l'embrasure de la porte menant aux cuisines, le visage ravagé d'appréhension.

— Approche, sale cafard ! vociféra-t-elle. Comment qu't'aime ça, beau gosse ? susurra-t-elle d'une voix grasse à l'oreille de Druon.

Il la repoussa de toutes ses forces. Elle bascula, battit des bras et chut sur son énorme postérieur.

Il se tourna vers l'enfant blême de peur et ordonna :

— Prépare ton ballot, et vite !

Après un instant d'incompréhension, le garçonnet sauta tel un faon.

Assise par terre, les jambes étalées devant elle, la robe troussée découvrant des cuisses qui évoquaient d'énormes jambons velus et peu appétissants, la tenancière hoqueta :

— Ben… Ben, mais quoi…

— Combien ? Combien pour l'enfant, parce que, pour ce qui est du dîner, c'est toi qui devrais me payer de l'avoir avalé.

Soudain, la grosse femme adipeuse comprit. Elle le prit fort mal et proféra une bordée d'injures et d'obscénités à faire rater une couvée. Druon la contemplait d'un œil perplexe qui ne fit qu'ajouter à sa rage. Une nouvelle salve d'orduretés qui n'aurait pas déchu aux oreilles d'un truand[1] suivit. Ce n'est qu'à cet instant que Druon sentit la légère pression contre ses cuisses. Le gamin lui enserra la taille, se blottissant dans son dos.

— Combien ? Dépêche-toi, ma générosité ne durera pas.

— Va t'faire mettre par tous les démons de l'enfer ! Gueux, scrofuleux, voyou ! hurla-t-elle. Je l'garde. Sa queue vaut pas grand-chose mais sa bouche, c'est mieux que rien.

— Il s'agit donc d'un cadeau. Merci à toi.

En dépit de son lard, elle fut debout d'un coup de rein et se précipita vers lui, griffes recourbées, l'air déchaîné. D'un geste vif, Druon repoussa l'enfant et tira sa courte épée. La pointe acérée griffa la gorge de la grosse femme qui pila net.

---

1. À l'origine : vaurien qui mendiait par paresse.

— Recule, car je n'hésiterai pas. Pas de témoin, plaisanta-t-il. Je te vide de ton vilain sang comme la truie que tu es.

Elle tenta encore de l'insulter, avec moins de conviction, toutefois. Elle recula d'un pas prudent, il avança d'un autre, la fixant, gardant la pression de sa lame sur son cou flasque.

— Partez, couina-t-elle, et emmène c'te roupie[1] si ça t'chante. C'est pas les galapiots qui manquent.

— Ah, nous voilà enfin devenus bons amis. Mon cœur se remplit d'allégresse. Huguelin, lança-t-il sans quitter la femme du regard, notre bonne patronne, qui nous aime, nous offre des vivres pour deux jours. Fonce en cuisine, prends ce qu'il y a de mieux et de plus frais.

Le gamin détala.

Tournant à nouveau son attention vers la femme que la rage impuissante faisait trembler, il poursuivit :

— Quant à toi, espèce de panse boursouflée, tu vas bientôt trépasser de la même maladie que ton mari, qui a dû pousser un soupir de soulagement lorsqu'il a rendu l'âme et que le sort l'a débarrassé de toi. Crois-moi, c'est mon art. Recommande ton âme à Dieu et, si tu en es capable, amende-toi. S'il te venait l'envie de nous faire poursuivre par les hommes du bailli, gare ! Toutes les femmes des parages apprendront que tu as fait envoûter leurs maris. Nul doute que l'une d'entre elles te fera la peau. À bon entendeur...

La peur avait remplacé la rage. Elle s'affola :

— Qui t'es ?

— Je suis chevalier mire.

— La même maladie, dis-tu ?

— Certes.

— Mais... comment... ?

---

1. Morve.

— Ce ne sont pas simplement tes fesses qui te montent à la tête. C'est le mal. Tu as soif en permanence et, en dépit du fait que tu te goinfres telle une goresse, tu maigris. Je le vois à tes bajoues flasques et à la peau de ton cou et de tes bras. Les écrouelles gagnent ton torse. Elles vont bientôt remonter jusqu'au cou.

Il lut la panique dans ses yeux.

— Mais... Donne-moi un remède, j'peux payer !

Huguelin revint chargé d'un gros ballot jeté sur son épaule et se planta à un mètre derrière son sauveur.

— Il n'en existe pas, pas même le roi de France. Vis sagement, prie, mange frais, dors, c'est le seul conseil que je puisse te donner. Ordonne ton âme afin qu'elle soit prête. Laisse-moi partir avec l'enfant, je veillerai sur lui. Accompagne-nous de tes vœux, pas de ta haine, Dieu t'en tiendra compte.

— Partez. (Elle hurla soudain, arrachant son bonnet et le jetant à terre.) Partez, j'vous dis, avant que j'change d'avis !

Ils n'avaient pas échangé une parole depuis une demi-heure qu'ils marchaient. Soudain, l'enfant s'enquit d'une voix tendue de fatigue :

— À quoi vous servirai-je, seigneur chevalier ? Ma gratitude vous est acquise, et j'ferai tout pour vous plaire.

— De serviteur. D'élève si tu es assez doué d'esprit. Nous verrons. Cela étant, si tu veux partir, retrouver ta famille... Tu es libre.

D'une voix acide, l'enfant rétorqua :

— Ma famille ? Mon père m'a vendu pour quelques pièces à c'te mégère et il s'est fait sauter comme l'verrat qu'il est en pourboire. Il savait donc c'qui m'attendait.

Je... j'ai pas de famille... J'ai rien... sauf vous que j'connais pas. Est-ce que...

— Non. J'ai fait vœu de chasteté et, même sans cette obligation, les jeunes garçons ne m'intéressent guère. Sache, Huguelin, que ma vie n'est pas... aisée. Un jour riche, l'autre pauvre. Un jour hébergé en un château, le lendemain gelant de froid dans un sous-bois. Je suis chevalier-mire itinérant. Tu pourras partir quand tu le souhaites. Demain s'il te chaut. Je n'exige qu'une parole devant Dieu.

— Laquelle ?

— Ne me mens jamais car je ne pourrais plus te supporter. Et lorsque tu me quitteras, ne vole pas mes instruments de médecine. Ils me viennent de mon père et tu n'en tirerais que quelques fretins.

En pleine incompréhension, le garçonnet l'agrippa par la manche et s'inquiéta :

— C'est tout ?

— C'est tout. Toutefois, réfléchis bien avant de promettre. Je ne souffrirai nulle dérobade, nulle mauvaise excuse.

— J'vous donne ma parole mille fois, et devant Dieu, débita l'enfant. J'vous servirai bien. J'cuisine... certes pas des mets recherchés, mais j'sais accommoder le gibier, les légumes et les fruits. J'lave le linge. Je puis bâtir des feux à partir de peu. J'peux vous distraire d'un jeu de dés. Euh... je sais ni lire ni écrire, mais j'ai bonne mémoire et j'apprends vite. Mon sommeil est léger... il le fallait... aussi, j'puis vous prévenir en cas de danger.

— C'est plus que je n'en espérais, Huguelin, sourit Druon en lui ébouriffant les cheveux. Avançons. Certes, tu es exténué. Toutefois, et même si je doute qu'elle nous fasse poursuivre le temps qu'elle digère sa peur de mourir, je préfère que nous nous écartions autant que possible.

— Elle a contracté la maladie du tavernier, ainsi qu'vous lui avez dit[1] ?

— Les écrouelles dont tu m'as parlé sont là pour le prouver, elles suppurent. À moins qu'il l'ait attrapée d'elle, qui sait ?

— Elle va mourir ?

— Nous mourrons tous. Cela étant, elle est robuste et pleine de sang, la maladie est peu fatale et il existe des rémissions. Néanmoins, je devais l'effrayer pour qu'elle nous laisse partir. Belle affaire, je n'ai rien déboursé pour toi !

— Et moi… J'ai pu la choper en la… enfin, voyez… ah, quelle répulsion ! Elle m'battait jusqu'à ce que j'la…

— Chut ! Tu vas changer de vocabulaire, apprendre à parler mieux afin de retrouver ton âme véritable. Et dans cette âme-là, il n'existe nulle place pour la vulgarité, la malfaisance ou la méchanceté. Je le veux ainsi. N'oublie jamais : notre âme appartient à Dieu, il ne s'agit que d'un prêt qu'Il nous concède. Nous la Lui devons restituer indemne de souillures. Toutefois, Il nous laisse le choix de l'abîmer ou de la garder intacte. Quant au reste, ta jeune vie, c'est passé. Répugnant, mais c'est fini.

La voix tremblante d'admiration, le garçonnet commenta :

— Dieu du ciel, z'êtes un vrai chevalier, n'est-ce pas ?

— En effet. Mon père était… l'être le plus admirable que j'aie jamais rencontré.

— Il est mort ?

— D'une mauvaise rencontre.

— Et vot'… Euh, votre mère, si je mets pas mon nez où je dois pas ?

---

1. On croit au Moyen Âge que la maladie est une contagion intra-espèce, en plus d'une faiblesse familiale. Il convient de ne pas oublier qu'en dépit du fait qu'on n'a aucune idée des micro-organismes, on sait fort bien que la fréquentation proche d'un malade peut propager une maladie. Ainsi, la mise en quarantaine est très ancienne.

— Un ange de douceur, de bonté. Elle a trépassé fort jeune, un an après ma naissance. D'une fièvre. Je ne me souviens pas d'elle. Du tout. Je lui ressemble, paraît-il.

— Elle d'vait être fort belle, en c'cas.

— C'est aimable à toi. Avançons encore un peu. Nous nous enfoncerons dans les sous-bois pour dormir à tour de rôle.

XI

Alençon, Montsort, juillet 1306

Pourquoi fallait-il qu'il retourne encore et encore dans cette église Saint-Pierre-de-Montsort, tel un criminel qui revient sur les lieux de son crime ? Le prêtre, un homme d'âge que la joie de sa foi semblait porter à chaque instant, s'était d'abord étonné, inquiété puis félicité des visites fréquentes de l'évêque dans sa modeste bâtisse.

— Je m'y sens en grande paix, avait expliqué Foulques de Sevrin.

Un mensonge. Un odieux et blessant mensonge. Il s'y sentait au contraire écartelé par le remords, rongé par la culpabilité, suffoqué par le manque. Il avait bafoué toutes les grandes lois de Dieu. Il avait menti, trahi, vendu, condamné à mort. Il avait péché par l'esprit et par la chair, tout en tentant de s'absoudre à coups de piètres arguments.

Étrange, sa foi, à lui, l'évêque, n'avait jamais eu l'implacable rigueur de celle de Jehan Fauvel. Il avait louvoyé d'accommodements en compromis, se satisfaisant d'à-peu-près parce qu'ils étaient moins douloureux que la lucidité. Il avait abandonné Edwige et leurs enfants en échange de la mitre tant convoitée. Des larmes de fierté et de bonheur lui étaient montées aux yeux lorsqu'on l'avait posée sur son crâne. Et pourtant. Cette mitre exigeait une rançon : son âme.

Il se laissa tomber à genoux devant le crucifix de bois peint qui avait veillé sur sa dernière rencontre avec Jehan, le seul être qu'il eût aimé de tout son esprit, juste avant qu'il permette à l'Inquisition de l'arrêter dans la cachette qu'il lui avait conseillée. Pour se garder.

Non. À l'accoutumée, il s'apitoyait sur son propre sort, pourtant enviable. Il se cherchait de bonnes justifications, des excuses faciles. Jehan aurait contesté : la mitre n'y était pour rien. Il aurait ajouté d'un ton sans appel que l'on ne vendait son âme que lorsqu'on y était décidé. À l'habitude, il aurait eu raison.

Repassèrent dans sa mémoire des décennies de souvenirs, de partage, de joies et de craintes. D'aussi loin qu'il se souvenait, sa vie était liée à celle de Jehan. Celui-ci avait refusé de devenir médecin, donc clerc, parce qu'il était tombé amoureux d'une Catherine, une beauté qui lui avait donné une enfante, Héluise. Il s'était contenté du métier de mire, moins honorifique, moins considéré. Déjà, Foulques avait, par goût du confort, griserie du statut, contourné la difficulté en endossant la robe, tout en entretenant avec discrétion une maîtresse de longue date. Déjà.

Un mouvement léger dans son dos. Il ne redressa pas la tête. Le jovial curé, qui marchait aux côtés de Dieu même lorsqu'il achetait son manger ou se lavait les mains, tentait d'attirer son attention… et Foulques n'avait nulle envie de bavardages.

Quelle ahurissante constatation ! Au fond, Dieu habitait Jehan bien mieux que son évêque. Au fond, l'implacable fermeté de Jehan, son impérieux besoin d'honnêteté qui avaient semblé si ardus, si déplaisants, si exigeants à Foulques se révélaient bien plus aisés que toutes les compromissions que l'évêque avait acceptées, les pensant plus simples. Il avait cru s'échapper des geôles de l'esprit quand il ne faisait que courir vers d'autres barreaux, ceux qu'il forgeait. Nul n'aurait osé soudoyer, menacer, séduire Jehan pour le convaincre d'agir contre son âme tant son intégrité était évidente. En d'autres termes, nul n'aurait songé à le mépriser. Une peine violente envahit Foulques de Sevrin. En revanche, on l'avait soudoyé, menacé, séduit. On l'avait méprisé.

À cause de l'impardonnable trahison de Foulques, Jehan Fauvel était mort. Grâce à elle, lui restait en vie. Quelle vie ? Il avait peur, redoutait chaque ombre, chaque bruit inconnu. Il fuyait le sommeil, se contraignant à errer des nuits entières de pièce en pièce, de crainte qu'on l'assassine durant son repos. Il cherchait Dieu, le suppliant de le venir visiter, ne serait-ce qu'un instant. Mais Dieu l'avait déserté. Si longtemps auparavant qu'il ne parvenait plus à se souvenir quand. Il s'exécrait chaque seconde du jour et de la nuit.

Il lutta contre les sanglots qui lui obstruaient la gorge.

Jehan était un pur et la pureté est redoutable. Et puis, comment définir la pureté ? Ne jamais dévier d'une conviction qu'on tient pour véritable ? Tant d'êtres sont morts à cause des convictions des autres.

D'une chose Foulques ne doutait pas : Jehan n'avait pas œuvré toutes ces années pour accaparer de magnifiques babioles d'or et d'argent incrustées de pierres précieuses. Il avait risqué sa vie, lutté, cherché un « trésor » autre dont il ignorait l'essence, mais qu'il pressentait tissé de connaissance, un secret qu'il voulait dévoiler. Sa justification : les secrets empoisonnent le monde. Il avait tort. Les secrets protègent. Les révéler, c'est accepter la responsabilité qu'ils soient inacceptables, trop lourds à supporter. Mais Jehan

Fauvel n'en avait cure. Intoxiqué par sa quête, il ne voyait plus le monde, sa construction, des millénaires de demi-vérités à peu près supportables. Un magnifique pur. Un dangereux pur.

S'aidant de ses deux mains, l'évêque se redressa.

Il ne croyait plus au paradis ni à l'enfer. Aurait-il donc fallu qu'il assène sa certitude à tous les autres, à ceux qui ne vivaient plus que dans l'espoir de l'un et ne reconnaissaient comme limite que l'autre ? Jehan aurait été ulcéré par ce qu'il aurait qualifié d'intolérable dérobade intellectuelle.

Dire la vérité, contraindre les autres à la recevoir. Mais qui sommes-nous pour prétendre la détenir ?

Foulques haussa les épaules. D'ailleurs, que savait-il lui-même de l'enfer et du paradis ? Il y avait ajouté foi lorsqu'il avait été certain que les portes du premier s'ouvriraient grandes devant lui et avait cessé d'y croire lorsqu'il avait été persuadé du contraire.

Il sortit à contrecœur de l'église qui, pourtant, ne lui apportait que du tourment.

Il descendit les marches, sans même remarquer les fidèles qui s'inclinaient bas devant lui, quêtant une bénédiction, une parole, leur indistinct murmure incapable de se frayer un chemin jusqu'à lui.

Jehan, occis à cause de la pierre rouge qu'il détenait maintenant, qu'il avait cachée dans un lieu sûr, du moins l'espérait-il. Cette pierre dont l'eau magnifique avait poussé au crime des gens qui ne savaient même pas ce qu'elle signifiait, d'où elle venait, où elle menait. Pas plus que lui. Pas plus que Jehan. Cette pierre portait malheur. Jehan se serait gaussé de lui. Superstition, aurait-il tonné.

La déraison humaine. Mais l'Homme serait-il parfois grand s'il n'était pas déraisonnable ?

Foulques de Sevrin ne doutait plus que cette pierre, couleur du sang qu'elle avait fait verser, fût à l'origine du trépas de Jehan, de la visite de ce dominicain étrange et inquiétant, un Éloi Silage qui avait sommé l'évêque de leur apporter son aide en conduisant Jehan dans un piège, la maison de Saint-Aubin-d'Appenai où il allait être arrêté. Nul n'avait été besoin au dominicain d'assortir son ordre de menaces. Elles étaient si palpables qu'il aurait fallu être bien fol pour ne pas les comprendre et les redouter. Désespéré, Foulques avait obéi.

L'évêque ne se concédait qu'une retenue : usant de ruse et de subtils mensonges, il avait tout fait pour détourner Silage d'Héluise Fauvel, la faisant passer pour une tendre écervelée, sa meilleure protection, celle pour laquelle avait opté son propre père. De cela, au moins, il ne serait pas reconnu coupable, même s'il ignorait où se trouvait aujourd'hui la jeune femme.

Leurs jours à tous deux étaient-ils en danger ? Sans doute. Elle, parce qu'on craignait que son père lui ait confié des indices, lui parce qu'il détenait la pierre rouge. Mais, au fond, qu'avait-il à faire de mourir ? Quelle étrange incohérence. Il redoutait d'être occis au point de ne plus dormir, de se méfier des mets qu'on lui préparait. Pourtant, il avait perdu tout goût pour la vie, espérant cette nuit parfaite où il rejoindrait le néant sans même s'en apercevoir.

Il monta en selle, aidé par le gens d'armes qui l'escortait dans tous ses déplacements, sans voir la silhouette gracile, vêtue de noir, qui l'observait, l'épaule appuyée contre l'un des piliers du porche principal. Celle d'Alard Héritier, espion de M. de Nogaret.

XII

Forêt de Multonne, août 1306

Tierce* était depuis longtemps passée. La faim tenaillait Huguelin depuis la veille au soir. Son maître procédait à ses ablutions derrière un drap tendu à une branche d'arbre. L'extrême pudeur de Druon l'avait d'abord étonné. Il avait ensuite songé qu'il s'agissait peut-être d'une habitude des gens de haut[1], du moins de plus haut que lui, encore renforcée par le vœu de chasteté prononcé par le jeune homme. Levant la voix afin d'être entendu, il annonça :

— Mon bon maître, j'vais… euh, je vais… aller relever les pièges que j'ai posés hier au soir échu.

— Prends garde ! lui cria Druon en retour. Nous sommes installés sur les terres d'un seigneur et tu connais le sort réservé aux piégeurs.

— Vous inquiétez donc pas ! pouffa le garçonnet. Je suis aussi rusé qu'une fouine.

— Ne vous inquiétez pas, rectifia Druon. Quant aux fouines, on parvient à les attraper, elles aussi.

---

1. Contraction de « haut lignage ».

Huguelin détala, amusé. Son maître savait tant de belles choses. En revanche, mieux valait ne pas trop compter sur lui pour assurer leur subsistance de vagabonds, lorsque l'argent se faisait rare, comme en ce moment. Druon ignorait tout des tactiques qui permettent de remplir un ventre creux sans débourser un fretin. À sa décharge, il venait d'une famille qui n'avait jamais eu recours à ces finauderies. Au contraire, d'aussi loin qu'il se souvenait, Huguelin avait trouvé ou volé sa nourriture, et ce n'était pas ses affreuses années passées à l'auberge du Chat-Huant qui y avaient changé grand-chose.

Guilleret mais aux aguets, il sortit de la clairière où ils avaient passé les deux dernières nuits. Il écouta les bruits rassurants de la forêt. Nul écho de sabot, les oiseaux chantaient à tue-tête, preuve que des chasseurs n'étaient pas embusqués à proximité. Les deux premiers collets qu'il avait tendus la veille se révélèrent décevants et lui assombrirent un peu l'humeur. Il progressa, se rapprochant de l'orée, tentant de maîtriser les plaintes de son estomac. Ah ça, il allait tout de même trouver autre chose que des racines à bouillir pour les nourrir tous deux !

Plongé dans ses préoccupations, il se courba pour avancer en terrain découvert vers le troisième piège. Un regain de bonheur remplaça sa morosité lorsqu'il aperçut la silhouette d'une proie captive, allongée au sol. Une vague interrogation lui traversa l'esprit et il eut le tort de ne pas s'y arrêter davantage : le lacet se trouvait bien loin de la lisière de la forêt, plus loin qu'il ne s'en souvenait. Ce n'est que lorsqu'il distingua le sang qui souillait le poil gris-roux du levraut qu'il comprit que le piégeur s'était fait piéger. Affolé, il tenta de s'enfuir, de rejoindre la protection des taillis et des futaies. Trop tard.

Une énorme chose fondit sur lui. Il poussa un cri de douleur lorsque les serres se refermèrent avec sauvagerie sur la chair de ses épaules. Il tenta de se défaire du gigantesque oiseau, mais un coup de bec puissant lui lacéra la joue. Hurlant de terreur et de souffrance, Huguelin se protégea le visage de ses mains. Le claquement des larges ailes l'assourdissait. Et soudain, il comprit qu'il allait mourir. L'aigle royal[1] ne chassait pas seul mais avec son autoursier[2], sans quoi il n'aurait jamais attaqué un humain, même un enfant. Il chassait avec des chiens d'oisel[3]. Le garçonnet tourna la tête, se débattant toujours. Trois chiens de lièvre[4] fonçaient dans sa direction, crocs découverts.

Un ordre claqua. Les chiens pilèrent, gueules menaçantes, à quelques mètres de lui. Un claquement de sabots sur la terre sèche. Au même moment, une ombre le rejoignit, Druon, qui lança :

— Reste immobile ! Plus tu tenteras de t'en défaire, plus il enfoncera ses serres.

— J'ai mal, j'ai mal ! sanglota l'enfant.

Esquivant les coups de becs meurtriers qui visaient ses yeux, Druon parvint à saisir l'aigle au col. Il serra de toutes ses forces. Le bec s'ouvrit large et une langue épaisse et mince en sortit. L'oiseau se débattit, lâchant sa proie,

---

1. Bien que préférant chasser de petites proies à l'état sauvage, un aigle royal dressé est capable de s'attaquer à un loup.

2. L'autourserie est le terme qui désigne la chasse de bas vol (l'oiseau décolle du poing pour foncer vers sa proie à basse altitude) pratiquée notamment avec l'autour, l'épervier ou l'aigle. Le terme « fauconnerie » est réservé à la chasse de haut vol (l'oiseau prend de la hauteur pour piquer vers sa proie), avec les faucons ou le gerfaut. La chasse aux rapaces est très ancienne, sans doute originaire d'Asie. Elle fut probablement « importée » en Europe au IVe siècle mais ne connut sa véritable époque de gloire qu'à la moitié du XVIe siècle.

3. Chiens de chasse dressés pour coopérer avec un rapace. Le terme est toujours usité.

4. Lévrier.

tentant de meurtrir son attaquant de ses pattes. Druon serra encore, la sueur lui trempant le front. Il devait tuer le magnifique animal au plus vite, ses forces l'abandonnaient. Il sentit la résistance de l'aigle faiblir. Ses coups de pattes se firent moins féroces.

L'ordre claqua :

— Lâche-le, coquin ! À l'instant, si tu ne veux pas qu'on te navre[1].

— Rappelez-le, faute de quoi je serai contraint de l'étrangler ! hurla Druon en retour, sans savoir à qui il s'adressait.

Un long coup de sifflet suivit. Druon relâcha un peu son étreinte et jeta un regard vers l'arrière. Deux cavaliers étaient à l'arrêt. L'un d'eux, vêtu tout de cuir noir et coiffé d'un bonnet de chasse, agitait le leurre rouge[2]. L'autre le visait de son arc turquois[3]. Druon jeta l'oiseau en l'air, aussi loin qu'il le put.

L'aigle s'affala au sol, ses ailes déployées le gênant pour se redresser. Le bec toujours ouvert, il fixa le jeune homme qui se demanda si la bête n'allait pas l'attaquer à nouveau dès qu'elle aurait regagné son souffle.

Un autre coup prolongé de sifflet. L'aigle tourna la tête vers le cavalier et s'envola avec lourdeur dans sa direction.

Druon vit le poing gauche ganté se tendre. L'oiseau s'y posa. Le cavalier caressa la tête de l'aigle puis rajusta le chaperon[4] destiné à l'aveugler temporairement avant de

---

1. Transpercer gravement.

2. Son usage aurait été ramené de Terre sainte au XIe siècle. Il s'agit d'une silhouette d'oiseau découpée dans du cuir rouge. Elle permet d'attirer les rapaces qui ne reviennent pas directement sur le poing, comme les gerfauts ou les aigles, qu'on appelle donc des oiseaux de leurre par opposition aux oiseaux de poing.

3. Fait de deux cornes de bœuf reliées par un ressort. Il s'agissait d'une arme puissante envoyant les flèches à plus de cent mètres.

4. Il aurait été ramené de Terre sainte au XIe siècle. Il est surtout utilisé pour calmer l'animal.

le déposer sur le perchoir dont était équipé le pommeau de la selle.

Druon s'agenouilla et reporta son attention sur Huguelin, qui inspirait bouche ouverte, le visage livide, du sang trempant le haut de son chainse. Il dégagea avec douceur l'épaule droite du garçonnet. Les serres de l'aigle avaient labouré la chair. En revanche, la balafre du visage semblait peu profonde.

— J'ai eu si peur, messire Druon. Vous m'avez sauvé.

— Pour l'instant, rectifia le mire en entendant les deux cavaliers s'approcher.

— Elle l'a bellement empiété[1], commenta une voix satisfaite, grave, presque rauque et pourtant étonnante.

Druon tourna la tête et la surprise le cloua. Le cavalier vêtu de cuir noir était une femme de belle taille, élancée, âgée d'à peine trente ans. Sa méprise se justifiait. Jamais il n'avait entendu parler d'une femme chevauchant à la manière d'un homme, les dames devant se contenter d'une selle à pommeau un peu surélevé[2], possédant un unique étrier gauche, selles qui rendaient le galop périlleux. Un grand progrès tout de même par rapport aux anciennes sambues, sorte de confortable siège posé sur l'arrière-main du cheval, qui ne permettait pas à la cavalière de diriger seule l'animal. Elle portait un pantalon ajusté, dont le bas des jambes disparaissait dans de hauts houseaux[3] qui lui

---

1. Un faucon « lie sa proie avec ses mains », un aigle ou un autour « l'empiète avec ses pieds ».
2. Les cornes ou fourches de la selle d'amazone que nous connaissons ont été inventées au XVIᵉ siècle par Catherine de Médicis, remarquable cavalière.
3. Bottes.

montaient jusqu'aux genoux, ainsi qu'un gipon[1]. De peau pâle, les sourcils cuivrés, les yeux d'un bleu intense, Druon se fit la réflexion qu'elle était fort belle. Pourtant, une grande dureté se lisait dans son regard et dans la ligne de ses mâchoires.

Le mire détailla ensuite l'homme qui l'escortait et le visait toujours de son arc. Un gens d'armes de carrure dissuasive, le crâne recouvert d'un casque d'épais cuir qui lui donnait l'air encore plus patibulaire.

S'adressant à Huguelin qui crispait les lèvres pour retenir ses sanglots, la femme ironisa :

— La main ou le pied coupé ? Que préfères-tu ? Avoue que je suis magnanime. Je pourrais décider de te pendre, petit vaurien.

— C'est encore un enfant, madame, argumenta Druon en se relevant.

— Il devrait m'en chaloir ? ironisa-t-elle. Ton nom, gredin ?

— Chevalier Druon de Brévaux. Mire itinérant. Huguelin est mon serviteur et mon apprenti.

Il lui sembla qu'une lueur d'intérêt traversait le regard très bleu.

— Tu m'as l'air bien jeune pour être mire. Chevalier ? Tu te défends pourtant fort mal contre un pauvre oiseau. Vous braconniez sur mes terres. J'ai droit de haute, moyenne et basse justice. Le plus simple serait sans doute de prononcer votre peine aussitôt et de demander à mon homme de vous abattre sans plus tergiverser, déclara-t-elle d'une voix calme. Toutefois, je n'aime pas joncher mon domaine de cadavres puants et rien ne pue davantage que les charognes humaines.

Druon sentit qu'elle réfléchissait et un faible espoir naquit en lui.

---

1. Sorte de pourpoint lacé sur le côté.

— Mire, prétends-tu ? Prends garde, n'ajoute pas le mensonge à ton forfait. La clémence ne fait pas partie de mes vertus. Au demeurant, j'en possède fort peu, pour ma satisfaction.

— Mire, en effet.

— Et un excellent, madame, renchérit Huguelin d'une voix si faible que Druon craignit que l'enfant tombe en pâmoison.

— Je ne t'ai pas demandé ton avis de roué, le rembarra-t-elle.

— Il me faudrait le soigner sans attendre, madame, avec votre permission.

— Pourquoi faire ?

— La blessure est profonde et sérieuse.

Elle semblait véritablement surprise par l'insistance du mire :

— Quel intérêt pour lui d'être exécuté avec l'épaule remise ?

— Nous n'avons pas attrapé le moindre gibier depuis trois jours que nous sommes ici, tenta d'argumenter Druon.

— Quelle importance ? Votre intention était bel et bien de me voler. N'eussiez-vous été de si piètres chasseurs, vous auriez dévoré ce qui m'appartient.

— C'est à cause de la faim, madame, bafouilla Huguelin.

— N'est-elle pas plaisante, cette bonne excuse ! Si tous les gueux à ventre vide suivaient votre exemple, ma mesnie devrait se rabattre sur des baies et des racines ! Nul ne chasse sur mes terres, nul n'y naît, n'y vit, n'y respire sans mon bon vouloir.

Repensant à la question de la femme, à l'espèce d'intérêt qu'il avait perçu en elle, Druon tenta sa dernière chance :

— Je suis bien convaincu qu'un mire de talent – ce que je suis, en humilité – vous peut rendre service, à vous et à votre mesnie.

À son regard, il sentit qu'il avait visé juste.

— Mire, vraiment ? Es-tu versé dans la science des toxicatores[1] ?

— Euh… certes, ce qui soigne peut tuer, tout dépend de la dose, hésita Druon.

Un mince sourire étira les lèvres de la cavalière qui précisa :

— N'aie crainte. Je ne cherche pas à faire passer un vieux mari de vie à trépas. C'est déjà fait, à ceci près que Dieu l'a rappelé à Lui selon Sa volonté. (Elle marqua une pause et poursuivit :) Bien… Admettons donc que tu viens de gagner un sursis, pour toi et ton faquin de serviteur. Gare si tu bailles le lièvre par l'oreille[2] !

Se tournant vers le gens d'armes, elle ordonna :

— Escorte-les jusqu'au château, et qu'ils y soient enfermés jusqu'à mon retour. Qu'on les nourrisse. Il me les faut en bonne forme. Fais prévenir Julienne que je souhaiterais sa présence ce soir. Ne les quitte pas des yeux, ni de la pointe de ta flèche. S'ils tentaient l'escampe[3], abats-les ou tu m'en répondras.

— Madame… c'est guère prudent… commença le gens d'armes avant d'être interrompu d'un péremptoire :

— Obéis ! Je suis de taille à me défendre et Morgane ne ferait pas de quartier, ajouta-t-elle en caressant les ailes de l'aigle[4]. Quant aux chiens, à mon ordre, ils tailleraient en pièces n'importe quel ours ou loup ou… autre.

— Quand même, madame… des hommes… insista l'autre.

— Il suffit ! Je n'ai nul besoin d'être couvée par une mère poule.

---

1. Empoisonneurs.
2. Faire de fausses promesses.
3. Fuite. A donné escampette dans la locution « prendre la poudre d'escampette ».
4. On utilisait surtout des femelles pour la chasse.

Elle tira les rênes de sa monture en volte. Druon la retint :

— Madame, à qui avons-nous l'honneur de...

— L'honneur ou le malheur, c'est moi qui trancherai, mire. Béatrice d'Antigny, dite la Baronne rouge. Je ne sais si ce surnom me fut donné en raison de la couleur de mes cheveux ou du sang des ennemis que j'ai trucidés avec libéralité.

— Il me faut récupérer mes instruments abandonnés au campement, ainsi que nos maigres effets, sans oublier ma jument de Perche.

— Vas-y. L'enfant reste. Si tu ne revenais pas, il mourrait aussitôt et tu serais responsable devant Dieu de son trépas. Quant au cheval, je récupérerais au moins quelque chose si ta science n'était pas à la hauteur des dires de...

— Il me faudra soigner Huguelin avant que nous nous mettions en route afin qu'une vilaine suppuration ne s'installe. C'est l'affaire de quelques instants.

— Ton obstination n'a d'égale que l'agacement qu'elle provoque en moi, soupira la femme tout en faisant connaître d'un signe de tête son accord au garde.

D'un coup de talons, elle lança son destrier[1] droit devant, escortée par l'élégant galop des chiens de lièvre.

---

1. Cheval rapide et puissant, en général réservé à la bataille.

XIII

Saint-Ouen-en-Pail, août 1306

Le gens d'armes suivit d'un regard inquiet la course de sa maîtresse. Il attacha ensuite les rênes de Brise, la jument de Druon, à sa selle et leur lança :

— Vous avancez et pas de vilains tours.

Ils progressèrent sous un soleil écrasant durant ce qui leur sembla des heures. Druon requit une courte pause, afin de reposer leurs membres et de boire un peu d'eau. La réponse le découragea d'insister :

— Pousse pas ta chance trop loin, mire. Faut qu'elle ait besoin d'toi et d'ton art, sans quoi tu girais déjà la gorge tranchée.

— Euh… La dame a fière allure, tenta de l'amadouer le jeune homme.

— L'a pas que l'allure. J'ai jamais rencontré un homme plus vaillant qu'elle. Et maintenant, tu fermes ton clapet.

Ils marchèrent encore. Le paysage changea peu à peu. Aux champs, aux bois qui s'étendaient à perte de vue fit

119

suite un semis de petites fermes, de masures, de granges, de chemins de terre. Huguelin, que la douleur faisait transpirer au point que son chainse était trempé jusqu'à la taille, donna un coup de coude à son jeune maître, désignant d'un mouvement de menton un emplacement situé sur sa droite. Druon tourna le regard. Trois hauts crucifix de bois sombre avaient été dressés en bordure de chemin. Deux dépouilles de renards et celle d'un loup avaient été clouées à la croisée de leurs branches sur lesquelles s'alignaient des freux[1] que leur approche interrompait dans leur festin de charogne.

— Auriez-vous souffert d'une infestation de ces viles bêtes ? s'enquit Druon.

— J't'ai dit de la fermer et d'garder ton souffle.

Ils parvinrent aux abords d'une bourgade. Une pénible sensation d'irréalité envahit Druon lorsqu'ils longèrent la rue principale. On se serait cru en période d'épidémie. Les éventaires des échoppes avaient été repliés, les battants barricadés. Toutes les portes des maisons étaient closes, ornées de grands crucifix blancs tracés au lait de chaux, les volets rabattus. La bourgade était déserte, plongée dans un silence que ne dérangeait que l'écho des sabots des deux montures. Au bout de la rue, une petite église. Un immense brasier achevait de se consumer à quelques toises des marches qui menaient au porche principal, le caquetoire[2].

— Sont-ils tous morts, mon maître ? chuchota Huguelin.

---

1. Ce que nous nommons corbeaux et qui sont en fait des corneilles.

2. Appelé ainsi puisqu'il s'agissait d'un lieu de rencontres et de bavardages entre commères.

— Je l'ignore. Cependant, une chose affreuse s'est produite ici, j'en jurerais.

— Hâtez le pas ! s'énerva leur cerbère. Nous sommes presque rendus et la poussière m'irrite la gorge.

Pourtant, quelque chose dans le ton de la brute indiqua à Druon que l'appréhension l'avait gagné, lui aussi.

Soudain, la porte d'une maison s'ouvrit à la volée. Une femme en cheveux[1], débraillée, le visage convulsé de colère, se jeta vers le roncin[2] du gens d'armes. Elle frappa l'encolure de l'animal de ses deux poings en hurlant telle une possédée :

— Qu'est-ce qu'elle fait ? Qu'est-ce qu'elle attend, hein ? Qu'on soit tous crevés ? Elle nous doit protection ! T'entends, l'homme : protection ! (En pleine crise nerveuse, elle trépigna, éructant :) Il est là, il rôde. C'est le diable ! Même le prêtre... Il l'a démembré tel un pantin ! Le diable, j'te dis !

Sortant de son inertie, Druon fit mine d'avancer vers la femme, mais le gens d'armes, blême, le devança. Il balança sans ménagement son pied dans la poitrine de l'insensée qui, déséquilibrée, tomba sur le flanc.

Stupéfaits, Druon et Huguelin détaillaient la scène. La femme se tassa sur elle-même, protégeant sa tête de ses bras repliés. Des sanglots montèrent, entrecoupés de gémissements. Druon dévisagea le gens d'armes. Il ne paraissait pas furieux. Plutôt défait. Et, dans la crispation de ses

---

1. Sans coiffe.

2. Cheval ordinaire, moins lourd qu'un trait mais bien plus qu'un coursier. Relativement peu rapide, il est monté par des gens d'armes ou des soldats et souvent utilisé à la guerre pour la charge.

maxillaires, dans son regard, le jeune homme lut la peur. La brute se reprit pourtant et cracha, hargneux, à l'adresse de ses deux prisonniers :

— Bougez vot' cul ! Avancez, sans quoi j'démonte et vous aurez affaire à moi !

Ils s'éloignèrent, abandonnant la femme en pleurs, recroquevillée au sol.

Ils dépassèrent la dernière maison du village, une demeure. L'édifice cossu, haut de deux étages, protégé d'un mur d'enceinte, tranchait sur les autres bâtisses. Les murs étaient montés en pierres de taille, les fenêtres larges et protégées de vitres faites de morceaux de verre[1] assemblés par un joint de plomb, le toit d'ardoise. Tout indiquait la belle opulence de celui qui vivait en ces lieux, même les canaux[2] qui partaient des étages pour emporter les déjections vers un putel assez lointain pour ne pas offenser le nez.

---

1. Extrêmement dispendieux à l'époque, le verre est très rare et réservé aux plus riches. De surcroît, on ne parvient pas encore à manufacturer de grandes surfaces, expliquant que l'on assemble de petits morceaux réunis par un joint de plomb.
2. À l'origine, conduits qui amènent l'eau et évacuent les déjections.

XIV

Saint-Ouen-en-Pail, août 1306

En cette demeure, malgré la chaleur de la journée et l'heure encore matinale puisque sexte* s'annonçait, un feu nourri brûlait dans la grande cheminée. Des encensoirs dégueulaient une brume odorante, cannelle, muscade, bois de cade[1] et genièvre mêlés. Sept hommes au visage sévère et fermé avaient pris place autour de la longue table. L'un deux, déjà âgé mais au beau visage, était installé à sa tête. Le maître des lieux, chef de village comme son père et son grand-père avant lui, un richissime mercier[2] connu pour son intelligence, son érudition, sa charité et la pertinence de ses jugements sans oublier la sincérité de sa foi : Jean Lemercier, dit le Sage.

— Je ne sais plus que faire, murmura messire Jean en regardant tour à tour ses voisins et compagnons d'infortune.

Ils attendaient, ils ne savaient quoi, luttant contre le désespoir, prêts à tout pour peu qu'on leur assurât qu'il subsistait une chance, aussi minime fût-elle.

---

1. Censé repousser les maléfices.
2. La plus riche corporation de l'époque, très considérée, qui, à ces titres, rejoignit très vite la bourgeoisie.

— C'est qu'les gens du bailli ont pas fait d'étincelles, commenta Nicol Paillet, un maître fèvre[1] très à l'aise.

Sous des dehors rustauds, Paillet était loin d'être sot. Il avait supporté avec dignité les rumeurs qui avaient couru après le départ de sa femme, qui s'était amourachée d'un vendeur ambulant de dentelles et autres colifichets. Il va sans dire que – comme fréquent en pareil cas – lesdits cancans avaient pris pour cible sa virilité – sans doute chancelante – et la lassitude qu'en avait conçue son épouse. De fait, on ne connaissait nulle maîtresse à Paillet. Un étonnement pour tous. Plutôt que d'y voir une belle tempérance, l'effet de la piété ou de l'amour, ses congénères de la gent forte avaient préféré y lire une probable impotence, expliquant la fugue de la belle Jeanne Paillet, dont les courbes bien placées et le rire de gorge avaient fait saliver de concupiscence bon nombre. Déçu, bafoué, à l'évidence blessé, Nicol Paillet ne s'était plus consacré qu'au travail et à son fils unique, Géraud, âgé d'une vingtaine d'années, et dont tous se demandaient pourquoi ce beau parti n'avait toujours pas pris femme. Peut-être le départ honteux de sa mère l'avait-il échaudé. C'était du moins la théorie avancée par les uns et les autres.

— Pour sûr ! Le seigneur Herbert a pas grand-chose à faire de notre p'tite province, renchérit Agnan Mortabeuf, un orfraiseur[2] dont la délicatesse de point était réputée jusqu'aux belles dames exigeantes de Paris.

Contrairement à Paillet, Mortabeuf n'avait pas inventé l'eau tiède. Mais, plutôt conciliant, ne cherchant jamais la

---

1. Ou ferron. Ils organisaient la production et la commercialisation du fer et déterminaient les conditions de travail. Ils évitaient aux propriétaires des mines d'avoir systématiquement recours à un seigneur ou à une abbaye.
2. Artisan réalisant les orfrois, passementeries, broderies d'or qui ornaient les vêtements précieux. Orfraiseuses : brodeuses qui travaillaient pour lui.

querelle et assez heureux de vivre, il s'entendait avec tous, aidant volontiers les uns et les autres si, toutefois, cela n'allégeait pas sa bourse fort pourvue.

— Il ne nous faut pas juger ainsi, temporisa Jean. Monseigneur Herbert n'a peut-être pas compris l'épouvante dans laquelle nous nous débattons depuis des mois.

— Selon vous, elle ne lui aurait pas tout expliqué de notre cauchemar ? s'inquiéta Thierry Lafleur, un riche loueur de chevaux et d'attelages.

De tempérament inverse à celui de Nicol Paillet, on aurait dit que Lafleur se complaisait dans les ragots. Il était de ceux qui prêtent toujours une oreille attentive aux clabaudages, certains qu'il n'existe pas de fumée sans feu. Il voyait des calculs, des ruses et des manquements chez tous, sauf chez lui, bien sûr. Pourtant, d'aucuns s'étonnaient, en discrétion, de sa très rapide fortune. Lafleur, qui ne possédait que quatre piteux roncins quelques années auparavant, louait maintenant de robustes bêtes, de leur province jusqu'à la mer.

— Oh, je ne doute pas que la baronne Béatrice ait tout tenté, rectifia Jean. C'est une femme de valeur et de parole, nous avons eu cent fois l'occasion de le vérifier. Cela étant, on la dit... parfois étrange. Certes, gardons-nous d'ajouter foi aux ragots. Cependant... Y croit-elle elle-même ? Je veux dire, a-t-elle pris les choses assez au sérieux ?

— Oui... Puis, c'est qu'une femme, quand même, souligna Lubin Serret, l'apothicaire du village, un petit homme maigre et nerveux dont le regard semblait incapable de se poser plus d'une seconde sur le même point.

Lubin Serret était connu pour son érudition et sa valeur d'herboriste. Arrivé dans leur bourgade quinze années plus tôt, il y avait vite trouvé place honorable. Veuf depuis dix-sept ans à ce qu'il affirmait, nul n'aurait pu lui accoler depuis une tendresse ou un soulagement de sens quelconque. C'était pourtant un beau parti, et des représentantes de la douce gent n'avaient pas manqué de manifester leur intérêt. En vain. Il se murmurait, cependant, que ses voyages d'étude à Chartres n'étaient pas uniquement consacrés aux simples. On l'en voyait revenir détendu, presque serein, un état qui ne durait guère.

— Affirmer le contraire serait impossible, admit Jean dit le Sage. Quoi qu'il en soit et à sa décharge, je crois que peu de seigneurs ont eu à affronter ce genre de...

— Malédiction, il n'existe pas d'autre mot ! tonna Thierry Lafleur. Tout d'abord, je n'ai guère ajouté foi aux divagations de Gaston le Simplet, qui prétend avoir aperçu la... chose à la pleine lune. Il a l'esprit d'un enfançon, comme son aîné qui nous a débarrassés de sa présence à la dernière fièvre, et la vinasse n'arrange rien. Un ours de plus de sept pieds, avec des griffes longues comme une main d'homme, aux yeux d'un vert étincelant... j'en passe et de plus invraisemblables ! Sornettes d'abruti ! Et puis... il y a eu notre pauvre père Henri. C'est là que j'ai su qu'il s'agissait du diable. Qui peut s'attaquer à un prêtre portant haut le crucifix d'argent, sinon un avatar du diable ?

Tous se signèrent.

— Et si... hésita Agnan Mortabeuf en reprenant l'argument de Lubin Serret... enfin, si... justement... c'était parce que c't'une femme ? J'veux dire que cette malédiction s'abat sur nous ?

Tous les regards convergèrent vers lui et sa peau de blond rougit comme sous l'effet d'un camouflet. Il redoutait de commettre un impair au milieu de cette belle assemblée très fermée de notables, assemblée qu'il avait mis des années à rejoindre à force de calculs et de flatteries, et grâce à sa femme qui s'était fait un devoir de devenir la meilleure amie de Mme Lemercier. Or la jeune et ravissante Annette Lemercier, deuxième épouse adorée de Jean, était réputée pour sa grande vivacité d'esprit, laquelle avait concouru tant aux affaires qu'à la réputation de son mari.

Le seul défaut de la belle était sans doute une légère propension au bavardage. Cependant, nul n'aurait eu le mauvais goût de le signaler, d'autant que cette loquacité n'avait jamais porté tort à quiconque et certainement pas à son époux. Annette était assez subtile pour savoir quand se taire. Pesant ses mots, Agnan asséna d'un ton qu'il espérait convaincant :

— Hormis què'ques z'exceptions... dont les saintes et certaines représentantes d'esprit et d'piété, comme madame Annette, par exemple... À l'évidence, les femmes sont plus proches du démon qu'nous autres, plus sensibles à ses arguments fallacieux. C'est du reste pourquoi on compte bien plus d'sorcières que d'sorciers. D'ailleurs, si on écarte les femelles des importantes successions, c'est pas sans raison.

Les regards se détournèrent et se posèrent sur Jean le Sage dans l'attente de son verdict. Celui-ci déclara d'un ton lent :

— Certes, notre bon ami Agnan énonce des vérités manifestes. Il est juste et mesuré en insistant sur le fait que ces faiblesses notoires de la douce gent en épargnent quelques-unes...

Tous opinèrent du bonnet. Il poursuivit :

— Toutefois... Béatrice d'Antigny ne nous a jamais donné de raisons de douter de sa foi ou de sa vaillance depuis le trépas du baron, son époux, trois ans plus tôt.

— C'est que, si je puis me permettre... intervint Thierry Lafleur, elle...

Le reste se perdit dans un chuintement pénible.

— Poursuivez, mon bon, l'encouragea Jean le Sage. Nous sommes entre nous et j'en profite pour rappeler à tous ici que ce qui s'échange dans cette pièce est strictement secret, sous peine d'expulsion définitive de notre assemblée et de représailles. C'est le prix à payer afin de préserver notre sincérité à tous, sincérité qui a amplement prouvé qu'elle nous permettait de résoudre nombre de problèmes et d'aider ainsi notre communauté.

Reprenant du poil de la bête, Lafleur finit par lâcher :

— Que sait-on au juste de cette Igraine sur laquelle d'inquiétantes rumeurs circulent ? Que sait-on de sa véritable influence sur la baronne, qui s'entoure depuis deux ans de gens... insolites[1], étrangers à notre village et même aux bourgades avoisinantes ? On ignore d'où ils sortent et certains parlent avec de bien curieux accents, si m'en croyez !

— Il est vrai, admit Jean à contrecœur. Mais que faire, que faire ? répéta-t-il.

— Moi, j'dis qu'y faut s'en remettre au baron Herbert ! asséna Agnan Mortabeuf. Faut y expliquer la vraie vérité sur not' condition.

— Je doute qu'il nous écoute d'une oreille complaisante, au risque d'entrer en délicatesse politique avec sa tante Béatrice. À moins que nous ne puissions étayer notre requête, supplique, d'arguments fort solides, observa Jean le Sage. Or, je me répète, mais sur l'heure, hormis les tentatives infructueuses de la baronne, tout autant que celles du bailli du seigneur Herbert...

— Votre fidélité envers elle vous fait honneur, messire Jean, l'interrompit Thierry Lafleur. Toutefois, vous devrez un jour vous rendre à l'évidence. Quant au reste, je suis en accord avec Mortabeuf : il nous faut convaincre le baron ordinaire Herbert de nous sauver, et tant pis si elle est contrainte au couvent ! Après tout, c'est le choix de moult dames nobles à leur veuvage. Comprenez, il ne s'agit pas de politique ni de rivalités entre seigneurs. Il s'agit de notre survie, de celle de nos familles.

---

1. De la même racine qu'« insolent », le terme fut très péjoratif jusqu'à une époque assez récente. Il indique l'anormalité dans un sens déplaisant, voire blâmable.

Un court silence s'installa, chacun pesant les mots des autres.

— Vot' bonne Clotilde a bien rejoint la domesticité de la baronne ? intervint Michel Jacquard, dit maître Limace, qui n'avait pipé mot jusque-là.

Nouveau venu dans leur communauté, cet ancien coutillier[1] balafré qui avait parcouru le monde était devenu leur aubergiste en rachetant le Fringant Limaçon[2]. Il impressionnait par sa carrure de lutteur de foire et sa voix de stentor. Aussi le sobriquet de Limace qu'il devait à son enseigne ne le gênait-il pas le moins du monde. À moins d'être bien saoul ou bien fol, nul n'aurait songé à en ricaner, du moins en sa présence.

— Si fait, et ma douce mie Annette regrette toujours son départ là-bas, confia messire Jean. Cependant, elle ne rajeunissait pas et ses membres du bas la malmenaient. Les tâches qu'on lui confie au château sont moins âpres que celles dont elle s'acquittait à merveille chez nous. Que voulez-vous... je ne puis lui en tenir rigueur. Annette non plus.

Maître Limace reprit :

— Une aut' preuve de votre générosité, messire Jean. En causant d'arguments afin de convaincre le baron Herbert, j'me demandais... mais c'est p'être ben fourbe... j'me demandais si Clotilde aurait pas remarqué... des choses... inhabituelles, pas chrétiennes au château...

— Vous voudriez qu'elle espionne la baronne Béatrice pour notre compte ? s'inquiéta Jean.

— Euh... bien grand mot, bien grand mot, se défendit Michel. Évoquons plutôt què'ques indiscrétions, pas d'quoi fouetter un chat...

---

1. Soldat, parfois monté, armé d'une épée, d'une dague et même d'une javeline qui combattait aux côtés des hommes d'armes à cheval.
2. Escargot.

— C'est qu'vous connaissez mal la baronne. Il lui en faut ben moins que ça pour faire fouetter un homme, intervint Agnan.

Tous acquiescèrent d'un hochement de tête. Nicol Paillet, le maître fèvre, résuma la pensée de tous d'un pesant :

— Nul ici n'serait assez benêt pour provoquer la colère de la baronne Béatrice. Or, pour c'qu'est d'la fureur... elle a pas son pareil ! Dommage que ç'ait pas eu d'effet sur la... chose. L'en demeure pas moins qu'on peut pas rester l'cul planté avec cette horreur qui court la campagne. Faut agir ! J'doute pas qu'la baronne se soit démenée. Mais ça a servi de rien.

Séverin Fournier, le plus gros fermier de la région, intervint pour la première fois, et tous l'écoutèrent avec une grande attention. Séverin était réputé pour parler peu mais juste. De cette voix très lente qui donnait envie de lui tirer les mots de la bouche, il proposa :

— Je comprends... vos réticences... et les partage. Quand même... c'était une opportunité inespérée... de se forger une idée précise... sur ce qui se trame au château... depuis le trépas d'Hugues d'Antigny, notre ancien seigneur bien-aimé... loin des rumeurs... et des clabaudages de bonne femme... Messire Jean... Nous nous en voudrions tous de vous mettre dans l'encombre... toutefois, bien loin de l'espionnage... voire des indiscrétions... ne peut-on comprendre qu'ancienne servante... et ancienne maîtresse, telles Clotilde et dame Annette, se retrouvent autour d'un godet d'hypocras[1]... pour... parler de la pluie et du beau temps... sans oublier la confection de la crème de mirabelle au miel et aux épices fortes[2]... qui ne doit pas trop échauffer la langue... tout en la taquinant ?

----

1. Mélange de vin rouge et blanc, sucré de miel et parfumé de cannelle et de gingembre.
2. Elle se préparait avec du vin blanc.

Jean le Sage réfléchit quelques instants et déclara :

— Vous comprendrez, mes amis, qu'il est exclu que j'expose ma tendre épouse à l'ire de notre seigneur dont les emportements... sont redoutés. Toutefois, à l'évidence... la crème de mirabelle...

Lubin Serret l'apothicaire y alla d'un commentaire qui devait emporter l'adhésion de tous et clore le débat. Trop dégagé pour être parfaitement limpide, il suggéra :

— D'autant que Clotilde n'est pas sotte, quoique fort moins intelligente et fine que dame Annette. Elle n'est pas non plus suicidaire. Si donc elle commettait... par inadvertance, simple excès de langue, bien sûr, une indiscrétion au profit de dame Annette, elle n'aurait pas la stupidité de s'en ouvrir auprès de la baronne. Nul secret n'est mieux gardé que lorsque chacun a tout à perdre à le divulguer.

— Sauf par les morts, murmura Séverin Fournier le fermier, si bas que nul ne l'entendit.

Après le départ de ses compagnons de conseil, Jean Lemercier demeura attablé, réfléchissant. Il repoussait, sans grand effet, une sorte de désespoir, lui, l'homme fort et avisé que tous consultaient depuis des lustres, qu'il s'agisse d'épousailles ou d'héritage, d'investissements ou de conflits de voisinage. Il luttait contre la sensation d'être prisonnier d'un implacable maléfice contre lequel il était impossible de se défendre. S'il n'avait été l'homme le plus riche de leur bourgade, s'il n'avait été Jean Lemercier dit le Sage, dont l'existence plongeait ses racines depuis une dizaine de générations dans ce sol, peut-être aurait-il pris la fuite, à l'instar de quelques villageois que la peur avait jetés sur les routes, le chariot lourd de leurs possessions.

L'idée que seule la vitalité d'Annette était capable d'alléger un peu son humeur parvint à le convaincre de se lever. Il se dirigea vers la cheminée rugissante et tira le cordon de passementerie. Quelques instants plus tard, une servante âgée pénétra dans la vaste salle.

— Muguette, va quérir madame et porte-nous un peu de vin à partager. Que le souillon[1] monte du bois et allume les chandelles.

— Maître… le soleil est encore bien haut, se permit de remarquer la femme qui servait la famille de Jean depuis son enfance.

Jean rétorqua d'un ton doux :

— Je sais, ma bonne. Cependant, la pleine lumière est apaisante. On a le sentiment que les vilaines ombres ne peuvent lutter contre elle. C'est une erreur, bien sûr.

— C'est vrai qu'en ces temps ça rassure, tout comme le feu. Je vais prévenir dame Annette.

Au prix d'un effort, jusqu'à l'arrivée de son aimée, Jean le Sage réussit à vider son esprit des affreuses visions qui le harcelaient.

Comme à chacune de ses apparitions, il songea qu'elle était une perfection. De belle taille, élancée, de fin et gracieux minois auréolé par la masse ondulée de ses cheveux châtain clair, elle le ravissait. Elle avança vers lui mains tendues, un sourire radieux entrouvrant ses belles lèvres si rouges qu'on aurait cru qu'elle venait de croquer des cerises. Le même vague regret, bien vague, vint à Jean Lemercier. Il aurait tant aimé avoir un enfant d'elle, une fille, aussi jolie que sa mère. Au fond, qu'importait ? Il en avait eu quatre d'un premier lit, dont deux qui n'avaient pas dépassé la tendre enfance. Lui restaient deux fils dont il se sentait aussi peu proche qu'il l'avait été de leur défunte mère. L'un, Jean, l'aîné,

---

1. Auquel étaient réservées les tâches les plus ingrates et pénibles de la maison.

serait mercier après son père. L'autre, Fernand, avait pris la robe et conseillait maintenant l'évêque de Chartres grâce à la protection du seigneur Herbert.

— Mon doux mari, quelle excellente idée de partager un gobelet de bon vin.

— Vous ai-je interrompue dans quelque tâche, ma mie ?

— Que nenni, et même si tel était le cas, l'interruption serait bienvenue puisqu'elle me permet de vous rejoindre, affirma-t-elle en enserrant les mains de son époux.

La pression de cette peau fine et tiède contre sa chair calma Jean. Sans doute les langues étaient-elles allées bon train au début de leurs épousailles. Annette était plus jeune que le cadet de ses fils. De surcroît, jalousie oblige, on méjuge souvent les femmes très belles, leur prêtant d'ina-vouables desseins, sans oublier une inévitable faiblesse d'esprit. Durant quelques mois, Annette avait fait figure de manipulatrice rouée qui s'était fait épouser par intérêt, médisances encore attisées parce qu'elle était originaire de Blois, une ville lointaine dont on se méfiait *a priori*. Cependant, l'humeur joviale, le charme, la grande bien-veillance, et l'intelligence de la donzelle avaient séduit ses détracteurs les plus acharnés. Aucun doute ne subsistait plus dans l'esprit de personne : Annette aimait d'un amour sincère son Jean de mari, qui, après tout, était encore de séduisante figure et de fort belle prestance malgré son âge, en plus de ses magnifiques qualités d'âme.

Il la mena par le bras jusqu'à la table et lui versa lui-même un gobelet de vin. Elle s'installa, attendit qu'il l'imite, puis :

— Je vous sens d'humeur bien sombre après ce conseil de village, mon doux époux.

— Non pas, ma mie, non pas, tenta-t-il de la détromper dans un sourire forcé.

Elle porta l'élégant gobelet d'argent à ses lèvres en insistant :

— Je sais toujours lorsque vous me dissimulez quelque

chose afin de ne me pas chagriner. Votre conciliabule avait pour objet… la bête, n'est-il pas vrai ?

Il n'hésita qu'un instant et avoua :

— Si fait. Je ne sais que penser, mon aimée. Toutes nos ruses, nos appâts empoisonnés, nos pièges et nos battues ont échoué. Ah ça, nous avons retrouvé pléthore de loups, de renards et même un ours crevé ! Des animaux bien de ce monde et de statures raisonnables.

Soudain grave, Annette demanda :

— Vous ajoutez donc maintenant foi à la rumeur qui enfle ? Cette… chose serait démoniaque ?

— J'y viens peu à peu. Notamment depuis que l'on a retrouvé le père Henri, éviscéré tel un vil lapin.

— Sommes-nous tous perdus, en ce cas ?

Jean le Sage abattit avec violence son poing sur la table, au point de faire tressauter leurs gobelets. Un peu de vin se répandit sur le bois patiné, si rouge qu'il semblait un funeste présage. Il cria presque :

— Non ! Le diable ne saurait vaincre ! (Radoucissant le ton, il poursuivit :) Cela étant, il n'est défait que par de valeureuses créatures de Dieu, à l'âme aussi pure et dure qu'une lame de l'acier le mieux trempé.

Annette comprit aussitôt l'allusion.

— Douteriez-vous que… la baronne Béatrice possède une telle âme ? Vous étiez l'un de ses ardents défenseurs.

D'une voix dans laquelle perçaient l'impuissance et la crainte, il admit :

— Je ne l'ignore pas… Ma mie, mon esprit erre, tentant de s'accrocher à une chose puis à une autre. Je… Il me faut vous rapporter, dans la plus grande confidence, j'insiste, certains propos qui se sont échangés durant le conseil. En dépit de notre serment de secret, j'y suis contraint. Cependant, je ne citerai pas de nom.

Tendue tant elle comprenait la gravité d'une telle dérogation, elle affirma :

— Mon extrême discrétion vous est acquise, sur mon honneur.

— Eh bien... Oh, il ne s'agissait pas d'accusations, plutôt d'insinuations et d'interrogations... D'aucuns pensent que l'entourage de la baronne est devenu... « insolite », c'est le terme qui fut utilisé. Avouez que ses récents efforts pour acculer la... chose, quelle qu'elle soit, n'ont guère été à la hauteur de nos espoirs.

— Certes.

— Et si... Dieu lui-même l'avait... déjugée ?

Annette ouvrit la bouche de saisissement et murmura :

— Fichtre, mon aimé, quelle terrible imputation !

— J'en suis bien conscient, et le cœur m'en saigne, souffla son mari. Vous savez combien je l'ai toujours admirée, soutenue. J'ai tenté d'apaiser les voix qui s'élevaient. Toutefois, sa qualité de femelle n'arrange rien.

— À l'évidence, compatit Annette.

— Certains se demandent si le baron Herbert n'est pas notre ultime recours.

— Madame Béatrice entrerait dans une rage folle si elle apprenait que nous souhaitons nous remettre entre les mains de son suzerain direct. Cela reviendrait à la déchoir de ses pouvoirs en sa terre.

— De fait. Cela étant, allons-nous continuer à tolérer ces épouvantables massacres ? Quoi qu'il en soit et avant de me rendre aux avis des autres, il me... nous faut en avoir le cœur net, ma tendre. Il a été suggéré que vous pourriez nous être de grande aide.

— Moi ?

— Si fait. Notre bonne Clotilde, qui n'est pas sotte, et avec qui vous avez gardé de plaisantes relations, a dû remarquer si quelque chose de... dévoyé[1], de trouble, se

---

1. On l'utilise à l'époque surtout au sens étymologique : qui est sorti de sa voie.

passait au château. Cette étrange Igraine, par exemple ? Qui est-elle ? Quelle influence possède-t-elle sur la baronne ? Nous vous supplions donc d'interroger notre ancienne servante avec toute la... subtilité qui est vôtre. Que Clotilde ne se doute pas un instant que vous pêchez des informations.

— Je m'y emploierai, et avec zèle, car si la baronne Béatrice en avait vent, je n'ose imaginer jusqu'où irait sa colère. Clotilde passe souvent au village afin d'approvisionner le château en denrées fraîches.

Jean le Sage vida son gobelet de vin d'un trait pour se resservir aussitôt. Un geste qui étonna Annette autant qu'il l'alarma. Si son époux n'avait jamais boudé les plaisirs terrestres, la tempérance faisait, selon lui, partie de la dignité que nul ne devait jamais abandonner. Elle attendit. Il sembla chercher ses mots, puis :

— Ma mie, avez-vous rendu visite à Séraphine depuis... son attaque ?

Un peu étonnée par la question, Annette s'exclama :

— Certes ! Je lui ai porté une bonne part de longe de porc rôti au vin rouge qui nous restait, sans oublier un gros morceau de tarte blanche[1] pour lui alléger un peu l'humeur. Quand était-ce... Le lendemain de votre entretien avec elle. Mon Dieu... Quelle pitié ! En dépit des remarquables potions et onguents de Lubin Serret, notre bon apothicaire, elle restera défigurée à vie.

— Comment l'avez-vous jugée, à part cela ?

— Silencieuse, pour ne pas dire éteinte. Je me suis lancée dans la narration de menues choses pour la dérider, en vain. Elle ne répondait que par monosyllabes et hochements de tête. À dire vrai, et sans médisance, j'ai eu le sentiment que ma présence lui pesait un peu, et suis repartie

---

1. Elle se faisait au fromage et au miel, puis au sucre lorsqu'il devint moins inabordable.

bien vite en la pressant de me faire prévenir si elle se sentait le besoin de moi.

Son époux la contemplait avec une étrange insistance.

— J'entends bien... Ma tendre, j'ai une question embarrassante à vous poser...

— De grâce, faites. Rien de vous ne m'encombre.

— C'est que... je m'en voudrais de... heurter votre belle sensibilité.

— Vous m'effrayez, mon doux.

— Annette, avez-vous le sentiment qu'elle dit véritable ?

— Votre pardon ?

— Lorsque Séraphine affirme avoir été attaquée par cette... monstruosité... selon vous, est-ce sincère ?

Sidérée, la jeune femme chuchota en jetant un regard apeuré autour d'elle :

— Vous pensez qu'elle pourrait mentir... ou alors qu'un délire lui aurait troublé l'esprit ? Mais... Ces affreuses griffures qui lui ont emporté la moitié du visage, qui strient son cou, ses bras d'affreuse façon...

— Elle aurait pu se les infliger dans une crise de démence ou alors une bête, normale, aurait pu l'attaquer. La peur aidant, elle se serait alors raconté une fable à laquelle elle aurait fini par croire, se justifia son époux.

En pleine déroute, Annette bafouilla :

— En ce cas, ne serait-elle pas folle ?

— Pas nécessairement. Certains êtres, de faible sens, finissent par se faire accroire à eux-mêmes tant de contes à dormir debout. Ce qui m'étonne, voyez-vous, ma tendre... c'est qu'une femme seule, qui n'est plus dans sa prime jeunesse, empêtrée dans ses vêtements féminins qui ne sont conçus ni pour la lutte ni pour la fuite, ait pu résister de la sorte là où deux jeunes bergers vigoureux, armés, se sont fait mettre en pièces, sans même évoquer ce Basile, le manœuvrier. Ce qui m'étonne, c'est que la... chose ne l'ait pas poursuivie pour l'achever.

— Dieu du ciel, murmura Annette, en plaquant sa belle main fine sur le crucifix d'améthyste qui pendait à son cou. Sans souhaiter vous encourager à l'indiscrétion… est-ce le sentiment que vous vous êtes forgé lorsque vous l'avez vue la veille de ma visite ?

— Elle ne souhaitait discuter qu'avec moi. C'était du moins ce que m'a confié l'apothicaire qui lui a prodigué ses meilleurs soins, sans en attendre rétribution puisque nous la savons fort démunie. Il a bien tenté de lui arracher quelques confidences, en vain. Séraphine a opposé le même silence à la femme d'Agnan Mortabeuf lorsqu'elle est venue lui porter une bonne soupe épaisse. J'ai pensé que ses affreuses blessures la dissuadaient de rencontrer d'autres personnes.

— Mais qu'avez-vous conclu au juste ?

— J'ai trouvé son récit… semé d'incohérences, expliquant mes doutes. À l'entendre, son propre sang l'aveuglait, pourtant, elle m'a fait une description assez précise de la créature, de ses horribles yeux verts luisants, de ses énormes pattes griffues. Selon elle, la bête se serait tenue à quatre pattes, puis à deux. Séraphine l'aurait entendue se rapprocher, mais sitôt après, elle a affirmé que seul le hennissement affolé de la mule l'avait avertie. La… chose l'aurait attaquée par-derrière or, curieusement, la presque totalité de ses blessures a été infligée de face… Je vous avoue que je n'accorde pas une entière foi à ses confidences.

— Peut-être devriez-vous l'interroger à nouveau, alors qu'un peu de temps s'est écoulé, lui permettant de reprendre ses sens.

— Je vais y réfléchir, ma mie.

XV

Château de Saint-Ouen-en-Pail, août 1306

Un quart de lieue plus loin, alors que les deux prisonniers, poussés par le gens d'armes, arrivaient en vue d'un château fort bâti en haut d'une éminence, entourée de bosquets, Huguelin chuchota d'une voix mal assurée :

— Dans quelle vilaine affaire sommes-nous tombés ?

— Je ne sais encore. Toutefois, m'est avis que voilà un levraut que nous n'aurons pas mangé mais qui va nous coûter cher.

Les sabots ferrés des montures claquèrent sur les pierres de la large allée qui conduisait au pont-levis relevé. Le château trapu, d'allure rébarbative, formait un quadrilatère flanqué de quatre tours rondes. Un chemin de ronde avec merlons[1] et créneaux, mâchecols[2] et meurtrières, en faisait le tour.

---

1. Partie basse située entre deux créneaux, d'où l'on tirait les flèches.
2. De « mâche » : blesser et de « col » cou. Les mâchecols permet-

139

Druon distingua quelques cervelières[1], quelques cottes de mailles sur lesquelles se réfléchissait la lumière solaire : des hommes en armes dotés d'un équipement sérieux que ne justifiait pas la paix qui semblait régner dans la région, à moins d'imaginer une querelle entre seigneurs voisins. Leur escorte mit pied à terre et beugla en direction du pont-levis :

— Ohé, c'est l'Grinchu. Abaissez, bande de traînards !

Un grincement assourdissant et désagréable. Le contre-poids fut remonté et le pont-levis rejoignit la terre ferme en enjambant les douves. Un valet se précipita pour récupérer les montures. Druon regarda Brise partir avec un pincement au cœur. Toutefois, il se rassura comme il le put : il aurait été insensé de maltraiter une si belle jument de cinq ans, même si l'on pendait son maître.

Ils traversèrent la cour d'honneur, guère plus vaste qu'une placette, au milieu de laquelle était planté un gigantesque crucifix. Autour de son pied, des monceaux de fleurs champêtres, certaines fraîches de l'heure, d'autres achevant de faner. Leur garde les poussa vers une tour ronde dont l'escalier montait vers le logement du seigneur faisant face à l'échauguette[2] et descendait, Druon ne savait trop où. Il devait vite le découvrir.

Un coup dans l'épaule lui fit dégringoler trois marches et il faillit dévaler le reste de l'escalier sur le ventre. Il se

---

taient d'expédier des projectiles aux assaillants pour « leur écraser le cou ». A donné mâchicoulis.

1. Coiffe de mailles ou de plaques de fer qui protégeait la partie supérieure du crâne.

2. Tour de guet, en général la plus haute de la construction.

retint de justesse à un anneau à flambeau scellé dans le mur de pierre. Furieux, il se tourna vers le lourdaud et cria :

— De quoi sert cette brutalité ? J'en informerai votre maîtresse.

Sans une once de méchanceté, l'homme nommé Grinchu rectifia :

— Mon pauv' gars. Si une chiquenaude dans l'dos te semble brutale, qu'est-ce que ce sera quand elle en aura fini avec vous autres !

Il ôta le casque de cuir épais qui lui descendait jusqu'aux sourcils et désigna d'un doigt une épaisse cicatrice rougeâtre qui lui barrait le front en continuant :

— Ça, c'est un d'ses mouvements d'humeur. Elle avait bronché[1] et failli tomber cul par-dessus tête. J'ai rigolé. J'l'ai regretté. J'ai même pas vu sa lame arriver sur mon front tant elle a été preste. J'ai juste senti que j'pissais le sang quand ça m'a brouillé la vue.

Druon ne commenta pas et perçut la pénible déglutition d'Huguelin, accroché au pan de son mantel.

— Allez, avancez, reprit l'homme, d'un ton plus las qu'agressif. J'ai pas qu'vous à m'occuper et mon estomac me tiraille.

Druon et le garçonnet obéirent et plongèrent marche à marche vers l'obscurité peu engageante. Ils débouchèrent dans un souterrain au sol sablonneux.

Huguelin murmura d'une voix tremblante :

— Tudieu, les cachots !

Le large boyau était éclairé par des torches de résineux, et Druon se fit la réflexion qu'il paraissait moins sinistre qu'il ne l'avait supposé lors de leur descente. Ils bifurquèrent dans un autre couloir, de même largeur. Quelques toises plus loin, à hauteur d'une large porte renforcée de traverses de métal, leur cerbère ordonna :

---

1. Trébucher.

— Halte.

Il décrocha une énorme clef d'un clou fiché dans le bois gris du battant et ouvrit.

Ils furent poussés dans une salle souterraine assez vaste mais si basse que le haut du crâne de Druon frôlait par instants les pierres de la voûte.

Avant de verrouiller à nouveau, la brute conseilla :

— J'sais pas trop c'qui va vous échoir. Alors profitez du moment.

Les deux prisonniers demeurèrent un instant silencieux, détaillant le lieu.

— C'est pas… pardon, ce n'est pas une geôle, mon maître, commenta Huguelin d'une voix où perçait un léger soulagement en découvrant la longue table et les fauteuils qui meublaient la pièce. Y a… il y a même des coutes[1] ! Et puis, quatre torchères, avec de belles bougies[2] pour nous éclairer, et un feu dans l'âtre. Cela marque une certaine considération.

Le mutisme du jeune mire tempéra son regain d'optimisme. Druon remarqua d'une voix absente :

— N'est-ce pas bien étonnant ?

— Quoi donc ?

— On pourrait croire que notre venue était attendue. Or, à moins d'imaginer que la baronne soit passée houspiller ses gens…

Devant le regard perplexe du garçon, Druon précisa :

— Allons, Huguelin, sers-toi de ton intelligence, ainsi que je te le répète ! Observe, analyse, compare et déduis.

---

1. Oreiller, coussins.
2. Faites de cire, les bougies étaient un luxe.

Le jeune garçon tourna sur lui-même, inspectant leur confortable prison.

— De fait... Pourquoi illuminer richement et chauffer une pièce souterraine qui ne doit guère accueillir d'invités ?

— Fort bien, le complimenta le mire.

— Votre sentiment, mon maître ?

— Pour l'instant, je suis dans l'incertitude. Bah, nous verrons. Enlève ton chainse. J'ai lavé la plaie mais elle est si profonde que je me demande si je ne devrais pas la suturer, d'autant qu'à cet endroit de flexion et de tension, les chairs auront du mal à se lier.

Un peu pleutre, Huguelin argumenta :

— Oh... je crois que vos soins de tout à l'heure suffiront. Après tout, vous avez nettoyé la plaie avec soin. D'ailleurs... j'ai moins mal.

— J'en doute. Laisse-moi t'examiner, je déciderai ensuite. L'ennui des sutures, c'est que l'on remarque souvent qu'elles favorisent les abcès. En revanche, elles permettent une cicatrisation plus rapide et plus nette. Le débat est houleux dans les facultés de médecine[1]. Doit-on suturer ou pas ? Nul ne semble en accord. Pour cela comme pour le reste !

La voix de Jehan résonna dans la mémoire de Druon. Ainsi que le répétait son père avec un désarroi mêlé de colère, la médecine balbutiait. À sa décharge, l'autoritaire tutelle de l'Église, la méconnaissance du grec et de l'arabe limitant la lecture d'ouvrages précieux, et la pesanteur des deux maîtres que nul n'aurait songé à contester en dépit de leurs erreurs : Galien et Hippocrate[2]. Jehan Fauvel s'emportait. Quoi ? Fallait-il croire que le Capricorne révélait une grande susceptibilité vis-à-vis de la goutte et des rhumatismes

---

1. Ce fut, en effet l'objet d'une grande querelle qui devait persister assez longtemps.

2. Cet absolu respect perdurera encore longtemps, retardant les progrès de la médecine.

quand tant d'autres vieillards de tous signes astrologiques les manifestaient ? Les médecins hésitaient à approcher leur patient, se contentant, dans le meilleur des cas, de prendre son pouls, de commenter son écho, sa fluidité, sans jamais songer à relever sa fréquence[1]. Le comble de leur science s'étalait lorsqu'ils recueillaient les urines dans un vase de forme spéciale. Ah, que de commentaires, tous plus ineptes les uns que les autres, sur ces fameuses urines, s'emportait Jehan. Cette uroscopie leur permettait de rester à distance du malade et même de recommander un traitement sans jamais l'avoir vu. Quant aux remèdes, un fatras de billevesées et d'enfantillages : du poumon de veau pour arrêter la progression de la vérole, le vinaigre pour guérir les écrouelles, l'huile d'olive contre la pierre[2] du rein[3], les roches rouges appliquées sur le ventre afin de renforcer le sang, tant d'autres qui avaient apporté l'éclatante preuve de leur totale inefficacité. La poudre de vipère possédait tant de vertus, depuis l'éradication des verrues, jusqu'aux stérilités féminines en passant par la mollesse du membre viril, qu'on chassait ce serpent avec acharnement. Ces doctes médecins qui jacassaient en latin, telles des pies, dans les amphithéâtres de leurs universités se gaussaient fort des chirurgiens barbiers qu'ils méprisaient. Pourtant, seuls eux progressaient. Ils drainaient les suppurations, excisaient les tumeurs superficielles, arrêtaient les hémorragies, réduisaient les fractures, trépanaient même. Jehan avouait son admiration pour cette corporation pourtant bafouée. Eh quoi ? Ils ne parlaient pas le latin ? Qu'avait à faire un agonisant des vénérés textes anciens ?

— Allez, ton chainse, reprit Druon.

---

1. Il faudra encore attendre longtemps pour que la fréquence cardiaque devienne un outil de diagnostic.
2. Calcul.
3. Ces remèdes seront encore utilisés jusqu'au XVIIe siècle.

Le garçon s'exécuta à contrecœur, la perspective de l'aiguille ne l'enchantant guère.

La puissante aigle avait ravagé l'épaule du garçonnet. Les serres s'étaient enfoncées encore plus profondément quand Huguelin s'était débattu, tentant de l'arracher de son dos. Lorsque, enfin, elle avait relâché sa prise pour se défendre contre Druon, ses ongles avaient labouré la chair tendre.

— Quelle allure ?

— Fort peu jolie. Tu garderas une large cicatrice que tu pourras montrer aux filles pour les impressionner, plaisanta le jeune mire.

Il fouilla dans sa bougette à la recherche du précieux flacon d'alcool de vin[1].

— Ah non, ça brûle, protesta Huguelin.

— Tu préfères qu'on t'ampute dans une semaine ?

— Certes pas… Qu'est ce liquide ?

— C'est un secret que je te confierai peut-être un jour. Cette liqueur est délicate et longue à fabriquer. Elle possède l'étrange pouvoir de prévenir nombre de suppurations, par un mécanisme qui m'est inconnu et l'était également de mon père, dont je tiens la recette.

Huguelin couina tel un goret lorsque Druon versa, goutte à goutte, le liquide translucide sur sa plaie. Le mire déchira ensuite une longue bande de lin du rouleau qu'il conservait dans son grand sac, et banda l'épaule.

— Nous la devrons examiner chaque jour afin de vérifier qu'un abcès ne s'y développe.

Huguelin enfila son chainse souillé de sang séché et demanda, apeuré :

— Que croyez-vous qu'elle nous réserve ? Cette Baronne rouge qui m'a l'air féroce.

---

1. Obtenu par distillation du vin et produisant un alcool fort, donc désinfectant.

— Je l'ignore. Aussi, inutile de nous encombrer l'esprit avec cela pour l'instant, tenta de le rassurer Druon.

Un coup de poing asséné sur la porte les fit sursauter. Une voix peu amène ordonna de l'autre côté du battant :

— Reculez-vous au fond de la pièce et ne tentez aucun vilain tour, il vous en cuirait !

Inquiets, Druon et Huguelin obéirent. Le son d'une clef qui tournait dans la serrure.

Une sorte de géant barbu, des cheveux emmêlés et fort bruns lui tombant presque à la taille tel un barbare, se courba pour pénétrer, dague au poing. Il les fixa d'un regard sombre et peu amène. Une servante le suivait, porteuse d'un lourd panier. Elle se précipita pour le déposer sur la table avant de courir vers la porte.

— Vos vivres. Profitez-en. On ne sait jamais combien dure la générosité de notre maîtresse, précisa le géant.

— Pourrions-nous avoir de quoi nous rafraîchir, une cuvette… ? Il nous faut également laver le chainse d'Huguelin.

— C'est tout ? demanda l'homme gigantesque d'un ton d'agacement.

La lourde porte fut refermée avec brutalité. Druon et le garçon se consultèrent d'un regard perplexe. Puis l'enfant se rua vers le panier dont il vida le contenu en poussant des exclamations satisfaites :

— Fichtre ! On va déguster là notre plus somptueux souper de longtemps. Prions juste que ce ne soit pas le dernier ! Du vin, du pain, un fromage de chèvre mollet[1] à

---

1. De mol, agréablement mou.

souhait, du lard, tout un poulet rôti, des prunes sèches[1]...
un festin, mon maître.

— Eh bien, ainsi que l'a conseillé ce grand singe chevelu, profitons-en.

Ils mangèrent avec voracité jusqu'à ce que la faim qui
leur tiraillait le ventre depuis des jours soit apaisée. Repus,
ils soupirèrent de bien-être avec un bel ensemble, Huguelin
poussant l'enthousiasme jusqu'à déclarer :

— M'est avis qu'il doit être moins pénible d'être pendu
haut et court avec une panse bien rebondie.

— Je ne me prononcerai pas, n'ayant tenté l'expérience
ni affamé ni gavé.

---

1. Pruneaux.

XVI

Château de Saint-Ouen-en-Pail, août 1306

Une piqûre légère à la gorge tira vaguement Druon du sommeil troublé dans lequel il avait glissé. Il tenta de se défaire de l'insecte insistant d'un revers de main et se redressa d'un bond dans le fauteuil, ouvrant grands les yeux, lorsque sa peau rencontra la fraîcheur du métal. Le géant chevelu et très brun le menaçait de la pointe de sa dague, le fixant d'un indéchiffrable regard noir.

— La baronne Béatrice te fait mander par-devant elle. Aussitôt.

Huguelin, réveillé en sursaut, avait bondi sur pieds. L'homme recula d'un pas et lança au gamin :

— Pas toi.

Brave, bien qu'affolé, Huguelin rétorqua d'une voix qu'il espérait ferme :

— Je ne quitte point mon maître !

— Faut-il que je te prouve le contraire, morveux ?

— Demeure, Huguelin, il ne m'arrivera rien, intervint Druon, s'efforçant au calme.

— Qu'en savez-vous ? pleurnicha le garçonnet.

— Parce que s'ils avaient voulu nous occire, ce serait déjà fait. De surcroît, nous n'avons pas même été fouillés, preuve qu'on ne nous considère pas à l'instar de malfaiteurs. De plus, bien que ne doutant pas de la belle charité chrétienne de la baronne, je la vois mal gâchant de la nourriture pour satisfaire des condamnés à mort, ironisa-t-il.

— M'est avis que tu vas moins railler sous peu, lâcha le géant, prouvant par là qu'il y avait plus sous son crâne épais que ne le supposait Druon.

Forçant les graves de sa voix, le jeune mire asséna :

— Vous ai-je autorisé à me donner du « tu » comme si nous avions été compagnons de beuverie dans quelque gargote mal fréquentée ? Vous voudrez donc aussitôt revenir au vousoiement si vous souhaitez que j'obtempère, ordonna Druon en se laissant choir sur son fauteuil. La bande de lin rêche qui lui servait à aplatir ses seins lui scia les aisselles.

— Tu veux que je te traîne par les cheveux tout le long de l'escalier ?

— Faites ! Vous pouvez également me larder de coups de dague, si ce n'est que je deviendrais alors de peu d'utilité pour votre maîtresse, qui devrait vous en féliciter. Le « vous », l'homme ! Je suis un savant, pas un vil gredin, et nul ne me traite avec cette effronterie.

Huguelin avait blêmi à cet échange. Étrangement, un mince sourire flotta sur les lèvres du géant, qui persifla :

— Seigneur, avec tout mon respect, je vous supplie de me bien vouloir accompagner auprès de la baronne, ma maîtresse.

Druon prétendit hésiter un instant, puis se leva sans hâte.

Ils remontèrent l'escalier de la tour, l'homme se tenant derrière le jeune mire, qui découvrit ainsi que le soir était tombé.

Ils dépassèrent un premier palier, puis parvinrent au deuxième. Le géant s'écria :

— Nous sommes rendus. Un conseil, l'ami... Ne te... ne vous laissez pas aller à vos petites impertinences avec elle. La patience n'est pas sa vertu principale.

Ils pénétrèrent dans une sorte d'ouvroir et avancèrent vers une haute porte. Son escorte signala leur présence d'un coup de poing contre l'épais battant avant de le pousser. Les trois chiens de lièvre se levèrent, attendant un ordre pour se jeter sur l'intrus.

— À terre !

Les bêtes s'aplatirent aussitôt. Le géant chevelu précéda Druon dans la vaste salle brillamment illuminée. Des torchères lourdes de bougies brûlaient dans chaque recoin. Un feu violent rugissait dans la cheminée, assez large pour qu'on y rôtisse un bœuf. La baronne Béatrice se tenait raide, assise sur une forme[1] surmontée d'un dais. Ses pieds bottés étaient posés sur les lions sculptés qui décoraient le bord de l'estrade surélevant le siège. Toute de carmin vêtue, elle semblait une flamme échappée du brasier. Ses cheveux cuivre étaient remontés en torsades et formaient une sorte de couronne autour de son crâne. Elle ne portait ni voile ni coiffe, une excentricité qui la faisait paraître à la fois plus jeune et plus féroce que lors de leur première rencontre. L'aigle royale, Morgane, était installée à sa droite, sur un haut perchoir, et surveillait les nouveaux arrivants. Druon remarqua que les liens de cuir passés à ses pattes et qui servaient à l'entraver au repos n'étaient pas noués à la barre du juchoir. Il avança de quelques pas, s'immobilisa à une demi-toise de la forme et s'inclina bas. La chaleur de la journée, encore amplifiée par le feu nourri de la cheminée, faisait luire la peau pâle et fine du visage de la femme.

---

1. Siège d'honneur, le plus souvent réservé au seigneur, à dossier sculpté et parfois surmonté d'un dais.

Le géant contourna la forme et se planta à gauche d'elle, bras croisés sur son énorme torse.

Sans préambule, elle attaqua de cette voix presque rauque :

— Reprenons où nous en étions restés, mire. Ta mort et celle de ton chenapan de trucheur[1] ou ton art, lequel a intérêt d'être efficace.

— Huguelin, en dépit de sa petite naissance, n'est pas un trucheur ! Quoi qu'il en soit, à votre service, madame. Je suis tout ouïe.

Elle parut hésiter, puis tourna la tête et s'adressa à un grand dorsal qui représentait un fauve au regard rouge et fou, dévorant à pleins crocs une sorte de biche :

— Igraine, ton aide est requise.

Une vague déforma le dorsal et une saisissante créature apparut. Druon en déduisit que la tapisserie dissimulait un passage ou une autre salle, ainsi qu'il était fréquent. La femme qui s'approcha semblait sans âge, entre vingt et quarante ans. Maigre, de très haute taille, aux longs cheveux noirs ceints d'une mince tiare d'argent, elle s'appuyait sur un bâton sculpté à bout ferré bien que sa démarche fût aisée. Ses deux poignets étaient cerclés de larges et épais bracelets d'argent, et la première phalange de son majeur droit disparaissait sous une bague de même métal représentant deux serpents enlacés. Un freux était perché sur son épaule, si immobile que Druon crut d'abord qu'il s'agissait d'un animal empaillé, jusqu'à ce que l'oiseau tourne la tête d'un petit mouvement sec vers les chiens. Igraine s'immobilisa à un pas du jeune mire et le détailla de son inquiétant regard presque jaune.

— Tends tes mains, paumes vers le ciel, demanda-t-elle d'un ton presque enfantin, dont le contraste avec son allure alarmante sidéra le jeune homme.

----

1. Mendiant qui demandait l'aumône par seule paresse. Très péjoratif.

Après un regard prudent pour le freux et son puissant bec noir, il s'exécuta. Elle se pencha et inspecta ses mains sans les frôler avant de déclarer :

— C'est... (Elle marqua une courte pause, son regard se rivant au sien, et conclut :) bien lui, madame.

De plus en plus ébranlé, certain que cette femme avait percé le secret de son genre, ignorant pour quelle raison elle taisait la vérité à sa maîtresse, Druon attendit, il ne savait quoi.

— Me trahira-t-il au pire moment ?

— Je l'ignore, madame. Je vous le répète, l'avenir est mouvant, puisqu'il existe nombre de futurs possibles, contrairement à ce que tentent de faire accroire les bonimenteurs de foire. Et puis... lui donnerez-vous des raisons de vous trahir ?

— Parce qu'il faut des raisons ? demanda la baronne d'une voix coupante.

— Les traîtres sont parfois des pleutres, parfois des cupides, parfois, aussi, des déçus.

— Tu peux disposer, Igraine, et rejoindre ton antre.

L'autre salua et disparut derrière le dorsal.

Une sorte d'agacement remplaçait peu à peu l'anxiété en Druon, qui intervint :

— Je ne suis ni serf ni votre vassal, seigneur madame. Je suis mire, d'une famille de mires réputés et loue mon art à qui bon me semble.

— Erreur ! cria la baronne en le pointant d'un index agressif, geste auquel l'aigle s'associa aussitôt par un battement d'aile impressionnant.

— Paix, gentille Morgane, la calma d'une voix tendre sa maîtresse.

— Je suis étonné qu'elle ait attaqué un humain, même enfant, remarqua le jeune mire.

— Morgane volerait droit dans le feu pour me plaire.

— Remarquable dressage, madame.

— Il ne s'agit pas de dressage mais de compagnonnage. Elle sait que je marcherais aussi droit dans le feu pour la sauver. (D'une voix menaçante, elle poursuivit :) Ne tente pas de détourner la conversation grâce à de plates flagorneries ! Tu braconnais sur mes terres. Ta vie m'appartient donc. De surcroît, évite de m'échauffer les sangs avec ton effronterie. Un signe de moi et Léon te brise le col. Ton avorton de coquin suivra.

Le géant approuva d'un petit hochement de tête.

— Quant à ton art, tu vas aussitôt nous en faire une éblouissante démonstration. (Se tournant vers Léon, elle demanda d'un ton dont l'exaspération était perceptible :) Et Julienne ? Je l'avais fait prier de descendre.

— Ses faiblesses, seigneur.

La main de la baronne s'abattit sur l'une des pommes[1] de cristal taillé des accoudoirs.

— Ses faiblesses ! Encore et toujours ses faiblesses. Elle périra de mélancolie[2] si elle s'obstine à se cloîtrer ainsi dans ses appartements ou dans la bibliothèque. Fais quérir ma sœur d'alliance, à l'instant. Je ne tolérerai nulle dérobade.

Léon disparut par la haute porte qui leur avait livré passage peu avant. Se tournant à nouveau vers le jeune mire, la Baronne rouge exigea :

— En attendant, conte-moi donc de tes miracles.

— Il ne s'agit pas de miracles, madame, et je le déplore, mais de médecine. Elle a ses limites et, cependant, des réussites bien supérieures à la superstition.

---

1. L'ornement avait pour fonction de rafraîchir les paumes aux chaleurs.
2. Dépression.

XVII

Forêt de Multonne, août 1306, au même moment

Alphonse Portechape, tonnelier à Saint-Ouen-en-Pail, était fort satisfait de lui. Une affaire rondement menée et pas mal arrosée, expliquant sa démarche incertaine et sa tête lourde. Se dirigeant à la lueur d'une esconce, il avait donc coupé à travers champs, longeant l'orée de la forêt plutôt que de suivre le chemin. Il n'avait qu'une hâte : rentrer, s'asperger d'un seau d'eau fraîche et s'écrouler jusqu'au demain sur sa couche.

Quand même, quel fesse-mathieu[1], le cellier[2] du monastère de Saint-Samson, éloigné d'à peine une lieue ! Mais quinze futailles[3] neuves, ça ne se vendait pas chaque jour. Ce grippe-sou avait gratté le moindre denier* de rabais comme si on lui arrachait l'âme. Jusqu'à ce qu'Alphonse comprenne que ce n'était pas tant l'escarcelle des religieux, ses maîtres, qui lui rongeait le foie que son profit personnel. Un accord avait été vite trouvé lorsque Portechape avait proposé avec prudence un « hommage » au cellier.

---

1. Avare.
2. Serviteur laïc qui s'occupait des celliers dans un monastère.
3. Tonneau pour le vin ou le cidre.

Un quart de futaille par cinq tonneaux achetés. Du coup, les besoins des moines avaient doublé. À savoir comment le gars allait maintenant se débrouiller pour justifier cet excédent de dépenses auprès de son cellérier[1] ! Bah, de toute façon, les moines étaient riches comme Crésus !

Un renvoi pénible ramena dans sa gorge un mélange aigre de vin mêlé de bile. La tête lui tournait et il se demanda s'il n'allait pas dégorger sur ses braies. Il s'immobilisa, appuyé sur l'herminette[2] qu'il emmenait partout avec lui depuis que… depuis le début de ces horreurs. Qu'elle y vienne donc, cette maudite bête ! D'autant qu'il n'avait rien d'une frêle jouvencelle, le Portechape ! Quant à la description apocalyptique d'un monstre tout droit sorti de l'enfer, on la devait surtout au simple Gaston, qui tétait pas mal la boutille dès que l'occasion s'en présentait.

Tentant de juguler ses renvois et sa nausée, il n'entendit la course derrière lui que bien trop tard. Lorsqu'il se retourna, levant l'herminette afin de l'abattre de toutes ses forces, la bête bondissait.

Dans la féroce mêlée qui suivit, Alphonse lâcha son arme improvisée. Des mâchoires implacables se refermèrent sur sa hanche, sur sa cuisse, dans son dos. Un mufle trempé de bave chercha sa gorge. Insensible à la douleur tant la panique l'avait envahi, Portechape frappa avec l'énergie du

---

1. Frère chargé de la gestion de l'abbaye. Il avait soin des approvisionnements et de la nourriture, surveillait les granges, les moulins, les brasseries, les viviers, les magasins, dirigeait la fourniture des meubles, d'objets variés et supervisait les visites.
2. Utilisée depuis l'antiquité par les menuisiers, les charpentiers ou les tonneliers. L'outil est composé d'un fer aplati à taillant très large monté perpendiculairement au manche.

désespoir, à coups de poings, coups de pieds, hurlant à l'aide sans grand espoir. Il était trop loin du village pour qu'on l'entende. Un souffle brûlant lui balayait le visage et d'énormes crocs claquèrent, lacérant sa joue.

Et puis, il parvint à attraper la bête par le col et serra à s'en faire éclater les veines des bras. La furie qui s'était attaquée à lui tenta de le griffer des pattes, pourtant Portechape sentit qu'elle faiblissait. Un regain d'énergie décupla ses forces. Il allait l'étrangler, la tuer. Il deviendrait un héros. Un hurlement à la mort, non loin, sur la droite. Il aperçut la bête. La deuxième. À peine moins énorme que celle qu'il s'apprêtait à maîtriser. Babines retroussées sur un grondement féroce, crocs luisants, le regard fou, elle avançait vers eux.

Alphonse Portechape comprit qu'il n'aurait pas le dessus. Et relâcha son étreinte. La bête hors de souffle s'écroula au sol, son poitrail se soulevant au rythme de ses halètements désordonnés. L'autre s'immobilisa, tourna la tête vers l'arrière, semblant hésiter.

Alphonse Portechape se redressa et courut alors comme s'il avait tous les diables à ses trousses. De fait, il en était maintenant certain, il s'agissait bien de démons. Il les entendait derrière lui. Un gémissement désespéré lui monta aux lèvres. Son cœur battait la chamade, prêt à exploser, cognant dans les veines de son cou. Le sang lui dégoulinait le long des jambes. Enfin le village ! Plus qu'une centaine de toises et il serait sauvé.

Hors d'haleine, une douleur d'effort lui sciant le ventre, la sueur qui coulait de son front, de son torse se mêlant au sang de ses plaies, il supplia le ciel de le laisser vivre. Et soudain, sans qu'il comprenne pourquoi, comment, ses jambes se dérobèrent sous lui et il s'affala sur la terre sèche du champ. Dans une inepte tentative, il se protégea le visage de ses bras repliés. Des sanglots de terreur le suffoquèrent. Elles allaient le mettre en pièces. Comme les autres.

Rien. Le frémissement des herbes sous la brise. Au loin, un premier hululement de chouette. Rien. Tremblant de tous ses muscles, trop effrayé pour comprendre, il ouvrit les yeux.

Les deux monstres avaient disparu.

XVIII

Chartres, rue des Petites-Poteries,
août 1306, au même moment

Il se débarbouilla et se lava les mains et les bras dans la cuvette de grès posée sur une petite table bancale. Un sourire lui vint lorsqu'il détailla les jolies volutes rouges qui se mêlaient avec lenteur à l'eau. Il poussa un soupir d'aise et se rajusta, satisfait et repu.

Il se rapprocha du lit en bataille, se pencha pour récupérer dans la cotte le denier tournois qu'il avait offert plus tôt, lorsque l'envie, le désir le suffoquaient. Inutile de perdre du bel argent, d'autant qu'un autre se ferait fort de le récupérer.

Il regarda la chose étendue sur le drap trempé de sang. Elle lui avait permis de passer un moment enivrant, dont il avait savouré chaque seconde, en dépit du fait qu'il avait été contraint de la bâillonner pour que ses hurlements n'ameutent pas son souteneur de la maison lupanarde. Il ôta de sa bouche le tampon de chanvre gluant de salive et le fourra dans sa bougette, tout comme le long griffoir dont il serrait les sangles autour de son poignet lorsque la fille le pensait endormi après le plaisir et qu'elle commettait la grave erreur de lui faire les poches en discrétion.

Il détailla les lambeaux de visage qui pendaient sur son cou, le ventre fendu de haut en bas, les viscères joliment étalés sur ses seins, griffés et déchiquetés eux aussi. De magnifiques blessures, profondes, sanglantes.

Il se sentait si bien, si plein de son pouvoir sur les êtres qu'il se serait volontiers endormi contre ce corps encore tiède, mais il devait rentrer au plus vite. Il devrait se méfier, ne pas étaler son immense satisfaction.

Quel dommage qu'elle ne dure jamais très longtemps. Bah, ça n'était pas les puterelles qui manquaient !

XIX

Château de Saint-Ouen-en-Pail,
août 1306, au même moment

Léon avait découvert Julienne d'Antigny dans la bibliothèque. Y lisait-elle ou y bavardait-elle en compagnie de messire Évrard Joliet, le bibliothécaire-copiste de la baronne, une jolie main pour un laïc ? Au fond, Léon comprenait le besoin de compagnie de la jeune femme et la plaignait un peu, bien que sa geignardise l'agaçât. La mort de son frère Hugues, trois ans auparavant, ne l'avait pas trop affectée tant il se préoccupait peu d'elle, si fasciné et amoureux de Béatrice qu'il était. En revanche, ce trépas brutal, un accident de chasse, l'avait laissée encore plus solitaire qu'auparavant. Elle demeurait la dernière de sa lignée directe. Julienne, âgée de vingt-cinq ans, un âge déjà avancé pour une donzelle, était toujours fille, de maigres biens, de peu d'esprit, de vilaine figure, et il n'y avait donc plus aucune chance qu'on lui trouvât un époux.

— Madame, la baronne ma maîtresse vous demande de lui accorder le bonheur de votre présence, mentit le géant barbu en ajoutant pour lui-même « et tu as intérêt à obéir car elle est de méchante humeur ! ».

— C'est que je ne me sens guère en... forme, messire

Léon, se plaignit la femme en envoyant un regard désespéré au bibliothécaire.

Celui-ci se sentit obligé de renchérir, bien qu'avançant avec prudence :

— Il est vrai, messire Léon, que madame Julienne grelotte de faiblesse depuis le matin. (Se tournant vers la cheminée, il ajouta :) Voyez, on a dû lancer un feu en dépit de la chaleur de la journée, tant le froid lui rampait dans les os.

Léon détailla le sieur Évrard. Le Joliet[1] portait son nom. Un peu rond sans être replet, de taille moyenne, de manières douces et affables, il avait un visage plaisant d'adolescent, bien qu'ayant dépassé la trentaine. Le fin duvet blond qui couvrait son crâne, ses grands yeux bleu pâle, son nez menu lui donnaient l'air d'un poussin étonné. Sans doute s'ennuyait-il lui aussi, tel un rat en cage, puisque la lecture n'avait jamais été la passion de la baronne, et encore moins de son mari avant elle. La bibliothèque avait été conçue et enrichie avec amour par feu la mère du baron Hugues, une belle et bonne dame qui avait supporté sans se plaindre la tristesse du mariage imposé avec un homme qu'elle n'avait guère aperçu, sauf pour lui faire trois enfants et panser ses blessures. Elle s'était donc réfugiée dans les livres et l'érudition. Par respect pour sa mémoire, son fils avait entretenu son trésor et Béatrice avait pris la relève.

Parce qu'il les plaignait tous deux un peu, le géant barbu répondit d'une voix plus amène que celle qu'il eût réservée à d'autres :

— Croyez bien que notre seigneur s'inquiète fort de l'état de santé de sa chère sœur d'alliance. C'est du reste pour cette raison, qu'elle souhaite vivement qu'elle la rejoigne.

Julienne d'Antigny sentit l'insistance sous la courtoise et

---

1. Joliet/Joliette. Diminutif de « joli ». À l'époque, utilisé pour les deux sexes, puis uniquement pour le sexe féminin.

après un autre regard triste pour le sieur Évrard, se leva à contrecœur en frissonnant.

Sans rien dévoiler des secrets appris qui faisaient maintenant son avantage, Druon narra à la baronne Béatrice quelques anecdotes où la science avait tiré des malades des griffes de la mort, anecdotes toutes empruntées aux souvenirs de son père. Ainsi, il proscrivait le nettoyage des plaies au vin mêlé de miel[1], avec ou sans aromates, lui préférant l'alcool de vin ou le vin très aigre. Certes, la douleur était vive, mais le patient se remettait bien mieux de son infection, par un mécanisme fort étrange. Contrairement à tous ses confrères, il dédaignait les saignées, ayant remarqué qu'elles affaiblissaient avant tout le malade. Aux sujets trop pleins de sang[2], et plutôt que de les en vider, il prescrivait une diète[3] faisant grand cas de légumes, de fruits et de viandes blanches. Quant aux emplâtres de boue et de paille sur les plaies suppurantes[4], il les tenait en grande méfiance.

Une appréhension l'avait gagné alors qu'il affabulait. Cette Julienne était-elle souffrante ? La baronne les avait-elle épargnés à seule fin qu'il la soigne ? Si, grâce à l'enseignement

---

1. Qui, bien sûr, provoquait une pullulation des bactéries puisqu'elles apprécient en général les milieux riches et sucrés.

2. Ce qui désignait très souvent les hypertendus, le volume de sang étant stable.

3. Le mot signifie à l'époque « alimentation » et non pas « privation ». Il a gardé ce sens en anglais. La prescription d'un régime particulier était presque systématique au Moyen Âge, et chaque médecin avait sa « recette » personnelle, le plus souvent basée sur le renforcement ou l'affaiblissement des quatre humeurs, c'est-à-dire sans grand rapport avec la nutrition telle que nous la connaissons.

4. Une pratique classique à l'époque. On comprendra qu'elle fut à l'origine de nombre de gangrènes.

paternel, il était plus érudit que tous les mires et les médecins réunis du royaume, il s'agissait d'une connaissance théorique. Qu'avait-il soigné jusque-là, hormis une fièvre printanière de Jehan Fauvel – et encore grâce à ses indications ? Surtout, qu'avait-il diagnostiqué ? Certes, panser la plaie d'Huguelin avait été simple. En revanche, déduire une maladie de ses symptômes se révélait affaire bien différente. Il fournit un effort pour maintenir son calme et conserver un débit posé et presque péremptoire. Pourtant, il sentit la sueur poindre à ses tempes.

La baronne Béatrice l'écoutait, le torse légèrement incliné vers lui, le visage impavide.

Le retour du géant Léon mit fin au monologue du jeune homme. Il était accompagné d'une jeune femme de petite taille, assez en chair, au visage fort pâle et un peu bouffi.

— Julienne, enfin… Il est aimable à vous de nous avoir rejoints, lança la baronne d'un ton acide. Cet homme que vous voyez se prétend grand médecin et vous devrait soulager. Du moins, je l'espère pour lui.

Après un sourire vaguement ennuyé, vaguement contraint, la femme encore jeune déclara d'un ton incertain, comme si elle cherchait ses mots :

— Ma sœur… de grâce, vous êtes si bonne envers moi. Tous les remèdes que l'on m'a contrainte de prendre jusque… là n'ont rien fait que me retourner… euh… les intérieurs et me faire dégorger telle une bête.

Se tournant à nouveau vers le mire, la baronne expliqua sans émotion :

— Ma sœur d'alliance, Julienne, souffre depuis des années de… (Un sourire sans chaleur étira ses lèvres et elle s'exclama :) Non, mettons-vous aussitôt à l'épreuve. De quoi souffre-t-elle ? Car après moult erreurs de diagnostic, billevesées en tous genres, un médecin moins benêt que ses semblables a fini par trouver, à ceci près qu'il fut incapable de la guérir. Allons, monsieur, j'attends !

Il remarqua qu'elle était passée au voussoiement. Une marque de respect qui ne le rassura pas.

— Puis-je palper madame votre sœur ?

— Faites.

Julienne d'Antigny se tenait droite et eut un léger mouvement de recul lorsque Druon lui prit les mains, tout en jetant un regard inquiet à l'aigle qui suivait chacun de ses gestes. La peau de dame Julienne était fraîche et sèche. Elle portait une housse d'épaisse tiretaine, sur une cotte ample passée sur son chainse, sans lien de taille, et dont le col remontait à mi-cou, une coupe peu fréquente. Druon se fit la réflexion qu'elle était bien chaudement vêtue pour la saison et la chaleur de la salle. Le regard du jeune mire tomba sur la bande de lin qui lui enserrait la gorge et que dissimulait en partie le col haut. Il retint le soupir de soulagement qui lui venait, remerciant en son for intérieur ceux que la baronne avait nommé les « benêts ».

— Madame, votre... homme pourrait-il nous abandonner quelques minutes. Ma question, en pudeur, doit n'être entendue que de la douce gent.

— Léon, laisse-nous. Demeure non loin de la porte.

Druon, s'adressant à Julienne, la mit en garde :

— Vous comprendrez, madame, que je ne souhaite vous occasionner nul embarras, mais qu'un médecin doit explorer des... fonctions que l'on tient à l'habitude en grande discrétion.

Il sentit qu'elle ne comprenait pas où il voulait la mener, et poursuivit :

— Auriez-vous remarqué que vos menstrues étaient devenues plus abondantes, irrégulières aussi ?

Le visage un peu gras pâlit davantage et elle se contenta d'un hochement de tête affirmatif.

— Votre chaud vêtement indique-t-il que vous avez froid, en toutes occasions ?

— En effet, monsieur... je grelotte. J'ai des... frissons.

— Pourriez-vous ôter cette compresse, je vous prie ?

Elle obtempéra sans enthousiasme. Druon aperçut le renflement des faces latérales de son cou et déclara en palpant la bande de tissu :

— La goëtre[1]. En effet, billevesées, madame. La poudre de tête de vipère cousue entre deux épaisseurs de lin, remède fort pratiqué, n'aidera guère votre sœur d'alliance, pas plus que le petit boyau d'un mouton fraîchement éventré qu'on applique jusqu'à ce qu'il soit refroidi[2].

— Ils m'ont aussi frotté le gosier avec... euh... comment... une poudre infecte qu'ils m'ont forcée d'avaler, geignit Julienne.

— Vos difficultés à trouver vos mots les plus simples, cette sorte de confusion contre laquelle vous luttez, ce froid qui rampe en vous, même à l'été, sont également signes évocateurs. Quant à la poudre dont vous parlez, il s'agissait d'alun mélangé à une éponge et à de la cendre d'os de sèche, ce qui est encore le remède le plus sensé.

— Et que proposez-vous ? intervint la baronne.

— Une médication fort simple et très efficace. Il vous faudra cependant dépêcher un cavalier pour l'aller quérir. On ne remarque jamais de cas de goëtre dans les régions que borde l'océan. Il faut donc en déduire qu'un... élément de la mer s'y oppose. J'ai éprouvé la poudre de varech[3], en quantité fort modeste, car il semble qu'un excès puisse amplifier, au contraire, les symptômes.

— Et elle guérira ? s'étonna la baronne.

— Si fait, et de prompte façon.

---

1. Le goitre.

2. Remèdes classiquement dispensés jusqu'au XVIIe siècle.

3. Un remède naturel à déconseiller à notre époque, le varech contenant des quantités parfois énormes d'iode quantités qui peuvent au contraire provoquer une hypothyroïdie.

Un sourire amusé éclaira le beau visage autoritaire. Elle plaisanta :

— Mire, cher mire... Dois-je voir dans votre promesse un manque de sagacité ? Car, si sa rémittence tardait à se faire sentir, les cordes pour vous pendre seraient vite nouées.

En dépit de son admiration pour la vivacité d'esprit de la baronne, Druon se serait volontiers giflé. Seul un surcroît d'aplomb, qu'il était loin de ressentir, pouvait le tirer de sa balourdise. D'un ton docte, il asséna :

— C'est que, seigneur madame, je suis fort sûr de mon art !

— Bien... (Se tournant vers Léon, elle ordonna :) Tu dépêcheras demain à l'aube un cavalier avec mission de ramener provision de varech. Qu'il n'ait pas la mauvaise idée de traîner en route ! Il m'en répondrait.

Le géant chevelu hocha la tête en signe d'acquiescement. La baronne poursuivit :

— Chère sœur, vous pouvez rejoindre vos appartements dans l'attente de votre nouvelle potion. Je m'en voudrais de vous fatiguer davantage... Léon, reste. Igraine, reviens. Je sais que tu es derrière le dorsal.

Druon, ainsi que Julienne, perçut l'ordre à peine déguisé d'urbanité. Celle-ci s'exécuta après une courte révérence, semblant soulagée d'abandonner la présence de son impérieuse sœur d'alliance.

Une onde et la haute femme brune reparut. La baronne tourna un visage courroucé vers le feu à peine faiblissant et hurla d'un ton où perçait l'alarme :

— Un valet, un souillon, à l'instant !

Les ailes immenses de Morgane s'ouvrirent. L'animal se préparait à foncer sur la proie que lui désignerait sa maîtresse. En trois pas, Léon fut à la porte et s'époumona, répercutant l'ordre :

— Fainéants ! Du feu, du bois !

Igraine jeta un regard appuyé mais indéchiffrable à Druon pendant qu'un jeune homme chétif et affolé se précipitait, alimentait l'âtre, un air apeuré sur le visage pour disparaître dès qu'il le put, courbé tel un animal qui redouterait les coups.

D'une main hésitante et lente, la baronne Béatrice s'essuya la sueur du front. Ce n'est qu'à ce moment que le jeune mire remarqua un détail qui, sur l'instant, ne retint pas son attention plus avant.

Il avait de plus en plus le sentiment de nager au milieu d'un rêve incompréhensible, dont il ne savait s'il s'agissait d'un cauchemar ou de l'un de ces délires dépourvus de sens qu'invente parfois notre imagination nocturne.

Le feu, comme libéré, rugit, magnifique et dévorant.

Incertain, Druon s'enquit :

— Souffririez-vous d'un refroidissement, madame ? Je puis vous être d'aide.

La repartie cingla :

— Ai-je l'air d'être une poupée de son et d'étoupe qui souffre de quoi que ce soit ? Je ne suis pas Julienne. Je n'ai pas de ces faiblesses de femmes.

— La gouëtre atteint tout aussi bien les mâles.

— Je ne me pâme pas, monsieur. Et même lorsque l'on m'a frappée d'estoc, je demeure debout !

Une voix de petite fille s'éleva, celle d'Igraine :

— Chère seigneur Béatrice, nul ne met en doute votre immense courage, dont tous ont été témoin. Toutefois – en viendrons-nous au fait… ou plus exactement au mythe ? C'est pour cette raison qu'il est en ces lieux.

Furibonde, l'intéressée rétorqua :

— J'ai eu cent fois envie de te faire rôtir, découper ou noyer, pourquoi ne m'y suis-je jamais résolue ?

— Parce que vous ne pouvez pas vous passer de moi et que je ne peux pas me passer de vous... Sans quoi, vous auriez déjà trépassé depuis bien longtemps, arriva la réponse mutine.

Étrangement, et à l'opposé de ce que Druon avait redouté, cette espièglerie, car c'en était une, fit pouffer la baronne.

— Certes, tu es irremplaçable ! Ma vie serait un ennui insupportable sans toi. Cependant, quel agacement tu me procures parfois !

— À l'identique, madame ! Avec tout mon amour, ma gratitude, ma fidélité et mon respect.

Druon sentit que ces deux femmes partageaient un secret. Un secret puissant et féroce.

Un silence s'imposa, rythmé par le souffle pénible, bouche entrouverte, de la baronne. Enfin, elle se décida :

— Messire mire, vous nous avez tantôt affirmé être versé dans la science abjecte[1] de l'enherbement[2] ?

— Si fait, madame. Ainsi que je vous l'ai dit, certaines bienveillantes potions peuvent se révéler de violents poisons si l'on augmente la dose. D'autres ne sont que mortelles. Ainsi l'if n'est-il qu'une substance nocive à l'extrême[3]. Cela étant... mon art consiste à soigner et...

— Pour l'instant, votre art consiste à m'obéir et en général à protéger les créatures humaines, rectifia la baronne d'un ton sans appel.

---

1. L'empoisonnement, sans doute en raison de sa sournoiserie, était considéré comme le pire des crimes de sang au Moyen Âge.

2. Empoisonnement.

3. Ce qui n'est plus le cas à l'heure actuelle puisqu'on synthétise l'une de ses molécules utilisée en chimiothérapie.

— Seigneur madame, je crains que nous ne donnions à notre bon mire une fausse idée de nous-mêmes, intervint Igraine.

— Que suggères-tu ?

— Lui expliquer aussitôt ce que... enfin la chose que nous souhaitons enherber après diverses tentatives infructueuses.

— Bien vif d'esprit qui peut... le... la... décrire ! Les témoignages des rares survivants sont insensés. À croire que leur épouvante leur a fait perdre le jugement. Quant à moi, j'ai erré des jours et des nuits, seule, ou en compagnie de Morgane, songeant que je faisais ainsi une proie propice... je n'ai jamais rien aperçu. À son tour, Léon a arpenté les bois, à pied, sans arme visible. Rien. Notre bon prêtre, Henri, a cru judicieux de nous imiter. Malgré ma mise en garde, il est parti, crucifix brandi, chantant des cantiques à la très grande gloire de Dieu. On a retrouvé sa dépouille sanglante, à peine reconnaissable n'eût été sa robe, à une demi-lieue* du village.

— Je ne... commença Druon dans l'incompréhension.

Un impérieux geste de main l'arrêta. Morgane baissa la tête dans sa direction et il se fit la réflexion que le vaillant oiseau déchiffrait à merveille les humeurs de sa maîtresse.

La Baronne rouge se leva de sa forme et descendit de l'estrade. Ce n'est qu'à cet instant que Druon remarqua qu'elle le dépassait d'une demi-tête, une taille que n'auraient pas dédaignée nombre d'hommes.

— Léon, fais-nous servir une carafe de vin fin. Qu'ils ajoutent quelques gourmandises afin qu'il ne nous monte pas à la tête. Joins-toi à nous ensuite.

Elle invita d'un geste Igraine et le mire à s'installer autour de la longue table réservée aux repas du seigneur et de ses proches vassaux.

— Ce qui va suivre, mire, vous semblera sans doute délire de vieille femme, et pourtant... Tout y est vrai, du moins si l'on accorde foi aux témoins plus ou moins directs. Nous omettrons, bien sûr, de vous conter les élucubrations des ivrognes ou des simples d'esprit afin de ne pas vous embrouiller. Nous avons un demeuré au village, protégé à mon ordre. Ce Gaston dit le Simplet affirme avoir entraperçu... la... chose alors qu'il ramassait des herbes de remèdes à la pleine lune[1]. Cela étant, l'ange Gabriel lui apparaît parfois, lorsqu'il a bu quelques gorgeons de trop.

Léon les rejoignit et laissa choir sa grosse masse sur le banc déjà occupé par Druon. Celui-ci sentit le siège basculer.

---

1. Il était de coutume de ramasser les herbes médicinales à différentes heures du jour ou de la nuit afin d'amplifier leurs propriétés.

XX

Saint-Ouen-en-Pail, août 1306, au même moment

Une silhouette emmitouflée, le capuchon de son piteux mantel rabattu bas sur son visage, se faufila dans la ruelle dite des Jouvenceaux, située en bout de village, et donc propice aux rencontres furtives des très jeunes gens.

Dissimulant son esconce sous les pans de son vêtement afin de ne pas signaler sa présence, elle repéra l'enseigne du Fringant Limaçon. Aux aguets, elle longea l'auberge d'où fusaient des rires qui n'avaient plus rien de sobre. Soudain, la porte s'ouvrit. La silhouette s'aplatit contre le mur, osant à peine respirer. Le client, bien trop éméché pour se préoccuper d'autre chose que de tenir debout, ne l'aperçut même pas. Il baissa ses braies et pissa dans la rigole centrale, grommelant parce qu'il s'arrosait les chaussures. Titubant, remontant son caleçon, il réintégra la gargote. La silhouette tendit l'oreille puis continua sa progression.

Derrière l'établissement se dressait une sorte de cabane branlante où maître Limace remisait ses boutilles vides, ses sacs de farine et ses livres de lard. La silhouette en poussa le battant et découvrit son esconce. Ainsi qu'elle s'y attendait, Gaston le Simplet ronflait aussi fort qu'un sonneur. La silhouette s'approcha du grabat sur lequel il s'était échoué, repoussa son capuchon et le secoua sans ménagement. L'idiot finit par ouvrir les paupières. Après quelques instants d'incompréhension, dus tant à l'ivrognerie qu'au sommeil, il bafouilla, son pauvre esprit cherchant avec peine ses mots :

— Séraphine ? Ben, quec'tu viens…

— Chut ! S'coue-toi, j'ai peu de temps. Parle-moi d'la bête, celle de la pleine lune.

— Euh… Ben…

— J't'offre une boutille, et pas de la piquette.

L'offre, alléchante, porta, et Gaston se redressa sur sa paillasse.

XXI

Château de Saint-Ouen-en-Pail,
août 1306, au même moment

La baronne patienta le temps qu'une jeune servante, fort jolie, qui répondait au prénom de Sidonie, leur verse le vin dans des verres à haut pied, un luxe dispendieux, et dépose un plat d'argent lourd de fruits secs, de beignets de mouelle[1], de rissoles aux fruits, au gingembre et à la cannelle et de mistembecs[2] au miel.

Dès que la jeune femme eut disparu après une révérence, Béatrice d'Antigny reprit sa difficile narration :

— Selon certains, les… événements ont commencé après les moissons de l'an échu, plus tardivement d'après d'autres. Il s'est écoulé du temps avant que je n'en sois avertie. Les paysans du coin ont d'abord cru avoir affaire à un ours ou un loup solitaire et particulièrement hardi[3]… non sans raison puisque les premières proies retrouvées horriblement déchiquetées, voire démembrées, et dévorées, étaient des moutons et des vaches. Des battues ont été organisées, des

---

1. Beignet à la moelle de bœuf.
2. Sorte de beignets à la pâte levée.
3. Bien qu'inspirant une peur terrible, le loup était jugé poltron et bête.

appâts empoisonnés semés, sans succès. Les massacres d'animaux se sont multipliés jusqu'à la première victime humaine : un jeune berger du prénom de Robert que même sa mère ne reconnaissait plus tant il avait été défiguré et mis en pièces. On a retrouvé son chien terrorisé, tremblant de tous ses membres dans un sous-bois non loin. Son pelage était collé de sang. À l'évidence pas le sien. Peut-être celui de son maître ou de... la chose. Ont suivi des messes. On a sorti la statue de saint Ouen, protecteur du village. C'est à ce moment que l'histoire m'est venue aux oreilles, rapportée par Léon.

Elle toussota et but une longue gorgée du vin précieux. Druon remarqua que sa main tremblait un peu. Elle essuya la sueur qui perlait à son front et poursuivit de cette belle voix rauque :

— Je vous l'avoue bien volontiers : j'ai d'abord cru à un affolement de gens frustes, ainsi qu'il est souvent le cas dans les campagnes reculées... Jusqu'à la deuxième victime, un jeune homme, du nom de Basile, fils d'un manœuvrier qui, pour ce qu'on en sait, avait décidé de passer la nuit à la belle étoile dans une clairière de la forêt de Multonne. On a retrouvé quatre esconces non loin de son cadavre affreusement mutilé et défiguré, lui aussi. Peu après, une femme, une certaine Pauline, a été attaquée à la tombée du jour, à l'orée d'un bois. Son visage avait été ravagé par de puissantes griffes et sa tête presque décollée. Quant à son ventre et son torse, il ne s'agissait plus que de bouillie sanglante. Il semble que la férocité et l'acharnement de la chose aillent croissant. J'ai ordonné à mes trois chasseurs[1], aidés de Léon et des hommes les plus valides du village, de traquer la... bête.

— En avez-vous trouvé des traces ? s'enquit le mire.

---

1. Ils étaient au service du seigneur ou d'une abbaye et abattaient le gibier sur ordre.

Sur un signe de la baronne, le géant intervint d'une voix dont il jugulait la colère :

— Certes. Des empreintes de pattes, surtout.

— Qu'évoquaient-elles ?

— Un ours, mais un ours deux fois plus massif que tous ceux que j'ai pu voir. (Il aligna les paumes de ses énormes battoirs et précisa :) Guère moins larges que ça.

— Fichtre ! Un loup semble donc exclu, car des spécimens de cette taille n'existent que dans les contes à faire peur.

— Un loup est d'autant plus exclu, que ce sont animaux qui chassent le plus souvent en meute, en abandonnant des empreintes très repérables. Ajoutez à cela que j'ai bonne connaissance d'eux. La terreur qu'ils inspirent est dénuée de fondement. À moins d'y être contraint, un loup seul ne s'attaque pas à un homme. Il le fuit s'il en a la possibilité. Le reste n'est que sornettes.

— D'autres signes ? insista Druon.

— Une sorte de bourbier non loin d'un étang où la… créature a dû se reposer. Bien plus étendu que celui que creuserait un ours couché.

— Nous restons donc avec une bête de taille exceptionnelle, conclut Druon en s'étonnant de la voracité d'Igraine qui, un sourire gourmand aux lèvres, n'avait cessé d'enfourner oublies, derrière beignets, derrière fruits secs depuis le début de cette déroutante discussion.

— Où avec… une chose qui n'est pas… de ce monde… lâcha Léon à contrecœur.

— Démoniaque ?

Le géant hocha la tête en baissant le regard et murmura :

— Je… j'ai longuement tergiversé avant d'en venir à une telle explication. J'ai… parcouru le monde avant de devenir pôté[1] du seigneur Béatrice. J'ai vu, mire, tant de choses

---

1. De *postestate* : homme libre qui faisait volontairement allé-geance à un seigneur de son ~hoix.

merveilleuses ou affreuses ! Si j'ai mille fois senti la présence et la volonté de Dieu derrière les premières, les secondes s'expliquaient toutes par les vices qui habitent certains hommes...

Druon bagarra pour chasser la vision d'un brasier, d'un poteau auquel avait été encordé un cadavre enveloppé d'une toile, au point que le reste de la confidence de Léon se perdit :

— ... Toutefois, à l'évidence, une telle créature si énorme et malfaisante ne peut être une volonté divine...

D'une voix altérée, que les autres mirent au compte de son saisissement, le jeune mire demanda :

— Que s'est-il ensuite passé ?

La baronne reprit :

— Mes chasseurs n'ont jamais aperçu la bête. Pas plus que Léon. J'en ai conclu qu'elle était fort rusée et ne s'attaquerait pas à une petite troupe... J'ai alors commis... une grave erreur dont j'accepte de porter le poids. J'ai séparé mes hommes, les pensant assez armés et aguerris pour résister à un fauve. On a retrouvé les lambeaux de chair et les viscères de l'un d'eux éparpillés sur plusieurs toises. Il avait été en partie dévoré.

— La statue... n'oubliez pas la statue, madame, conseilla Igraine d'une voix légère en cassant deux noix au creux de sa longue main maigre.

— En vérité, tu as raison. Peu après ce... carnage, on a retrouvé la statue de Saint Ouen pulvérisée au milieu de la nef de l'église du village. La peur s'est alors transformée en panique. Tous ont requis protection au château, qui, ainsi que vous l'avez pu constater à votre arrivée, n'est de loin pas assez vaste pour accueillir la totalité de mes gens.

— Comme le malheur déteste la solitude et qu'il n'arrive jamais seul, une fièvre pulmonaire s'en est mêlée, tuant plusieurs dizaines d'enfançons ou de vieillards, intervint

Igraine en inspectant du regard le plateau d'argent qu'elle était en train de terminer à elle seule.

La baronne Béatrice approuva d'un signe de tête en vidant le fond de son verre pour l'emplir aussitôt. Elle s'éclaircit à nouveau la gorge avant de reprendre :

— Les événements se sont emmêlés dans l'esprit de ces pauvres gens, en dépit de l'aide de Jean Lemercier, dit le Sage, le chef de village qui tente de ramener quelque mesure dans les raisons des uns et des autres. Ils en ont déduit qu'une effroyable malédiction pesait sur eux.

— Vous ne croyez pas aux malédictions, madame ? interrogea Druon.

Une lueur d'amusement passa dans le regard d'un bleu intense qui le fixait.

— Que nenni : j'ai tant été maudite, et avec passion, que j'aurais trépassé dans d'ignobles tourments depuis belle heurette[1] si elles avaient quelque puissance ! Or ne suis-je pas bien vive pour une envoûtée ? Igraine vous le confirmera. J'ai navré de mon épée deux de ces minables sorciers dont j'avais appris les efforts rémunérés pour me faire crever, rongée de pustules. Aucun de leurs sortilèges, incantations ou maléfices n'a pu faire dévier le fil de ma lame qui les a transpercés à cœur. En revanche, je pense en avoir ainsi découragé d'autres de me porter ce genre... d'attentions.

Igraine sembla s'intéresser à l'échange et renchérit :

— Hormis pour les crédules et les nigauds, le seul pouvoir de ces jeteurs de sort est la terreur qu'ils inspirent, si forte que leurs victimes se rendent malades au simple fait de se savoir ensorcelées.

Druon se souvint d'une histoire que lui avait contée son père et se l'appropria, en remerciant à nouveau cet homme merveilleux qui le protégeait d'où il se trouvait :

— Je suis en accord avec vous, mesdames. J'ai un jour

---

1. A donné : belle lurette.

guéri une patiente dont le ventre ne dégonflait pas et la faisait se tordre de douleurs. Elle était si certaine d'avoir été ensorcelée qu'aucune de mes potions ou embrocations[1] ne la soulageait. J'ai eu recours à un subterfuge, dont je ne suis guère fier puisqu'il s'agissait d'une menterie. J'ai tiré une fiole d'eau pure de mon sac en lui affirmant qu'elle avait été bénite par la main de notre Saint-Père Clément* et que nul sortilège ne pouvait y résister. J'en ai versé quelques gouttes sur son ventre distendu. Deux jours plus tard, il avait dégonflé et elle courait tel un cabri.

— Il n'en demeure pas moins que ce n'est pas avec de l'eau, bénite ou non, que nous viendrons à bout de l'épouvante qui nous frappe, intervint Léon d'une voix tendue. Car la baronne ne vous a pas encore révélé le pire, qui me fait croire que nous avons affaire à une... chose surnaturelle et maléfique...

Le claquement sec des ailes de Morgane. Le plus grand des chiens de lièvre se leva et gronda en direction de la porte. Quant au freux perché sur l'épaule d'Igraine, il ouvrit grand le bec comme s'il allait croasser, puis le referma sans émettre un son.

— Qui va là ? cria la baronne Béatrice.

Léon était déjà debout, la main sur la garde de sa dague dont le fourreau pendait à son ceinturon.

Le battant s'entrouvrit avec lenteur et le visage blafard de Julienne d'Antigny apparut dans l'entrebâillement. Elle annonça de son débit hésitant :

---

1. Préparation médicamenteuse liquide, le plus souvent huileuse, que l'on verse sur une zone malade. Aussi : action de verser cette préparation.

— Ma bien chère sœur... je vous venais... baiser le front avant de me retirer pour la nuit. Je souhaitais également vous remercier pour... ce soin constant que vous prenez de moi. Ainsi, j'ai confiance en votre... nouveau mire...

— Comme c'est aimable à vous, ma chère sœur, commenta Béatrice dans un sourire.

Pourtant, Druon perçut sa surprise et surtout celle d'Igraine, qui apaisa les mouvements nerveux de tête de son oiseau d'une caresse. La jeune belle-sœur trottina vers la baronne pour lui frôler le front des lèvres, avant de retraverser aussitôt la salle violemment éclairée.

S'agissait-il d'une manifestation de reconnaissance, ou bien Julienne avait-elle tenté d'écouter leur conversation, oubliant que la belle aigle et les chiens signaleraient aussitôt sa présence ? Dans ce dernier cas, pourquoi un tel intérêt ?

Le battant se referma derrière elle. Quelques secondes plus tard, le chien s'affala à nouveau au sol en poussant un long soupir, et l'aigle cligna des paupières à la façon des rapaces : l'une après l'autre.

— Pour en revenir à la remarque qu'a faite Léon avant... cette plaisante et singulière attention de ma sœur, ironisa la baronne, venons-en au pire selon lui. Deux jeunes hommes, Étienne et Anselme, des bergers d'une quinzaine de printemps, ont été tués ensuite. Au jour faiblissant, à l'orée de la forêt de Multonne. De la même horrible façon. Si l'on en croit le couteau d'Étienne retrouvé non loin de son pauvre cadavre déchiqueté, il a tenté de se défendre. Sans succès. L'autre, Anselme, a essayé de s'enfuir. On a retrouvé sa bougette éventrée, vidée d'une partie de la nourriture qu'elle contenait, non loin du premier cadavre. Il a été rattrapé en quelques toises et massacré à son tour. Les morsures qu'il portait partout sur le corps, notamment aux jambes et aux hanches, étaient effrayantes aux dires des témoins. J'ai demandé au bailli du baron Herbert d'Antigny, François de Galfestan – qui a besoin qu'on lui pousse le cul pour grimper en selle –, de venir aussitôt, avec la permission de son maître, mon suzerain et bien-aimé neveu d'alliance. Que Dieu le protège.

— Et qu'a déduit le bailli ? s'enquit Druon en interceptant le regard qu'échangeaient la baronne et Léon.

— Fort peu de choses en vérité, et en tout cas guère plus que ce que nous savions déjà, en dépit des dix gens d'armes qui l'escortaient et qui ont fureté et enquêté partout.

— Mais encore ? Avec votre pardon pour mon insistance.

— Nul pardon n'est exigé. C'est précisément cela que j'attends de vous et de votre chenapan, s'il peut vous être d'utilité. De l'intelligence et de la pugnacité, sans oublier de la bravoure et de la ruse. Une ruse extrême. Qu'a pensé le ventripotent Galfestan qui ne doit cirer la selle de sa riche culotte que pour la parade ? cracha-t-elle, mauvaise. Eh bien, il s'agissait selon ses déductions d'une bête, probablement un ours d'énorme taille, particulièrement féroce et madré. Si ce n'était pas une bête, il fallait alors voir les œuvres de Satan, et seules nos sincères prières et la venue d'un prêtre exorciste nous pourraient sauver.

— Et ce prêtre chargé de l'exorcisme ?

— Il est arrivé, peu après, rémunéré à prix d'or. Il s'est livré à moult suppliques, prières et formules consacrées. Il est reparti aussi vite. Il n'avait pas passé la frontière de mon domaine qu'une ongle-bleu du village se faisait attaquer. Séraphine est une femme à qui on n'en conte plus, après neuf ans de mariage avec un soudard violent, ivrogne, joueur et trousseur de gueuses. Il a trépassé deux printemps plus tôt et nul ne le déplore, à ce que j'en sais. Toujours est-il que notre prudente Séraphine avait pris l'habitude de s'aider d'une canne, sorte de grosse tige de métal, pour aller livrer son travail et en rapporter d'autre. Au soir tombant, alors qu'elle coupait par les champs, la bête a fondu sur elle et sa mule de bât. C'est du reste au hennissement affolé de la gentille bête qu'elle doit la vie sauve. De son aveu, Séraphine, pourtant aux aguets, n'a rien entendu de la course de l'immonde créature avant qu'elle ne soit presque sur elles.

— Elle vit donc toujours ?

— Défigurée. La chose l'a attaquée au visage et aux bras. Séraphine a tapé, tapé de toutes ses forces à l'aide de sa canne de métal, en dépit du sang qui lui dévalait dans les yeux en l'aveuglant. Elle a recouvré assez ses esprits pour fuir à toutes jambes. Étrangement, la chose n'a pas tenté de la poursuivre, contrairement au jeune Anselme que j'ai mentionné plus tôt. En revanche, la mule a été mise en pièces et à moitié dévorée avec une sauvagerie peu commune.

— Il me faudra, madame, l'interroger, avec votre permission.

— J'aurais été déçue que vous ne formuliez pas cette requête, approuva la baronne. Cela étant, il semble qu'elle refuse de se confier. Elle n'a parlé qu'à messire Jean Lemercier.

Igraine termina son oublie avec gourmandise et compléta :

— En d'autres termes, la bête n'est pas une émanation diabolique selon moi, puisqu'une femme, certes peu accommodante lorsqu'on s'en prend à sa vie, peut lui résister !

— Comment expliquez-vous, alors, que des hommes jeunes et vigoureux soient tombés sous ses coups ? intervint Léon d'un ton agressif.

— La peur, quoi d'autre ? Cette peur qui vous coupe les jambes et vous empêche de faire front. Cette abjecte peur qui vous étouffe et vous rend les intérieurs mols parce que vous croyez au plus profond de votre âme que le diable lui-même ou l'une de ses puissantes incarnations s'acharne sur vous. La peur est si puissante ! C'est une arme imparable pour qui sait l'insuffler. Non que je prête à cette... chose... bête, l'esprit nécessaire pour ourdir un tel plan. Toutefois, il n'en demeure pas moins qu'elle terrorise. Au fond, je trouve la survie de Séraphine bien réjouissante. Elle prouve que la bête n'est pas invincible !

— Igraine ! la rappela à l'ordre la baronne. C'est ce qu'a eu le malheur ou le peu de jugement de penser notre bon prêtre Henri. Sans doute un saint homme...

— ... Mais que, pour son infortune, l'entendement divin n'avait que fort peu effleuré, compléta Igraine dans un sourire ravi. Bref, il était sot à avaler ses cierges !

— Allons, madame ! pesta Béatrice d'Antigny. Un peu de respect, c'est un ordre !

— Eh quoi ? se plaignit la mage. Il était nigaud. Certes bon et se dépensant sans compter pour ses ouailles, mais sot. C'est une vérité. Et ce n'est pas parce que l'on peut réciter par cœur son psautier et les Évangiles en latin qu'on a du sens ! Encore un qui croyait que le paradis est toujours sur terre et qu'il suffit de brandir un crucifix pour que les plus vilaines choses s'effacent. Si c'était aussi... enfantin, la recette serait appliquée en toute occurrence et avec succès. Tel n'est pas le cas, loin s'en faut. Force est de le reconnaître.

Druon sentit la colère monter en Béatrice d'Antigny. Ce fut Léon qui l'apaisa.

— Igraine m'échauffe à moi aussi la bile par moments, seigneur madame. Toutefois, elle n'a pas tort, même si ses propos sarcastiques me hérissent le poil. Le résultat de la venue de l'exorciste n'a été que roupie de sansonnet, et notre bon Henri, en dépit de sa gourde d'eau bénite, de son beau crucifix d'argent, de ses pieds nus en pénitence et des cantiques qui lui soulevaient le cœur d'allégresse s'est fait défigurer, éviscérer avec un effroyable acharnement.

D'ailleurs, on n'a jamais retrouvé le crucifix d'argent, c'est bien la marque du diable !

— Douteriez-vous de Dieu, madame ? demanda, inquiet, Druon à Igraine.

Le pulvérisant de son regard jaune, elle rétorqua d'un ton vif et mécontent :

— Seriez-vous bien fol pour croire un seul instant à une telle baliverne ? Je sais Dieu infiniment mieux que vous. En d'autres termes, fort peu, je l'avoue. Mais que croyez-vous, mire ? Que Dieu tient un grand livre dans lequel il trace de sa plume les menus détails sans intérêt de nos vies afin d'y veiller personnellement, lui ou ses anges ? Donnant de la tête, ci et là, s'affolant pour les verrues de face de Cul-de-Terre fils, pour la quinzième grossesse de Ventre-Mol mère, ou pour les gains aux dés de Merde-aux-Socques l'oncle ? Pour qui prenez-vous Dieu, à la fin ? Une nourrice humide[1] chargée de laver vos langes ?

— Madame, votre grossièreté est sans doute…

— Non, monsieur, c'est vous qui êtes vulgaire de rabaisser l'infinie complexité de la Création, que nous n'entrevoyons qu'à peine, à un bas ouvrage de…

— Il suffit, Igraine ! tonna la baronne. Vous discuterez théologie plus tard.

— Votre pardon, seigneur madame. Mon habituel enthousiasme est à blâmer.

— À part vos rondes, vos chasseurs, le bailli et ses hommes, le prêtre exorciste, qu'avez-vous tenté, madame ? s'enquit Druon.

— Tout ! Les recettes les plus éprouvées pour venir à bout d'un fauve, aussi rusé soit-il. Les poisons habituels, tels l'aconit. J'ai même sacrifié l'une des précieuses vitres de la bibliothèque – qu'il faudra que je vous fasse visiter, si

---

1. Il s'agissait des nourrices qui donnaient le sein aux enfants de leurs patrons.

je ne vous ai pas tué avant, car j'en suis assez satisfaite. Nous avons pilé le verre pour fourrer cette poudre mortelle dans un cuissot de chevreuil. Trois jours plus tard, nous avons retrouvé un loup, la gueule souillée de sang. Il avait dévoré l'appât et s'était vidé de l'intérieur. Léon a alors supposé que la... bête n'attaquait que des proies vives. J'ai fait creuser une large fosse, au fond hérissé de pieux, dans une clairière de la forêt de Multonne. Nous l'avons recouverte de minces branchages, de feuilles et d'herbe. Nous avons attaché juste à côté une chèvre. Lorsque nous sommes partis, l'animal, sentant sans doute le sort qui allait lui échoir, hurlait à fendre l'âme.

— J'ai entendu parler de ce stratagème très efficace que l'on emploie souvent dans la lointaine Afrique.

— De fait. Lorsque nous sommes revenus au midi du lendemain, il ne restait plus grand-chose de la chèvre, hormis quelques touffes de poils rougies de sang, des os et des sabots.

— Et la fosse ?

— Avait été découverte comme pour nous narguer. Rien ne se trouvait à l'intérieur.

— C'est le diable, vous dis-je ! cria le géant.

— Léon ! le rappela sèchement à l'ordre la baronne Béatrice. Ne fais pas l'enfant ! Si c'est bien le diable, je le mets au défi, sur l'instant : qu'il ait donc le culot de me venir trucider dans ma chambre ! Je l'attends.

Le grand homme se signa, un air d'affolement sur le visage, en gémissant :

— Non, non...

— Qu'il ose !

Druon s'efforça de ramener un peu de calme en s'adressant à Igraine :

— Votre sentiment, madame ?

— Oh, à n'en point douter, des forces maléfiques existent. On les nomme diable ou démons par simplification.

Sont-elles d'ores et déjà en nous, espérant une faille, une faiblesse pour s'exprimer, ou alors attendent-elles au dehors la brèche qui leur permettra de s'infiltrer ? Je l'ignore. Sont-elles à l'œuvre ici et maintenant ? Encore une fois, je ne sais.

— N'êtes-vous pas une sorte de…

— Mage. Je suis mage. C'est du reste grâce à cela que tu es encore en vie. Cela étant… les dieux anciens reculent, se fondent au nouveau Dieu. Or ils étaient beaucoup plus loquaces avec leurs intermédiaires, nous les mages.

— Vous êtes… païenne ! s'offusqua le mire.

Igraine haussa les sourcils et les épaules d'un air de consternation.

— Faible tête ! Ne voyez-vous pas que c'est la même chose, seules les interprétations des hommes changent ! Avant, il y a fort longtemps, les choses étaient à la fois plus simples et plus compliquées. Car les dieux mentent aussi, poursuivant leurs propres intérêts. Il convient de le savoir afin de démêler le vrai du faux pour ne pas se fourvoyer.

XXII

Saint-Ouen-en-Pail, août 1306, au même moment

Les coups, assénés avec violence contre la porte principale de la demeure, tirèrent Annette Lemercier du sommeil peuplé de vilains rêves dans lequel elle avait fini par sombrer. Un peu apeurée, elle réveilla son époux. Jean le Sage se redressa d'un bond, criant presque :

— Qu'est-ce ?

— Je ne sais, mon ami. Quelqu'un frappe tel un forcené.

— Je descends.

Maintenant paniquée, elle se cramponna à son bras en suppliant :

— Certes pas, je vous l'interdis ! Appelez des serviteurs. Qu'ils s'arment de ce qu'ils pourront trouver. Je vais voir à la fenêtre.

Pieds nus, elle fonça et ouvrit le précieux battant de verre. Elle se pencha, aperçut un homme dans la nuit et demanda d'une voix forte, qu'elle espérait impérieuse :

— Qui va là ?

L'homme leva la tête. Lubin Serret, l'apothicaire, supplia :

— Ouvrez, pour l'amour de Dieu ! Ouvrez donc !

Lorsqu'elle se tourna, Jean, en chainse de nuit, dévalait

déjà l'escalier qui menait à la grande salle de réception puis à l'ouvroir.

Annette hésita. Devait-elle se joindre aux deux hommes ? Elle tergiversait encore lorsque son époux la héla du bas de l'escalier :

— Descendez ma mie, de grâce. Ah, mon Dieu…

Le reste se perdit, sans doute comme Jean rejoignait la salle.

Elle passa, sans même y réfléchir, une housse d'intérieur, enfila ses jolis chaussons de cendal et obéit.

Lorsqu'elle pénétra dans la vaste pièce, Jean servait un gobelet d'œunomel[1] à son ami Serret. Annette se fit la réflexion déplacée qu'elle n'avait jamais vu visage aussi cireux, hormis celui d'un trépassé. L'apothicaire tremblait tant qu'il dut porter le gobelet à ses lèvres en l'enserrant des deux mains et que ses dents en choquèrent le rebord. Annette et son mari échangèrent un regard où se mêlaient désarroi et stupéfaction. Quelques instants, qui parurent aussi longs qu'une éternité à la jeune femme, s'écoulèrent. Enfin, Serret déclara d'une voix d'outre-tombe :

— Il y a en a deux !

— Votre pardon, mon ami ? s'enquit Jean d'une voix que l'affolement gagnait.

— Il y a deux bêtes ! hurla l'apothicaire en se redressant d'un coup de rein, pour se laisser choir à nouveau sur son siège.

---

1. Ou hydromel vineux, connu depuis l'Antiquité. Il s'agit d'une fermentation de miel dans l'eau à laquelle on ajoutait du vin blanc, puis de la gnaule et des aromates pour la conserver. La boisson pouvait être forte.

Il étouffa un sanglot sec avant de poursuivre d'une voix heurtée :

— Alphonse Portechape est formel sur ce point. Il n'en a réchappé que d'un cheveu... Il est gravement blessé, à la hanche, surtout. Aux jambes aussi... Dans le bas du dos... Des morsures épouvantables. Il s'est traîné jusqu'à chez moi... Je l'ai soigné comme j'ai pu, j'ai appliqué des cataplasmes de boue sur ses plaies ainsi qu'il se pratique... Il faut faire quérir le mire de Pré-en-Pail au plus tôt dès le demain. Je ne suis qu'apothicaire mais le temps pressait. Il saignait tel un bœuf.

— Doux Jésus, murmura Annette en se raccrochant au bord de la table.

— Asseyez-vous, ma mie. Vous êtes pâle comme un spectre.

Elle faillit lui rétorquer que lui-même était si blanc qu'on l'aurait cru vidé de son sang, mais s'abstint par tendresse.

Bouche entrouverte, Jean Lemercier cherchait ses phrases. Enfin, il parvint à articuler :

— Mais... comment... Qu'a dit-il dit ?

Serret semblait avoir recouvré un peu de sa maîtrise.

— Je ne sais au juste. Délirait-il de peur ou de souffrance... Il a répété à plusieurs reprises qu'elles étaient deux, d'énorme taille, féroces, hurlant tels des démons. Il a ajouté que l'une semblait légèrement plus petite que l'autre... Celle-ci se serait contentée de le menacer. Et puis, le pauvre Alphonse a sombré dans une inconscience bienvenue étant entendu la gravité de ses blessures.

— Un démon mâle et une démone, compléta Jean, le regard halluciné.

Luttant pour recouvrer un peu la maîtrise de ses nerfs, il s'enquit d'une voix blanche :

— Passera-t-il la nuit ?

— Je ne pourrais en jurer. Il a robuste carcasse. Cependant, ses plaies sont effroyables.

— Il conviendrait de l'interroger au plus rapide.

— Ainsi que je vous l'ai dit, il est en pâmoison et je crains qu'il délire plus qu'autre chose. Selon moi, une nuit de repos et de soins devrait rendre ses paroles plus sensées.

— Vous avez sans doute raison, mon ami. Je vous rejoindrai demain, dès après laudes. Il serait souhaitable qu'un autre membre du conseil de village soit également présent.

— Qui ?

— Je ne sais. Lafleur ou maître Limace, bref l'un de ceux qui habitent entre nos murs.

XXIII

Château de Saint-Ouen-en-Pail,
août 1306, au même moment

Druon venait de comprendre l'invraisemblable et fixait la mage, sidéré. Igraine était l'une des dernières descendantes des druides et des mages des temps obscurs et lointains dont tous, ou presque, avaient perdu la mémoire. Une sorte de fascination mêlée d'appréhension superstitieuse l'envahit.

✚

Il se souvint d'un soir, alors que leurs serviteurs avaient depuis longtemps rejoint leurs chambres sous les combles ou au-dessus des écuries. Son père avait évoqué ces êtres étranges qui peuplaient les immenses forêts et connaissaient presque tous les secrets de la nature qu'ils considéraient à l'instar d'une puissante déesse, bienveillante mais capable de terribles colères pour qui lui manquait de respect. Héluise avait rétorqué :

— Il s'agit d'une légende païenne, père.

— Non pas, ma chérie. Ces druides, ces magiciens et magiciennes ont disparu – on les y a parfois aidés avec violence – et avec eux leurs étonnantes connaissances. D'aucuns prétendent qu'une poignée d'entre eux persiste toujours dans le plus grand secret. Depuis, nous tâtonnons tels des enfants malhabiles, tentant de réinventer ce qu'ils savaient depuis des siècles. Ah, Héluise, Héluise, toutes ces pertes de savoir me désolent ! Toutes ces magnifiques découvertes perses, égyptiennes, grecques, hébraïques, partout... Tous ces hommes, ces femmes qui, soudain, ont bénéficié d'une révélation, d'un génial éclat de compréhension. Si l'on pouvait retrouver, rabouter tout cela, nous ferions un bond dans le temps.

— Des savoirs perdus ou volontairement dispersés ? avait-elle demandé, ébranlée.

— Les deux.

— Pourquoi disperser la connaissance ?

— Parce qu'elle est pouvoir, qu'elle décille les hommes et qu'il devient alors beaucoup plus difficile de les dominer, de les faire obéir. Pourquoi crois-tu que l'on n'enseigne ni aux femmes ni aux pauvres ? Parce que, dans le cas contraire, ils pourraient juger, comprendre que leur situation est inique. Et se rebeller. C'est ce qui arrivera un jour, car la connaissance est comme un puissant ruisseau. Si l'on bloque son cours, tôt ou tard, il en trouve un autre.

— Mire, m'écoutez-vous ? tonna la baronne.

Druon revint à la salle. Il biaisa :

— Votre pardon, seigneur madame, je réfléchissais. Certes, je pourrais confectionner des appâts assaisonnés d'autres poisons violents, tels l'if. Nous pourrions aussi avoir recours à une substance fort rare en nos contrées mais redoutable, l'ako[1]. Une seule flèche enduite de ce toxique tue un buffle.

— Eh bien, mire, procédez au plus vite ! ordonna-t-elle, soudain impatiente.

— C'est que, madame, si vos appâts enherbés ont échoué, il en sera de même pour les miens. Quant à l'ako, il faudrait transpercer la bête d'une flèche. Or ne m'avez-vous pas dit que ni vous ni vos chasseurs ne l'aviez jamais aperçue, sauf l'un d'eux, isolé et sans doute attaqué par surprise ?

La déception se lut à la crispation du beau visage autoritaire.

— Il n'y aurait donc aucun moyen de se défaire de cette maudite créature ? Je ne le peux croire. Je ne le veux croire !

— Mon père, mon maître, répétait : « Observe, analyse, compare et déduis. » Voyez-vous, il convient de n'évoquer une explication surnaturelle que lorsque toutes les autres se révèlent stupides.

Léon tonna :

— Une seule bête capable de massacrer deux jeunes hommes, armés de couteaux !

— Étiez-vous présent sur les lieux ? Y a-t-il eu des témoins de la scène ?

Mécontent, le géant barbu hocha la tête en signe de dénégation. Druon poursuivit :

— Or donc, comment peut-on affirmer qu'elle était seule et crachée par l'enfer ? Quant à moi, de vos dires à tous, nulle certitude ne s'impose à mon esprit.

Léon ne s'en laissa pas conter et lança du même ton exaspéré :

— La statue de saint Ouen pulvérisée et le crucifix d'argent de père Henri disparu ! Comment une bête, aussi

---

1. Latex tiré de l'ako ou faux iroko (*Antiaris toxicaria)*. Possédant une redoutable cardio-toxicité, il a été utilisé durant des millénaires en Afrique et en Asie pour abattre le gros gibier.

rusée soit-elle, aurait-elle pu se rendre coupable de tels actes ? Et vous n'y voyez rien de surnaturel ?

— La statue ? Un être bien de ce monde peut l'avoir brisée. Quant au crucifix d'argent, voilà un objet fort monnayable. Qui dit qu'un voleur de chemins n'a pas découvert avant tout la dépouille du prêtre ?

— Et il n'aurait prévenu personne de sa macabre trouvaille ?

— Pas si le crucifix le tentait. Certains détails m'intriguent. Comment expliquer qu'une créature, si malfaisante et féroce qu'elle déchiquette et défigure ses proies, si puissante qu'elle peut attaquer deux hommes vigoureux d'un coup, rattraper l'un alors qu'il tente de fuir, ne poursuive pas une pauvre femme, Séraphine, blessée et empêtrée dans ses jupes ? La Bête a-t-elle été dérangée ? Quelqu'un d'autre est-il arrivé sur les lieux ?

Un silence accueillit cette déclaration. Léon, défendant toujours sa conviction, le rompit en assénant :

— Elle a préféré dévorer la mule.

— Voilà qui m'étonne, contra le jeune mire.

— Pourquoi cela ? intervint Igraine.

— La baronne Béatrice n'a-t-elle pas affirmé plus tôt qu'après avoir attaqué des bêtes, la... créature s'en était prise aux humains ? Ainsi, elle n'a pas étripé le chien de ce jeune berger, ce Robert. Peut-être le goût de l'homme lui a-t-il fait passer celui des animaux ?

— Il est vrai, admit le géant à contrecœur, que l'on n'a plus rapporté de carnages parmi les troupeaux.

— Or donc, pourquoi aurait-elle... préféré cette mule à Séraphine ? Il me faut décidément l'interroger, ainsi que ce Gaston le Simplet dont vous avez mentionné le témoignage.

— Léon vous accompagnera au village dès le demain, asséna la baronne. Sa présence devrait calmer les réticences. Votre galopin demeurera au château pour le cas où des envies de fuite vous prendraient. N'omettez pas de visiter

Jean Lemercier, dit le Sage. Il est homme avisé et peut vous ouvrir des portes qui, sans lui, se claqueraient. Il a le respect et la confiance de tous et jouit de mon estime.

Elle se leva, aussitôt imitée par les autres.

— Nous en avons terminé pour ce soir, mire. Léon va vous raccompagner en vos... appartements.

Lorsque Léon parvint au seuil de l'ouvroir, Évrard Joliet descendait l'escalier de pierre. Il parut hésiter, joignant ses mains aux doigts tachés d'encre de couleurs vives, ne sachant s'il devait s'effacer afin de laisser passage aux deux autres ou se hâter de dévaler les marches. Il salua le géant et jeta un regard curieux à Druon en expliquant d'une voix apeurée :

— Je rejoignais mes appartements, messire Léon.

— Bonne nuit.

— Grand merci. Vous également, le remercia l'homme qui semblait à peine sorti de l'adolescence et que le jeune mire fascinait.

Druon remarqua que Léon ralentissait l'allure pour donner à l'autre le temps de les distancer dans l'escalier. L'homme de confiance de la baronne grommela juste :

— Le bibliothécaire. Il est aussi copiste. Une assez jolie main. Plutôt plaisant à ceci près que l'on dirait toujours une souris qui vient de se faire prendre la queue dans un piège.

Ils descendirent à leur tour, sans plus échanger un mot. Quelle ne fut pas la surprise de Druon lorsqu'il découvrit une Igraine souriante les attendant devant la porte de leur confortable prison souterraine. Amusée, elle le détrompa :

— N'y voyez nul tour de magie, mire. Les épais murs de ce château sont sillonnés de passages, permettant aux habitants de s'échapper en cas d'invasion ennemie. J'ai oublié... Je devais vous prévenir... Une femme que vous connaissez se rapproche de vous. Prenez garde, elle est aussi belle que malveillante et déterminée.

— Mais que...

— Je n'en sais pas davantage.

La mage tourna les talons et s'éloigna malgré les protestations de Druon.

Igraine, assez satisfaite, remonta vers ses appartements en empruntant cette fois l'escalier de la tour. Lorsqu'elle déboucha dans le couloir qui menait à ses appartements, elle surprit le sieur Évrard Joliet, le bibliothécaire-copiste, en compagnie de Sidonie, la jeune servante dont la vivacité d'esprit avait eu l'heur de plaire à Béatrice et qui la servait maintenant. Ils gloussaient tous deux tels des gens qui ont formé une cordialité. Plus ? s'interrogea la mage, amusée. Joliet avait posé sa main aux doigts tachés d'encres sur le bras de la jeune femme. Le couple découvrit sa présence. La main du bibliothécaire retomba et son visage se ferma. Embarrassé, il déclara d'un ton soudain trop détaché pour paraître véritable :

— Dame Igraine... Je suis remonté et j'ai croisé Sidonie. Elle portait son vin chaud du coucher à notre seigneur.

Suivant son geste du regard, la mage découvrit le petit plateau posé à même le sol dans un coin. De plus en plus réjouie par la situation et le malaise évident de Joliet et de Sidonie, elle conseilla de sa voix de petite fille :

— Hâtez-vous. Il va refroidir.

Puis elle poursuivit son chemin, réprimant un sourire.

XXIV

Saint-Ouen-en-Pail, août 1306, le lendemain

Un mélange d'odeurs presque suffocant prit Thierry Lafleur à la gorge lorsqu'il pénétra au petit matin dans l'échoppe toute en longueur de Lubin Serret, où l'attendait déjà Jean le Sage en compagnie de l'apothicaire. Le riche loueur de chevaux et d'attelages reconnut l'ail sec, l'angélique, le sureau et la rue fétide. Il jeta un regard admiratif aux étagères qui couvraient deux des murs du sol au plafond, et sur lesquelles s'entassaient des sacs de toutes tailles, des pots, des fioles, se demandant comment Lubin Serret se débrouillait pour ne pas intervertir les poudres et les dosages.

Lorsqu'il s'avança vers ses deux compagnons de conseil de village, Jean Lemercier était assis devant la table de pesée et contemplait la bilance[1] et sa collection de poids,

---

1. Du latin *bilancia*, de « bi », deux, et de « lanx », plateau. Il nous en reste le mot « bilan ».

dont la plupart n'étaient que de petits carrés de métal d'épaisseur variable. À l'accoutumée, l'apothicaire, petit homme maigre et nerveux, incapable de demeurer en place, arpentait la pièce encombrée, mains croisées derrière le dos.

Jean leva la tête vers le nouvel arrivant et lui adressa un sourire incertain dans lequel Thierry Lafleur lut une infinie lassitude.

— Alphonse Portechape est toujours céans ? demanda-t-il.

Pointant vers le plafond d'où pendaient des gerbes d'herbes et de fleurs sèches, Lubin Serret le renseigna :

— À l'étage. Il était trop mal en point pour que je le fasse raccompagner chez lui. Je l'ai veillé toute la nuit et lui ai dispensé des soins constants, du mieux que j'ai pu. J'ai renouvelé les emplâtres de boue fraîche juste avant votre arrivée. Selon moi, au demain, nous aurons un beau pus franc et loyal, du moins si... Sa femme l'a visité plus tôt. Elle ne s'est pas attardée. Ses enfançons dormaient encore. Elle priera la Vierge, ce qui accélérera la guérison.

— Nous sommes bien certains de l'excellence de votre attention, le rassura Jean.

— Avez-vous fait quérir un mire, celui de Pré-en-Pail ? se renseigna Thierry Lafleur.

— Pour ce qu'ils sont efficaces, sauf à vous tirer de l'argent ! pesta l'apothicaire.

— À l'évidence, renchérit Jean le Sage.

— De plus, si l'on se fie aux clabaudages, nul ne sait au juste comment considérer celui dont la baronne aurait loué le service. D'aucuns le prétendent même prisonnier au château.

— Alphonse a-t-il ses sens ? s'enquit Lafleur.

— Depuis peu, et en dépit de sa fièvre qui traduit le bouleversement de ses quatre humeurs. En plus de vulnéraires[1] puissants à base de millepertuis, de peuplier et de

---

1. Cicatrisants.

sauge, je lui ai fait boire un cordial de menthe et d'angélique additionné de miel avant votre arrivée. Allons-y, voulez-vous ?

Les deux autres acquiescèrent et grimpèrent à sa suite l'escalier branlant qui menait à l'étage. Ils débouchèrent dans une pièce de taille modeste, une réserve si l'on en jugeait par les entassements de sacs de toile et l'abondance des bouquets secs pendus aux poutres qui exigeaient que l'on avance courbé. Jean toussota tant l'air saturé de parfums devenait irrespirable. Il songea que l'endroit n'était sans doute pas idéal pour un blessé, mais se garda de tout commentaire afin de ne pas piquer au vif Serret.

Têtes baissées, les trois hommes progressèrent vers la paillasse sur laquelle le tonnelier Alphonse Portechape était allongé. Le visage tourné vers le mur, il semblait endormi. Une laborieuse respiration soulevait son torse, comme si chaque inspiration requérait un effort. Un linge dissimulait ses parties génitales. Les emplâtres de boue qui recouvraient ses plaies avaient séché en craquelant, et le matelas de paille souillé de sang et d'humeurs était semé de copeaux de terre. Jean le Sage détailla les monstrueuses morsures qui avaient déchiqueté la hanche droite et la cuisse du tonnelier ainsi que le bas de son dos. Les chairs à vif suintaient et luisaient d'une sorte de pus verdâtre. En dépit de l'odeur entêtante des fleurs et herbes séchées, Jean perçut les premiers remugles de l'agonie.

Lubin Serret appela :

— Alphonse ? Portechape, on est tous réunis. Réveille-toi, Portechape !

Le gros corps bougea avec peine. Alphonse gémit et tourna un visage de cendre vers eux. La douleur crispait ses mâchoires, une sueur profuse dévalait de son front et Jean sut qu'il n'en réchapperait pas. Il demanda d'une voix dont il espérait qu'elle ne trahirait pas sa certitude :

— Mon bon Alphonse, tu t'es battu avec une magnifique vaillance.

L'autre hocha la tête, claquant des dents, grelottant de fièvre. Pourtant, Jean le Sage lut dans son regard qu'il n'était pas peu fier de son exploit. L'âme humaine ne cessait de stupéfier le mercier. Quoi ? Portechape était connu comme un maître de l'escobarderie[1], un tricheur, menteur, buveur, capable de vendre la dépouille de sa vieille mère pour gratter quelques deniers. Ses vilains tours ne se comptaient plus, même si ses tonneaux étaient les meilleurs et les plus robustes à cent lieues à la ronde. Il se gaussait assez, racontant dès qu'il avait un coup dans le nez à quel point il avait plumé le client. Et soudain, alors qu'il allait mourir, une seule chose comptait à ses yeux : quelques secondes de grandeur.

— Pour sûr... J'l'ai blessé. Cette saloperie de l'enfer a hurlé de douleur ! J'l'ai blessé, j'vous dis ! Ça, j'me suis battu quand ben même l'herminette m'avait échappé des mains. Y en a beaucoup qui y seraient restés. Mais l'Portechape, c'est pas une cochevis[2] !

— Peux-tu nous la décrire, Alphonse... cette bête ? C'est important, insista Jean. S'agit-il d'un animal... normal bien qu'énorme ou d'une... chose surnaturelle ?

Une écume jaunâtre s'écoula d'entre les lèvres du blessé qui éructa :

— Non ! C'est un démon... Deux démons... Vous pensez bien... Un ours même gigantesque, j'lui pulvérisais le col en deux coups d'herminette. J'aurais p'têt pris de vilaines griffures mais j'laissais sa dépouille à terre...

---

1. Fausses paroles destinées à tromper, escroquer par la ruse.

2. Comme mauviette, autre nom de l'alouette, utilisé pour désigner une personne grêle, peu résistante et délicate.

Il toussa, s'étouffant dans sa salive, puis reprit d'une voix sifflante :

— Non, ça y étaient énormes... Mais c'est même pas tant la taille... C'est la fureur, la cruauté dans le regard de çui qui m'a attaqué. Ses yeux noirs, presque bleutés, brillaient comme tous les feux de l'enfer... Jamais un animal s'en prendrait de telle façon à un homme armé. Pour tuer.

— À quoi ressemblaient-ils, au juste, celui qui a foncé et l'autre ? le supplia presque Jean le Sage.

— J'chais pas trop. Dans la furie du moment... J'défendais ma peau. Çui qui m'a attaqué était énorme pour sûr, avec une grosse tête carrée. Il puait de la gueule comme un démon. J'ai jamais vu des crocs aussi longs et luisants. L'autre était un peu plus loin. Les babines retroussées, prêt à fondre sur moi. Mais l'a paru changer de disposition et y s'est arrêté.

— Marchaient-ils sur deux ou quatre pattes ? intervint Thierry Lafleur.

— J'chais pas trop. Il courait sur quatre pattes... mais après, p'têt ben qu'il s'est relevé. Oui, j'crois ben, vu que sa gueule m'est arrivée sur le visage, affirma Portechape qui s'affaiblissait. J'me suis battu... Battu... J'ai bien cru que ma dernière heure était arrivée, mais j'm'en suis sorti.

— Avec une belle bravoure, approuva Jean. Et qu'ont-ils fait ensuite ?

— J'ai cru qu'y me poursuivaient, mais sans doute pas. Leur maître, Belzébuth, a dû les rappeler. (Une quinte de toux lui tira une grimace de peine, il insista pourtant :) J'ai cogné, ça pour sûr. Ils m'ont pas eu, les maudits ! C'est des créatures de l'enfer, vous y trompez pas ! Un animal, j'lui faisais la peau.

— Je sais, mon bon, je sais, le rassura Jean.

Alphonse Portechape ferma les yeux. Une lente expiration souleva sa cage thoracique et son pauvre corps se détendit d'un coup.

— Il vient de tomber à nouveau en pâmoison, diagnostiqua Lubin Serret. Je puis l'éveiller, proposa-t-il aux autres.

— Non pas, décida Jean Lemercier. L'inconscience est une bénédiction dans son cas et nous avons appris ce que nous voulions savoir : il s'agit bien de démons qui peuvent se tenir indifféremment sur deux ou quatre pattes. Vous aviez raison, je l'admets malgré mes réticences du début. Il nous faut supplier monseigneur Herbert de nous aider. J'en suis désolé.

— Vous faites juste et bon, approuva le loueur de chevaux.

— Je l'espère, Thierry, je l'espère. Jamais décision n'aura été si ardue à prendre. Nous devenons les ennemis jurés de notre suzeraine, la baronne Béatrice. Dieu et le baron nous gardent de sa colère. (Il marqua une pause dans laquelle les autres sentirent son désarroi puis reprit :) Mon bon Lubin, veillez Alphonse. Faites quérir sa femme, qu'elle lui dise à Dieu et prie pour son repos, il est bien mal en point.

L'apothicaire hocha la tête et renchérit d'un ton grave :

— Je doute qu'il passe la nuit, voire la journée. Je...

— Vous avez œuvré mieux qu'un excellent mire, mon ami. Nous vous en sommes reconnaissants.

XXV

Saint-Ouen-en-Pail, août 1306, ce même jour

Jean Lemercier s'introduisit chez lui en empruntant la porte réservée aux serviteurs. L'idée de croiser le regard de sa tendre Annette lui semblait insupportable. Elle lirait le désespoir et la consternation sur son visage avec autant d'aisance que dans un des livres qu'elle aimait tant. Il ne pourrait longtemps lui taire la vérité. Or devoir confier à la femme tant aimée que Portechape agonisait, qu'il n'y avait pas un mais deux monstres et qu'il était maintenant certain que le diable ou l'un de ses puissants avatars s'en prenait à leur village était au-dessus des forces de Jean le Sage. Pis, comment expliquer à la subtile Annette qu'il avait décidé de supplier le baron Herbert de les aider ?

Il longea le coude dans lequel avait été aménagé le restrait[1] des serviteurs puis le mur des cuisines. Muguette en sortait et lui jeta un regard surpris avant de s'enquérir :

— Notre maître ? Désirez-vous une tisane, un léger en-cas ?

— Non pas, ma bonne. Je... je dois m'absorber dans mes livres de comptes et de commandes. Qu'on ne me

---

1. Lieux d'aisances.

dérange pas. Préviens ma dame que je me contenterai d'un léger repas servi dans mon étude. Prie-la d'accepter toutes mes excuses pour la solitude que je lui impose ainsi.

La vieille servante hocha la tête.

Sexte était depuis longtemps passé. Annette ne s'était guère étonnée de l'absence de son époux à la table conjugale. Jean travaillait souvent de longues heures durant à ses comptes et ses inventaires.

Une vague mais pénible sensation empêchait pourtant Annette de se concentrer sur son ouvrage : une aumônière brodée d'une délicate guirlande de minuscules roses. Autant l'avouer, elle n'avait pas une passion pour ce genre d'occupations. Néanmoins, elle leur reconnaissait un précieux avantage : paraître très occupée à un ouvrage féminin quoique respectable donnait à la dame un bon prétexte pour ne plus avoir à parler, à s'occuper des autres. L'attitude renfermée, distante même de Séraphine, l'avait intriguée. Certes, la pauvre femme avait été tant brutalisée par la bête ! Elle avait eu, à n'en point douter, peur au-delà de l'imaginable... Mais justement. Séraphine était une forte de gosier qui ne mâchait pas ses mots lorsqu'il le fallait. Aussi son silence au sujet de l'attaque semblait-il anormal. Après tout, elle, une femme, s'était sortie d'une situation dans laquelle avaient péri des hommes, plus jeunes et vaillants.

Annette soupira. Certes, elle avait été un peu froissée que l'ongle-bleu dédaigne ses présents – la portion de longe de porc et la généreuse part de tarte blanche – et encore plus piquée lorsqu'elle avait senti combien Séraphine n'attendait qu'une chose : qu'elle parte. Après tout, Séraphine

– une pas grand-chose en dépit de son courage et de sa probité – aurait dû se montrer flattée que la femme du mercier, la très riche et bellement réputée Annette, lui rende visite. Sans condescendance, aucune. Enfin quoi ! Les Lemercier étaient des bourgeois... ou presque, et Annette se faisait fort de venir à bout du ridicule écart qui les séparait encore d'une caste très enviée.

Quoi qu'il en fût, les sentiments de la jeune femme alternaient entre légère vexation et sourde inquiétude. Et si Séraphine avait été chamboulée jusqu'au plus profond des sens ? Si, plutôt que de remercier le ciel et de se féliciter chaque heure d'en avoir réchappé, elle avait plongé dans une sorte de maladie de mélancolie ? Annette reposa son aumônière d'un geste nerveux. Elle sonna Muguette et lui demanda de préparer un panier aussitôt, la prévenant qu'elle rendait une courte visite de voisinage à la pauvre femme.

Pour en avoir le cœur net.

XXVI

Saint-Ouen-en-Pail, août 1306, ce même jour

Lorsqu'elle bifurqua dans la ruelle, les volets de la masure de l'ongle-bleu, toujours fermés en dépit de l'heure, l'alarmèrent. Un pressentiment l'envahit. Elle interrogea le vendeur qui s'endormait derrière son éventaire de pots et de marmites. L'homme, un certain Gilbert, n'avait pas aperçu Séraphine de la matinée et semblait s'en contre-moquer. De plus en plus inquiète, Annelette poussa la porte de la maison du plat de la main. Le battant s'ouvrit, révélant une salle obscure, assez basse de plafond, qui sentait la suie, l'oing[1] et le fromage recuit. Elle avança de quelques pas. Son panier lui échappa des mains. Et la boutille de cidre se brisa dans un vacarme qui lui parut assourdissant.

Un ventre se balançait à hauteur de son visage.
Une onde glacée se déversa dans son cerveau. Elle leva

---

1. Graisse de porc.

les yeux avec lenteur, certaine de ce qu'elle allait découvrir. Séraphine, seulement vêtue de son chainse, pendue à la poutre. Une infinie tristesse, presque disproportionnée, envahit Annette. Quelle pitié que ce visage bouffi et bleui, cette langue qui sortait de la bouche telle celle d'un animal, ces yeux exorbités fixant la mort.

Quelle pitié que la pauvreté de cette pièce malodorante. Le sol en terre battue... La table de vilain bois si bancale qu'elle s'inclinait d'un côté... Deux chaises, dont l'une au dossier rafistolé d'un bout de corde... La marmite au bord rongé de rouille qui patientait dans l'âtre... Le petit bois entassé dans un coin qui devait se consumer en quelques instants... Au fond, poussé contre un mur, un grabat[1] bourré de paille.

L'imbécile inventaire auquel elle se livrait sans le vouloir l'étonna. Et quoi ? Elle connaissait cette pièce. Et quoi ? Ce n'était pas la première fois qu'elle constatait les marques de la misère. Elle tomba à genoux sans une pensée pour sa belle cotte couleur safran qu'elle allait maculer et pria pour Séraphine avec une tendresse qu'elle ne se soupçonnait pas.

Gilbert beugla derrière elle :

— Ah ben... Par la sambleu[2] ! Mais quec'... Ah là, l'est passée, la Séraphine... Bah, avec sa gueule en lambeaux, ça valait p'tet'moins pire. (Il haussa les épaules et conclut :) C'est comme ça. Un jour ici, l'aut' parti ! Moi, j'dis : l'est ben mieux où'ce qu'elle est maintenant !

---

1. Lit de pauvre.
2. Équivalent à « palsambleu », contraction de « par le sang de Dieu », blasphématoire.

Annette se redressa, dévisagea l'homme, luttant contre l'envie de le gifler. Elle murmura d'un ton doux :

— Vraiment ? Je suis certaine qu'elle vous cédera sa place sans renauder[1].

Il la fixa un instant, se demandant ce qu'elle avait voulu dire, puis sortit sans un mot de la masure, fort contrarié.

Dans un geste machinal, la jeune femme récupéra la clef et verrouilla la porte derrière elle. La tête vide, désagréablement légère, elle retourna à pas lents vers la demeure Lemercier. Une incompréhensible fatigue alourdissait ses membres.

Une question tournait en boucle dans son esprit : Pourquoi ? Pourquoi Dieu avait-il permis à Séraphine d'échapper à la bête, pour l'abandonner ensuite au point que le suicide lui avait semblé préférable à la vie ? Serait-elle maudite pour cet impardonnable geste ? Non, cela ne se pouvait. Le Doux Agneau ne pouvait accabler davantage ceux qui avaient déjà tant souffert. Cela ne se pouvait !

---

1. Protester de façon virulente.

XXVII

Saint-Ouen-en-Pail, août 1306, ce même jour

D'interminables heures s'écoulèrent, des heures de délire, de fièvre et de douleurs. Lubin Serret veilla Alphonse Portechape dans la réserve de son échoppe. Sa femme ne lui octroya qu'une brève visite, devant rentrer afin de s'occuper des deux petits derniers. De surcroît, il sembla à l'apothicaire que l'agonie de son époux ne l'affectait pas au-delà des us.

La robuste carcasse du tonnelier se défendit jusqu'au bout contre l'avancée de la mort. Peu avant la fin, l'ultime soulagement, le blessé divagua, revivant la scène de sa lutte. Il transpirait, se débattant dans son cauchemar, bafouillant :

— Fumiers de clébards[1] ! J'vais vous crever ! Allez, viens... Mais viens donc ! Tu crois que t'me fais peur... ? Bâtards ! Et où il est, vot' maître, hein ? Où il est, que je lui rentre la tête dans l'cul et que je lui arrache les tripes !

---

1. Le terme vient de l'arabe. « Kleb » signifie chiens.

Et Lubin Serret comprit. Portechape avait voulu passer pour un sans-peur. En dépit des blessures affreuses qui le rongeaient, il avait menti, se taillant des habits de héros, lui qui n'avait jamais été qu'un petit coquin sans vergogne. Ses monstres démoniaques ? D'énormes chiens.

Lorsque le mourant se tut, lorsque sa respiration ne fut plus qu'un souffle laborieux et inefficace, la décision de Serret fut prise : il ne détromperait pas Jean le Sage, ni aucun des membres du conseil. En son âme et conscience, une femme ne pouvait régner sur leur vie, surtout une femelle qui s'acoquinait avec des êtres étranges dont on ne savait d'où ils sortaient. Le seigneur Herbert devait devenir leur maître. Seul lui serait d'envergure à les protéger. Or, si Jean Lemercier avait le moindre doute sur la nature démoniaque de la créature, il ne ferait pas appel au baron, par respect, sotte loyauté envers la donzelle Béatrice dont la place se trouvait au couvent.

Lubin Serret récupéra le drap roulé en boule non loin du matelas et en couvrit la dépouille de feu Portechape.

L'apothicaire hésita. Fonçait-il prévenir Jean le Sage ? Bah, quelle importance maintenant ? Au point où en était Portechape, il ne risquait plus grand-chose, et la fatigue due à une nuit agitée rattrapait Lubin. Il décida de redescendre dans sa boutique et de s'accorder quelques heures de repos, installé aussi confortablement que possible sur une chaise.

XXVIII

Saint-Ouen-en-Pail, août 1306, ce même jour

Lorsque Jean le Sage vit Annette pénétrer en la demeure, il sut à son beau visage dévasté qu'une chose affreuse venait de se dérouler. Une autre. Il se précipita vers elle et l'enlaça à l'étouffer, la berçant de petits mots d'amour. Elle se dégagea sans brutalité et lui tendit la grosse clef noircie de la masure, déclarant d'une voix plate et lointaine que son époux ne reconnut pas :

— Séraphine. Elle s'est pendue. Votre pardon, mon tendre... J'ai besoin de prier pour elle.

Désespéré par le chagrin si quiet de cette femme qu'il aimait plus que tout, il murmura :

— Faites, mon aimée, faites. J'ignorais qu'elle vous était si chère.

Annette parut réfléchir, puis fronçant les sourcils le détrompa d'une voix étrange :

— Non... Toutefois, voyez-vous, c'est trop d'injustice. Cela ne se peut.

Elle monta alors, l'âme désespérée, vers la minuscule chapelle attenante à leur chambre.

Jean demeura dans la vaste salle, fixant les larges flammes qui léchaient les bûches de l'âtre. Il attendait, sans savoir trop quoi. Quand la main légère d'Annette se posa contre sa nuque, il n'aurait su dire depuis combien de temps il se trouvait assis ni où ses pensées s'étaient perdues. Il entendit le long soupir de son épouse. Un soupir, ni d'accablement ni de résignation. Plutôt de ceux que l'on pousse une fois décidé à l'effort. Étonné, il tourna la tête vers elle. Sur le ravissant visage, qui portait deux sillons plus pâles de larmes, se lisait toute la résolution du monde. Elle déclara d'une voix calme, plate :

— Il nous faut prévenir le conseil de village. Dépendre… la malheureuse dépouille de Séraphine… Procéder à sa toilette. Je veux qu'elle soit enterrée en terre consacrée et que son cercueil soit béni.

— Ma mie… il s'agit d'un suicide.

Elle insista, et il se demanda si elle l'avait entendu :

— Père Henri étant… n'étant plus, il nous faut quérir le chapelain de la baronne.

— Ma tendre…

À la main de sa femme qui se serrait sur son épaule, Jean le Sage sentit qu'elle luttait contre un emballement de nerfs, que le fait que le dernier outrage soit épargné à Séraphine devenait la chose la plus importante à ses yeux. Il décida que cette compassion était aussi l'une des raisons pour lesquelles tous l'aimaient. Eh quoi ! Dieu jugerait. Jean céda :

— En ce cas, nul ne doit savoir qu'elle s'est pendue.

— Cet homme de l'éventaire de pots et de marmite… juste à côté de chez elle… il l'a vue…

— Gilbert ? Oh, c'est un becque-cornu[1]. La seule chose

---

1. Imbécile.

qui se fraye un chemin dans l'épaisseur de son esprit, c'est l'argent. Quelques pièces devraient arranger son témoignage.

Elle se pencha et frôla les lèvres de son mari d'un baiser en murmurant :

— Merci tant, mon ami... merci tant.

Jean se leva et annonça :

— Je me vais faire aider de Nicol Paillet, le fèvre. Il est bourru mais fiable et plutôt intelligent. Non que je doute de maître Limace ou des autres, mais je connais Paillet depuis belle heurette. Nous décrocherons le corps de cette pauvre Séraphine et il devrait être à même de recommander une ou deux femmes de confiance pour la toilette mortuaire. Contre quelques jolies pièces, elles oublieront avoir vu la marque laissée par la corde autour du cou de la défunte. Nous scellerons le cercueil au plus rapide et affirmerons avoir agi dans l'intérêt commun, parce que... parce que... ses chairs martyrisées par la bête n'étaient que purulence et se décomposaient d'affreuse façon.

Elle le serra contre elle à l'étouffer et couvrit son visage de petits baisers nerveux en chuchotant :

— Ne croyez pas que ce mensonge que vous faites par amour de moi soit péché. Il prouve au contraire quelle magnifique âme charitable est la vôtre. Je vous aime, mon Jean.

Leur émotion réciproque fut interrompue par l'entrée de Muguette. La vieille servante débita d'une voix tendue :

— Maître, maîtresse, y a là... Deux hommes de la baronne à ce que j'ai compris. Ils souhaitent l'honneur de s'entretenir avec vous... qu'y m'ont dit. L'un... C'est ce... barbare immense... Tout en barbe et en cheveux... effrayant si vous voulez mon sentiment... L'autre, j'l'ai jamais vu. Il a l'air d'un jeune clerc, si j'en juge par sa petite tonsure.

Une inquiétude fugace assombrit le visage de Jean Lemercier, qui déclara :

— Ma mie… sans doute est-il préférable que vous vous épargniez cette… rencontre que je ne puis décliner. Muguette, fais-les pénétrer.

Annette disparut dans le couloir qui menait à l'escalier de leur chambre.

Jean s'avança au milieu de la grande salle. Lorsque les deux visiteurs entrèrent, il songea à la pertinence de la description. Au demeurant, jamais il n'aurait autorisé l'entrée de sa maison à cette montagne de muscles à cheveux longs et frisés, portant une dague aigüe à son ceinturon, s'il n'avait connu sa qualité.

Après un salut, le géant lui tendit une missive en expliquant :

— Ma maîtresse vous présente ses regrets pour notre intrusion. L'heure est grave.

Jean le Sage fit sauter les deux cachets de cire et prit connaissance du court message :

« Messire Jean,

Vous voudrez bien pardonner, je l'espère, la visite inattendue de mes gens. L'urgence des circonstances m'a contrainte à ce manque de civilités. Messire Druon est mon nouveau mire. Quant au sieur Léon, mon homme de confiance, vous le connaissez. Je vous saurai donc fort gré de les aider dans leurs efforts, dont l'unique objet est la protection de notre village.

Votre attentif seigneur, Béatrice d'Antigny. »

La lettre, d'une courtoisie de pure forme, n'étonna pas Jean Lemercier. La baronne Béatrice ne sollicitait pas d'aide. Elle l'exigeait. Il hésita. Devait-il accueillir ses visiteurs autour d'un gobelet de vin, ou s'enquérir aussitôt de leurs demandes ? L'intervention du jeune mire le dispensa de choisir :

— Messire Jean, tout d'abord acceptez notre pardon pour cette intrusion fort grossière. N'y voyez que la preuve du souci que prend de vous votre seigneur.

D'une voix dont la distinction étonnait toujours Jean Lemercier, qui lui aurait davantage prêté la lourdeur de langue des soldats, le géant renchérit :

— Mon jeune compagnon a raison. Nous vous supplions de ne jamais penser que ma maîtresse se détourne de vous, des drames qui vous frappent. Bien au contraire, elle les fait siens. Elle ne vous abandonnera pas et se battra jusqu'à ce que cette... chose soit crucifiée sur la porte de l'église. C'est du reste la raison majeure pour laquelle, elle a... souhaité le service de messire Druon, un mire d'éblouissante réputation, un *aesculapius*[1].

Druon ne marqua pas sa surprise à la dernière phrase de Léon. Voilà qu'il devenait un personnage célèbre dont un puissant « souhaitait » le concours, alors que la corde pour le pendre l'attendait en un recoin du château.

— Votre discours me soulage, monsieur. Toutefois, je n'ai jamais douté du soin que prenait notre seigneur de nos ennuis, rétorqua Jean le Sage. Cela étant, et si je puis me permettre... en quoi un mire...

— C'est que mes... méthodes diffèrent fort de celles de mes confrères, biaisa Druon.

— Je suis bien soulagé de vous recevoir, messire, car quelqu'un a grand besoin de votre art en ce moment...

Jean baissa le regard avant de poursuivre dans un chuchotement laborieux :

---

1. Excellent médecin.

— Une autre victime, cette nuit. Horriblement muti-
lée. Le tonnelier, Alphonse Portechape. Notre apothicaire
l'a soigné au mieux, installé dans sa réserve de l'étage, mais
l'attention d'un mire permettrait peut-être à ce pauvre
homme de survivre, car je l'ai senti fort mal en point.

— Que dites-vous ! s'exclama Léon.

— Plus bas, monsieur. Peu d'entre nous sont au courant… L'affolement est déjà à son comble… inutile de…

— Vous avez grand raison, approuva Druon de Brévaux.

Jean Lemercier prit une profonde inspiration et murmura :

— Le pire est encore à venir, messieurs, car, voyez-vous,
cet Alphonse Portechape nous a confié d'horribles choses.
Je précise qu'il avait tous ses sens et qu'un délire de fièvre
n'a pas inspiré ses mots.

Jean marqua une pause et Druon sentit que la suite
serait, en effet, terrible. Il l'encouragea :

— De grâce, messire Jean, quels étaient-ils ?

— Dieu nous garde, messieurs ! Il… Il y a… et Portechape
est formel et l'a répété à maintes reprises… Il y a deux…
créatures, énormes et démoniaques !

— Seigneur Jésus, bafouilla Léon en se signant.

— Démoniaques, dites-vous ? releva Druon.

— En effet, et croyez bien que j'ai longtemps tergiversé
avant de me rendre à cette explication que je jugeais inspirée par… la superstition et la panique. Toutefois, la description de Portechape ne laisse subsister aucun doute dans
mon esprit.

— Quelle est-elle cette description, je vous prie ? Dans
le plus menu détail. Nous irons ensuite visiter ce pauvre
homme.

Jean s'exécuta et relata scrupuleusement les dires du tonnelier. Lorsque le mercier eut terminé, Druon s'enquit :

— Cet Alphonse, est-il connu pour des exagérations ?

— Non pas. Sa rapacité et son peu de scrupules sont
notoires, tout comme la vilaine façon dont il traite femme,

enfants et apprentis. Toutefois, on ne m'a jamais confié qu'il se laisse aller à des contes à dormir debout.

— Fort bien. Allons de ce pas le visiter. Si je puis compléter les remèdes de votre apothicaire, je m'y emploierai. Messire Jean, nous souhaiterions ensuite interroger cette femme, attaquée elle aussi, une certaine Séraphine, une ongle-bleu.

Le visage déjà défait du mercier se crispa à cette mention. Il répondit d'une voix faible :

— C'est impossible. Elle vient de trépasser.

— De ses blessures ? J'ai ouï dire qu'elle s'en était pourtant remise en dépit de sa défiguration, intervint Léon.

— C'est ce que nous avons tous cru, en effet. Mais... mon épouse, la compassion incarnée, qui passait prendre de ses nouvelles... l'a découverte tout à l'heure, trépassée sur son grabat, mentit le mercier. Sans doute une faiblesse de cœur. Son épreuve avait été terrible et elle avait tant changé, se renfermant en elle-même.

Quelque chose, un subtil changement dans l'attitude du chef de village, alerta Druon, qui se contenta d'un :

— Vraiment ?

— Certes. Voyez-vous, messire mire, je m'en veux d'affreuse manière à son sujet.

— Comment cela ?

— Elle m'avait choisi comme unique confident, juste après son attaque par la... chose. J'ai douté de sa parole. Je l'ai crue bonimenteuse ou insensée, l'esprit troublé par son affreuse aventure. Je ne parvenais pas à croire qu'une femme puisse échapper à ce qui avait massacré de jeunes hommes, dont certains armés. Or, à quelques détails près, sans doute dus à l'affolement, le récit de Séraphine ressemble aux affirmations d'Alphonse. À l'exception de la présence de deux créatures d'épouvante, dans ce dernier cas.

— Je souhaiterais examiner le corps de cette pauvre femme lorsque nous en aurons terminé avec le tonnelier.

La bouche de Jean le Sage se crispa et Druon sentit qu'il avait vu juste, sans toutefois savoir ce qu'il venait de débusquer.

— C'est que… nous comptons la mettre très vite en bière… Une mesure de prudence.

— De prudence ? Aurait-elle contracté une maladie ? Vous avez évoqué une faiblesse de cœur plus tôt.

— Eh bien, nous ne le savons au juste. Toutefois, elle fut gravement blessée et nous craignions que la défunte… s'abîme très vite.

— Ses plaies, bien qu'ayant laissé d'horribles bourrelets, semblaient tout à fait cicatrisées, contra Léon d'une voix dont il ne tenta pas d'atténuer la méfiance.

— Ainsi que vous ne manquez pas de le savoir, le processus de décomposition des chairs n'est pas si rapide, monsieur, renchérit le jeune mire.

Jean le Sage était si mal à son aise que Druon le plaignit presque.

Une voix calme et ferme résonna alors dans leur dos.

— Messieurs ? Pardon, mon ami, je venais de descendre de notre chambre et j'ai perçu quelques bribes de votre conversation.

Les deux visiteurs se tournèrent pour découvrir la ravissante mais fort pâle Annette Lemercier, qu'ils saluèrent, attendant la suite.

— Tout ceci est ma faute… J'ai découvert Séraphine plus tôt… Pendue à la poutre de sa masure. J'ai refermé la porte derrière moi et confié la clef à mon mari. Séraphine… était devenue silencieuse, si distante, étrange. Sans doute le monstrueux souvenir l'a-t-il rongée au point de la pousser à cet acte irréparable. (Les larmes montèrent aux beaux yeux et elle acheva d'une voix tremblante :) Je... je n'ai pas pu supporter que son corps ne soit pas béni. Séraphine a tant souffert... Sa vie ne fut que revers et affliction, avant même cette attaque...

— Et votre époux a donc...

Annette interrompit le géant d'un geste.

— Mon époux n'a fait que céder à mon insistance et son... écart est la conséquence de son amour et de sa faiblesse envers moi. Je ne sais s'il s'agit d'un crime ou d'un péché. Cependant, j'en revendique l'entière responsabilité.

— Cette explication me satisfait bien davantage, admit Druon. Votre « insistance », madame, est à mettre au compte d'une belle compassion qui vous honore.

— Et puis, intervint Léon songeur, le village est sans prêtre. Qui peut donc décider du sort qui doit échoir à la dépouille ? Certes pas nous. Quant au chapelain de la baronne, ce qu'il ignore ne peut le troubler.

— Vous dites vrai, Léon, approuva Druon. Nous allons donc procéder ainsi que vous l'aviez envisagé, messire Jean, car je ne doute que vous ayez prévu la suite. Voyons d'abord ce tonnelier. Ensuite nous nous rendrons à la masure. Après, vous ferez ainsi qu'il vous semble juste.

De belles larmes de gratitude dévalèrent des yeux d'Annette qui balbutia avant de sortir de la pièce :

— Dieu vous bénisse, messieurs.

— Je suis votre obligé à jamais, messire mire, messire Léon, déclara Jean le Sage dont le soulagement était perceptible.

XXIX

Saint-Ouen-en-Pail, août 1306, ce même jour

Lubin Serret se réveilla en sursaut à leur entrée. Il lui fallut quelques secondes pour comprendre qui étaient ces gens et ce qu'ils cherchaient en son échoppe. Aussitôt, se sentant accusé alors que Druon n'avait prononcé qu'un salut, le petit homme maigre et nerveux débita :

— Je n'ai rien tenté qui sorte des us et pratiques médicaux. J'ai apposé des emplâtres de boue fraîche ainsi que les mires le recommandent...

Pas moi, songea Druon, en écoutant l'autre d'un air pénétré.

— Quant aux potions dispensées, onguents et embrocations étalés, à l'évidence, je les connais à la perfection.

— Je n'en doute pas, le rassura le jeune mire. Pouvons-nous le monter voir ?

— C'est que... C'est qu'il vient de trépasser. L'exténuation m'a rattrapé et... je me suis assoupi.

Le dépit se peignit sur les visages des trois arrivants. Druon insista :

— Puis-je l'examiner ?

— Certainement.

Ils suivirent Serret dans l'escalier branlant, Druon s'étonnant qu'il résiste au poids de Léon.

Le mire souleva le drap qui faisait office de linceul et découvrit les plaies béantes du tonnelier. Récupérant au sol une brindille d'angélique desséchée, il en écarta les bords, soulevant les larges lambeaux de chair martyrisée.

Serret sautillait d'énervement et couina presque :

— En vérité, j'ai fait plus que mon possible et l'ai veillé toute la nuit.

— Et nous vous en remercions, mon ami, tenta de le calmer Jean le Sage.

Sans grand succès puisque l'autre enchaîna :

— Il est arrivé à ma porte, saignant tel un bœuf. L'hémorragie a persisté des heures. Dans la nuit, une grosse fièvre s'en est mêlée.

Druon détailla le matelas de paille maculé de sang sec et souillé de poussière de terre. Il se redressa en déclarant :

— C'est à se demander comment il a pu résister si long-temps. Une robuste constitution... sans oublier vos excellents soins, ajouta-t-il.

Après tout, l'apothicaire avait fait ce qui se pratiquait en tous lieux.

Ses paroles eurent un effet magique sur Lubin Serret qui s'apaisa aussitôt. Druon poursuivit :

— Je vois pléthore de vaisseaux arrachés... le sang a dû couler à profusion, en effet.

— Et les morsures, messire mire ? Que vous disent-elles ? demanda Jean Lemercier.

— Je ne saurais être formel. Une bête particulièrement puissante et féroce aurait pu les occasionner. En tout cas, elles ne sont pas humaines. On distingue en plusieurs endroits la marque de crocs, et la profondeur des blessures suggère un mufle long.

— Le diable est connu pour ses métamorphoses, observa Serret d'un ton pesant.

Druon répondit, comme pour lui-même :

— Mais le chien et le loup correspondent à cette description.

XXX

Saint-Ouen-en-Pail, août 1306,
ce même jour, cet après-midi-là

Cet après-midi-là, Nicol Paillet invitait. Michel Jacquard, dit maître Limace, ne s'en étonna pas. Agnan Mortabeuf était sans doute presque aussi riche que lui, mais il avait fait tant de nœuds à sa bourse qu'on ne comptait guère sur lui pour l'entrouvrir, sauf lorsqu'il en attendait double rétribution. Celui qu'ils guettaient ne tarda pas : Lubin Serret, agité à l'accoutumée. Ils s'étaient installés à une table en coin, reculée des autres. Une précaution un peu exagérée puisque l'heure aidant, le Fringant Limaçon était encore bien peu fréquenté.

— Qu'avez-vous pensé de c'mire étrange ? attaqua maître Limace en s'adressant à l'apothicaire.

— Encore une des insolites recrues de la baronne, si vous m'en croyez ! pesta Serret. Bientôt, elle nous infligera des monstres de foire. Nous devrons saluer bas la femme à barbe ou l'homme à six doigts !

Tous hochèrent la tête, partageant sa consternation et son agacement. L'apothicaire reprit :

— Séverin Fournier ne nous rejoint pas ?

— Non, pas. J'le trouve bien drôle en c'moment, avoua Nicol Paillet.

— Comment cela ?

— Ben… y nous évite, pour sûr. L'a toujours une bonne excuse pour être retenu ailleurs que nous autres. Un peu comme Thierry Lafleur. Mais bon, çui-là a toujours pété un peu plus haut que son cul, vot' pardon.

— Il a pas tort, renchérit maître Limace. Fournier évite l'Fringant Limaçon, même quand il a affaire en ville. Bah, ça leur passera !

Maître Limace leur servit une autre tournée ; autant en profiter puisque Paillet payait. Géraud, son fils, qui n'avait pas prononcé un mot depuis le début, refusa d'un geste de main. Il est vrai qu'il avait toujours été taciturne depuis le départ de sa mère, dix ans plus tôt. Une mère qui ne s'était pas embarrassée de son unique rejeton pour suivre son bel amant, marchand ambulant, la gueuse !

Nicol se tourna vers le jeune homme d'une vingtaine d'années. Tous s'étonnaient, en discrétion, qu'il ne soit toujours ni marié ni père. Peut-être fallait-il y voir une méfiance pour la douce gent, inspirée par la méconduite de sa propre mère. Il insista d'un ton affectueux :

— Ben mon gars, bois un coup ! T'es pas une frêle pucelle, quand même. Allez, c'est vexant pour moi ton père, vu qu'j'offre. On pourrait croire qu'tu bois pas pour m'économiser le gobelet. J'passe pour un regardant !

Géraud accepta à contrecœur.

Au contraire, Mortabeuf, soulagé de ne pas avoir à aligner ses piécettes, vida son godet d'un trait et le tendit à l'aubergiste afin qu'il le remplisse à nouveau. Claquant de la langue, il déclara, d'un ton assez satisfait :

— Enfin... y a quand même du bon, que j'dis. Messire Jean est maintenant ben convaincu qu'y faut r'quérir l'aide du baron Herbert. Ça aura pas été simple.

— Pour sûr, approuva Nicol Paillet.

Maître Limace jeta un regard discret à Géraud Paillet avec son visage long comme un jour sans pain et s'enquit :

— T'es pas en accord, mon gars ?

— Si. Si fait. Faut s'débarrasser de la... enfin, on peut pas continuer de la sorte !

— Oh, j'suis ben certain qu'elle refera plus surface avec le baron Herbert dans les parages, approuva son père.

Tous acquiescèrent.

— Au fait, messire Lubin, quand r'tournez-vous à Chartres ? J'y ai affaire. Nous pourrions cheminer ensemble, proposa Agnan Mortabeuf en songeant qu'ils partageraient ainsi les frais de repas et d'auberge.

— Merci mon bon, mais je dois décliner, à mon vif déplaisir. Je loue toujours chez Lafleur un cheval rapide afin de ne m'absenter que du nécessaire.

XXXI

Saint-Ouen-en-Pail, août 1306, ce même jour

Après l'âpre défense qu'elle avait prise de son mari, toute énergie semblait avoir déserté Annette Lemercier. Elle était restée assise sur l'escame de leur chambre, son psautier à la main, incapable de se concentrer sur une ligne. Des bribes de pensées tourbillonnaient dans son esprit sans qu'elle parvienne à s'accrocher à une seule. Elle s'en voulait, elle, la femme de tête, de permettre à des séismes extérieurs de ravager ainsi la capacité d'attention et d'application dont elle n'était pas peu fière. Elle se tançait même dans l'espoir de récupérer un peu de rigueur.

Quoi ? La mort rôdait ? La belle affaire ! Elle rôdait en tous lieux et en tous temps. Allait-on passer sa vie à craindre de mourir ? Certes pas. Quoi ? L'effroi avait gagné chacun ? Mais elle n'était pas chacun. De surcroît, la peur n'avait jamais fait reculer le danger, bien au contraire. Allait-elle demeurer dans sa chambre telle une caponne[1] donzelle, sursautant à chaque bruissement d'étoffe, au moindre pas

---

1. Peureuse. Dans des cas rares, pouvait également désigner un individu qui usait de flatteries pour parvenir à ses fins.

233

dans l'escalier ? Que nenni ! Elle se releva d'un mouvement nerveux. Faire quelque chose ! Décider, refuser de se transformer en pantin du sort. Elle rangea le psautier richement enluminé, cadeau de son époux, dans le cabinet[1] de la chambre. Elle ajusta son touret à barbette[2] de cendal safran et sortit.

Répondant, sans même y penser, d'un sourire aux saluts des gens qu'elle croisait, elle avança d'un pas ferme vers la rue des Chalands, dans laquelle se succédaient des échoppes, des étaux[3]. Au boulanger[4] qui voyait d'un mauvais œil le petit marchand ambulant d'oublies et de gaufres au prétexte qu'il lui faisait déloyale concurrence, vendant moins cher, succédait l'étal du boucher[5] tenu par un valet qui s'activait tout le jour afin de chasser les mouches qui piquaient avec voracité vers les morceaux proposés. L'éventaire du poissonnier était l'objet d'une belle affluence, toutes les commères s'y pourvoyant pour agrémenter les jours de maigre[6]. Au brochet, à la carpe, au barbeau et à l'anguille, se mêlaient le

---

1. Armoire montée sur quatre pieds, fermée de deux vantaux, dont l'intérieur était équipé d'une multitude de tiroirs, dont certains secrets permettant de dissimuler des objets précieux.

2. Large bande de tissu passant sous le menton, qui maintenait la coiffe sur la tête.

3. Cette forme plurielle fut abandonnée au profit d'« étals ».

4. C'est avant tout un vendeur de pain qui peut l'acheter à un fournier de campagne. Le métier est très réglementé et le nombre des boulangers limité.

5. Il ne vendait que de la viande de bœuf et de mouton. Il s'agit en général de bourgeois qui investissent et font tenir les étals par des valets.

6. Les mercredis, vendredis, samedis, veilles de fêtes, sans oublier les quarante jours du Carême et l'Avant.

hareng, la seiche, la baleine, la morue, séchés ou saurs. Le maquereau, la sardine et la truite de mer et même le saumon frais, enveloppés dans des cocons d'herbe ou dans des linges humides afin de les rafraîchir et de les préserver des insectes attisaient les convoitises, bien que réservés aux plus nantis. Le poissonnier jurait ses grands dieux aux servantes des belles maisons qu'il observait scrupuleusement la loi pour préserver la qualité de ces mets dispendieux : il ne les conservait que deux jours[1]. Le marchand de rubans, de passementeries, de fil et d'aiguilles suscitait une vive curiosité de la part des dames qui s'informaient de la mode parisienne en matière de couleurs ou de longueur de frange ou encore de motifs de broderies. Certes, les informations qu'il fournissait variaient en fonction de ce qu'il pouvait offrir ce jour-là. Plus loin, des femmes de tous âges s'agglutinaient à la devanture de l'épicier qui proposait moult parfums, cosmétiques et eaux de visage, de corps, de cheveux ou de bouche[2]. Mignet, l'épicier, après une guerre sans merci contre Lubin Serret l'apothicaire, avait emporté le juteux marché arguant qu'il tenait boutique en ville depuis bien plus longtemps. Les deux hommes ne s'adressaient plus la parole et ne se saluaient pas non plus lorsqu'ils se croisaient. Quant à Jean Lemercier qui, par profession et ancienneté, aurait pu revendiquer de devenir

---

1. La loi leur impose en effet de ne conserver les poissons que deux jours, sans compter l'acheminement depuis le point de pêche. Les poissons frais et chers, le plus souvent de mer, sont le plus souvent transportés par coursier rapide.

2. On est grand consommateur de parfums et de cosmétiques au Moyen Âge. Sans doute est-ce le résultat d'une hygiène approximative, quoique très supérieure à ce qu'elle deviendra plus tard, mais également au fait que la sous-alimentation chronique, notamment en produits frais, engendre un vieillissement plus rapide contre lequel, tous, notamment les femmes, luttent avec force préparations. Ces dernières sont vendues par les merciers, les apothicaires et les épiciers.

le seul revendeur de ces produits, il avait fait preuve de belle sagesse en ne se manifestant pas, pour la paix de la bourgade.

Parfois des petits vendeurs se contentaient d'étaler une large touaille à même le sol afin d'y proposer leurs denrées : fromages de chèvre, pâtes de fruits au miel et croûtes dorées, parfois quelques légumes et fruits. Annette progressa, curieuse, ne venant que fort peu en cet endroit. Une dame de sa qualité envoyait les serviteurs au ravitaillement, ne les accompagnant les jours de grand marché que pour s'offrir des rubans de cheveux, quelques aunes* de fin tissu, voire des lotions pour avoir jolie peau ou bonne voix[1].

Enfin, elle aperçut celle qu'elle cherchait, engagée dans ce qui semblait une vive discussion avec un saucissier[2] : Clotilde. Annette se rapprocha et feignit l'agréable surprise.

— Quel bonheur de vous voir, ma bonne Clotilde ! D'autant que vous avez bonne figure.

— Madame ! Le bonheur est partagé. Que faites-vous ici, avec mon respect ?

Prenant l'air sombre, Annette déclara :

— C'est que... cette bourgade est devenue sinistre. On n'y croise presque plus personne, hormis dans deux ou trois rues marchandes. Et encore, elles se vident dès la fermeture des éventaires. Si les raisons tombent sous le sens, j'ai ressenti le besoin d'un peu d'animation.

Sombre à son tour, Clotilde renchérit du ton d'entente que lui permettait son ancienne et cordiale cohabitation avec Annette, pour laquelle elle éprouvait toujours une franche affection :

---

1. Il existe à cette époque beaucoup de préparations pour garantir une jolie voix.
2. Charcutier.

— Il est vrai. Quelle épouvante ! Je m'inquiète bien souvent de vous, madame.

— C'est généreux à vous. Nous vous regrettons, ma bonne, même si je comprends bien les raisons de votre changement.

Le service des Lemercier n'était pas assez important pour permettre à la servante âgée d'éviter les tâches que sa vieillerie avait rendues pénibles pour ses jambes et son dos. Aussi, la mort dans l'âme, avait-elle accepté, après moult tergiversations, de rejoindre la mesnie de la baronne Béatrice.

— Ah l'âge, madame, l'âge ! Quelle injure, quelle claque au bec de notre arrogance ! Quelle sournoiserie aussi, car on ne s'aperçoit de son avancée que lorsqu'il est déjà bien là.

— Chère Clotilde, j'aurais grand plaisir à bavarder avec vous devant un gobelet d'hypocras, si le service de madame Béatrice vous octroyait un peu de temps. Je vous l'avoue sans ambages, je m'ennuie fort. Maître Jean se montre si inquiet. Notre demeure devient lugubre.

— Alors, vous les prenez ? s'énerva le saucissier en désignant une pyramide de saucisses de sang[1].

— À ce prix ? Que nenni ! D'autant qu'elles me paraissent un peu claires. Je ne serais pas surprise qu'elles aient été allongées d'épeautre, conclut Clotilde d'un ton de suspicion.

Prétendant l'indignation, le marchand souffla :

— Oh ! L'injuste accusation.

Elle ne devait pas être si exagérée que cela puisqu'il octroya, de mauvais gré, un rabais à Clotilde, et enveloppa prestement les saucisses de sang dans un linge après avoir compté les pièces. Plaquant son volumineux paquet contre elle, la femme âgée s'écarta de quelques pas et le tendit à un homme d'impressionnante carrure adossé au mur d'une

---

1. Boudin.

maison. Elle lui dit quelques mots. L'air bougon, il hocha la tête et s'éloigna. Clotilde rejoignit son ancienne maîtresse un sourire complice aux lèvres.

— Voilà. J'avais terminé mes emplettes. Le gens d'armes de la baronne m'attendra à la sortie de la bourgade avec les victuailles. Oh, je me passerais volontiers de sa compagnie à ce bourru de Grinchu qui porte bien son nom ! Mais ma maîtresse a ordonné qu'en ces temps je sois escortée. Bah, c'est aussi bien : c'est lui qui pousse la birouette[1] ou mène la mule de bât jusqu'au château.

— Voilà un seigneur qui prend soin de sa mesnie, approuva Annette.

Elle aimait bien Clotilde. Pourtant, elle ne s'en voulait pas vraiment de la duper un peu. Jean avait requis son concours pour obtenir des informations de leur ancienne domestique. Au-delà de la requête de son mari, quelque chose préoccupait la jeune femme, sans qu'elle parvienne à le définir. Une sorte de vague, très vague incertitude qui l'avait poussée à se rendre rue des Chalands.

— Pour sûr ! Et ce n'est pas si fréquent que cela. J'aurais eu l'heur de n'avoir que des bons maîtres.

Elles remontèrent vers la demeure Lemercier. Annette avançait sur des œufs. Clotilde n'était pas sotte, loin s'en fallait, et l'habitude des puissants lui avait enseigné une règle d'or : la prudence, pour ne point dire la méfiance.

— La baronne a belle et valeureuse réputation. Mon époux lui voue une admiration sans atténuation. C'est que… Il doit être ardu d'être femme et seigneur.

---

1. Brouette. Elles étaient alors équipées de deux petites roues à l'avant, les rouettes.

— Si fait, acquiesça Clotilde.

La réponse fut laconique. Annette se demanda si elle n'avait pas été trop vite en besogne et dévia :

— Ma bonne Clotilde, je m'étonne : avez-vous donc besoin de vous venir approvisionner entre nos murs ? Je pensais que moult marchands et vivandiers se pressaient au pont-levis du château afin d'y vendre leurs vivres.

— C'est que, madame, sourit l'autre, je suis trop vieille pour qu'on me la baille[1] belle. Ah, je les flaire de loin, les gredins de tous poils ! Rien n'est plus frais, plus fortifiant que les victuailles qu'ils vous vantent alors même qu'elles ont passé le jour et la veille sur un étal au point de sentir la pisse d'âne. Certains poussent l'escobarderie à rouler leurs poissons abîmés ou leurs viandes altérées dans un mélange d'épices afin d'en atténuer l'odeur. Et ils ont le front de prétendre que c'est afin de vous alléger la tâche. À autre que moi !

Elles pénétrèrent dans la demeure et Annette sonna Muguette afin qu'elle leur porte un cruchon d'hypocras, un plat de mistembecs et des gobelets. Si la servante s'étonna de la familiarité avec laquelle sa maîtresse accueillait une ancienne domestique, elle ne le montra pas.

Elles discutèrent de choses et d'autres, du prix outré du poisson les jours maigres, preuve, selon elles, de la fourberie des commerçants qui profitaient d'une obligation de bons chrétiens dans le but de se remplir la bourse, de la pluviosité de cet été[2] qui risquait de réduire les récoltes, rendant le pain inabordable, jusqu'à ce qu'Annette s'aperçoive, à sa stupéfaction, que le meneur était mené. Clotilde semait depuis un moment son benoît discours de petites questions subtiles, toutes ayant trait à ce que pensait le

---

1. Faire accroire quelque chose de faux.

2. Une série d'étés pluvieux et frais conduira quelques années plus tard à de grandes famines.

village de sa nouvelle maîtresse. Annette réprima un sou-rire. Dire qu'elle s'était crue rusée ! S'accordant le temps de l'hésitation, elle servit à nouveau Clotilde et se décida aux paroles franches, ou presque.

— Ma bonne, parlons vrai plutôt que de tourner autour du pot. Vous ai-je jamais donné l'occasion de douter de moi ?

— Certes pas, madame.

— Eh bien, soyez assurée qu'il en est de même dans votre cas. On prétend la baronne valeureuse et fidèle à son mot, quoique dotée d'un caractère... disons impérieux.

Clotilde la considéra un instant, puis parut se résoudre aux confidences.

— Me donnez-vous votre parole, madame, que ce qui va se dire restera entre nous ? Je sais toute votre tendresse pour messire Jean, votre obéissance à ses désirs. Toute-fois...

— Toutefois, certaines divulgations tombent bien mieux dans nos oreilles que dans celles des hommes, plaisanta Annette. Vous avez ma parole, devant Dieu.

Elle s'étonna elle-même de sa spontanéité. Elle ne révé-lerait à son époux que ce qui ne pourrait leur nuire, à elle, à Clotilde, voire à la baronne.

— Certes. Impérieuse est adapté. Elle peut être féroce et impitoyable. Elle en a donné cent preuves. Cependant, nul ne l'a jamais prise en défaut de justice, de courage, et encore moins d'honneur. Elle doit protection à ses gens et ne se détournera pas de cette obligation. Je vous conjure de me croire. Je sens, j'entends, je flaire des choses... néfastes qui rampent vers elle. Au fond, je vous l'avoue, j'éprouve une sorte d'attachement pour elle, en dépit de ses emportements. Il me semble que des forces malveillantes sont à l'œuvre.

— La... créature ?

— Non... la façon dont « on » use de la créature.

— Mais, et cette étrange Igraine... On la prétend magicienne ? interrogea Annette tout en songeant qu'elle tairait ce qui allait suivre à Jean le Sage.

— Elle se dit mage, rectifia Clotilde.

— Ne pourrait-elle... je ne sais... Aider à détruire cette... chose qui nous terrorise ?

— Igraine possède des pouvoirs, c'est indéniable, moindres cependant que ce que pourrait laisser supposer son inquiétante allure. (Clotilde posa son gobelet sur la table et dévisagea son vis-à-vis, incertaine.) Devrais-je vous confier ce qui va suivre...

— Vous avez ma parole. Maudite si je m'en dédis.

— C'est Igraine qui m'a mise en garde, sans doute parce qu'elle sent l'espèce d'affection que j'éprouve pour mon seigneur. Elle qui, sachant que je connais tous les habitants du village ou presque, m'a demandé de glaner des informations ici ou là. Igraine pressent qu'une implacable tornade va s'abattre sur la baronne, balayant tous les autres sur son passage.

Annette avala d'un trait le fond de son gobelet et leur servit une autre généreuse rasade avant de s'enquérir :

— Ne peut-elle être plus précise ?

— Je vous l'ai dit. Selon moi, elle est moins puissante qu'elle ne tente de le faire accroire. De plus...

— De plus ? la pressa Annette.

— De plus... M'est venue la sensation, peut-être erronée, qu'elle poursuivait un but personnel... Très confidentiel, sans lien avec la baronne ou la... créature. (La vieille servante esquissa un petit sourire contrit avant de poursuivre :) Maintenant que me voilà en confiance avec vous, où dois-je m'arrêter ?

— Lorsque vous le jugerez souhaitable, Clotilde.

— Il se trame quelque chose au château, j'en suis certaine. Je m'en suis ouverte à Igraine qui avait, elle aussi, perçu les déplaisants remugles d'un complot.

— Un complot ! s'exclama Annette.

— Le mot est sans doute fort, mais quelqu'un ourdit un vilain tour. J'en mettrais ma main à couper.

— Dans l'entourage de la baronne ?

— Je me méfie de cette dame Julienne, sa sœur d'alliance. Ses petites mines souffreteuses, ses geignardises ne me disent rien qui vaille. Se cachent derrière cela une rancœur et une jalousie qui pointent parfois le bout de leur nez. Elle est, par ailleurs, très sotte. N'avez-vous pas constaté une belle constance chez les nigauds ? Ils prennent toujours les autres pour plus benêts qu'eux.

Annette émit un petit rire et approuva :

— C'est juste. Pourquoi...

— Parce qu'elle pense que je ne comprends rien à ses allusions et à ses phrases à double entente. Je ne la détrompe pas et adopte une mine obtuse en sa présence. Elle et cet Évrard Joliet vont bon train en la bibliothèque. Aussi jouvenceau qu'il paraisse, notre bon bibliothécaire a une langue bien pendue.

— Une amourette ?

— Non pas. Madame Julienne est fort sensible au lignage. Le sien est bien trop haut pour qu'elle condescende à considérer un bibliothécaire, même copiste, autrement que comme un domestique moins fruste que les autres. D'autant que j'ai eu le sentiment que le sieur Joliet n'était pas insensible aux charmes de Sidonie, une servante bien mignonne et qui a oublié d'être sotte – elle –, au point qu'elle sert maintenant la baronne.

— Alors quoi ?

— Joliet attise l'aigreur déjà virulente de madame Julienne envers sa belle-sœur, qui pourtant s'occupe d'elle comme ne l'a jamais fait son propre frère, feu le baron Hugues, que cette sœur gémissante agaçait. Évrard Joliet y trouve un intérêt, à l'évidence. Il se garantit ainsi son appui, sa protection. Et puis, le fiel de l'envie le ronge aussi.

Pensez... le cadet de cinq, d'une famille de bourgeois cossus. Ne lui restait que sa belle main pour survivre après la mort du père et le partage des biens.

— Que pourrait tenter madame Julienne contre la baronne ? s'étonna Annette Lemercier.

— Seule ? Pas grand-chose. À ceci près que j'aimerais bien savoir ce qu'elle serre dans le petit cabinet de ses appartements. Rendez-vous compte : il faut deux clefs pour en ouvrir les vantaux. Deux ! Elle les garde en permanence sur elle, au bout d'une cordelette passée à son cou.

— Des bijoux fort précieux ? suggéra Annette.

— Elle n'en possède pas. La parade n'intéressait guère sa mère, une lettrée. (Revenant à son idée, Clotilde reprit :) En revanche, si l'acrimonie de madame Julienne trouvait un terreau favorable ailleurs...

— Ici, voulez-vous dire ?

La femme âgée hocha la tête en signe d'acquiescement. Annette avala une longue gorgée d'hypocras pour cacher sa gêne soudaine. Le mélange de vins commençait de lui monter un peu à la tête. Une sensation plaisante après l'extrême tension de ces derniers jours, mais dont il convenait de se méfier.

— Je pense avoir fait preuve d'une parfaite franchise avec vous, madame Annette, vous confiant des informations qui pourraient me valoir une cuisante remontrance de la part de ma maîtresse si mon bavardage lui venait aux oreilles. Quant à madame Julienne, en dépit de mon âge, elle me ferait rouer de coups ou arracher la langue, à n'en point douter.

— Vous avez ma parole devant Dieu, répéta la jeune femme.

— Et je suis certaine que vous la tiendrez. Toutefois, il ne me semble pas abusif de requérir de vous une certitude...

Pressentant ce qui allait suivre, Annette se tendit.

— Que se dit-il au village ? Est-ce le terreau propice que je mentionnais ? En vérité.

— À mon tour d'exiger votre parole que vous emporterez mes propos dans la tombe.

— Je ne le puis, madame. Si vous confirmez ce que je redoute, il me faudra en avertir Igraine afin qu'elle mette la baronne en garde. Comprenez-le, je vous en supplie.

— À tout le moins, jurez-moi sur votre âme que vous ne révélerez jamais la source de vos informations.

— Je le jure sur mon âme et sur les quatre Évangiles. Que je sois maudite pour l'éternité si je me parjure.

Il était hors de question qu'Annette portât le moindre préjudice à Jean. Aussi entailla-t-elle un peu la vérité exigée par son ancienne servante.

— Des voix se sont élevées lors du dernier conseil de village. Jean a tenté d'y mettre un terme, sans grand succès à ce que j'ai compris.

— Contre la baronne ?

— En effet. Il lui a été reproché la mollesse de son action contre la… créature. Jean a rappelé que le bailli du baron Herbert et même le prêtre exorciste n'avaient guère mieux fait. Vous ne vous étonnerez pas que ces reproches, pour certains virulents, ont également pris pour cible sa nature de femelle.

— Ah, il fallait s'y attendre ! Si elle est jugée inapte à protéger ses gens, elle n'est plus seigneur et redevient simple veuve.

Un pesant soupçon avait envahi Annette, qui demanda :

— Douteriez-vous de l'existence d'une infâme créature ? Selon vous, tout ceci serait-il un tortueux stratagème afin d'abattre la baronne ? C'est insensé. Les victimes sont bien là !

— Oh, la monstrueuse créature existe, c'est certain. Cependant, les idées les plus folles me viennent à l'esprit. À ceux d'Igraine et de Léon aussi. Ne vous leurrez pas. Sous ses allures d'épaisse brute se cache un des esprits les plus vifs que je connaisse, d'autant qu'il ne manque pas d'érudition. De plus, il souffrirait mille morts pour protéger Béatrice d'Antigny.

— Quelles idées, ma bonne Clotilde ?

— Insensées, vous dis-je ! Et si quelqu'un avait capturé une bête énorme et féroce en un pays lointain, une bête rusée et inconnue de nos contrées ? S'il l'avait relâchée et en avait perdu la maîtrise…

— Quelqu'un dont le but était de porter grave tort à la baronne, compléta Annette.

— Tout à fait. Si un être maléfique et puissant était parvenu à convoquer un démon, aux mêmes fins ?

Un silence s'installa, chacune pesant les mots de l'autre. Annette, sans trop savoir pourquoi, le rompit soudain :

— Il me faut me débarrasser d'un faix[1] trop lourd pour moi. Séraphine vient de trépasser. Je l'ai trouvée plus tôt, chez elle.

Un long soupir de consternation échappa à Clotilde qui se signa. En termes dont la tristesse était perceptible, Annette lui narra sa macabre découverte, sa volonté que la pauvre femme soit enterrée avec le respect qu'elle méritait et qui lui avait été refusé durant toute sa vie, l'aimante complicité de Jean.

— Vous êtes une belle âme, madame, non que j'en aie jamais douté. (Elle sembla choisir ses mots avec soin avant

---

1. Fardeau. A donné portefaix.

de poursuivre :) Êtes-vous... tout à fait certaine qu'il s'agit... bien d'un suicide ?

La stupéfaction se peignit sur le joli visage de madame Lermercier.

— Votre pardon ?

— Oh... je vous l'ai dit, des idées folles me courent dans la tête. Je vois des chausse-trappes et d'odieux stratagèmes partout. Pauvre Séraphine. Je la connaissais bien. Madame... sans doute suis-je une déhontée, étant entendu ma condition et la vôtre... Que cet excellent hypocras soit mon excuse ; néanmoins, j'ai presque le sentiment d'avoir rencontré une amie. Un soulagement en ces temps.

— Non pas déhontée, Clotilde, puisque ma sensation est identique, affirma Annette, un peu étonnée de sa sincérité. Je viens de me rendre compte à quel point je me sentais isolée en dépit de l'aimable présence de mon doux époux. Je n'ai que lui et...

— Et les hommes ont leurs affaires dont ils nous tiennent le plus souvent écartées.

Elles se quittèrent peu après. Après avoir raccompagné Clotilde dans la cour de la demeure, Annette se réinstalla à la table et se servit un quatrième gobelet d'hypocras tout en songeant qu'elle manquait de tempérance. Bah ! Au diable la tempérance, aujourd'hui. Séraphine était morte et n'importe qui pouvait périr sous les coups de griffes d'un monstre. Elle ressassa leur échange, s'émerveillant de la concision et de la finesse d'esprit de cette femme vieillissante. Elle lui fut reconnaissante de sa confiance et prépara ce qu'elle relaterait à Jean, laissant le reste reposer à l'ombre de sa parole de discrétion. Ces aveux partiels se justifiaient à ses yeux. Elle avait remis sa vie entre les mains de Jean sans aucune hésitation. En revanche, elle éprouvait une indiscutable défiance à l'égard de certains des membres du conseil de village. Le gros Agnan Mortabeuf, l'orfraiseur à faible tête qui avait enfin réalisé son ambition tenace : s'attabler avec les notables pour discuter du sort des autres. Mortabeuf et sa dame, à laquelle il fallait reconnaître plus de finesse qu'à son lourdaud d'époux. Elle avait déployé toute sa séduction de fausse amie et ses mignonnes courbettes au profit d'Annette, jamais dupe, afin d'aider son mari à obtenir ce siège tant convoité au conseil. Nicol Paillet, le maître fèvre, plus doté de cervelle mais dont elle se défiait également, certaine qu'il convoitait le rôle de chef de conseil de Jean. Quant à Thierry Lafleur, le riche loueur de chevaux et d'attelages, et Lubin Serret, l'apothicaire, ils étaient unis sans le savoir dans leur exécration de la douce gent, non que les autres aient eu beaucoup plus d'estime pour les femmes. Deux interrogations lui demeuraient. Michel Jacquard dit maître Limace, l'aubergiste, dont elle pressentait qu'il était moins rustre et limité qu'il n'y paraissait de prime abord. Séverin Fournier le fermier, sa lenteur de langue et sa lourdeur de mouvements paraissaient également trompeuses à la jeune femme.

Au fond, il ne s'agissait pas de dissimuler une bonne part de la vérité à son époux, mais de le protéger des autres. Forte de cette absolution, elle termina son gobelet, la tête lui tournant un peu.

XXXII

Saint-Ouen-en-Pail, août 1306, ce même jour

Lorsque Druon, Léon et Jean Lemercier pénétrèrent chez Séraphine à l'aide de la clef qu'Annette avait remise à son époux, le temps semblait s'être figé dans la salle de la masure. Le corps de la vieille femme pendant de la poutre maîtresse évoquait un pauvre pantin. Ses pieds n'étaient qu'à quelques pouces* du sol de terre battue. Léon et Jean se signèrent. Druon détailla l'endroit. Il ne s'étonna guère de la pauvreté de la masure : elle était si commune. En revanche, une sorte de peine diffuse l'envahit et il fut certain que Léon la partageait. Une vie de créature humaine s'était achevée, dans le désespoir et la solitude. La vie d'une pauvre miséreuse qui n'avait jamais sans doute espéré davantage de l'existence que le privilège de parvenir à se nourrir. Druon ne s'appesantit pas sur l'injustice du monde. Après tout, certains naissaient riches et puissants, d'autres gueux, ainsi allaient les choses. Mais mourir seule, telle une bête, lui paraissait une cruelle punition que n'avait sans doute pas méritée Séraphine. Il se reprit et déclara :

— Il nous faut la descendre et l'allonger sur son grabat. Il serait indigne qu'elle reste ainsi.

Les deux autres hommes se précipitèrent. Léon, dont la tête touchait la poutre, tira sa dague et coupa la corde pendant que Jean retenait la défunte par les jambes afin d'éviter qu'elle s'affale d'irrespectueuse façon.

Druon ne leur proposa pas son aide, tournant lentement sur lui-même. Un détail crucial le frappait.

— Messire Jean, hormis votre épouse, qui a pénétré ici après cette affreuse découverte ?

— Personne... Enfin si... Gilbert, qui tient l'éventaire de pots non loin dans la rue. Je me proposais de le soudoyer afin de nous garantir son silence. Pour Séraphine... Ensuite, ma tendre épouse fort bouleversée l'a vertement tancé et il est sorti. Elle a refermé à clef derrière elle.

— Ainsi que j'avais compris, donc.

Léon souleva la pauvre femme telle une plume et la déposa sur sa paillasse avec une déroutante délicatesse. Druon s'agenouilla à côté du cadavre, examinant les affreuses cicatrices laissées par la créature. Les griffes avaient emporté la joue gauche de Séraphine et la moitié de son nez. Il releva les manches de son chainse. Les deux bras portaient eux aussi d'horribles marques qui s'étendaient de l'épaule au coude, surtout le gauche. Il les retourna. Les marques violacées qu'il trouva sur la face postérieure des deux bras ne l'étonnèrent qu'à moitié. Il détailla ensuite l'épais sillon laissé par la corde pour se rendre compte qu'il recouvrait en partie des marques assez larges de même couleur, semi-circulaires, terminées de petites abrasions en lune, très évocatrices d'ongles. Sa conviction était faite mais méritait une confirmation. Il déclara d'une voix douce, prévoyant la réaction :

— Il me faut procéder... non pas à une autopsie mais à une dissection partielle[1].

---

1. On n'en pratiquait presque pas (sauf parfois sur des cadavres de condamnés à mort ou de suicidés), surtout pour des motifs religieux, les médecins dépendant donc des connaissances léguées par Hippocrate,

— C'est impie ! cria presque Jean.

— Non pas. Ce genre de procédé est admis – quoi que peu pratiqué, je vous l'accorde – dans le cas de condamnés à mort ou de suicidés. Or il s'agit d'un suicide, nous sommes en accord sur ce point ?

Effaré, Jean hocha la tête.

— Il me faut peu de temps, reprit le jeune mire. Toutefois, je souhaiterais me consacrer à ma tâche en solitude.

Une fois seul, luttant contre un début de panique puisque jamais il n'avait pratiqué ce genre d'examen brutal, hormis sous la supervision de son père et sur quelques lapins dont un domestique venait de rompre le col, Druon tira son lancetier[1] de sa bougette et en extirpa une mince lance[2] très aiguisée.

Se contraignant au calme, rappelant à son souvenir les descriptions d'anatomie humaine dispensées par son père, il incisa d'un geste ferme les chairs de la gorge et découvrit ce qu'il cherchait, sa confirmation : des hémorragies au niveau des muscles du cou et la fracture de l'os hyoïde. La pauvre Séraphine avait été étranglée à mains nues – indiquant un assassin de belle carrure – puis pendue pour faire accroire à un suicide. Afin de lutter contre sa résistance, son agresseur l'avait fait tomber au sol et l'y avait plaquée sans ménagement en lui maintenant les bras à l'aide de ses genoux, expliquant les ecchymoses, tandis qu'il l'asphyxiait.

Galien et même Avicenne. On commença de pratiquer des dissections à l'université de Montpellier en 1340. Malheureusement, elles n'eurent d'abord pas vraiment d'incidence, les médecins de l'époque n'en tirant pas grande conclusion.

1. Étui cylindrique dans lequel on rangeait les lances.

2. Lame de forme triangulaire dont se servaient les chirurgiens. Donnera lancette, l'instrument destiné à la saignée.

Druon se planta juste sous la poutre et tendit les bras vers le plafond, imaginant la scène, tentant d'évaluer la taille du meurtrier. Contrairement à ce qu'il avait d'abord pensé, celui-ci n'avait nul besoin d'être un géant. En serrant le nœud coulant autour du cou de la défunte, en jetant la corde par-dessus la poutre, puis en hissant le cadavre, un homme de taille normale, mais de force, serait parvenu à ses fins. Convaincu de sa découverte, il se dirigea vers la porte.

Il fit rentrer les deux hommes silencieux qui patientaient à l'extérieur et annonça d'un ton paisible :

— Messire Jean, apaisez-vous. Vous n'aurez ni à mentir ni à corrompre qui que ce soit. Séraphine a été assassinée.

— Quoi ? Votre pardon ? bredouilla le mercier ébaubi. Cela ne se peut !

— Si fait. Elle a été étranglée à mains nues, la dissection le démontre, puis pendue.

— Vous aviez des soupçons dès notre entrée, n'est-ce pas ? vérifia Léon.

— En effet. Sur quoi serait montée Séraphine, qui était de courte taille, pour passer la corde autour de la poutre puis se laisser choir, les pieds à quelques pouces du sol ? répondit-il en désignant les deux chaises, dont l'une au dossier rafistolé de corde, toutes deux poussées sous la table plantée au milieu de la pièce. Le plafond est assez bas. L'assassin n'a eu qu'à jeter la corde par-dessus la poutre et n'a donc pas eu besoin de se rehausser. Un individu peu subtil puisqu'il a oublié ce détail très révélateur, à moins d'imaginer un être affolé par son propre acte au point que sa réflexion en était troublée.

— Dieu du ciel... Dieu du ciel... Que vais-je dire à Annette... Mon Dieu... bafouilla Jean le Sage d'un ton si altéré que Druon craignit qu'il ne fonde en larmes.

XXXIII

Saint-Ouen-en-Pail, août 1306, ce même jour

Druon et Léon prirent congé de Jean le Sage, en lui conseillant de taire ce qu'ils venaient de découvrir afin de ne pas ajouter à l'affolement et à la confusion. Ils rejoignirent leurs montures. Taciturne, le géant n'avait pas ouvert la bouche depuis qu'ils avaient quitté la masure de la pauvre Séraphine.

Druon leva le visage. Après l'accablante chaleur du jour, le ciel s'obscurcissait, menaçant. Dans les champs avoisinants, les paysans aidés de leurs enfants et même de leurs marmots s'activaient à la moisson, tentant de battre les orages de vitesse. D'inquiétantes histoires de récoltes pliées par la grêle au cœur du pays normand circulaient, enflant au fil des répétitions. D'œufs de caille, les grêlons devenaient gros comme ceux d'une cane. Et puis, la grêle au plein août. De mémoire d'homme, cela ne s'était vu. N'était-ce pas bien la preuve que des forces démoniaques étaient à l'œuvre ?

S'arrachant à ses pensées, le jeune mire flatta l'encolure de Brise, satisfaite de sortir des écuries et que la promenade ragaillardissait.

Ils quittèrent le village, sans échanger un mot. Le silence n'ennuyait pas Druon. Il réfléchissait, s'émerveillant encore et toujours de la pertinence de l'enseignement dispensé par son père qui lui permettait d'ordonner son intelligence, de la dresser à la réflexion.

Ils chevauchaient côte à côte, sans forcer l'allure. Léon prit une profonde inspiration, parut hésiter puis se décida :

— Messire Druon... Je ne sais plus que penser.

— Sans doute est-ce parce que vous pensez trop, sourit le jeune mire en détaillant le profil de son compagnon. Héluise en lui s'étonna de l'élégance de ce visage si masculin qu'elle avait d'abord jugé brutal, à tort.

— Est-ce une boutade ? demanda Léon, la mine sombre, en se tournant vers Druon.

— Non pas. Vous ne cessez de supputer, de juger, de chercher des conclusions avec fébrilité. Vous désespérez d'obtenir une réponse, quelle qu'elle soit.

— N'est-ce pas légitime ? s'enquit l'homme de confiance d'un ton sec.

— Si fait ! Nous souhaitons tous des réponses... Quitte à les inventer.

— Et de quelle façon procède votre esprit... supérieur ? railla Léon.

— Votre compliment me flatte, ironisa avec gentillesse Druon. Cependant, et je le déplore, mon esprit n'a rien de supérieur comparé au vôtre. Il est juste rompu à l'observation. N'avez-vous pas remarqué à quel point ce que nous voyons, entendons, déduisons peut être déformé par nos préconceptions ?

— Ce qui signifie ?

— Que vous êtes parti avec la certitude que nous avions affaire à une créature démoniaque. Du coup, tout ce qui nous ramène à une intervention humaine vous égare. Or, quoi de plus humain qu'un meurtre déguisé en suicide ? C'est un travers classique de l'esprit : ne retenir que ce qui appuie votre conviction, reléguer le reste en le jugeant de bien moindre importance. C'est ainsi que se commettent les plus grosses erreurs.

— Car, selon vous, le meurtre de Séraphine est lié à son attaque ? demanda un Léon radouci parce que l'argument du jeune mire avait porté.

— Avouez que la coïncidence serait sidérante ! Quoi ? Séraphine a toujours mené sa petite vie bien triste en paix. Rien n'a été retourné dans sa chaumière ni dérobé. Du reste, qu'aurait-on pu voler chez cette pauvre femme ? Une victime *a priori* sans intérêt, donc. Pourtant, on se donne la peine de maquiller son assassinat en suicide.

— Pourquoi la tuer, même en relation avec son affreuse attaque ? insista Léon.

— Je l'ignore, mais je le découvrirai.

— Décidément, vous semblez très certain de vos capacités, mire !

— Non pas. En revanche, je connais l'excellence de ma formation, rectifia Druon. C'est du reste grâce à elle que d'autres... détails m'ont fort intrigué aujourd'hui.

— Lesquels ?

— Trop tôt.

— Les tairez-vous également à ma maîtresse ?

— Certes.

— Elle sera fort mécontente et les... déplaisirs de la baronne Béatrice sont redoutables ! le mit en garde Léon.

— J'en doute. De son déplaisir, veux-je dire. Elle est femme d'intelligence et comprendra que je ne puisse élucubrer[1] sans en avoir appris davantage. Léon, il me faut interroger ce simple d'esprit...

— Gaston ? Même en admettant qu'il n'ait pas tété de la boutille, si vous parvenez à lui tirer deux phrases cohérentes, vous serez chanceux.

— Pour l'instant, c'est lui qui peut se féliciter, murmura Druon.

— Que voulez-vous dire ?

— Que sa faiblesse d'esprit, ajoutée à l'ordre de la baronne, l'a protégé du même sort que Séraphine. C'est du reste pour cette raison que je n'ai pas souhaité l'aller questionner sitôt après notre découverte macabre. Afin de ne pas inquiéter l'assassin qui se rassure pour l'instant en songeant que nul n'ajoutera foi aux délires d'un simplet, ivrogne de surcroît.

— Qu'êtes-vous en train d'insinuer, à la fin ! s'énerva l'homme de confiance.

— Je n'insinue pas, je redoute. Léon, n'y voyez nulle offense, mais je reviendrai seul au village, au soir échu, pour rencontrer Gaston. Vous êtes... comment dire, fort visible. Après tout, et puisque le pauvre Huguelin est devenu votre otage et un sérieux gage de mon obéissance, que vous en chaut ?

— Si la baronne y condescend, je n'y vois nul inconvénient. Je sais que vous n'abandonnerez jamais le garçon, conclut le géant avec un franc sourire dont Héluise songea qu'il le rendait presque séduisant, en dépit de cette barbe fournie et de cette toison qui lui descendait à mi-dos.

---

1. Le terme n'a, à l'origine, aucune connotation péjorative. Issu du latin « *elucubrare* » (travailler sous une lumière), il suggère un travail de réflexion pénible et long.

XXXIV

Château de Saint-Ouen-en-Pail,
août 1306, ce même jour

Julienne d'Antigny, assise contre la cheminée de la bibliothèque dans laquelle ronflait un feu nourri, prétendait s'absorber dans une lecture recommandée par le gentil sieur Évrard Joliet, lui-même plongé dans un ouvrage. Elle retint de justesse un soupir. Cette interminable satire en vers de Bernard le Clunisien[1], *De comtemptu mundi*, l'ennuyait à périr. Au demeurant, Julienne possédait bien peu de goût pour la lecture. Une seule chose monopolisait son intérêt : elle. Elle ne se lassait pas de ressasser l'iniquité de son sort, expliquant son attrait pour la bibliothèque ou, plus exactement, le bibliothécaire. Le sieur Joliet avait admis, avec prudence mais sans équivoque, qu'elle avait été flouée par une indigne succession. Bien qu'aux yeux de Julienne il fut homme de bas[2], ce renfort avait mis un peu de baume au cœur, permettant à la belle-sœur de la baronne de ruminer à l'infini ses griefs. De fait, son unique frère n'avait rien prévu pour son futur,

---

1. 1122-1156, encore appelé Bernard de Morlaix, de Morlas, de Murles, ou de Morval. Auteur d'une importante œuvre poétique.
2. Abréviation de « bas lignage ».

ni *dotarium*[1] ni terre. Quant à son neveu, le puissant baron ordinaire Herbert, que lui importait cette vague tante seulement rencontrée deux fois. Julienne dépendait donc totalement de la générosité de sa belle-sœur pour survivre. De façon assez étrange, elle ne tenait pas rigueur de cette imprévoyance à son frère défunt mais à Béatrice, sur qui s'était concentrée son aigreur. Autant l'admettre : la nature s'était, elle aussi, montrée injuste envers la jeune femme, ne jugeant pas nécessaire de compenser son physique ingrat par la prestesse d'esprit.

Le sieur Joliet leva le nez et détailla la femme encore jeune, qui n'avait pas tourné une page depuis un bon quart d'heure, avant de s'enquérir d'une voix douce :

— Cette lecture n'est-elle pas édifiante, madame ?

— Si fait, monsieur. Quelle pertinence, quelle finesse !

Il se rengorgea, satisfait que son choix se soit révélé judicieux. Évrard Joliet tergiversa quelques instants. Toutefois, la curiosité l'emporta :

— Madame... je redoute de me montrer fort indiscret... ce que je déplorerais et vous supplierais de me pardonner...

Embarrassé, il s'interrompit. Intriguée, Julienne le pressa d'un ton affable :

— Allons, monsieur ! Ne sommes-nous pas en cordialité, tels deux pauvres naufragés qui n'ont l'un que l'autre comme adoucissement ?

— Ce compliment me réchauffe le cœur, madame. Cette nouvelle « acquisition » de notre seigneur... ce jeune mire que j'ai aperçu au détour d'un couloir, tout à la fois traité en prisonnier et avec un indéniable respect, qu'en avez-vous pensé ?

— Ma foi, j'hésite à son sujet. Il semble posséder son art. Cela étant, je me méfie d'expérience des foucades de

---

1. Dot, pension.

ma sœur d'alliance. Ce patibulaire Léon ne s'est-il pas imposé grâce à elle ? Quant à cette Igraine, elle me fait froid dans le dos !

— Oh, je vous comprends ! J'évite quant à moi de croiser son regard... Quel être peut avoir ces yeux presque jaunes ?

— Certes pas une bonne chrétienne, affirma Julienne vipérine, en refermant son livre et en se levant.

Elle retint de justesse la dangereuse pesterie qui lui montait aux lèvres : « *Ejusdem farinae*[1] » et poursuivit :

— Je vais me devoir arracher à cette captivante satire. Le moment est venu de rejoindre mes appartements afin de prier.

— Je vous en souhaite grand réconfort, madame.

Une silhouette se rencogna juste à temps derrière un pilier lorsque Julienne sortit de la bibliothèque. Clotilde regarda disparaître la sœur d'alliance de la baronne au détour d'un couloir. Elle patienta quelques instants, ne sachant que faire, craignant que Julienne ne revienne sur ses pas, puis longea les murs en direction de ses appartements.

---

1. « De la même farine ». Peut se traduire par « qui se ressemble s'assemble ». Toujours péjoratif.

XXXV

Château de Saint-Ouen-en-Pail,
août 1306, ce même jour

Nombre de ceux qui avaient croisé l'inquiétante femme sans âge, aux longs cheveux frisés, aux lourds bijoux d'argent ciselés en un temps lointain et oublié de presque tous, son freux perché sur l'épaule, en seraient restés bouche bée en découvrant la « tanière » d'Igraine. Il est vrai que la mage ne tolérait l'intrusion que de deux personnes : Béatrice et, tout récemment, Clotilde. Nul animal empaillé, gueule ouverte, babines retroussées. Nul récipient dans lequel macéraient des cadavres de crapauds ou de vipères. Nulle odeur nauséabonde. Pas le moindre crâne humain accueillant le visiteur de ses orbites béantes. De plaisants effluves d'encens, mélange de cannelle et de muscade, flottaient au contraire dans la longue pièce. De joyeux bouquets de fleurs champêtres égayaient la grande table, ponctuant des piles de livres. Le freux Arthur s'était perché sur le dossier du fauteuil où sa maîtresse avait pris place. Il surveillait le ciel par la large fenêtre vitrée de losanges de verre, ouvrant parfois le bec sur un croassement muet, tendant une patte puis l'autre en signe d'impatience, saluant l'espace infini de hochements de tête.

Igraine tourna la tête pour observer son manège, le même chaque après-midi après none. Elle caressa les plumes fortes de ses ailes en murmurant d'une voix presque enfantine :

— L'heure n'est pas encore arrivée, mon tout beau. Ne t'inquiète, elle se rapproche. Prenons notre mal en patience. Après tout, nous attendons depuis si longtemps.

Le freux la considéra de ses prunelles sombres comme le néant. Il se rapprocha en sautillant sur le dossier et frôla la chevelure frisée de son bec.

Soudain, le beau visage émacié de la mage se figea. Elle se redressa et expliqua à l'animal :

— Tiens... j'ai le sentiment que certains des pouvoirs qui m'avaient désertée me reviennent. L'heure s'approche, en vérité. Je vois Clotilde. Elle ne tardera pas à frapper à notre porte.

De fait, quelques instants plus tard, un grattement discret se fit entendre.

Igraine déverrouilla le battant et fit pénétrer la servante qui jetait des regards inquiets autour d'elle.

— Non, vous n'avez pas été suivie, ma bonne Clotilde. Je l'aurais senti, la rassura la grande femme. Vous semblez toute retournée.

— Madame Julienne... Je l'ai entendue annoncer au sieur Joliet qu'elle allait prier. J'ai... un peu honte, toutefois, j'ai plaqué mon oreille à sa porte. Elle nous la baille belle avec ses prières, la donzelle ! J'ai entendu le grincement des vantaux de son cabinet. Elle a fourragé dedans durant un bon moment. Ah, madame, je ne sais ce qu'elle y cache, mais je me méfie d'elle et de ses inventions. Il me faut l'apprendre. Je l'ai entendue chantonner.

— Chantonner ?

— Dame Igraine, un affreux pressentiment m'habite. Vous savez comme moi l'exécration qu'elle éprouve pour sa sœur d'alliance.

— Ah… mais Béatrice s'en distrait parce qu'elle la croit quantité négligeable, et lorsqu'on tente de la mettre en garde par des insinuations, elle les balaie d'un geste de main.

— Elle a tort, avec tout mon respect.

— Certes. Cela étant, Léon est également tombé dans le benoît panneau. Parce qu'elle est encore plus sotte qu'elle n'est laide, tous deux la croient inoffensive.

— Et vous, comment parvîntes-vous à un jugement contraire ?

Un joli sourire chaleureux découvrit les dents d'Igraine qui avoua :

— Voilà une question qu'il convient de poser à Arthur. Il flaire mes ennemis mieux que moi et n'aime pas Julienne. Je l'ai su dès notre première rencontre, lorsqu'il a enfoncé ses serres dans la chair de mon épaule à me faire mal, et aux mouvements exaspérés de sa tête qui me la désignaient.

— Il nous faut savoir ce que renferme ce cabinet, plaida Clotilde. Je puis forcer les serrures mais elle s'en rendra compte aussitôt.

— N'en faites surtout rien, ma bonne. Croyez-vous vraiment qu'une serrure de cabinet puisse me résister ?

Pendant ce temps, dans la salle du château, Béatrice ordonnait :

— C'est exclu ! Vous voyez-vous, armé d'une doloire[1]

---

1. Hache à long tranchant et court collet dont se servaient les tonneliers et les charrons.

ou d'une fourche-fière[1], faire le chemin seul jusqu'au village au soir échu ? Votre jument de Perche est certes robuste et d'allure imposante, mais la valeureuse bête n'est pas taillée pour un long galop de fuite !

— Je puis me défendre de ma courte épée, madame, insista Druon.

Les lèvres de la baronne se crispèrent de colère. Elle passa la main sur son front moite et tonna d'une voix rauque en s'avançant vers lui à le frôler :

— Seriez-vous devenu bien sourd ? C'est un ordre ! Mon devoir est de protéger mes gens. Or vous en faites partie, même s'il vous déplaît, et ceci jusqu'à ce que vous m'ayez remboursé vos vies, la vôtre et celle de votre galopin[2]. Léon vous accompagnera donc jusqu'aux abords du village, et vous laissera poursuivre seul votre route lorsqu'il jugera que vous ne pouvez plus être attaqué. Il vous attendra pour vous escorter durant le retour.

— Je...

À dire vrai, Druon était si inquiet par la tournure de la discussion, l'ire qu'il percevait chez la baronne, que son esprit enregistra un détail sans pour autant l'analyser.

— Il suffit ! Trêve de vos enfantillages. Ils nous lassent et sont indignes d'un mire qui se prétend *aesculapius* !

La rebuffade faite sur un ton de mépris mit le feu aux joues du jeune mire, qui se tient coi.

---

1. Fourche terminée de deux dents longues très aiguës.
2. Petit garçon à qui l'on donnait la pièce pour faire des courses.

XXXVI

Château de Saint-Ouen-en-Pail,
août 1306, ce même jour

Huguelin s'ennuyait fort. Sa seule distraction depuis le départ de son maître avait duré l'espace d'un coup de vent. Trois serviteurs escortés du gens d'armes dit Grinchu étaient venus installer deux paillasses dans la salle afin qu'ils puissent s'y allonger. Ayant dû se ratatiner sur un fauteuil la nuit précédente, il en avait profité pour s'accorder une courte sieste. Puis il avait couru autour de la salle voûtée qui leur servait de confortable geôle, songeant qu'il conserverait ainsi sa forme, mais l'exercice n'avait eu qu'un temps. Druon ayant entrepris de lui apprendre à déchiffrer les lettres, le jeune garçon avait ensuite ouvert l'ouvrage d'art médical que le jeune mire consultait dès qu'un moment de paix le lui permettait. Butant sur chaque syllabe, il était parvenu à lire quelques mots à haute voix. Des termes bien rebutants : pustules, céphaliques[1], cérat[2], peste[3], carminatifs[4]. Pourquoi,

---

1. Anti-migraineux.
2. Mélange de cire et d'huile d'amandes douces auquel on ajoutait divers produits actifs.
3. La première pandémie documentée qui atteignit la Gaule eut lieu en 540 de notre ère.
4. Qui favorisent l'expulsion des gaz intestinaux.

diantre, son maître ne possédait-il pas de textes relatant les aventures de nobles chevaliers sauvant de douces princesses ?

Désœuvré, il entreprit de ranger leurs maigres effets. Il passa ensuite au grand sac d'épaule de Druon. Lorsqu'il en délaça l'ouverture, une odeur lourde et métallique l'étonna. Il vida avec précaution le contenu du bagage. La stupéfaction le cloua lorsqu'il comprit la portée de sa découverte, et la raison de l'extrême pudeur du mire lorsqu'il procédait à ses ablutions ou se dévêtait. Rouge de confusion, soudain paniqué à la perspective d'être surpris, il replaça à la hâte les épaisses bandes de lin souillées de sang que le... la mire n'avait eu ni l'occasion de laver ni de jeter avec discrétion depuis leur involontaire arrivée au château, entassant le reste par-dessus. Il fonça ensuite s'asseoir sur la paillasse, épiant le silence.

Une question tournait dans sa tête : pouvait-il, devait-il, rester avec son... sa nouvelle maîtresse, s'ils sortaient vivants des griffes de la Baronne rouge ? Sa cohabitation avec la douce gent, laquelle se résumait à la grosse truie en chaleur de l'auberge, lui avait laissé un pénible souvenir. D'un autre côté, Druon l'avait toujours traité à la manière d'un garçonnet et d'un élève, insistant sur son vœu d'abstinence. Druon l'avait aussi sauvé des serres de l'aigle et avait partagé son pain pour le nourrir. En outre, le mire obéissait contre son gré à la terrible Béatrice d'Antigny, uniquement pour le protéger. Et puis, personne ne voulait de lui, sauf pour le réduire à nouveau en esclavage.

À cette pensée, les yeux du garçonnet s'emplirent de larmes. Il se souvint de la question posée à la miresse[1], une

---

1. Elles exerçaient comme médecins, du moins jusqu'au XIIᵉ siècle, avant le début des lois anti-femmes.

éternité plus tôt, semblait-il : « Qu'avait-il fait pour mériter les misères et avanies qui pouvaient décrire sa courte vie ? » À bien y réfléchir, rien. Le conseil que lui serinait chaque jour Druon lui revint en mémoire : observe, analyse, compare et déduis. Il fournit un effort pour juguler son chagrin. Toutes comparaisons et observations faites, il n'était pas mort. Il était même bien vif et, pour l'instant, remplissait deux fois par jour sa panse à satiété. Il n'avait été ni battu, ni violenté, ni insulté, ni affamé depuis son départ de l'auberge. Il avait appris de belles choses, lui que l'on avait toujours traité auparavant à l'instar d'un animal borné. Un très appréciable changement qu'il devait à Druon. Quant à l'analyse, il n'était pas benêt et saisissait fort bien les raisons expliquant la mystification. Jeune femme orpheline et sans le sou, il ne restait à Druon – ou quel que fut son prénom – qu'une alternative peu réjouissante : rejoindre la horde des puterelles et des bordeleuses et finir comme elles de maladie, d'ivrognerie ou sous les coups d'un client mécontent, ou entrer au couvent. On lui réserverait des tâches subalternes en raison de sa naissance qui, sans être petite, ne pouvait rivaliser avec celle des damoiselles accueillies volontiers puisqu'elles offraient leurs biens. À l'évidence, Druon savait tant de choses magnifiques qu'elle méritait mieux. En conclusion, si Huguelin avait été à sa place, il aurait agi à son instar.

Ce beau raisonnement le rasséréna. Au diable, le fait que son maître soit mâle ou femelle ! Seul importait qu'il ou elle le considérait en être humain. Huguelin décida donc d'oublier son étonnante découverte. Après tout, Druon aurait aussi pu se couper et saigner à profusion. Mieux valait se concentrer sur leur gros souci du moment : allaient-ils survivre ?

Un raclement de clef. Hugelin sauta sur ses pieds, jetant un regard au sac afin de s'assurer qu'il en avait resserré le lacet de fermeture.

Druon pénétra l'air grave. Léon lui lança depuis la porte :

— Votre souper ne tardera pas. Prenez quelque repos. Je reviendrai vous chercher juste avant complies*.

Le soulagement fit s'emballer le cœur du jeune garçon. Et soudain, il comprit qu'au besoin qu'il avait de Druon se mêlait une véritable tendresse.

— Mon maître, mon maître… cria-t-il en se ruant vers lui pour enserrer sa taille de ses bras.

Un soupir las lui répondit, puis :

— Tout va bien… ou fort mal, je ne sais.

— Racontez-moi, de grâce !

— Huguelin, cette histoire est si embrouillée qu'une poule y perdrait ses poussins. Ne m'en veuille pas de mon silence. Il me faut m'asseoir et réfléchir.

— Ils ont apporté des matelas.

— Si je m'allonge, je risque de m'endormir. Ce qui est certain, vois-tu, c'est que presque tout le monde ment, vifs ou trépassés, et pour des raisons qui, souvent, m'échappent. Observer, analyser, comparer et déduire. Une lueur de compréhension naîtra forcément.

Hugues de Plisans courba la tête en bref salut. Sa belle naissance, son appartenance au Temple mais également l'estime dans laquelle le tenait M. Guillaume de Nogaret le lui permettaient.

Installé à sa longue table de travail, encombrée de documents et de registres, le conseiller du roi proposa plus qu'il n'ordonna :

— Asseyez-vous, Plisans. Les nouvelles sont-elles fastes ?

— Je ne me prononcerai pas sur leur qualité, messire, rétorqua le chevalier templier d'un ton un peu dépité. En revanche, votre... nervi, Alard Héritier, s'acquitte de sa tâche avec une louable constance. Il suit l'évêque Foulques de Sevrin telle une ombre obstinée.

— Il est grassement payé pour cela, commenta Nogaret, une trace d'ironie dans la voix.

— Certes... Toutefois, je m'inquiète, messire. Héritier est un traître dans l'âme.

Nogaret fixa l'homme jeune avec une sorte d'affection teintée d'amusement. Plisans faisait montre d'une vaste intelligence et d'une considérable érudition. Cependant, restaient à lui enseigner les fourberies, les menteries et les vilains stratagèmes. Homme de Dieu, homme d'épée, il se fiait à cette jolie notion poétique et si trompeuse selon laquelle il n'existait qu'une vérité. Le pouvoir avait appris une chose fondamentale à Nogaret : il existe une pléthore de vérités, puisqu'on les façonne pour la plupart. Aux yeux du conseiller ne prévalait qu'une seule réalité : celle de Dieu. Mais qui pouvait se targuer de l'avoir approchée ? Pas même le pape. Les démêlés de Nogaret avec l'impérieux, pour ne pas dire le despotique Boniface VIII l'avait écarté de l'idée que le Saint-Père recevait une parcelle supplémentaire de l'entendement divin dès après son élection. Après tout, les papes étaient élus grâce aux espèces sonnantes et trébuchantes des puissants qui souhaitaient se concilier leurs bonnes grâces ou parce qu'ils ne gênaient guère. Tout cela relevait de la politique. Un chagrin pour M. de Nogaret qui aurait tant aimé que Dieu désigne d'un signe ou d'un magnifique don Son représentant sur terre. Au lieu de cela, l'affable mais retors Clément V dépensait sans compter les deniers de l'Église. Son extrême libéralité n'oubliait pas un de ses arrière-petits-cousins. Que d'évêques, voire de cardinaux avait-il nommés ! Un homme qui avait le sens de la famille chevillé au corps ! Il se faisait construire un somptueux château à Villandraut[1], lieu de sa naissance, avec des moyens que lui auraient enviés nombre des souverains d'Europe, et gémissait sur l'état des finances du Vatican. Bah, assez avec Clément qu'il avait aidé à hisser sur le trône papal et qui lui en devait donc reconnaissance. Un prêté pour un rendu, rien d'autre n'importait.

S'étonnant du silence prolongé du conseiller, Plisans osa :

— Messire ?

Guillaume de Nogaret sursauta.

— Pardonnez, mon ami. Mon esprit vaguait. Les traîtres dans l'âme ? Ah, je les apprécie fort. L'énorme avantage de ces individus se résume à peu de chose : l'on sait qu'ils vous trahiront un jour ou l'autre. C'est leur nature ainsi que le formulait le sagace empereur Marc-Aurèle. Deux armes contre eux : payer davantage que votre rival et insuffler la peur en leurs veines. Au contraire, s'associer l'aide d'un homme honorable est épineux. Ni peur, ni argent, ni coercition dans ce cas. On ne peut les convaincre que par la pureté et la dignité. Ardu, parfois redoutable. Et lorsqu'ils vous tournent le dos, rien ne saurait les faire fléchir.

Une joie enfantine alluma le regard bleu qui le dévisageait. Plisans observa dans un sourire :

— Y sens-je un reproche me visant ?

— Non pas, mon tout bon, non pas. Cela étant, vous appartenez à cette deuxième sorte. (Nogaret haussa les épaules et poursuivit :) Assez avec ces philosophies qui ne mènent nulle part et me gâchent le sang. La pierre rouge ?

— Sevrin l'a cachée avec soin. Nul bruissement autour d'elle.

— Fichtre, il nous faut pourtant la récupérer avant les autres, observa M. de Nogaret en martyrisant sa plume d'écriture.

---

1. Entrepris en 1305, les travaux s'achevèrent en 1312, un record à l'époque.

Redevenu grave, le chevalier templier s'enquit :

— Messire, de grâce, pardonnez mon effronterie mais... À quoi vous sert une pierre dont personne ne sait rien ?

Abandonnant la plume qu'il avait malmenée, Nogaret eut un petit geste nerveux et avoua :

— À rien, si ce n'est que les autres ne l'auront pas. Racontez-moi encore.

— Je ne sais rien de plus que ce que je vous ai conté. La pierre nous fut dérobée il y a longtemps. Elle revêtait grande importance, de cela je suis certain. Laquelle ? Je n'en ai pas la moindre idée. Ainsi que vous le savez, à chaque grade de notre ordre correspond un niveau de connaissance. Seul le grand-maître possède l'intégralité de nos secrets. Je doute que Jacques de Molay vous vienne en aide au sujet de cette pierre si tant est qu'il en connaisse le secret. Quant à moi, il me voue à tous les diables depuis mon ralliement au projet de notre roi visant à réunir les deux grands ordres soldat sous une même bannière.

— D'où provient-elle ?

— Je l'ignore. Elle est fort ancienne. À preuve, elle fut en notre possession durant des lustres. Nous l'avons veillée. Un frère renégat l'a dérobée afin de la vendre au plus offrant. Mal lui en prit : on l'a retrouvé égorgé à l'orée d'un bois, non loin de la taverne où il séjournait. Nous avons ensuite perdu sa trace, jusqu'à Jehan Fauvel dont nous pensons qu'il l'obtint d'un moine de l'abbaye de Sainte-Trinité à Thiron, moine qui fut enherbé. Voilà tout.

— Dieu du ciel, quel brouillard, se plaignit M. de Nogaret.

Hugues de Plisans hésita puis admit :

— Ce qui semble avéré, messire, c'est que cette pierre sème des ravages sur son passage. Tant ont trépassé de l'avoir convoitée ou possédée !

Un sourire triste étira les lèvres de M. de Nogaret.

— Plisans, mon cher, nul n'est besoin de superstition. La cupidité des hommes suffit et explique nombre de prétendus maléfices !

XXXVII

Saint-Ouen-en-Pail, août 1306, au soir échu

Ils firent halte à une vingtaine de toises du village, à hauteur d'un petit bois. Entre chien et loup, songea Druon. Une métaphore appropriée, ce moment où une nature à peu près contenue et paisible peut basculer dans la sauvagerie, expliquant sans doute la peur instinctive que l'homme a de la nuit et de ses créatures. Ses déjà faibles sens n'ont plus guère d'utilité, et il redevient une proie aisée, lui qui n'y voit plus goutte, flaire et entend toujours aussi mal que le jour. Cette appréhension, encore renforcée par les œuvres de la créature, servait Druon. Le village devait s'être claquemuré. Nul ne traînerait dans les venelles, sauf quelques ivrognes pressés par un besoin qui ne s'écarteraient guère de la porte entrouverte des gargotes.

✠

Telle une ombre, le pan de son mantel rabattu sur l'épaule afin de tirer sa courte épée à la hâte, sa bougette alourdie d'une bonne boutille de vin pour séduire Gaston, Druon se faufila dans le dédale de ruelles.

En chemin pour la bourgade, Léon lui avait expliqué où il pourrait trouver le Simplet. En précisant qu'à cette heure l'idiot serait si ivre qu'il n'en tirerait pas trois mots cohérents. À quoi Druon avait rétorqué :

— Ah… mais c'est que les gens ne savent pas écouter. Nous en revenons à ce dont nous discutions plus tôt : vous partez tous de l'idée que rien de ce que pourrait dire Gaston le Simplet ne saurait être sensé. Sans doute ne peut-il décrire les choses comme nous autres, puisqu'il dispose de ses propres repères. Il suffit de les comprendre et de traduire.

Léon s'était rembruni, sans commenter.

Druon obliqua dans la ruelle des Jouvenceaux, située en bout de village. Rasant les murs, il se dirigea vers l'enseigne du Fringant Limaçon dont le propriétaire était ce Michel Jacquard, un autre membre du conseil du village. Les volets clos laissaient filtrer un peu de la lueur des torches qui éclairaient l'intérieur de l'établissement. Sur ses gardes, il contourna l'auberge. Derrière se dressait une sorte de cabanon que maître Limace utilisait en remise et où il permettait à Gaston de s'abriter en échange de petits travaux.

La timide lumière qu'il aperçut entre les rondins mal joints le surprit. Il aurait parié que les gorgeons avaient eu raison du simplet. Méfiant, Druon s'approcha de la petite lucarne occultée d'une peau huilée qu'il poussa à peine. Derrière les sacs de farine, les caisses de vin, les jambons suspendus à la poutre, un homme dépenaillé, d'impressionnante carrure, demeurait assis sur un grabat crasseux, l'air hagard, la bouche ouverte, le regard fixe. Une esconce était posée devant lui, à même le sol. Un vague souvenir traversa l'esprit de Druon, qu'il écarta. Plus tard. Le jeune mire hésita, craignant que l'autre ne se mette à hurler s'il pénétrait avec brutalité dans la cabane. Se décidant enfin, il l'appela à voix basse :

— Gaston ? Gaston... Des amis m'envoient avec une bonne boutille à partager.

L'autre ne bougea pas d'un pouce, semblant ne rien avoir entendu. Une intuition saisit Druon :

— Gaston, c'est l'ange de Séraphine qui souhaite te parler par ma voix.

Le simple fut sur pieds d'un bond et se précipita. Druon perçut des raclements, des grincements contre le sol. Gaston semblait avoir barricadé l'entrée de la cahute. Une vague de pitié envahit le jeune mire. L'homme, qui le dépassait d'une bonne tête et aurait pu lui rompre le col d'une main, possédait un regard d'enfant. D'enfant affolé. Il avait pleuré, les larmes traçant des sillons plus clairs dans la crasse épaisse de ses joues.

Il tira Druon si brusquement pas l'agrafe de son mantel que le jeune mire s'affala sur son torse aussi large que celui d'un taureau. Des remugles suffocants de sueur, de saleté et d'alcool lui fouettèrent le visage. Gaston referma le battant et repoussa les caisses qu'il venait de tirer, mettant un pot de terre en équilibre au coin de l'une d'entre elle. Druon se fit la réflexion qu'il n'était pas dépourvu d'intelligence. Ainsi, au cas où un intrus pousserait la porte de planches, le pot tomberait avec fracas et l'alerterait.

Quel âge pouvait-il avoir ? Druon eût été incapable de le préciser. Vingt ans, trente, cinquante ? L'âpreté de la misère dans laquelle il vivait avait laissé ses marques, burinant son front, clairsemant ses cheveux en mèches grisâtres collées sur son crâne. Seul son regard d'un tendre noisette paraissait figé dans le temps, longtemps auparavant, lorsque la vie glissait encore facile parce qu'il n'était qu'un enfançon, pas encore un crétin et le souffre-douleur de tous.

Étreignant Druon comme s'il s'agissait d'un frère aimé, Gaston bafouilla d'une voix lourde de salive, un sourire étirant une bouche édentée dans laquelle restaient seulement quelques chicots cariés :

— Voui, voui… Bonne S'raphine, bonne !

Il plaqua son énorme main sur sa gorge et sortit la langue en gargouillant afin de mimer un pendu.

— Oui. Elle a rejoint Dieu en grande paix et c'est maintenant un ange. (Désignant sa bougette, peu fier de son mensonge, Druon ajouta :) Elle a laissé une bonne boutille pour que nous la partagions.

Le simplet fonça récupérer un objet glissé derrière sa paillasse : son godet.

Druon versa le vin et ils partagèrent le premier verre. Gaston marqua son appréciation d'un petit hochement de tête satisfait et d'un claquement de langue.

— L'est v'nue, déclara-t-il.

Druon comprit qu'il faisait référence à Séraphine.

— Quand cela ?

— La nuit… Oh, y a… la nuit. 'Vec une bo'tille.

Il tendit son godet que le jeune mire remplit et le vida d'un trait.

— C'te rapport à l'foutue bête. Démone !

Il se signa à trois reprises, jetant des regards inquiets autour de lui.

— Elle ne viendra pas ce soir, l'assura Druon.

— S'raphine, hein ?

— Oui, Séraphine nous protège.

D'un ton de conspirateur, Gaston le Simplet ajouta :

— L'a vue !

— Elle a vu la bête.

Gaston acquiesça d'un signe de tête, puis se désignant du pouce ajouta :

— L'a vue !

— Et tu l'as vue aussi. À la pleine lune, alors que tu cueillais des simples dans le sous-bois non loin. Toutefois, heureusement pour toi, elle ne t'a pas aperçu.

Un autre hochement de tête.

— Comment était-elle ? Celle qui a attaqué Séraphine puis toi ?

Un signe de dénégation cette fois. Le simple serra les lèvres, refusant de parler, ressemblant à un vieux bambin tout à la fois obstiné et apeuré. Druon lui resservit du vin, s'en voulant un peu de l'enivrer afin de le pousser aux confidences.

— Gaston... il est important que je sache à quoi elle ressemble si nous voulons venger la mort de Séraphine. C'était ton amie, n'est-ce pas ?

— Voui-voui. Gentille.

Druon leva les deux bras au-dessus de sa tête en demandant :

— Très grande ?

— Oooohhhh, voui-voui.

Le simplet indiqua de la main qu'elle mesurait une bonne tête de plus que lui. Se dandinant avec lourdeur en écartant les bras en anse, il la décrivit comme une énorme bête peu agile. Il dodelina du chef, de droite, puis de gauche, et le jeune mire se demanda ce qu'il voulait évoquer.

— Un ours de haute taille ?

— Non, non.

— Cette bête marchait-elle à deux ou à quatre pattes ?

— L'a un peu marché, à deux pattes. Pis... s'a assise su'son cul, l'a r'levé les pattes d'l'avant ! (Les larmes s'accumulèrent sous ses paupières alors qu'il revivait la scène :) Gaston peur... Très peur... Gaston caché, couché derrière l'arbre. L'regardait. Très peur.

Druon posa une main apaisante sur son bras.

— Il y avait de quoi avoir peur. Que s'est-il passé ensuite ? le poussa avec douceur le jeune mire en remplissant à nouveau le godet.

Gaston le vida à grands bruits de déglutition. La masse de muscles au regard d'enfant était livide et un effroi rétrospectif se lisait sur son visage. Druon n'eut plus aucun doute : il avait bel et bien vu la créature. D'une voix altérée, le Simplet poursuivit, en dodelinant à nouveau de la tête, ses joues frôlant presque ses épaules à chaque balancement :

— L'a r'tourné. Vers Gaston. L'a avancé. Oooohhhh.

Il gémissait, se tordant les mains de terreur ainsi qu'il avait dû le faire au moment des faits.

— Ooohhhh… Gaston peur, très peur. Gaston pleure… Chuuuttt, pas d'bruit, pas d'bruit…

— Il ne fallait surtout pas faire de bruit, approuva Druon, pendu à ses lèvres. Et ensuite ?

— Dame Lune, dans les yeux d'la démone. Verts. Verts, verts.

Il plaqua ses mains à demi refermées en serres sur ses propres yeux.

— De gros yeux verts, globuleux ? vérifia Druon en imitant son geste.

Un « voui » craintif lui répondit.

— Quoi d'autre, Gaston ? insista Druon en vidant le fond de la boutille dans son gobelet.

— L'a des griffes… Oh, mignonne Marie mère du p'tit Jésus ! Des griffes !

Il tendit ses doigts écartés.

— Des griffes longues comme une main d'homme ?

— Ah… Mignon Jésus ! Longs… longs…

— Qu'a fait la démone ensuite, Gaston ?

Haussant les épaules, tel un enfant, le Simplet lâcha :

— Partie, pfout !

— À deux ou à quatre pattes ?

— Pas vu. Peur Gaston, pleurnicha l'homme.

Il plaqua ses mains sur ses yeux et Druon comprit qu'il avait préféré ne pas voir si la créature s'apprêtait à fondre sur lui.

— Et quoi d'autre ? As-tu remarqué autre chose ?

Le Simplet hocha la tête en signe de dénégation, l'air si défait que Druon sut qu'il disait vrai.

— Et notre amie, Séraphine, a-t-elle vu la même bête, la même démone ?

— Voui-voui.

Il reproduisit le même mouvement de balancier, tant avec sa tête qu'avec son corps, de droite, puis de gauche, évoquant un ours de foire. S'énervant d'un coup, il feula à voix basse :

— Démone, salope ! Crève, salope !

Un doute surgit dans l'esprit de Druon qui s'enquit :

— Une femelle ? Tu es sûr ?

Un petit air malin se peignit sur le visage du simple, effaçant la peur et la colère :

— L'avait des nichons[1], murmura-t-il d'une voix futée.

Mettant les mains en coupe sous ses seins, il se pavana en gloussant.

— Des tétines ?

— Voui ! (Gaston pointa ses index vers son torse et les descendant progressivement énuméra :) Deux, et deux, et deux…

— Comment as-tu pu les distinguer à cette distance, de nuit et alors que tu étais caché derrière un arbre, les yeux clos ?

Un sourire heureux dévoila les chicots noircis :

— Pas vu. S'raphine l'a vu. L'a battue. L'a battue, la démone, et paf et paf ! s'énerva-t-il à nouveau en mimant les coups assénés à la créature par l'ongle-bleu.

— Oui, elle s'est battue avec courage.

Gaston fondit en larmes, balbutiant :

— L'est morte, S'raphine, l'est morte…

---

1. Le terme n'a pas de connotation grossière à l'époque. Il vient de « nicher ».

— Elle a rejoint Dieu, en grande paix.

Druon mena la masse de muscles qui abritait le cerveau d'un jeune enfant vers la paillasse. Ils s'assirent côte à côte. Durant de longues minutes, il consola l'énorme chagrin de Gaston. Lorsqu'enfin le Simple s'apaisa, lorsque ses larmes tarirent, le jeune mire se leva en promettant qu'il reviendrait sous peu partager une autre bonne boutille.

L'air perplexe, Gaston le retint par le pan de son mantel en ânonnant :

— L'a battue, paf et paf... S'raphine, l'a battue. Avec sa trique. L'a tapé dans les couilles. Fort, paf, paf ! L'démone l'a hurlé. Ouuuuuuuhhhhh, hulula-t-il. (Tentant d'organiser le chaos qui régnait dans son esprit depuis l'enfance, il fronça les sourcils et ajouta :) Ben... l'avait des nichons !

Un pan de la vérité, encore floue, s'imposa soudain à l'esprit de Druon. Il caressa la joue du Simplet et lui promit à nouveau qu'il reviendrait sous peu. Gaston s'allongea sur le flanc, un sourire aux lèvres, son pouce dans la bouche, ses paupières s'alourdissant de sommeil.

Après avoir dégagé les caisses qui bloquaient la porte de la cabane, Druon sortit. Il demeura là, seul dans la nuit, inquiet. Il ne doutait presque plus que la mort de Séraphine était liée à sa visite au Simple, donc à la créature, quelle que fut sa véritable nature. Peut-être devrait-il revenir sur ses pas, conseiller à Gaston de barricader derrière lui ? Inutile. Si on voulait l'éliminer, on y parviendrait tôt ou tard. Grâce au simple d'esprit, certaines pièces de cette effroyable mosaïque s'étaient mises en place sans pour autant qu'un dessin précis ne se forme.

Cette grande carcasse d'homme, pourtant si démuni face aux autres, à la vie, avait ému Druon. Une sorte de culpabilité l'habitait. Et si on l'avait vu entrer dans la cabane, comme Séraphine ? Il avait fait preuve de grande prudence mais n'aurait pu jurer que sa visite était passée totalement inaperçue. L'idée qu'il avait peut-être mis Gaston en danger lui était intolérable. Au fond, l'idiotie et l'ivrognerie du Simple ne l'avaient-elles pas protégé jusque-là, contrairement à l'ongle-bleu ? En revanche, si l'on apprenait qu'il s'était confié à un homme de la baronne, son... « immunité » ne risquait-elle pas de se volatiliser ?

Le doute taraudait le jeune mire. Le visage levé vers le ciel d'encre parsemé d'étoiles, il passa en revue toutes les possibilités. Tabler sur la chance ? Certes pas, elle est bien trop capricieuse et volage pour qu'on lui confie la vie d'un homme. Requérir une protection accrue de la part de Béatrice ? Cela revenait à désigner Gaston comme cible, et avant que les hommes du seigneur n'interviennent, le Simple serait occis. Que faire ? Comment Jehan Fauvel, son père magnifique, aurait-il réagi ? En stratège, à n'en point douter. Berner l'ennemi, aller au-devant.

Au moment où l'idée se formait dans sa tête, il sut qu'il avait vu juste : il y avait un ennemi. Restait à déterminer qui, pourquoi, comment et... contre qui.

XXXVIII

Saint-Ouen-en-Pail, août 1306,
au soir échu, un peu plus tard

Fort de son raisonnement, Druon rejoignit l'entrée du Fringant Limaçon, dont il poussa la lourde porte. Aussitôt une dizaine de regards se braqua vers lui. Les rires et les conversations moururent. Il reconnut Lubin Serret, l'apothicaire, attablé avec un autre homme qui semblait de plus petite extraction si l'on en jugeait par ses coudes plantés sur la table, sa posture avachie et son gros corps sanglé dans des vêtements voyants qui fleuraient l'argent trop frais. De fait, Agnan Mortabeuf, orfraiseur, aimait à montrer qu'il avait entassé du bien.

Un homme de dissuasive carrure, au visage balafré, s'avança et se plia dans un raide salut. Le tenancier, maître Limace donc. Druon n'eut aucun doute que ce Michel Jacquard savait exactement qui il était.

— Messire ?

— Mire-chevalier Druon de Brévaux... invité du seigneur Béatrice.

« Invité », certes contre son gré, termina-t-il pour lui. Il lui sembla que le silence devenait encore plus pesant. L'autre hocha la tête, un air indéchiffrable sur le visage, avant d'annoncer d'une voix incertaine :

— C'est que nous sommes déjà bien pleins…

Druon observa ostensiblement la salle et la moitié de tables inoccupées. Il commenta d'un ton peu amène :

— Vraiment ? Qu'il est rare de rencontrer un tavernier pour qui le profit d'argent n'est pas la seule urgence…

Il sentit que l'autre jugulait son irritation et acheva en levant le ton, de sorte à être entendu de tous :

— Puisque je ne devrais pas occuper six tables libres à moi seul et que mon séjour en votre établissement sera de courte durée, servez-moi donc un cruchon de votre meilleur vin. J'ai le gosier sec d'avoir longuement discuté des… événements avec Gaston le Simplet. Vous savez, celui qui jouit de la protection de la baronne. Sous peine de mort pour qui lui chercherait… noise.

— Personne lui veut d'mal, se défendit agressivement maître Limace. C'te un idiot, voilà tout.

— Je suis aise de l'entendre, ironisa Druon en se demandant s'il ne poussait pas la joute trop loin.

Il lui faudrait retourner jusqu'au sous-bois où l'attendait Léon. Habile bretteur, il était de taille à se défendre contre un ou deux hommes, non contre trois ou quatre.

Escorté par les regards des clients, le mire s'installa, adoptant une attitude sereine qu'il était loin de ressentir.

Les conversations reprirent, sans grand entrain, toutefois.

Quelques instants plus tard, maître Limace posa un cruchon et un gobelet sur la table en bois patinée par les ans. Druon se servit et regarda l'autre, planté devant lui, bras croisés sur le torse. Il lui jeta un regard interrogateur, attendant la suite, laquelle ne tarda pas.

— Alors, z'avez discuté avec le Simplet ? L'était dans la r'mise.

Un silence massif se réinstalla aussitôt, tous tendant l'oreille.

— Oui aux deux questions.

Optant pour une cordialité qui sentait l'artifice, l'aubergiste conseilla :

— Oh, vous savez, messire chevalier, faut point trop porter attention à c'qui raconte, l'Gaston. Y divague, surtout quand y s'est trop rincé le gosier.

— Il m'a eu l'air très sobre et tout à fait intelligible, au contraire. Certes, avec ses petits moyens de langue. Bien intéressant, cependant...

— Et si c'est pas d'l'irrespect... de quoi que vous avez causé ?

Haussant les sourcils, fixant l'autre du bleu intense de ses yeux, Druon feignit l'étonnement.

— Mais... de la créature, pas de philosophie ! Et puis... de la visite de Séraphine, peu avant que la malheureuse ne trépasse.

L'imagina-t-il, ou une ombre mauvaise assombrit-elle un peu plus le regard noir de maître Limace ?

— Hum... À c'qui paraît, elle s'rait pendue.

Druon ne tergiversa qu'une seconde, priant pour ne point commettre une grave erreur d'appréciation. Non, cela ne se pouvait ! L'ennemi se trouvait dans les parages, tapi dans ce village. Encore lui faudrait-il comprendre son lien avec la créature, si toutefois il existait.

— Non pas... Elle a été étranglée par des mains bien humaines. On a tenté ensuite de déguiser son meurtre en suicide, imputable aux conséquences de son affreuse attaque...

Un murmure dans son dos, un « morbleu[1] ! » dont Druon n'aurait su dire s'il exprimait de l'indignation ou de la stupéfaction, ni qui l'avait prononcé.

---

1. Contraction acceptable de « par la mort de Dieu » jugée blasphématoire.

— ... Quoi qu'il en soit, poursuivit-il, sa mort ne changera rien puisque je sais maintenant ce qu'elle avait à dire.

— Et c'est ?

— Vous me paraissez bien curieux, l'ami Limace !

L'autre crispa les mâchoires de fureur mais se ravisa :

— Ben, ça paraît normal, vu q'c'est nous tous qu'on est menacés par la créature et qu'Séraphine, elle était appréciée de nous autres !

— Il est vrai, admit le mire. Eh bien, disons que j'ai obtenu sa fidèle description de la créature, par-delà la mort.

Du coin de l'œil, il vit un des clients se signer.

— À quoi ressemble-t-elle ? Séraphine ne s'est confiée qu'à messire Jean le Sage, sans lui révéler grand-chose, intervint Lubin Serret, d'une voix dont Druon perçut la tension.

Druon se tourna vers lui, un sourire aux lèvres, avant de biaiser :

— Disons qu'elle s'apparente fort à la créature qu'a aperçue Gaston le Simplet à la pleine lune.

— Vous êtes avare de détails, insista l'apothicaire, son regard nerveux étudiant le mire.

— S'ils vous intéressent, il vous faudra les demander à la baronne Béatrice, à qui je rends compte. N'empêche : me voilà avec trois descriptions, dont celle du pauvre Portechape que messire Jean m'a transmise ce tantôt. Bien captivantes !

Druon termina son gobelet et se leva. Largement moins assuré qu'il tentait de le paraître, il lança à la cantonade :

— Le salut, messieurs. Je me hâte. Messire Léon doit s'impatienter. Vous savez comme sont ces hommes de guerre : prompts à l'emportement !

Avec un peu de chance, l'évocation de la proximité du géant découragerait les lames hostiles ou simplement inquiètes.

Il s'avança vers la sortie. Faisant mine de se raviser, il se tourna et lança haut et clair au tavernier :

— Maître Limace, c'est charitable à vous d'offrir un gîte à Gaston. Pauvre homme. Je n'aurai plus l'occasion de le rencontrer puisqu'il m'a raconté tout ce que je souhaitais apprendre. La bonne nuit à vous, messieurs.

Il sortit dans la nuit tiède, tentant d'apaiser les battements désordonnés de son cœur, sa main frôlant la garde de sa courte épée.

En misant sur les bavardages, ses propos ne manqueraient pas de se répandre dès le matin dans tout le village. Celui ou ceux qui avaient occis Séraphine, nul doute pour la faire taire, laisseraient peut-être la vie sauve à Gaston, maintenant qu'il avait relaté tout ce qu'il savait au mire de la baronne.

Druon avança d'un pas vif, s'interdisant de courir, l'oreille aux aguets, sursautant au moindre bruissement, se retournant cent fois pour scruter les ombres épaisses de la nuit. Lorsque l'énorme silhouette de Léon se découpa enfin dans la pingre clarté lunaire, il poussa un long soupir de soulagement.

XXXIX

Saint-Ouen-en-Pail, août 1306,
ce même jour, un peu plus tard

Puisque le géant avait la pleine confiance de la baronne, il lui conta son entrevue avec le Simplet par le menu.

— Êtes-vous bien certain qu'il ne s'agissait pas de divagations de crétin ?

— Tout à fait.

— Enfin, s'énerva l'autre, la description de ce tonnelier décédé... Portechape, relayée par l'apothicaire, est fort dissemblable !

— N'est-ce pas !

— Or il a été attaqué de féroce façon. Ses blessures...

— Ah oui, ses blessures, répéta Druon d'un ton détaché.

— Quoi, ses blessures ?

Druon se pencha pour flatter l'encolure de la belle jument de Perche qui le portait. Brise répondit par un hennissement étouffé et complice.

— Je ne sais encore, messire Léon. Néanmoins, quelque chose me trouble, et je vais trouver quoi.

— Seriez-vous en train d'insinuer qu'il se les est infligées lui-même ?

— Non pas, le détrompa Druon. À moins d'imaginer un vrai dément. Elles étaient affreuses et lui ont coûté la vie.

Un court silence s'établit, rythmé par le claquement des sabots de leurs montures. Le détail qui l'avait vaguement alerté lorsqu'il avait pénétré dans la masure de Gaston revint soudain à Druon. L'esconce. Une bien banale esconce. Il lâcha dans un murmure :

— Quatre esconces... n'est-ce pas bien dispendieux pour une nuit à la belle étoile... Celle d'un petit manœuvrier, de surcroît ? Alors que deux et deux... Oui, deux et deux auraient ma préférence...

— Votre pardon ? l'interrogea Léon qui n'y comprenait goutte.

— Je suppose qu'une ferme, une habitation, que sais-je, est située non loin de la clairière où furent retrouvés les restes de ce jeune homme... Basile, c'est bien cela ?

— Oui et encore oui. Celle de Séverin Fournier, le plus riche fermier de la région. Il est également membre du conseil de village.

— Hum... Et quel homme est-ce ? voulut savoir Druon.

— Taciturne, lent de langue. Sérieux, pieux. On le dit avisé et dur en affaires mais sans coquinerie.

— Un portrait plutôt flatteur. Sa femme est-elle toujours de ce monde ?

— Oui-da. Si j'en crois ce qu'on m'en a dit, elle pourrait être la sœur de son époux : lourde, sérieuse et pieuse.

— Donc pas une échauffée qui courrait le gueux ou le moins gueux ?

— Oh, certes pas. Pourquoi me...

— Messire Léon, j'aimerais me faire connaître d'eux au demain.

— Fort bien.

Ils n'échangèrent plus un mot jusqu'à parvenir aux abords du château. Léon héla d'une voix de stentor les gardes en faction près du pont-levis. L'assourdissant grincement des poulies du contrepoids se fit aussitôt entendre. Le pont s'abaissa et la herse remonta.

Ils démontèrent. Druon se laissa glisser contre le flanc de Brise. Il hésita, se demandant si l'autre accéderait à sa requête.

— Messire Léon... J'ai besoin d'air, de solitude et d'espace. M'accorderez-vous quelques instants de promenade ? Vous avez Huguelin, je vous le rappelle. J'aurais pu fuir mille fois depuis le matin.

— Oh, je le sais. Mais vous n'êtes pas de ceux qui abandonnent. Accordé. Ne vous éloignez pas trop. Les bois ne sont pas sûrs à la nuit. Je préviens les gardes.

Sa haute silhouette massive disparut derrière la rébarbative herse du pont, qui fut vite abaissée.

Songeur, le jeune mire redescendit à pas lents la large allée de pierre. Il emprunta le chemin qui traversait le bois. Ici avait dû s'élever fort longtemps auparavant une dense forêt que l'on avait partiellement rasée afin que l'ennemi ne puisse s'y cacher pour s'approcher du château. Druon l'admettait, le géant le fascinait assez. Il se posait nombre de questions à son sujet. Son intelligence ne faisait aucun doute, son éducation non plus. Un pôté, un paysan libre mais sans terre ayant prêté serment volontairement à un seigneur ? Druon en doutait. D'où venait-il au juste, de quelle vie ? Comment était-il arrivé dans l'entourage de la baronne ? Pour quelles raisons lui avait-elle accordé sa confiance quand elle semblait se méfier de presque tout le monde ? Au demeurant, le mire se formait un peu les mêmes interrogations au sujet d'Igraine.

Il fit un bond lorsqu'une main ferme se posa sur son épaule et se retourna en tirant sa courte épée du fourreau.

Deux yeux jaunes, une voix de fillette guillerette :

— Tout doux, messire médecin. Vous allez affoler Arthur. Je suis bien aise de vous rencontrer. Je vous attendais.

— Vous m'attendiez ? Comment saviez-vous… Léon vous…

— Non, je ne l'ai pas vu. Je me promène céans depuis un moment. Peu importe. Avançons en cordialité, voulez-vous ?

Le freux perché sur l'épaule d'Igraine regarda de droite et de gauche. On aurait pu croire qu'il surveillait les parages. Elle caressa les plumes de ses ailes robustes et reprit :

— Ne lui veuillez jamais de mal, mire. Je puis être redoutable. Vous l'aurez compris, je l'espère : je ne suis pas une vile sorcière qui s'adonne à la magie *venefica*[1], et encore moins une piètre bonimenteuse.

Comprenant qu'elle parlait de la baronne, il s'enquit :

— Pourquoi lui voudrais-je du mal, dame Igraine ?

— C'est qu'il faut une âme bien trempée pour comprendre celle de Béatrice, jeune femme. Car vous êtes femelle, n'est-ce pas ? Encore une fois, peu importe. Ainsi en a-t-il été décidé. Nous sommes, avons été, serons tant de choses. Pour cette raison, il nous faut respecter toutes les créatures de Dieu. Il les a toutes créées avec la même passion. Aucune n'est méprisable puisqu'elle vient de Lui.

— Je ne suis pas sûr de saisir…

— C'est souvent l'effet que je produis. Humez l'air parfait de cette nuit. N'est-il pas grisant ? (Elle inspira profondément, un sourire aux lèvres.) Pour en revenir à Béatrice, ne vous y trompez pas : je suis capable de l'occire. Peut-être

---

1. Magie noire.

m'y résoudrai-je un jour. Pour son bien. Cela étant, personne ne lui fera jamais aucun mal. Il faudrait d'abord s'attaquer à moi et ce serait une terrible et très douloureuse erreur, pouffa-t-elle. Peut-être un jour, en tant que mire, remarquerez-vous les larges cicatrices de brûlures qu'elle porte aux bras et à la poitrine.

— Elle fut brûlée ?

— Oh oui, jusqu'au profond des chairs. Elle a souffert le calvaire durant des jours et des jours. Elle ne s'est jamais plainte, alors même qu'elle délirait de douleur.

— Un incendie...

— Non, un bûcher. Le mien. Celui qui me devait consumer après le jugement pour sorcellerie rendu par un cardinal qui avait été mon amant et souhaitait plus que tout oublier qu'il avait bénéficié de mes pouvoirs. Une longue et sordide histoire. Quelque part en royaume d'Italie. Je ne m'y attarderai pas. Une stupide erreur de jeunesse, une folie de jeune femme aimante et aveugle ainsi qu'il est convenu de les nommer. La genèse de l'histoire ne recèle aucun intérêt.

Druon lut une véritable peine sur le beau visage émacié.

— Que s'est-il passé ?

— Peu importe l'avant. Seul l'après compte. Le feu m'environnait. J'avais beau être en paix avec mon âme, j'étais terrorisée. Par le feu, certes, mais également par... la trahison cupide de celui qui m'avait été le plus cher au cœur. Pour lequel j'avais abandonné... tout le reste. La foule hurlait, riait et applaudissait... (Elle plissa les paupières et lança :) Vous savez cela... Un brasier rugit dans votre mémoire.

Druon sentit le sol se dérober sous ses pas. Comment pouvait-elle être au courant de l'embrasement qui avait consumé le cadavre de son père ? Ses pouvoirs ? Igraine poursuivit de la même voix enfantine :

— Soudain, elle... Béatrice, notre seigneur, a lancé son destrier, renversant les gardes en armes. L'animal, épouvanté par les flammes, hennissait de terreur. Pourtant, il a obéi et l'a accompagnée dans l'enfer du feu. Elle m'a arrachée du poteau de supplice et m'a jetée en croupe. Nous avons galopé droit devant. Le cheval sanglotait de souffrance – car les animaux pleurent pour qui sait les écouter. Son poitrail avait été rongé par les flammes. Pourtant, il continuait. Nous avons fait halte dans un sous-bois. Je connais les simples aussi bien que ma vie. C'est une autre histoire. Je les ai soignés tous deux. Le vaillant étalon a perdu la vue dans l'aventure. C'est devenu la tendresse de Béatrice. Il l'a servie sans faillir, par dévotion. Elle le va visiter presque tous les jours à l'écurie, le gave de morceaux de fruits et même de friandises. Il lui fait la fête tel un chiot bien qu'il soit maintenant bien vieil. Elle le monte pour une agréable promenade sans embûche durant laquelle elle le guide, le flatte, lui parle. Il est heureux.

Il sentit que dame Igraine n'avait pas besoin de s'épancher. Elle ne lui contait cette histoire que dans un but précis. Après un regard pour le freux de belle taille, se tenant si sage sur l'épaule de sa maîtresse que l'on aurait crue envoûtée, il demanda :

— Pourquoi me raconter cela ?

— On juge surtout les humains à la façon dont ils traitent les animaux qui les ont servis. Savez-vous pourquoi ? Parce que les hommes craignent leurs semblables à deux pattes et sont prêts aux courbettes et à la fausse fidélité, même lorsqu'ils les détestent et les voudraient voir morts. En revanche, un animal, aveugle de surcroît, qui s'en préoccupe ?

— Qui ?

— Une belle âme.

— Quoi ? s'emporta Druon. Elle est féroce. Elle nous menace du pire, ce pauvre Huguelin qui n'est pas sorti de l'enfance et moi ! Tout cela pour un levraut efflanqué qu'ils ont eux-mêmes placé dans un lacet.

— Vous aviez posé le piège, non ? Il s'agit de braconnage sur les terres d'un seigneur et il est puni de mort. De surcroît... vous êtes toujours en vie.

— Parce qu'elle a besoin de moi. Il ne s'agit nullement de compassion.

— Oh, je n'ai jamais prétendu qu'elle était une douce colombe. Elle n'a pas été élevée pour cela. Son rôle est de se battre et de défendre, quitte à en périr. C'est un fauve, ne vous leurrez pas. J'ai parlé d'une belle âme parce qu'elle est juste, honorable, sans peur et que même lorsqu'elle redoute, elle fait fi de ses craintes pour ne pas déchoir. Cela étant, ce n'est pas une frêle moniale. C'est un seigneur qui exige ses droits mais qui paie ses devoirs. Elle ne faillira jamais. On pourra la détester ou la porter aux nues, selon l'issue, mais nul n'aura d'argument pour la mépriser.

Le freux sautilla sur l'épaule de sa maîtresse qui sourit, ravie.

— Il vous aime bien. C'est rare. Arthur, va dire bonjour à notre mire... notre miresse... Votre secret sera bien gardé, n'ayez crainte... Du moins tant que vous servirez Béatrice.

Le freux sauta sur le crâne de Druon qui sentit ses serres se refermer sans agressivité sur sa peau. Il caressa le plumage de l'animal qui lui frôla avec douceur l'oreille de son bec redoutable, en déclarant :

— On prétend qu'il s'agit d'animaux fort intelligents.

— De fait. Leur gros avantage, du moins pour eux, est qu'ils sont presque immangeables. Piètres au goût et bourrés de petits os. (Elle sourit et ajouta :) De surcroît, superstition tenace, on les associe à la mort, au mauvais sort, à l'au-delà. Ils font donc peur. Avouez que c'est l'accessoire idéal pour une femme telle que moi. Cela étant, j'adore Arthur. Il est très affectionné. Plus important, il renifle nos ennemis encore mieux que moi. Justement...

Elle s'interrompit et le dévisagea avec une intensité déplaisante.

— Justement ?

— C'est pour cela que j'attendais avec impatience votre venue, que j'avais prévue depuis des mois, avant même que vous ne vous mettiez en route. Avant même le brasier. Une jeune femme a pleuré dans la foule. Vous l'avez faite sœur d'un instant pour ses larmes. Je me trompe ?

L'émotion, l'appréhension serrèrent la gorge de Druon qui parvint à articuler :

— Votre pardon ?

— Peu importe… Je revis des morceaux de vos souvenirs, de vos futurs possibles. Une ombre malfaisante est sur elle. Toute proche. Ici, peut-être.

— Ne pouvez-vous la préciser ? Vous êtes mage.

Igraine hocha la tête en signe de dénégation. D'une voix un peu amère, un peu défaite, elle avoua :

— Je vous l'avoue, preuve de la confiance que je place en vous. Mes pouvoirs de divination s'affaiblissent depuis des années. De jour en jour. Votre monde ne me convient pas. Il me faudra bientôt le quitter, à moins d'accepter d'y dépérir tout à fait. Je ne puis prévenir Béatrice de mon prochain départ. Elle y verrait un abandon alors qu'elle se débat au milieu de l'épouvante. Nos histoires à toutes deux sont si… liées qu'elles ne se sépareront jamais tout à fait, par-delà la mort ou les siècles. Cela étant, j'ai toujours su, alors même qu'elle me sauvait des flammes, que je la devrais quitter un jour. Pour son bien et le mien.

— Que deviendra-t-elle sans vous ? Malgré ses mouvements d'humeur à vos impertinences, j'ai bien senti que vous la rassuriez.

— Sans doute, messire mire. Toutefois, je lui porte également préjudice, à mon corps défendant. Je les terrorise, toutes ces têtes de son du village ou d'ailleurs. Ils ne savent au juste ce que je peux. Ils s'en prendront donc à elle plutôt qu'à moi. C'est aussi pour cela que je dois me retirer de votre monde. Pour la préserver.

— Existe-t-il un monde, ailleurs, qui soit le vôtre ? s'enquit Druon qu'une peine diffuse et étrange avait envahi.

Un sourire infiniment triste étira les lèvres de la mage.

— Je l'ignore, mire. C'est toute la beauté du départ. Toutefois, il s'agit de l'occasion rêvée de vérifier si ma certitude, celle des miens, est fondée : je vous le répète, il existe tant de futurs possibles qu'il convient de ne jamais trop s'attacher au présent.

Druon ne comprit pas.

Igraine tourna les talons, se ravisa et lui lança sans le regarder :

— L'ombre est multiple. Son vœu est de frapper Béatrice de tous côtés afin qu'elle ne puisse se relever. Elle veut sa mort et son déshonneur… Quant à vous, jeune miresse, vous cherchez une large pierre, d'une eau incomparable, aussi rouge que le sang qu'elle a fait verser… dont celui de votre père. Vous la trouverez un jour et ce jour-là, prenez garde à vous. Méfiez-vous de la femme très belle, très malfaisante. Surtout, méfiez-vous de vous-même. Allez à l'est, c'est de là que votre quête se poursuivra. J'insiste : méfiez-vous de vous-même ! Vous êtes votre pire ennemi.

Elle disparut tel un spectre dans le sous-bois, pesant sur sa canne à bout ferré. Druon, lui, hésita. Et si la bête… la chose traînait dans les parages ? Si on l'avait suivi depuis le village ?

L'envie de sommer Igraine de s'expliquer, sur l'ombre, la pierre rouge, son sort, fut la plus forte. Il se lança à sa poursuite. En vain. Elle semblait s'être volatilisée en quelques toises.

XL

Église Notre-Dame, Alençon,
août 1306, le lendemain

En dépit de sa peur, l'évêque Foulques de Sevrin tentait de conserver une attitude paisible. Il avait joint les mains en prière et posé ses poignets sur le rebord du luxueux bureau afin que son vis-à-vis ne constate pas qu'il tremblait. Assis très droit dans son fauteuil, l'Éminence se contraignait à respirer avec lenteur, alors que son cœur cognait dans sa poitrine à lui faire mal.

Lorsqu'un huissier l'avait averti dix minutes plus tôt de l'arrivée de l'enquêteur de la papauté, et de son « vif » souhait d'être reçu au plus rapide, un vertige avait déséquilibré l'évêque. Il s'en voulait maintenant de son manque de finesse. Il avait aussitôt accédé à cette fausse requête qui relevait de l'ordre déguisé d'urbanité, indiquant par là même combien il craignait le dominicain.

Éloi Silage poursuivit du même ton onctueux qu'il avait adopté depuis son entrée :

— Croyez, Excellence, que votre absolue fidélité à notre Église fut très appréciée au plus haut lieu. On n'y ignorait pas votre longue amitié avec feu Jehan Fauvel. Aussi a-t-on été pleinement conscient de la difficulté à laquelle vous fîtes face.

— Mon cœur et mon âme sont tournés vers l'Église, mon frère, parvint à répondre Foulques de Sevrin d'une voix qu'il espéra assez assurée.

— On n'en doute pas, soyez-en bien certain.

Se faisait-il des idées ? Son appréhension le menait-elle à imaginer le pire ? Ou, de fait, le discours du dominicain depuis le début de cette entrevue consistait-il en un savant mélange de menaces sous-entendues et de promesses encore plus floues ? Au demeurant, qui était ce « on » auquel se référait en permanence le dominicain ? Le pape Clément V ? L'un de ses camerlingues ?

Éloi Silage sembla chercher ses mots, pourtant Foulques fut convaincu qu'il en venait enfin au véritable motif de sa visite impromptue.

— Ainsi que vous le savez, Fauvel n'a dit mot, préférant l'impardonnable péché du suicide. On s'est interrogé en raison, précisément, de votre durable amitié. Le mire vous aurait-il confié... que sais-je, des détails, au sujet d'une... quête insensée qu'il s'était mise en tête ?

Foulques de Sevrin eut la pénible certitude que l'étau se refermait brutalement sur lui. Étrangement, et alors même qu'il en pesait toutes les épouvantables conséquences, cette conviction lui insuffla de la force. Celle de survivre encore un peu.

— Une quête ? répéta-t-il avec aplomb. Non pas. Cela étant, nos liens s'étaient distendus et je ne l'avais que fort peu vu au cours des dernières années.

— Nous savons cela, confirma le dominicain.

Foulques comprit aussitôt sa ruse. Silage tentait de lui faire accroire qu'il avait mené une enquête minutieuse à son sujet et qu'il n'ignorait plus grand-chose de ses secrets. Une façon de le pousser aux confidences. Il ne tomba pas dans le piège, se contentant d'un hochement de tête peu compromettant.

— Or donc, il n'avait jamais fait allusion à ses... recherches ? insista l'autre en le fixant avec une intensité dérangeante.

— Jehan était être de passion et l'art médical constituait sa raison de vivre. Sont-ce là les recherches que vous évoquez ?

— Pas vraiment. Nous entrevoyons quelque chose de bien plus trouble, de bien plus inacceptable même.

— Fichtre ! s'exclama l'évêque en feignant l'alarme. Toutefois, mon bon frère, vous vous doutez bien que Jehan n'aurait jamais osé mentionner devant moi une... quête inacceptable, selon vos mots.

— Certes, certes...

Sa vie en eût-elle dépendu, Foulques de Sevrin aurait été incapable de déterminer si le dominicain ajoutait foi à ses dires ou n'en était point dupe. L'échange feutré, lourd d'implications, lui redonnait pourtant le goût de se battre, une énergie qu'il avait cru disparue à jamais. Aussi proposa-t-il d'un ton affable :

— Un rafraîchissement, mon frère ? Une infusion refroidie, peut-être.

— Merci, mais non. Vous avez fort bien connu la damoiselle Fauvel, m'a-t-on confié. Faites-m'en, à votre tour, une description, je vous prie.

Foulques de Sevrin n'eut aucune hésitation. Il était cette fois prêt à mentir à un frère, à l'Église-mère, plutôt que de condamner Héluise à l'Inquisition et à une mort certaine. Il avait trahi au-delà de tout pardon en vendant Jehan. Il serait maudit, mais du moins partirait-il en ayant conservé un recoin de son âme vierge de souillure.

— Oui-da. Je la considérais un peu à l'instar d'une filleule lorsqu'elle était enfante. Une jolie fillette, rieuse et charmante. Et puis, ainsi que je vous l'ai dit, j'ai peu à peu perdu son père de vue, et elle avec.

— Pensez-vous que son père l'a traitée ainsi qu'il est convenable pour les filles ? S'agissait-il d'une donzelle d'intelligence ?

Foulques comprit aussitôt où l'autre voulait le mener mais feignit l'incompréhension :

— Je vous avoue ne pas saisir... Intelligente ? Ma foi, elle n'était pas sotte, si je m'en souviens bien. Cela étant, on demande surtout aux filles d'être pieuses, fidèles, obéissantes et plaisantes. Héluise, du moins dans son jeune âge, avait les qualités requises de la douce gent.

— Jehan Fauvel éprouvait une vive affection à son égard, n'est-il pas vrai ?

— De fait. La mère d'Héluise avait trépassé alors qu'elle était enfançonne. Il s'agit de son unique enfante.

— Pensez-vous qu'il aurait pu la considérer comme une... confidente ?

L'évêque se fit la réflexion qu'il défendait la jeune femme avec davantage de vigueur que sa propre vie. Il se demanda fugacement si Jehan, d'où il se trouvait, pouvait constater l'ampleur des efforts qu'il déployait pour faire dévier l'attention du dominicain d'Héluise, afin de mériter non le pardon mais un peu d'indulgence. Il afficha un sourire amusé et un peu méprisant en affirmant :

— Oh certes pas ! Jehan se passionnait pour des concepts scientifiques très complexes, au point que je m'y perdais parfois du temps de notre amitié. Qu'est-ce qu'une fille, dont la seule éducation était religieuse et musicale, aurait pu y comprendre ?

— Sa seule éducation, donc ?

— Certes. Quoi d'autre ?

Il sentit bien vite que l'intérêt de l'autre faiblissait et ne fut pas surpris lorsqu'il prit congé après quelques platitudes. Il ne voulut toutefois point partir sans un effet et, fixant Foulques, déclara :

— À vous revoir, Excellence. Sans doute.

— Ce sera toujours un plaisir pour moi, mon cher frère.

L'huissier n'avait pas refermé la haute porte aux panneaux sculptés derrière son inquiétant visiteur que des tremblements incontrôlables saisissaient Foulques de Sevrin. Il tenta de maîtriser les claquements de ses mâchoires. En vain. Une sueur profuse dégoulina de son front, dévalant dans ses yeux. Deux pensées tournaient dans sa tête : il avait écarté d'Héluise la menace de l'Inquisition ; il avait sauvé la pierre rouge pour laquelle Jehan avait péri. Pour l'instant.

Il tomba à genoux sur l'épais tapis d'un rouge sang de bœuf et supplia Dieu de protéger la jeune femme, où qu'elle se trouve.

XLI

Ferme Fournier, non loin de Saint-Ouen-en-Pail,
août 1306, le lendemain

Druon détailla la vaste salle de la ferme construite
en U, une tradition dans la région. Le sol recouvert de larges dalles noires indiquait l'opulence.
On les réservait à l'accoutumée à la laiterie, afin d'y mieux
repérer les giclures de lait et de les nettoyer avec soin pour
qu'elles n'empuantissent pas et ne gâchent pas les traites
suivantes. Les sculptures des lourds coffres à vaisselle indi-
quaient aussi la richesse du maître des lieux, tout comme la
profusion de chandeliers.

Maîtresse Fournier, une robuste femme aux bonnes
joues rouges, se tenait roide et coite, debout derrière la
chaise sur laquelle s'était installé son mari.

— J'ai peur... de ne pas avoir compris votre question...
messire mire. Druon de Brévaux... dites-vous ? énonça
Séverin Fournier avec sa coutumière lenteur.

Druon se demanda si le fermier qu'on lui avait décrit
comme vif d'esprit, à défaut de langue, cherchait à gagner
du temps. Il répéta d'un ton affable :

— La clairière dans laquelle on a retrouvé les restes
affreux de ce jeune Basile est située à un quart de lieue
d'ici. Je me demandais donc s'il travaillait pour vous.

— Non pas… Plus exactement, j'ai loué ses services et ceux de son père… au printemps d'il y a un an… pour quelques semaines de gros labeur. De bons manœuvriers tous deux… sérieux… probes.

Le jeune mire ne savait comment aborder la suite, poser la question qui l'avait mené ici. Léon sentit sans doute son indécision et attaqua en reposant le gobelet de cidre servi par maîtresse Fournier à leur arrivée :

— Quatre esconces ont été retrouvées non loin de la pauvre dépouille de Basile. Heureux qu'elles n'aient pas communiqué le feu alentour.

— Et… ?

— Quatre lumières pour un jeune homme sans le sou, désireux de passer la nuit à la belle étoile, semble excessif, ne trouvez-vous pas, maître Fournier ? reprit Druon. Alors que deux amenées par Basile et deux autres par… une personne venue le rejoindre…

— En effet, admit le fermier. De fait, notre proximité d'avec… le lieu de l'attaque… justifie votre visite.

Soulagé, Druon en vint à sa demande :

— Nous nous demandions donc si quelqu'un de vos gens… sans doute une jeune fille, n'avait pas rejoint Basile cette nuit-là ?

Séverin Fournier leva le visage vers sa femme qui n'avait pas bougé ni prononcé une parole, hormis de bienvenue. Elle précisa, du même débit lent que son mari :

— C'est que… nous n'avons point tant que ça de filles en âge et à demeure… Y a bien Brunaude, notre servante, qu'est avenante et bien tournée. Mais elle a dépassé de large la trentaine. Quoique, ça n'a jamais empêché l'échauffement des sens… Y a aussi Thérèse, la femme de peine, mais là… Faudrait que Basile ait eu de la poix dans les yeux… Elle est large comme une tour et n'a plus beaucoup de cheveux ni de dents. Y a Célestine, la femme de notre porcher. Mais c'est pas le genre à courir le gars…

Sans cela, y a Madeleine, la fille de notre valet de ferme, qu'est veuf depuis l'an précédent. Mais la petiote n'a pas dix ans...

Elle s'interrompit, cherchant si elle avait omis un nom, ne songeant pas une seconde à sa propre fille. Séverin fixait son gobelet, la mine grave, et Druon attendit, certain que le fermier y avait pensé. Il prit une longue inspiration et déclara :

— Et puis... il y a Lucie, notre fille.

— Allons, maître Fournier, s'offusqua son épouse, vous n'allez pas croire que... Elle est pieuse et sérieuse... Jamais elle n'irait retrouver un jeunot à la nuit...

— Maîtresse, les filles sont les filles... et les gars sont les gars. Vous ne referez pas le monde et nul n'affirme qu'il y ait eu péché commis. Faites-la descendre... je vous prie.

Le visage réprobateur, maîtresse Fournier disparut. Le silence s'installa dans la vaste salle. Séverin Fournier fixa longuement Druon, qui se sentit obligé d'offrir une excuse :

— Maître Fournier, je suis confus...

— Non pas, messire mire. Si ma fille a menti, ne serait-ce que par omission... Si elle est allée rejoindre ce jeune Basile, elle doit admettre sa faute et elle sera punie.

Une Lucie Fournier tremblante salua d'une révérence les trois hommes attablés et Druon se fit la réflexion qu'elle était ravissante. Maîtresse Fournier, ses bonnes joues ayant perdu leur couleur, reprit sa place debout derrière la chaise de son époux. À ses lèvres pincées, à ses mâchoires serrées, Druon comprit que la jeune Lucie avait avoué son forfait à sa mère avant de les rejoindre.

Sans oser regarder le fermier, tête baissée, elle bafouilla :

— Mon père...

Puis fondit en larmes.

— J'en conclus donc que tu as rejoint Basile la nuit où il a été attaqué, déclara Séverin Fournier, glacial.

Incapable de répondre, elle se contenta de hocher la tête, ses larmes se transformant en sanglots.

— Tu pleureras ensuite ! Tu auras de quoi, continua son père.

— Il n'a... Enfin, je n'ai pas... fauté, mon père... Je vous le jure ! Je suis toujours pucelle...

— C'est au moins ça, concéda le fermier, sinistre. Raconte !

Elle secoua la tête avec vigueur, en signe de refus.

— C'est un ordre, ma fille !

Lucie jeta un regard désespéré vers sa mère, quêtant un soutien qui ne vint pas. Au contraire, maîtresse Fournier lança un très sec :

— Obéis.

— J'ai trop peur, gémit la jeune fille entre ses larmes. J'en rêve toutes les nuits...

— Alors... c'est pire que ce que je... pensais... Ce pauvre gars n'a pas été... mis en pièces après ton départ, n'est-ce pas... ?

Terrorisée, secouée de tremblements, elle admit d'un signe de tête.

Druon décida d'intervenir :

— Mademoiselle, il ne m'appartient certes pas de m'immiscer dans des affaires familiales. Toutefois, j'ai urgent besoin de votre témoignage. Si nous voulons espérer nous défaire de cette créature, il nous faut savoir à quoi elle ressemble et comment elle agit. Je vous conjure de nous raconter en détail ce qui s'est passé.

— C'est lui qui m'a dit de fuir, c'est lui, Basile ! cria la jeune fille, tentant de se justifier.

Le poing de Séverin Fournier s'abattit sur la table avec une telle violence que tous sursautèrent. Pour la première fois, il leva le ton et explosa :

— Et tu ne pouvais pas prévenir la ferme ? On serait allé lui porter main-forte, moi, tes frères, les valets ! On l'aurait crevée, la créature !

— Non, Basile... il... était déjà mort. (Elle s'essuya les yeux d'un revers de main et avoua :) Ses cris... Ah, mon Dieu, des hurlements affreux... ont cessé bien avant que je ne rejoigne ma chambre.

— Mademoiselle, insista Druon, l'avez-vous vue, la bête ?

Elle acquiesça d'un mouvement de tête en serrant le petit crucifix d'argent pendu à son cou par un ruban.

— Décrivez-la-nous, je vous en supplie.

— Énorme... Bien plus grande que mon père. Bien plus colossale qu'un ours... Des griffes horribles, longues et acérées comme les dents d'une fourche.

— Avez-vous vu ses yeux ?

— Oui... Des yeux cruels, verts, luisants... De gros yeux, très verts.

— Avançait-elle à quatre pattes ?

— Je ne sais... Lorsqu'elle s'est jetée sur nous, elle se tenait sur ses deux pattes arrière, les pattes avant levées, prêtes à frapper. Nous n'avons rien entendu, monsieur, pas un seul bruit d'approche. Soudain, elle a fondu sur nous, comme surgie de nulle part.

— Peut-être étiez-vous trop... occupés à autre chose, suggéra maîtresse Fournier d'un ton acide.

— Non pas, ma mère, je vous jure ! Basile m'a juste embrassée... Il m'a crié de fuir, d'aller prévenir la ferme... Je me suis sauvée... Mon père, je n'aurais rien pu faire, elle m'aurait tuée aussi...

Léon intervint :

— Votre demoiselle a raison, maître Fournier, avec tout mon respect. Ce jeune Basile a été fort brave. Cependant, il n'avait aucune chance. Il a sauvé votre fille d'un horrible trépas.

— Justement. Si elle ne lui avait pas accordé cette rencontre, il serait toujours en vie. Pauvre garçon...

— Dieu seul le sait.

— Nous avez-vous tout raconté, mademoiselle, reprit Druon, le moindre détail ?

Elle hocha la tête et précisa :

— Je ne l'ai vue qu'un bref instant. J'ai... Mon Dieu, j'ai eu si peur... J'ai couru comme une folle à travers champs.

— Vous a-t-il semblé qu'elle vous poursuivait ?

— Non.

— Eh bien... Je vous remercie de ces informations qui en confortent d'autres.

Lucie lança un regard éperdu à son père. Il déclara d'une voix sévère et lente :

— Tu resteras confinée un mois dans ta chambre. On t'y portera tes repas et de quoi procéder à ta toilette.

— De grâce, mon père... je...

— Il suffit ! Je veux que tu mettes ce temps à profit afin de prier pour le salut de Basile, te repentir et demander pardon à Dieu. Les belles étoffes et les frivolités que ta mère devait t'offrir lors du prochain marché au drap sont supprimées. Basile est mort dans d'horribles circonstances... Tu peux faire avec tes vieilles robes, c'est le moins. Dans ta chambre, aussitôt.

Lucie jeta un regard de panique à sa mère, qui ne desserra pas des lèvres. La jeune fille obtempéra après une révérence.

Druon se leva, imité par Léon. Ils prirent congé du couple, fort embarrassés d'avoir été à l'origine de la punition de Lucie.

Séverin Fournier parut réfléchir puis proposa :

— Je vous raccompagne jusqu'au porche.

Ils traversèrent l'immense cour carrée, dallée de pavés qu'entouraient de vastes dépendances, écuries, laiterie, porcherie, bûcherie. Juste sous les toits de tuiles s'ouvraient de minuscules arches : les pigeonniers d'ornement, les fermes n'ayant pas le droit d'élever de pigeons, privilège réservé aux couvents et aux seigneurs. Fournier tergiversait. Après un claquement de langue, il se décida, son embarras évident :

— Je fais peut-être mal de l'évoquer... Un détail me trotte par l'esprit... depuis ce pauvre père Henri.

Ils s'étaient immobilisés et Druon attendait, sans mot dire de crainte que l'autre ne se ravise. Cherchant ses mots, Fournier reprit :

— Le père Henri voulait faire sortir la... créature de sa tanière. Il voulait la pousser dans ses retranchements, certain que sa robe le protégerait. C'était un homme bon, sans doute d'un peu faible jugement. Mais... pourquoi là-bas ?

— Là-bas... ?

— Où on a retrouvé son corps défiguré, éviscéré.

— Que voulez-vous dire, maître Fournier ?

— C'est juste que... ça ne me quitte pas la tête, messire mire. Si vous considérez les autres abominations, même les massacres des animaux, elles ont toutes été commises dans un périmètre assez restreint. Sans doute que la bête s'y sent en territoire conquis. C'est ponctué de bois... Des cachettes propices. Alors, qu'allait faire père Henri dans la direction opposée ?

Un instinct souffla à Druon que cet élément se révélerait crucial.

Ils se saluèrent avec gravité et Séverin Fournier rejoignit le corps principal de la ferme à pas lourds.

XLII

Juste avant none, suivie d'une Clotilde peu rassurée, Igraine progressait dans l'étroit boyau ménagé entre les murs, son esconce brandie devant elle. L'air fétide, saturé d'odeurs de moisissure, piquait la gorge de la vieille servante qui murmura :

— Êtes-vous sûre qu'elle est sortie, dame Igraine ?

— En compagnie du sieur Joliet, pour leur promenade le long du tour de ronde. Nous devons être prestes.

— Et si elle découvrait que nous avons fouillé ses appartements ? s'inquiéta Clotilde.

— Ma bonne, je sais crocheter une serrure, et des bien plus retorses que celles d'un cabinet. De surcroît, si vos soupçons sont fondés, je me ferai un plaisir de le lui apprendre de vive voix !

— Je ne pense pas m'être bercée de sornettes, je vous l'assure.

— C'est bien pour cela que j'ai décidé de jouer les gredines et les indiscrètes ! Nous arrivons. Il pue à dégorger !

D'une vigoureuse poussée, Igraine fit pivoter un pan du mur. Les deux femmes se faufilèrent par l'ouverture et se retrouvèrent dans une minuscule pièce semi-circulaire dont Clotilde songea qu'elle avait dû faire office de penderie et de lieux d'aisance, si l'on en jugeait par la mince meurtrière qui l'aérait. Igraine confirma sa déduction :

— La chambre de feu la baronne mère. Elle n'est plus utilisée depuis son décès. Elle est située juste en face des appartements de sa fille, Julienne.

Igraine tira la haute porte sculptée de la chambre et passa la tête dans le couloir, sur le qui-vive. Clotilde chuchota derrière elle :

— Nous n'avons que peu de temps. Dame Julienne se fatigue vite. Ses promenades sont brèves.

Elles traversèrent le large couloir à la hâte et pénétrèrent dans l'antichambre de la belle-sœur de la baronne. En dépit de la touffeur de la journée, un feu crépitait dans la cheminée.

Igraine ne perdit pas de temps à détailler les lieux. Elle fonça dans la chambre dont l'espace était écrasé de meubles et se précipita vers le haut cabinet aux panneaux sculptés représentant des paysages champêtres. Elle sortit une longue tige mince terminée d'un crochet de la manche de sa cotte et s'affaira sur les serrures. Celles-ci résistèrent juste quelques instants. Lorsqu'elle tira les deux battants, la surprise les cloua toutes deux.

— Dieu du ciel ! gémit Clotilde en se signant. J'avais vu juste.

— C'est pire que je ne l'avais imaginé, souffla Igraine.

Deux hauteurs de tiroirs avaient été extraites, ménageant une sorte d'autel malfaisant. Trônait en son centre une grossière poupée d'un pied, au corps d'étoupe et de toile et au visage modelé dans la cire. Le crâne de la figurine était recouvert d'une sorte de minuscule fichu rouge. L'initiale « B » avait été tracée au sang sur son torse criblé d'épaisses aiguilles. Trois têtes desséchées de vipère l'entouraient.

Igraine récupéra le volume de cuir noir posé à côté et le feuilleta en commentant d'un ton presque détaché :

— De vieilles recettes hideuses de magie *venefica* ! Eh bien, ne dirait-on pas qu'elle a trouvé de quoi s'occuper, notre bien chère Julienne ?

Désignant la figurine, Clotilde chuchota :

— C'est... cette horreur, c'est bien...

— La baronne, qui d'autre ?

— Va-t-elle...

— Non, la rassura Igraine en souriant. Les stupides incantations de cette vilaine dinde ne peuvent rien contre les sorts dont je protège notre seigneur depuis fort longtemps. Ramassons ses venimeuses... amusettes. Elles devraient fort intéresser Béatrice.

Joignant le geste à la parole, elle réunit entre ses mains la poupée transpercée de part en part, le livre odieux, sans oublier les têtes de serpent.

— Elle va entrer dans une fureur meurtrière...

Igraine la considéra, étonnée :

— Eh quoi ? Voudriez-vous qu'elle félicite sa chère belle-sœur de tenter de l'occire ? De si vile manière ?

— Elle va la juger aussitôt et la condamner au bûcher ou à la pendaison...

— Je l'ai toujours trouvée magnanime. Julienne mérite une procédure inquisitoire ! Toutefois, je doute que Béatrice s'accommode du scandale qui ne manquera pas de rejaillir sur le nom. Allons... il nous faut la prévenir. Peste maudite, cracha-t-elle soudain haineuse, crève et rôtis en enfer pour l'éternité !

— Dame Igraine, vous allez me trouver bien pleutre, mais… enfin si vous pouviez m'épargner la suite. Notre seigneur déchaîné de rage…

Un gentil sourire éclaira le visage émacié de la mage.

— Bien sûr, ma bonne Clotilde, car je gage que les murs vont trembler ! Je ne vous remercierai jamais assez de votre perspicacité et de votre fidélité envers notre maîtresse.

Igraine, les hideuses babioles sorcières entre les mains, s'immobilisa derrière le dorsal qui menait à la grande salle du château. Des voix lui parvinrent, celle de la jeune miresse, de Léon et de Béatrice. Elle hésita. Devait-elle attendre un moment de solitude de la baronne pour lui révéler la sombre vérité ? Car, à n'en point douter, Béatrice serait blessée avant même d'être inquiète ou furieuse. N'est-il pas accablant d'apprendre que quelqu'un dont vous avez pris soin par noblesse d'âme ourdit votre trépas ? De découvrir sans sommation la haine sauvage et sans limite qu'éprouve un être pour vous ? De comprendre qu'il n'a pas hésité à souiller définitivement son âme, au-delà de toute réparation, dans le seul but de vous détruire ? Une peine inattendue envahit Igraine. Béatrice ne méritait pas cela. Néanmoins, mieux valait lui infliger cette peine aussi rapidement que possible afin qu'elle s'en remette au plus vite. La voix péremptoire s'éleva :

— Igraine, aurais-tu l'oreille indélicate que tu nous écoutes de derrière le dorsal ? Morgane t'a flairée.

— Non pas, madame, je réfléchissais. Quant à cette aigle, elle finira un jour en bouillon !

— Si tu veux l'accompagner en rôt ! plaisanta la baronne.

La mage poussa la tapisserie et s'avança vers la forme dans laquelle était installée Béatrice d'Antigny.

316

Le regard de la baronne tomba sur ce qu'elle tenait :

— Qu'est ceci ?

— Les jouets de votre sœur d'alliance, découverts à l'instant dans son cabinet, grâce à une suspicion de Clotilde. Prenez garde aux aiguilles, précisa Igraine en lui tendant la figurine.

Une grimace de révulsion sur le visage, Béatrice examina la poupée.

— Est-ce bien... ce que je suppute ?

Igraine acquiesça d'un mouvement de tête.

— Elle a tenté de me tuer par magie ? murmura Béatrice comme si l'évidence se refusait à elle.

— Salope ! Je vais la crever ! hurla Léon en tirant sa dague. Et moi qui la plaignais presque !

— Tu ne feras rien de tel, asséna Béatrice. Elle sera jugée.

Stupéfait, Druon contemplait la poupée malfaisante. D'une voix blanche, Béatrice vérifia :

— Messire mire... Pensez-vous que cette goëtre... ait pu lui troubler l'esprit au point de la pousser à cet impardonnable crime ?

— Certes pas, madame. La goëtre fatigue, peut occasionner une confusion de langue, mais point faire basculer un être vers le mal absolu.

— Ainsi, il n'existe aucune atténuation à la malignité de ses actes, résuma la baronne d'un ton défait.

Igraine se rapprocha d'elle. De sa voix de fillette, elle déclara :

— Ne cherchez pas en vous les racines du mal qui a proliféré en elle.

— Je n'aurais jamais imaginé qu'elle me détestait à ce point.

— Ah, c'est qu'il est plus aisé d'exécrer, de jalouser, de rendre l'autre responsable de ce que l'on n'est pas. Bien plus que d'admettre que notre petitesse ne naît que de nous.

La baronne Béatrice passa une main hésitante sur son front moite. Comme lors de son arrivée au château, une éternité plus tôt semblait-il, un détail provoqua un trouble diffus en Druon.

— Igraine… es-tu certaine que tes sortilèges me protègent toujours ? Je puis bien vous le révéler maintenant. Je ne me sens pas aussi vigoureuse que naguère.

— Comment cela, madame ? s'inquiéta Léon.

— Peu de chose, en vérité. J'éprouve une sorte de faiblesse intermittente… La tête me tourne parfois et je me réveille avec la bouche sèche.

— Souffrez-vous de céphalées, des nausées vous serrent-elles la gorge, madame ? Vos intestins sont-ils remués par des diarrhées ? s'enquit Druon.

— En effet.

— Avez-vous encore mangé de l'ail hier ?

— Je n'en ai pas mangé. (Elle se tourna vers le géant qui approuva d'un signe de tête, visiblement soucieux.) Je prends tous mes repas en compagnie de Léon.

— Fichtre, c'est pire que je ne le soupçonnais. S'ajoute la moiteur de votre visage. Comment n'ai-je pas réagi plus tôt ? Or messire Léon n'a jamais l'haleine chargée d'odeur alliacée. Puis-je examiner vos doigts ?

Béatrice d'Antigny tendit la main. Ce qu'il avait remarqué du coin du regard, à son arrivée, sans y prêter grande attention, lui ôta ses derniers doutes. Igraine ne le quittait pas des yeux. Druon détailla les stries blanchâtres qui marquaient les ongles de la baronne, puis sa paume sur laquelle étaient apparues des taches, et murmura, catastrophé :

— Les envoûtements de votre belle-sœur, s'ils sont monstrueux, n'ont rien à voir avec ce dépérissement, madame. Enherbement arsenical[1]*.

Un silence de sépulcre s'abattit dans la salle.

— Cela ne se peut ! murmura Béatrice d'Antigny d'une voix atterrée.

Léon plaqua l'une de ses énormes mains sur sa bouche et Druon redouta de le voir fondre en larmes. Igraine paraissait pétrifiée.

— C'est même certain. L'arsenic a toujours été un poison fort prisé et son utilisation remonte à loin. De goût fort peu marqué, inodore, il est le comble de la sournoiserie. En fonction de la dose administrée, il peut tuer rapidement, ou à petit feu. Il provoque des symptômes et des diarrhées profuses qui évoquent une maladie de ventre, permettant ainsi à l'enherbeur de passer inaperçu.

Druon sentit que la baronne fournissait un effort considérable pour se recomposer. Elle demanda d'un ton faussement détaché :

— Vais-je trépasser ?

— C'est-à-dire, il convient d'être...

— Une réponse, messire mire ! Vais-je trépasser, dans combien de temps et dans quelles douleurs ?

— C'est que madame, j'ignore depuis quand l'on cherche à vous occire et quelles doses vous ont été distribuées.

— Julienne ? murmura Igraine qui paraissait revenir à la conscience.

— Je m'en étonnerais, rectifia Druon. Pourquoi aurait-elle

---

1. La toxicité de l'arsenic varie en fonction de ses différentes formes chimiques. La dose mortelle pour un homme de 70 kg peut ainsi aller d'environ 50 g à moins de 0,2 g. Connu depuis au moins l'âge de bronze où il était utilisé pour durcir les métaux, il fut également utilisé comme composant de nombreux médicaments, comme « cosmétique » afin de blanchir la peau, pour la fabrication du verre, dans des préparations pesticides, etc.

eu recours à la magie si elle avait eu à sa disposition un toxique qui a amplement fait la preuve de sa terrible efficacité ?

— Si le scélérat, le maudit me tombe entre les pattes, je lui fends la panse et lui fais avaler ses tripes, promit Léon, si posé que tous sentirent qu'il ne s'agissait pas d'une figure de style.

— D'ailleurs, où aurait-elle pu se le procurer ? renchérit la baronne.

— Cela, madame, serait chose assez simple. Les marchands ambulants offrent parfois des denrées bien étranges pour qui a bourse bien pleine. Je ne serais pas surpris qu'elle ait ainsi acheté les têtes de serpent, car je la vois mal chasser la vipère. Toutefois, encore une fois, je doute qu'elle soit l'enherbeuse.

— Il s'agit d'un membre de ma mesnie. Il doit m'être proche pour pouvoir renouveler ses administrations.

Léon examinait ses ongles depuis quelques instants et souligna :

— Je n'ai pas de stries, je ne sens pas l'ail et je ne manifeste aucun symptôme. Or, ainsi que vous l'a dit mon seigneur, messire mire, je partage son boire et son manger.

— Pas mon vin chaud, ni mes épices de chambre[1], observa la baronne. C'est ainsi que l'on m'empoisonne.

— Qui vous les sert ? demanda le jeune mire.

— Ma foi… le plus souvent Sidonie, parfois Clotilde… Non, je ne peux croire qu'elles me détesteraient au point de…

— Les servants de cuisine peuvent s'en approcher durant la préparation, tenta de la calmer Igraine.

---

1. Mélange de fenouil, d'anis, de gingembre, de coriandre, de genièvre, d'amandes, de noix et de noisettes, très prisé par les nantis, que l'on dégustait avant le coucher afin de se parfumer l'haleine et de faciliter la digestion.

Béatrice d'Antigny se leva d'un bond et la fureur fit trembler sa voix. Elle tempêta :

— Je veux cet enherbeur, je veux lui arracher les yeux et l'écorcher vif moi-même !

S'agitant sur son perchoir, Morgane poussa un cri perçant. La baronne se tourna vers son aigle chérie et concéda :

— Ma toute belle, tu as raison. C'est toi qui l'énucléeras. Quant à toi, Igraine, tu le maudiras pour les siècles et les siècles. Mène l'enquête, Léon. Quelqu'un a accès à mon vin chaud, avant qu'il ne me soit offert. Je veux cette personne et je la veux vite ! Je veux savoir si elle exerce, elle aussi, une haine personnelle contre moi ou si... Et je l'apprendrai ! Préviens le bourreau qu'il soit prêt à faire son office. Quant à l'autre, Julienne, elle paiera aussi ! Qu'elle soit enfermée dans sa chambre, jusqu'à ce que je décide de son sort. (Tournant son regard d'un bleu intense vers Druon, elle exigea :) J'attends ma réponse, messire mire. Vais-je mourir ?

Baissant les yeux, Druon avoua :

— Je ne puis être formel, madame. En revanche, j'ai entendu parler... d'un antidote dont je ne sais s'il se révélera précieux, ne l'ayant jamais vu utiliser. Mais...

— Mais nous n'avons guère le choix. L'antidote ?

— De l'ail, en grande quantité, que vous consommerez trois ou quatre fois par jour durant un bon mois.

— Lutter contre l'odeur d'ail de l'haleine par l'ail ? s'enquit Igraine qui n'avait guère confiance en la médecine analogique, laquelle se pratiquait partout.

— Non pas. Il semble que des... substances présentes dans l'ail permettent de forcer l'élimination de l'arsenic[1]. Encore une fois, j'ignore si...

---

1. Une publication de 2007, dans *Journal of Food and Chemical Toxicology*, insiste sur cette propriété. Les molécules soufrées contenues dans l'ail seraient capables de capter l'arsenic des tissus et du sang.

— Nous n'avons pas d'autre choix, je me répète. Léon, préviens les cuisines. Commençons aussitôt le remède, en dépit de mon peu de goût pour ce condiment ! Mire, peut-être était-il écrit que je deviendrais votre débitrice. (Le beau regard se fit triste et se perdit au loin. Elle acheva dans un murmure, comme pour elle-même :) J'exècre l'idée d'une mort insidieuse qui rampe en moi. J'ai toujours pensé, espéré qu'un soir un cerf ou un sanglier blessé ou même une épée acérée causerait ma perte. En vérité, j'abhorre la perspective d'un tel trépas parce qu'elle me fait peur. C'est cela que paiera l'enherbeur avec des larmes de sang : m'avoir fait redouter de mourir.

XLIII

Château de Saint-Ouen-en-Pail,
août 1306, ce même jour

Lorsque Druon, escorté de Léon, prit congé de la baronne, cent pensées tournaient dans sa tête. Le géant, lui aussi, semblait ailleurs. Il retint le jeune mire par la manche et déclara d'une voix grave :

— Je ne pense pas que je survivrais à sa mort. Plutôt, je crois que je n'en éprouverais nulle envie. Pour quoi faire ? Je l'aime du plus profond de moi, en dépit de ses défauts, ou peut-être grâce à eux.

Druon détailla le visage auquel il avait fini par trouver de l'élégance et du charme. Léon lui demanda, d'une voix brisée d'émotion :

— Va-t-elle mourir ?

— J'ai dit vrai : je l'ignore et je déplore ne pas être devin. Peut-être Igraine... ses pouvoirs...

— Ne vous fiez pas trop à Igraine, messire mire. Elle est parfois trompeuse lorsque cela la sert. Or... j'ai l'insistant sentiment qu'elle poursuit des fins personnelles, même si je suis certain qu'elle ne portera jamais préjudice à notre maîtresse.

— Ah, le beau soulagement des certitudes ! ironisa sans méchanceté le mire.

— Que voulez-vous dire ?

— Que je ne sais rien tant que je ne sais pas.

— Voilà bien une pirouette de scientifique, rétorqua Léon d'un ton peu amène.

— Non pas. Il s'agit au contraire d'une profession de foi.

— Douteriez-vous de l'attachement d'Igraine à notre seigneur ?

— Je doute de tout et de tous, avec mon respect. Je n'ai malheureusement pas le pouvoir de lire dans l'esprit des uns et des autres et ne puis me fier qu'à mes observations et mes déductions. Or, pour l'instant, deux personnes seulement n'ont pu tenter d'enherber la baronne : Huguelin et moi.

— Grand merci pour votre confiance et votre affabilité, messire, puisque j'en suis également la cible. Cela étant, si votre nature suspicieuse est désobligeante, elle me rassure. Vous ne vous laisserez pas leurrer par les apparences.

— En effet. (Hésitant, puis songeant que Léon méritait l'entière vérité, il acheva :) Messire Léon... même si nous tirons la baronne de ce mauvais pas, sachez que l'arsenic exerce encore des effets néfastes de longues années, très longues années après l'intoxication[1].

— De longues années... de compagnonnage avec elle... il faudrait que je sois bien fol et exigeant pour ne pas m'en contenter.

Léon déverrouilla la porte de la confortable prison souterraine et, pris d'émotion, serra Druon contre lui, lui assénant de grandes tapes bourrues dans le dos en affirmant :

— Mire, sans votre intervention et votre science, elle trépassait sous peu. Peut-être allons-nous la tirer des griffes d'une mort indigne d'elle ? Je suis votre obligé. À jamais. Où que vous vous trouviez. Les cuisines, maintenant. L'enherbeur ne le sait pas encore, mais sa hideuse mort est proche.

---

1. Il est cancérigène.

XLIV

Château de Saint-Ouen-en-Pail,
août 1306, ce même jour

Huguelin lui fit la fête tel un chiot. Druon percevait l'angoisse du jeune garçon. Depuis leur départ précipité de l'auberge du Chat-huant s'était tissé entre eux un lien ardu à définir. Certes, le garçonnet lui était reconnaissant de l'avoir tiré de sa misère et des pattes de celle qu'il ne nommait plus que « la grosse truie malodorante » – puisqu'il est grisant de se moquer des choses et des êtres qui vous ont terrorisé et malmené. Toutefois, le mire sentait que s'y mêlait aussi une véritable affection. Il avait été le seul à traiter Huguelin en créature humaine respectable, capable d'apprendre et de ressentir. Aussi le jeune garçon redoutait-il aujourd'hui tout à la fois d'être exécuté par la baronne si son maître n'avait pas l'heur de la satisfaire, mais aussi que Druon se débarrasse de lui pour demeurer à son service dans le cas contraire. Quant à Druon, alors que sa première intention avait été de réaliser une bonne action en sauvant l'enfant des ardeurs répugnantes de la gargotière, il éprouvait maintenant pour lui un attachement qu'il fallait bien qualifier de maternel, n'oubliant pas sa véritable nature de jeune femme du nom d'Héluise.

— Mon maître, ah mon maître ! Chaque fois que vous disparaissez, je me demande si je vous reverrai. Contez-moi votre journée, de grâce. Je suis mort d'inquiétude et maintenant que vous voilà revenu vif et sauf, je meurs aussi de curiosité. Un bien vilain défaut, me rétorquerez-vous.

— Non pas. Une précieuse qualité pour qui sait en user.

— Alors ?

— Je t'avoue que le dédale dans lequel je progresse à la manière d'une fourmi est éprouvant. Chaque fois que je crois avancer d'un pas, survient autre chose qui me fait reculer.

— Et la bête démoniaque ?

— Oh, elle n'a rien de démoniaque, cher Huguelin !

— Hein ?

— On se doit de dire : « votre pardon » ou, au pis, « comment », corrigea Druon.

— Pardon, mon maître. Votre pardon ?

— Eh bien, si le démon est aussi empoté que la créature, il ne doit pas faire belle recette !

La stupéfaction qu'il lut sur le visage enfantin donna envie de sourire au jeune mire, en dépit de la gravité de l'annonce. Il poursuivit :

— Avant que je détaille à ton profit mes atermoiements et que je tente de disséquer au mieux cette sanglante charade, nous avons du travail.

— Quoi, quoi ? s'enthousiasma Huguelin à qui la solitude de la journée avait pesé.

— Profitons de la générosité du seigneur qui a mis à notre disposition papier, encre et plume[1].

---

1. À l'époque, la plume n'est pas encore fendue, expliquant qu'on ne puisse « remonter » sur la feuille, ce qui justifie en partie les écritures

Huguelin s'attabla à ses côtés. La sienne étant encore bien malhabile, il s'émerveillait toujours qu'une main puisse tracer des lettres si petites et si parfaites que d'autres pouvaient lire et comprendre. D'autant que la bâtarde gothique[1] de son maître apparaissait d'une rare élégance.

— Reprenons ce que nous savons, grâce à messire Léon, de la localisation des différentes attaques.

Druon traça sur la feuille un grand triangle dont il hachura les trois côtés en expliquant :

— Des bois, et encore des bois. La forêt de Multonne. Idéale pour une retraite précipitée. (Désignant l'intérieur du triangle, il poursuivit :) La partie déboisée et cultivée, à l'exception de bosquets plus ou moins fournis mais toujours propices à la cachette, représente tout de même plus de cent arpents*[2] à ce que j'ai compris.

— Fichtre, ce n'est pas rien, commenta Huguelin dans un petit sifflement qui lui valut un regard réprobateur.

— N'oublions pas un point crucial que m'a soufflé le fermier Séverin Fournier : nous sommes au nord-ouest du village. Traçons des croix pour figurer les différentes... infortunées rencontres. Certes, je les positionne de façon approximative, en me fiant aux indications glanées ci ou là.

Il désigna la première d'un « R » pour Robert, le berger défiguré dont on avait retrouvé le chien terrorisé. Un « B » suivit pour Basile, puis un « P » pour Pauline, la femme mise en pièces, presque décapitée, au ventre lacéré d'horrible façon. Il n'oublia pas le chasseur de la baronne. Un

---

prisées. Il faudra attendre la fin du XVe siècle pour que naissent les plumes fendues, facilitant grandement le traçage des lettres.

1. Cursive assez « tarabiscotée », très en faveur à l'époque pour les lettres et les manuscrits en langue vernaculaire, contrairement à la *rotunda*, bien plus « sobre », réservée aux sommes et écrits plus officiels.

2. Les mesures étant variables d'une région à l'autre, ceci représente entre 17 et 28 hectares.

« E » et un « A » figurèrent Étienne et Anselme, les deux jeunes bergers massacrés dont l'un avait tenté de s'enfuir, un « S » représentait Séraphine, et un « Al », Alphonse Portechape, le tonnelier, dernière victime. Ne manquait au dessin que le « H » du père Henri. Druon n'omit pas non plus les différents carnages d'animaux d'élevage qui avaient précédé.

La figure qu'il obtint l'intrigua. Tous les massacres avaient été commis en suivant la ligne d'orée des deux bois qui se rejoignaient en angle aigu, voire dans l'un des bois dit de la Veuve dans le cas de Basile. La bête ne s'était jamais écartée de plus de dix toises des futaies, sauf dans trois cas : les animaux sauvagement dévorés, le jeune Anselme qu'elle avait rattrapé alors qu'il tentait de fuir et Portechape le tonnelier.

— Cela vous évoque-t-il quelque chose, mon maître ? murmura Huguelin comme s'il craignait de déranger la messe.

— Pas encore. Cependant, maître Fournier a grand raison : qu'allait donc faire ce pauvre père Henri plein sud du village s'il voulait pousser la créature dans ses retranchements ? Passons à…

Un coup de poing asséné sur la porte les fit sursauter. La ravissante Sidonie, qui leur avait servi le vin dans la grande salle, son visage encadré par de beaux cheveux d'un chaud noisette apparut, escortée par le sinistre Grinchu. Sourire aux lèvres, elle s'avança en annonçant d'une voix douce :

— Vos dîners, messire mire. Avec les compliments de ma maîtresse.

— Grand merci, Sidonie.

— Pour vous servir, répondit-elle en se pliant en une gracieuse révérence. Je pense n'avoir rien oublié pour votre satisfaction. J'en serais fort marrie dans le cas contraire.

Elle disparut ensuite. Un sourire niais et conquis flottait sur les lèvres du garçonnet qui fixait la porte refermée et Druon songea, amusé, que viendrait vite le temps où il devrait le retenir par le chainse dès qu'une jolie donzelle croiserait leur chemin.

— Huguelin, me feras-tu l'honneur de revenir céans ? le sermonna-t-il pour la forme.

— Elle est... fort avenante, non ?

— En effet. Pouvons-nous reprendre ? Une bête malfaisante est lâchée dans la nature et il conviendrait que nous mettions un terme à ses agissements, au plus rapide !

— Pardon. Je suis tout ouïe, affirma le garçonnet en déballant le panier porté par la jeune Sidonie, une moue gourmande sur le visage.

Il étala une touaille sur la table et aligna dessus une miche de beau pain, un rôti de porc que l'on avait eu la délicatesse de découper en tranches, des rissoles dorées et d'appétissants beignets de fruits secs au miel. Sans oublier une bouteille de cidre.

— Tu m'en vois flatté. Or donc, passons maintenant aux différentes narrations que l'on nous a faites – du moins les survivants – de cette... chose. S'en dégagent deux descriptions, fort dissemblables, mais que je pense toutes deux véritables.

Les yeux écarquillés, Huguelin supplia presque :

— Dites-moi... mettez-moi à l'épreuve, de grâce !

— Gaston le Simplet – dont le témoignage est bien intéressant pour qui fait fi de sa lenteur d'esprit et de ses lourdeurs de langue, Séraphine – toujours par la voix de Gaston – et maintenant la jeune Lucie Fournier nous brossent le même portrait. Une bête énorme, bien plus haute qu'un homme, qui se déplace surtout sur deux pattes, sans bruit, avec de gros yeux brillants d'un vert intense, les pattes avant armées de griffes immenses et acérées, « telles des dents de fourche », précise la damoiselle Fournier. Gaston révèle qu'elle s'est assise sur son derrière, les pattes de devant levées[*1]. Ajoutons à cela les très larges empreintes de pattes arrière retrouvées dans la boue. Cette bête-là pousse des cris à glacer le sang.

Huguelin le dévisageait, opinant de la tête à chaque phrase, oubliant son estomac.

— Écoutons maintenant la description d'Alphonse Portechape, dernière victime, relayée selon moi de façon fiable par le chef du village, messire Jean, et par l'apothicaire, Lubin Serret. Que nous enseigne Portechape d'outre la mort…

Le jeune garçon se signa, ce qui lui valut une remontrance :

— Les morts sont inoffensifs, ne l'oublie jamais. Portechape décrit non pas une mais deux bêtes qu'il qualifie d'énormes. L'une d'entre elles fonce vers lui à quatre pattes et l'attaque. Ses yeux sont d'un noir bleuté. Il n'est plus question de griffes mais de crocs, de gueule menaçante. Portechape parle de grondements féroces et d'un hurlement à la mort bestial. Étrangement, l'autre qui se ruait vers lui s'immobilise soudain. Puis les deux bêtes abandonnent la partie, sans qu'on sache pourquoi. Selon moi, cette description est à rapprocher du meurtre des deux jeunes bergers, Étienne et Anselme.

— Pour quelle raison ? Euh… avec votre respect, pouvons-nous nous sustenter ? Je puis réfléchir en mangeant.

— Déguste et m'en laisse un peu. Quant à moi, je pense mieux l'estomac vide.

— C'est sans doute parce qu'il fut plus souvent plein que le mien.

---

1. Voir annexe « Bête ».

Huguelin se mordit les lèvres, se demandant s'il n'avait pas été insolent. Le regard de Druon le rassura. Le garçonnet avala une rissole en deux bouchées, leur versant à chacun un gobelet de cidre.

— Pour en revenir à ta question, parce qu'Anselme a été rattrapé à la course, alors que l'on file très vite lorsqu'on redoute pour sa vie. Tout comme une des bêtes a chargé à vive allure contre le tonnelier. En revanche, Lucie et Séraphine, empêtrées dans leurs vêtements féminins, n'ont pas été poursuivies. Et puis, un autre détail me sidère.

— Lequel, mon maître ? s'enquit Huguelin en mâchonnant une tranche de rôti.

— On ne parle pas la bouche pleine, c'est fort grossier. La danse gluante de salive des aliments est spectacle peu ragoûtant pour qui vous regarde. Monsieur Hugues de Saint-Victor, un théologien parisien, l'a écrit. Tout comme « tu ne dois pas t'essuyer les mains à tes vêtements ou remettre dans le plat les morceaux croqués à demi ou les débris coincés entre tes dents ».

— J'apprends… cela étant, j'ai beaucoup à apprendre. Et ce détail qui vous chiffonne, mon maître ?

— Alors que Gaston se trouvait à quelques toises d'elle, la créature n'a pas flairé sa présence. Or je puis t'assurer qu'il empeste à la limite du supportable. C'est dans ce sens que je t'ai affirmé plus tôt que si le démon était aussi empoté qu'elle, il ne devrait pas faire belle recette.

Effaré, la main plaquée sur la bouche, Huguelin grommela :

— Doux Jésus, notre Sauveur… Je crois savoir où vous me menez.

— Où cela ? le poussa Druon dans un sourire.

— Oh, je n'ose…

— Lorsque les déductions s'imposent, belles dans leur simplicité, il est de notre devoir d'oser.

— Un homme, chuchota le garçon… Ce serait donc un homme… un monstre quand même.

Druon vida la fin de son gobelet de cidre et déclara :

— Je suis satisfait de toi. Un homme aidé de deux chiens dressés à la fauverie qui se sont d'abord faits les crocs sur des animaux pour attaquer ensuite des humains. S'expliquent les proies partiellement dévorées. Un homme déguisé en créature démoniaque – ce qu'il est – avec des billes de verre en place d'yeux et des griffoirs de métal au bout de chaque main. Un homme qui, gêné par les peaux qui le recouvrent, ne peut pas poursuivre ses victimes. Parfois, il les fait rattraper par ses chiens, comme les deux bergers, parfois elles lui échappent, peut-être parce que ses fauves ne l'accompagnent pas cette nuit-là. Ce n'est pas la créature qui a dévoré la chèvre d'appât de la baronne, la mule de Séraphine et les autres. Ce sont les chiens qu'il affame, sans doute pour les rendre encore plus féroces. En revanche, c'est lui qui a lacéré, défiguré, décapité et étripé.

— Cela ne se peut, protesta Huguelin d'une voix faible.

— Mon premier doute est né après l'examen des blessures de Portechape et de Séraphine. Le tonnelier a été indiscutablement mordu. On distinguait la trace des crocs. La forme et la profondeur des blessures suggéraient une gueule allongée. De surcroît, les plaies les plus graves étaient localisées à hauteur de hanches, de cuisses, de chute de dos, surtout à droite. Bref, la taille d'un grand chien. La seule balafre peu sérieuse qu'il portait au visage a été abandonnée lorsque la bête s'est dressée sur ses postérieurs, en prenant appui sur lui. Encore une fois, ainsi que procède un chien ou un loup. Portechape a enjolivé son attaque et sa défense parce qu'en dépit de son état il voulait se vanter, étaler sa bravoure.

— Tels ces pêcheurs qui ont attrapé une carpe ou un brochet aussi gros qu'une baleine ?

— Tout à fait. (Revenant à sa démonstration, Druon poursuivit :) Au contraire, les cicatrices de Séraphine sont le résultat de griffes acérées qui ont emporté la moitié du visage et lacéré l'épaule et le bras, du côté gauche. Donc, le fait d'une prétendue « bête » qui se tenait sur ses deux jambes.

— Et une « bête » droitière, qui maintenait Séraphine de sa main gauche, pour frapper de la droite, compléta Huguelin en ayant le sentiment qu'enfin son cerveau sortait d'une ombre tenace.

Grâce à son jeune maître, il parvenait à raisonner, à percevoir le vrai sous un monceau de mensonges et d'incohérences. Il en éprouva un vif soulagement et, avouons-le, une fierté pour ses progrès. Du coup, l'appétit qui l'avait un peu déserté lui revint et il attrapa une autre rissole.

— Tout juste !

— Et c'est pour cela que la pauvre Séraphine est morte.

Druon lui passa la main dans les cheveux et le complimenta :

— Je suis un maître bien satisfait de son élève qui lui fait honneur ! Sa terreur dissipée, ses affreuses douleurs atténuées, elle a commencé à réfléchir et a compris qu'elle n'avait pas été attaquée par une bête. Sa peur et son écœurement expliquent sans doute son changement d'allure. De joviale et énergique, elle est devenue renfermée. Elle a voulu conforter son opinion en allant discuter avec Gaston le Simplet. Quelqu'un a dû la surprendre. Elle a été éliminée.

— Gaston ne risque-t-il pas…

— Je ne le pense pas. Du moins je l'espère. J'ai clamé bien haut que je connaissais la vérité. Je devenais donc la personne à occire.

— Vous êtes brave.

— Non pas. Que veux-tu qu'il m'arrive de fâcheux alors que Léon ne me lâche pas d'un pas, sauf lorsque je me retrouve enfermé céans ?

Druon songea qu'il arrangeait un peu la vérité. Il avait été bien moins faraud en sortant de l'auberge du Fringuant Limaçon, épiant les ombres et sursautant au moindre bruit, se hâtant de rejoindre la protection du géant.

— De fait. Mais qui…

— Je l'ignore encore. Cependant, je mettrais ma main au feu que c'est encore lui qui a étripé le pauvre père Henri. Le père devait se trop rapprocher et n'était donc pas aussi nigaud que semblent le penser ses ouailles. Du coup, le tueur a dérobé le crucifix d'argent, dont il devrait tirer une somme rondelette s'il est assez rusé pour ne pas le monnayer dans les parages.

— Oh, il est damné pour l'éternité s'il a occis un homme de Dieu !

— J'espère bien qu'il l'est. Mais je voudrais surtout m'assurer qu'il sera puni dans notre monde, et au plus preste ainsi qu'il le mérite. Homme de Dieu ou pas, il a tué d'abominable façon. Il le paiera ici et là-bas.

— On ne doit pas tuer, n'est-ce pas ?

— On ne peut tuer, lorsque tout le reste a été tenté, que pour défendre sa vie ou celle d'un être incapable de se protéger. Parfois aussi… par infini amour désintéressé.

— Votre pardon ?

Druon tenta de repousser de son esprit l'épouvantable vision qu'il s'était formée de son père, écartelé sur la table de Question. Ses plaies ouvertes, le sang qui coulait de ses flancs, l'odeur de la chair brûlée par les fers rougis.

— Pour éviter à l'être aimé d'intolérables souffrances qui, de toute façon, le mènent à la mort. C'est sans doute un péché mais, selon moi, c'est un péché que Dieu peut pardonner.

✠

Un silence pénible s'installa. Druon chercha à le rompre :

— Je reste avec cette histoire de nichons à laquelle je ne comprends goutte !

— Quoi ?

Un regard de biais de Druon le rappela à l'ordre.

— Euh... votre pardon. Des... enfin des... nichons... de... comme chez... une donzelle... ?

Huguelin avait mis ses mains en coupe sous sa poitrine.

— À l'évidence ! rétorqua Druon. Les hommes en ont mais ils sont fort peu visibles. Tu viens de reproduire le même geste que Gaston. Il était formel et selon lui, Séraphine aussi : la bête avait des tétines. Pourtant, lorsque l'ongle-bleu l'a frappée aux testicules, elle a hurlé.

— Mais... Si c'est un homme en déguisement...

— Je bute aussi. Pourquoi avoir poussé le raffinement à reproduire des tétines...

— Des œillets ! cria Huguelin. De gros œillets*[1] afin de passer un lien et de pouvoir serrer les peaux autour de lui.

Druon le regarda, émerveillé, et lança :

— Bien sûr ! Que tu es fin ! Ah non, je ne regrette pas le lièvre corrompu de l'auberge du Chat-Huant, qui m'a pourtant remué les intérieurs.

Le garçonnet rougit jusqu'au front à ce compliment.

— Ah mon Dieu... L'horrible scélérat, le maudit... vitupéra le jeune mire. Nous avons affaire à forte partie. Il est rusé et se complaît dans le mal. Rien, aucune monstruosité ne l'arrêtera.

— Mon Dieu, mon Dieu... qu'allons-nous faire... gémit Huguelin.

— Lui mettre la main au collet et le traîner devant ses juges. Quoi d'autre ?

— Mais enfin... nous ne sommes que deux et je ne suis pas bien grand et... Si le bailli et dix gens d'armes...

---

1. Voir à ce sujet l'annexe « Bête ».

sans même évoquer les villageois, messire Léon et la baronne...

Druon ne réfléchit que quelques instants, s'en voulant un peu d'avoir pris cet enfant comme confident, pour ne pas dire déversoir. Bah... Il serait adulte dans quelques petites années. Des milliers d'enfants de son âge erraient sur les routes, gagnant leur pain comme ils le pouvaient, pour certains déjà bandits, pour d'autres éternelles victimes. Le siècle[1] n'était pas à la douceur, ni pour les adultes et encore moins pour les enfants. Survivaient les plus malins et les plus aptes.

— J'allais m'en ouvrir à la baronne mais une autre bien vilaine surprise m'en a empêché.

Un « encore » accablé répondit au mire.

— Hum... On tente d'enherber la baronne Béatrice. On s'échine aussi à la vouloir ensorceler, toutefois, cette tentative-là m'inquiète bien moins.

— Quoi ?

Druon, trop préoccupé, ne releva pas la faute.

— Enfin, mon maître, vous affirmez qu'il ne s'agit pas d'un démon tout droit sorti de l'enfer. Cependant, avouez que l'accumulation de meurtres ou de malveillances, et maintenant de vilains sortilèges, pue l'enfer à dégorger !

— C'est que tu connais encore bien mal tes congénères, rétorqua le mire d'un ton plat.

Un fardier dont des hommes tiraient la dépouille malmenée de Jehan Fauvel, enveloppée d'une toile. Des semaines d'épouvantables tortures. Infligées par des hommes, dont certains se réclamaient de Dieu. Le brasier qui rugissait,

---

1. Au sens de société laïque.

allumé par un autre homme. Le garde qu'il avait fait payer pour assassiner son père, lui éviter d'autres insupportables souffrances. Par infini amour, un amour d'humaine. Son père, un être d'exception. Encore un humain.

L'homme : le pire ou le meilleur. Le pire et le meilleur dans une cohabitation qui le rongeait parfois au point de le rendre fou.

— Mon maître... ?

La voix inquiète du garçonnet tira Druon de ses affreux souvenirs. De ses plus beaux souvenirs, aussi. Il revint à ici et maintenant.

— Pardon.

— Vous étiez perdu dans vos pensées. Chaque fois, je vois des ombres douloureuses passer sur votre visage... Peut-être, un jour, aurez-vous envie de vous confier... Les choses mauvaises sont plus supportables à deux.

Druon, un sourire triste aux lèvres, détailla le visage qui avait conservé toute sa grâce enfantine. La maturité et la bienveillance maladroite d'Huguelin ne le surprirent pas. Néanmoins, l'inverse ne l'aurait pas davantage étonné. Dès ses plus tendres années, l'enfant avait été condamné au manque de tout, à la peur du demain, et à une vie dépourvue de pitié. Certains êtres y apprennent la bonté, la compassion et une passion pour la vie, d'autres la férocité, le goût de la vengeance et un appétit pour la douleur qu'ils infligent.

Peu désireux de répondre à Huguelin, il déclara d'un ton dont il força la gourmandise :

— La faim se fait maintenant sentir. Ah, cette rissole me semble bien goûteuse !

Il avala le petit pâté et prit le temps de déguster quelques gorgées de cidre sous le regard attendri du garçonnet.

— Ça ne sent pas l'enfer à dégorger ? insista ce dernier.

— Non. Ça empeste le complot, la manipulation.

— Tudieu ! Un complot... contre la baronne ! Il est vrai qu'elle a dû se faire de coriaces ennemis.

— Reste à savoir qui se trouve derrière, et je n'en ai pas la moindre idée, même s'il paraît certain que cette personne est proche de nous... Ne serait-ce que pour surveiller les progrès de son plan. Quant à l'enherbeur ou l'enherbeuse, à l'évidence, il ou elle se cache entre les murs du château.

Le mire prit le temps de savourer une tranche de rôti, but un gobelet de cidre avant de déclarer d'un ton pesant :

— Je vais t'enseigner une autre belle loi de science qu'il te faudra toujours garder à l'esprit. Elle n'est pas infaillible, mais permet souvent de précieuses avancées. Lorsque plusieurs événements de même essence surviennent dans un périmètre restreint, il convient de se demander s'ils ne sont pas liés.

Huguelin demeura silencieux, le front plissé de concentration, un morceau de rissole entre les doigts, avant d'admettre :

— Je ne suis pas sûr de comprendre, mon maître.

— Ah, voilà un aveu dont je te félicite. Toujours reconnaître que l'on n'a pas compris plutôt que de partir sur de fausses certitudes. D'autant que je n'ai sans doute pas été assez clair. Nous nous trouvons donc dans la province du seigneur Béatrice. L'essence, maintenant. *Sui generis*[1]. Une créature... ou plutôt un homme ignoble, accompagné de chiens féroces, s'attaque aux gens de la baronne. Sa belle-sœur veut la voir périr par sorts et incantations. Un enherbeur œuvre à son lent trépas.

— Elle est donc au centre de tous ces crimes terribles.

— Non... Elle en est la cible !

---

1. Quelle est sa nature.

— Dieu du ciel !

— Et s'il y a une cible, il y a un archer.

— Votre esprit est un prodige, murmura le garçon envahi d'admiration.

— Celui de mon père l'était. Je m'efforce d'être digne de lui.

— Oh, vous l'êtes !

Une question confidentielle hantait Huguelin. Pourquoi répétait-on que la douce gent était de faible intelligence ? Bah, il avait entendu tant de bêtises dont il se défaisait peu à peu grâce à Druon. Tels les chats noirs censés apporter le malheur et que l'on crucifiait sur la porte des granges. Le mire l'avait tancé à ce sujet :

— Allons, Huguelin, réfléchis ! Chassent-ils moins bien les souris et les mulots que les autres ? Protègent-ils moins efficacement les récoltes ? La couleur noire porterait donc malheur ? Et lorsque nous sommes vêtus de noir ? Des catastrophes nous dégringolent-elles sur la tête ?

Le garçonnet soupira d'aise. Quelle magnifique chose que la réflexion ! Au fond, son affreuse vie d'avant avait peut-être été une souffrance nécessaire puisqu'elle l'avait conduit vers Druon ? Aussitôt, l'inquiétude et le chagrin tempérèrent son immense satisfaction : et si le mire, la miresse, l'abandonnait ? Ce serait pire aujourd'hui qu'hier, puisque aujourd'hui il avait goûté à la tendresse, à l'intelligence, à la dignité et au courage. Affolé, il ouvrit la bouche, puis se ravisa.

— Que voulais-tu dire ? s'enquit Druon après avoir perçu son trouble.

— Non, non, mon maître.

— Allons, je veux savoir.

Au bord des larmes, Huguelin demanda d'une voix tremblante :

— Allez-vous me quitter ? Me renvoyer ?

Druon sourit, ému, et affirma sans appel :

— Jamais. Sur mon honneur. Je l'ai dit : tu peux partir dès que tu le souhaiteras. Quant à moi, je te garderai à mon côté aussi longtemps que tu le voudras pour peu que tu ne me mentes jamais.

La crainte gagna le garçonnet. Car, de fait, il lui mentait, ne fusse que par omission. Certes, la discrétion le justifiait. Cependant, il s'agissait bel et bien d'une dissimulation.

— C'est que...

Huguelin vit le beau visage se fermer et sa peur se transforma en panique.

— Avoue !

— C'est que... Ce n'est pas vraiment menterie...

— J'attends.

— Je n'ai pas fouillé... Je voulais juste ranger, nettoyer... Je n'ai pas mis mon nez où il n'avait pas lieu d'être, cria-t-il presque.

— Huguelin, j'attends, s'impatienta Druon.

— Eh bien... je sais que... enfin vous n'êtes pas vraiment... enfin plutôt une miresse... en quelque sorte, bafouilla le garçonnet, les larmes dévalant de ses paupières. Me détestez-vous ? Allez-vous vous débarrasser de moi ?

Il plaqua les mains sur ses yeux et Druon se leva pour l'envelopper de ses bras. Il déposa un baiser sur les cheveux doux comme ceux d'un bébé et murmura :

— Non.

Il se redressa et jeta d'un ton amusé :

— Au fond, c'est aussi bien. Cela va me simplifier grandement la vie. Cette bande de lin dont je me comprime la poitrine jour et nuit me suffoque.

L'enfant le dévisagea, pas encore pleinement rassuré.

Redevenu très sérieux, le mire ajouta :

— Jeune homme, tu vas me jurer, sur Dieu, la très sainte Vierge, ton âme et ton honneur, de ne jamais révéler à quiconque, pas même à un prêtre, ce que tu as découvert. Il y va de notre survie à tous deux. Je n'exagère pas. Plus tard, je te conterai les impérieuses raisons qui m'ont contrainte à ce déguisement.

— Je le jure ! Je le jure, mille fois. Sur tout. Que je rôtisse en enfer pour l'éternité si je me parjure et que tous pissent sur ma tombe en s'esclaffant.

— Fort bien… « Crachent » eût été préférable et tout aussi évocateur.

XLV

Château de Saint-Ouen-en-Pail,
août 1306, ce même jour

Une rage meurtrière habitait Léon lorsqu'il descendit vers les cuisines situées juste en dessous de la grande salle, afin que la chaleur dégagée par les immenses cheminées de cuisson ne se perde pas. Son souffle se fit court, son cœur s'emballa, une moiteur de sueur trempa la racine de ses cheveux de barbare, des picotements prirent d'assaut ses mains larges comme des battoirs. Il s'immobilisa sur la dernière marche, alarmé. Il reconnaissait ces prémices, ceux qui signalaient l'envie de tuer. Il avait tant tué. Un ribaud, ou un stipendiaire, voire, au gré des situations, un bandit de grands chemins.

La terre n'avait jamais intéressé Léon. Bien trop de travail pour si peu de gain. Aussi avait-il abandonné sans regret le lopin qui lui revenait à son cadet, pour disparaître à jamais. Voler, massacrer, torturer parfois, lui avaient semblé tellement plus simple, plus lucratif aussi. Au fond, il avait peine à se souvenir aujourd'hui de ses victimes et ne savait au juste s'il fallait y voir une bénédiction ou le signe avant-coureur de son inévitable damnation. Sauf une : un vieil homme. Pourquoi celui-là hantait-il parfois ses nuits ? Léon écarta ses larges mains d'un geste involontaire. Ce soir-là, elles avaient été gainées du sang de ce vieillard.

Léon titubait, saoul, lorsqu'il avait pénétré dans la maison. De cela il se souvenait fort bien. Des gloussements d'ivrognes lui avaient échappé. Le vieux lui avait juré sur son âme qu'il ne possédait rien. Léon s'était persuadé du contraire.

Il l'avait d'abord giflé avec violence, ne voyant même pas ses larmes, n'entendant pas non plus ses cris, puis ses gémissements. Le pauvre homme avait fini par avouer la cachette du mince crucifix d'argent de son épouse, défunte depuis de longues années. La fureur avait secoué Léon : ce vieil abruti lui avait menti. Il avait tiré son couteau et balafré les joues ridées et jaunâtres. Le sang avait dégouliné. Le vieux gémissait, suppliait, pleurait, sorte d'indistinct bruit de fond. Exaspéré, Léon l'avait poussé avec brutalité. Un choc sourd. Sa tête avait heurté le coin de la cheminée. Il s'était effondré, mort, le crâne enfoncé. D'abord hors de lui, Léon avait tout retourné dans la maisonnette. Rien, si ce n'était un peu de vile monnaie. *Tellement plus simple, plus lucratif aussi.*

Soudain, il s'était rendu compte qu'il avait pris une vie, une autre, pour un gain qui ne lui offrirait pas même un gobelet de vilain vin. Dégrisé, il s'était agenouillé à côté du vieillard, priant pour leurs deux âmes. Il avait serré la tête meurtrie contre lui, le sang tiède recouvrant ses mains. Il était demeuré ainsi une bonne partie de la nuit, l'esprit vide de toutes pensées à l'exception d'une seule : il avait tant tué, tant volé, *tellement plus simple, plus lucratif aussi.* Pourtant, il était seul, sans le sou. Il avait perdu son âme et même les cruchons de vin et les filles au ventre facile n'apaisaient plus son aversion de lui-même.

Il n'avait jamais confié l'étendue de ses crimes à Béatrice d'Antigny lorsqu'il lui avait offert son service. Sans doute les avait-elle peu à peu devinés, du moins en partie. Ne lui avait-elle pas déclaré un jour :

— Seuls les gens de haut sont inexcusables lorsqu'ils ne se comportent pas en gens d'honneur. Si l'honnêteté, la bravoure, la dignité sont des devoirs, ce sont aussi des luxes. Toutefois, ils peuvent appartenir à tous, si l'on en veut. Ils demandent grand labeur. Il s'agit d'un effort continuel que l'on ne poursuit pas pour plaire aux autres mais à soi. La scélératesse, la petitesse, la couardise sont tellement plus simples. Vois-tu, Léon, je me contre-moque des autres. Sais-tu pourquoi ? Parce que je suis mon juge le plus implacable et que je ne parviens pas à me mentir. Dieu me pardonnerait sans doute mes offenses, moi pas.

L'attachement, l'amour qu'il ressentait pour elle naissaient en partie de cela. Elle ignorait la pitié. Pourtant, son âme était vierge de souillure. Et Léon avait été fasciné par le spectacle de cette âme indemne. Il s'était peu à peu convaincu que sa fréquentation pourrait, peut-être, laver un peu la sienne. Juste un fragment, un éclat qui puisse certifier qu'il n'avait pas perdu toute humanité. L'idée que l'on veuille la tuer le ramenait des années en arrière, vers son temps de barbarie, un temps dont il ne voulait plus. Planté sur la dernière marche, il s'efforça au calme, ordonnant à son cœur, à son souffle de reprendre un rythme normal.

Elle se montrait sans pitié, mais jamais elle n'avait tué par humeur, par facilité, par intérêt ou par peur.

Sans doute son visage portait-il encore les ravages de sa férocité de jadis car, lorsqu'il pénétra dans l'immense cuisine, un silence compact se fit, seulement troublé par le crépitement des flammes dans les deux cheminées qui se faisaient face. Une louche chut sur le sol dallé de pierre, rebondissant dans ce qui parut un fracas. Tous le fixaient comme si une sorte de prescience les avait avertis de l'imminence d'un cataclysme. L'imagina-t-il ou la jeune Sidonie se recula-t-elle avec discrétion derrière un souillon de cuisine à peine sorti de l'enfance ?

Le regard du géant balaya la vaste pièce voûtée, l'immense table centrale qui courait en son milieu sur presque toute sa longueur, alourdie de pots, de marmites, de broches, de volailles à plumer, de champignons[1], de jattes de crème, d'écuelles de sang de porc, d'ustensiles. Une jeune femme était installée sur le banc qui la flanquait, figée dans son geste, un canard dans une main, une touffe de plumes dans l'autre. Dans un coin, ouvrant au sol, l'orifice qui permettait de jeter des détritus pour nourrir les carpes aveugles du vivier creusé sous la cuisine. Suspendues à des crocs alignés sur l'un des murs, des cochonnailles diverses achevaient de sécher, gratons[2], jambons, oreilles de porc, des friandises à croquer en mise en bouche.

— Maître cuisinier, maître saucissier, maître fournier, j'ai à vous parler. Dehors.

Les trois hommes se consultèrent du regard et obtempérèrent, l'air inquiet. Ils escortèrent Léon dans le couloir et s'éloignèrent de quelques pas de la large entrée. Léon les fixa tour à tour, le visage fermé. Enfin, le fournier s'enquit, assez incertain :

— Messire Léon, vos visites sont rares… mais bienvenues. Aussi, la baronne aurait-elle à se plaindre de notre service ?

---

1. On mange très peu de champignons au Moyen Âge, hormis les cèpes et quelques autres rares espèces. On s'en méfie. Cette défiance persistera durant des siècles.
2. Nos rillons actuels.

Le saucissier avait pâli et regardait ses socques avec une extrême attention. Il s'humidifia les lèvres de la langue. Le cuisinier, un petit homme rond et jovial, semblait se demander ce qu'il faisait là et s'il avait, par malheur, trop relevé un plat.

D'une voix glaciale, Léon reprit :

— Non pas. Du moins jusque-là. Qui prépare chaque soir le vin chaud de notre seigneur ?

Sa question, pourtant fort simple, parut jeter les trois autres dans une agitation d'incompréhension. Ils se regardaient, haussant les sourcils, secouant la tête. Léon se fit encore moins amène :

— Avez-vous perdu le sens ? La question est fort intelligible. Qui le prépare ? Avant que ma bile ne s'échauffe !

Le cuisinier rondelet lui jeta un regard éperdu et avoua :

— Eh bien, messire, moi, le plus souvent... Ah, Dieu du ciel... mon vin aurait-il donné des aigreurs de ventre à notre seigneur ?

— Le plus souvent ? Qui d'autre ?

— Ma foi, selon l'heure et l'occupation, un peu tout le monde. Lui et lui, acheva-t-il en désignant ses compères, dont le saucissier toujours perdu dans la contemplation de ses socques et dont le regard n'avait pas croisé une seule fois celui de Léon. Parfois un serviteur. Ce n'est guère compliqué. Un peu de vin, de miel, de cannelle, de muscade et de gingembre, un clou de girofle, qu'il convient d'ôter ensuite pour que notre seigneur ne risque pas de l'avaler... le tour est vite joué !

— Plein de gens, donc ? insista Léon que cette précision rassérénait un peu.

Cinq ou six personnes ne pouvaient avoir décidé d'empoisonner Béatrice. Ce geste odieux n'était l'œuvre que d'une seule personne. En d'autres termes, la préparation du breuvage n'était pas en cause. Il était enherbé ensuite, alors qu'on le montait à la baronne. Son enquête se resserrait.

— Oui-da. S'est-elle plainte ?

— Non pas. Me faut-il justifier mes demandes, l'homme ? Oublies-tu qui je suis ?

Le cuisinier recula d'un pas, assez effrayé, bredouillant :

— Oh non, messire, non... L'homme de confiance de notre seigneur peut exiger... jusqu'à mes secrets de sauces !

Léon réprima un sourire. Fichtre, ses secrets de sauces qu'il protégeait au point de ne les confectionner qu'en écartant tous ses aides et ses souillons afin qu'ils ne puissent les deviner.

— Maître saucissier ?

— Messire, répondit l'autre d'une voix tremblante, sans lever les yeux.

— Ton regard, l'homme, avant que j'y voie offense... ou pis.

Clignant des paupières nerveusement, l'autre obéit. Le bas de ses joues tremblait de peur. Ce coquin-là avait quelque chose à se reprocher, Léon en aurait mis la main au feu.

— Euh... messire ?

— Rien.

L'autre fit mine de repartir vers le havre des cuisines, l'ordre de Léon claqua :

— Reste ! Je n'en ai pas terminé avec toi. (Se tournant à nouveau vers le cuisinier dont il aurait juré qu'il n'avait rien d'un tueur abject, Léon demanda :) Qui porte son vin de nuit à notre seigneur ?

— Ma foi... messire, tout dépend de qui se trouve là... Je l'ai moi-même monté à une ou deux reprises, il y a bien longtemps... D'autant que c'est... embarrassant... Enfin, la baronne peut être en vêtement de nuit... Mieux vaut une femme... Sidonie, qui est toute dévouée à notre maîtresse, insiste maintenant pour lui apporter son vin. Parfois, Clotilde se trouve là et la remplace.

— Or donc, c'est surtout Sidonie ?

— En effet.

Le fournier ajouta :

— Elle n'a point d'heure pour servir notre seigneur. Elle peut rester jusqu'à la pleine nuit afin de s'assurer que la baronne Béatrice n'aura besoin de rien. Son zèle et son empressement sont méritoires ; d'ailleurs, notre maîtresse l'a distinguée et placée à son service personnel.

— Il est vrai. Le merci. Vous pouvez vaquer à vos tâches, sauf toi, précisa-t-il en désignant d'un index menaçant le saucissier qui sembla sur le point de tomber en pâmoison. Tu me suis. Dehors.

Les deux autres ne se firent pas prier et abandonnèrent leur compère.

— Passe devant moi, l'homme. J'ai envie d'une petite causerie.

— Mais… messire, messire… je vois pas…

— Tu vas vite le voir.

Léon le poussa sans ménagement dans l'escalier, le rattrapant par l'arrière de son tablier lorsque l'autre trébucha et manqua de s'affaler.

— Avance. Ne joue pas les pucelles effarouchées ! Ma patience a de courtes limites.

— J'vous assure… messire… Je…

— Avance !

Ils n'avaient pas mis un pied dans la cour d'honneur que Léon plaquait le saucissier contre le mur. Le choc de son crâne sur les pierres lui rappela un vieillard qui n'aurait jamais dû trépasser de sa main. Deux gardes du chemin de ronde, appuyés sur leurs pertuisanes[1], contemplaient la

---

1. Sorte de lance terminée d'un fer, de pointes et de crocs.

scène, contents de cette distraction inattendue. L'énorme main de Léon s'abattit sur la gorge de l'homme. Il déclara d'un ton plat :

— Tu craches ce que tu retiens ou tu meurs. Le choix est tien.

Gêné par la pression qui lui comprimait le larynx, l'autre gargouilla :

— J'comprends pas... je...

La poigne se fit encore plus dure.

— Veux-tu que ton mufle ressemble sous peu à l'une de tes saucisses de sang ? J'ai tué tant de gens, l'homme ! Et pour bien moins que cela. La vérité, à l'instant.

Des larmes de douleur et de terreur montèrent aux yeux du saucissier qui pleurnicha :

— Messire... on l'fait tous... Ça s'appelle la gratte... Pas de quoi fouetter un chat... J'suis raisonnable... je vous l'jure... Le fournier aussi... y'r'vend quec' pains, quec' oublies...

— De quoi me parles-tu ?

— Ben, d'la gratte... Je r'vends un peu, presque rien, aux marchands qui passent... Pas grand-chose, sur ma vie... Quelques deniers par-ci, par-là... c'est pour ma fille qui va s'établir... Pas d'manque pour notre seigneur... La différence se sent pas...

L'emprise de Léon se desserra. Doux Jésus. Un pilleur de saucisses et de rissoles, quand il cherchait un assassin de la pire espèce ! Une gifle monumentale s'abattit sur la joue de l'homme qui, déséquilibré, chut au sol.

— Minable canaille !

XLVI

Château de Saint-Ouen-en-Pail,
août 1306, ce même jour

Un coup de poing asséné contre la porte réveilla en sursaut Druon et Huguelin.

Léon pénétra, la mine défaite, sans même songer à verrouiller derrière lui. La tête penchée en raison de sa hauteur, il se justifia à peine :

— Je vous réveille, j'en suis contrit. L'urgence...

— Certes, vous nous réveillez et non, vous n'êtes pas contrit, rectifia Druon en serrant sa couverture autour de lui puisqu'il s'était offert, au coucher, le confort de retirer la bande de lin qui lui comprimait la poitrine. Aussi, inutile de vous attarder à des excuses de forme.

— J'ai interrogé les maîtres de cuisine. Votre hypothèse était exacte. Le poison est ajouté durant le transport du vin chaud jusqu'à la chambre de mon seigneur. J'ai appliqué votre règle. J'ai observé, écouté, j'ai déduit.

— Et ?

— Et il ne me reste que deux suspects, suspectes, dont une sérieuse. Sidonie, et dans une moindre mesure Clotilde.

— C'est pourtant Clotilde qui a prévenu dame Igraine des terribles tentatives d'ensorcellement de Julienne, raisonna Druon.

— Elle pouvait chercher à divertir l'attention d'elle.

— Bien, se réjouit le jeune mire. Mon enseignement de défiance porte donc.

— Cela étant, la culpabilité de Sidonie me semble plus probable. C'est elle qui se charge du vin presque tous les soirs. Il m'a été conté qu'elle l'attendait, parfois jusqu'à point d'heure, justifiant son zèle par la tendresse qu'elle éprouve pour notre seigneur. (Très calme, Léon ajouta dans un sourire carnassier :) S'il s'agit bien d'elle, je la tuerai de mes mains. Avec bonheur. Peu me chaut qu'elle soit femelle.

— Messire Léon, gardez-vous de la hâte et de la colère. Elles sont le plus souvent mauvaises conseillères.

Le géant étouffa un rire et avoua :

— Vous venez de résumer ma vie, messire mire.

Une petite voix s'éleva de l'autre bout de la salle :

— Cela ne se peut ! Sidonie ne saurait être un vil monstre capable d'enherber !

Après un regard entendu pour Léon, Druon expliqua au garçonnet :

— Huguelin, tu vas bientôt commettre toutes les erreurs que les hommes s'acharnent à répéter depuis la nuit des temps. J'entends par là les « hommes » des deux genres. Si les assassins étaient laids et répugnants, leurs œuvres néfastes seraient rendues bien plus difficiles. N'accorde pas ta confiance à la seule vue d'un ravissant minois ou d'une noble composition. L'allure est trompeuse.

— Je sais, mon maître, mais…

— Mais quoi ? Tu as entraperçu Sidonie quelques instants et tu jurerais sur ton âme que la sienne est pure ? Tu prends là de terribles risques, mon garçon. Des risques qui ont conduit certains naïfs au bûcher.

Huguelin se le tint pour dit. Léon reprit :

— Messire mire, je vous ai tiré du sommeil parce que, justement, je ne me faisais que piètre confiance. Ma rage est telle…

— Quant à moi, messire Léon, vous ne m'avez amené aucune preuve, ni dans un sens ni dans l'autre. Sidonie est-elle coupable ? C'est possible, mais rien ne l'atteste encore.

— Que feriez-vous en ma place ?

— Un interrogatoire, ferme et intimidant, en présence de la baronne, donc. Cette jeune Sidonie m'a eu l'air éveillé. Peut-être a-t-elle des choses à nous apprendre ? Qu'elles signent son arrêt de mort ou pas.

— Y assisterez-vous ?

— Volontiers. Les jolis minois me laissent de marbre, contrairement à mon jeune apprenti.

— La science est un beau dressage, commenta Léon sans comprendre.

— À l'évidence.

— Je vous envie, messire mire, quoique votre constitution ne me donne guère matière à jalousie. Je verrais davantage de muscles sur ces bras et ces jambes. Vous êtes un peu maigrelet pour votre hauteur. La chasse et l'exercice vous procureraient grand bénéfice...

Druon sourit et rétorqua d'un ton cordial :

— En ce cas, je n'aurais plus besoin de vous pour ma protection. Je le regretterais. Messire Léon, qu'irais-je galoper après un cerf ou un lièvre quand d'autres peuvent l'abattre pour moi et me l'amener tout rôti sur un tranchoir[1] ? D'autant que, pour être franc, le seul exercice qui me sied vraiment est celui de l'esprit. J'avoue ne pas manquer de ce genre... d'acrobaties céans. Tout cela pour un levraut... ajouta-t-il un brin ironique.

— Un levraut qui ne vous appartenait pas ! Cela étant, vous avez raison. Chacun son office !

— Et les vaches seront bien gardées.

---

1. Épaisse tranche de pain rassis qui servait d'assiette. On donnait ensuite le pain trempé des sucs de viande ou de poisson aux pauvres ou aux chiens.

— Préparez-vous, messire mire. Je monte informer ma maîtresse, et je ne doute pas qu'elle voudra aussitôt en avoir le cœur net.

— Au plein de la nuit ? s'étonna Druon.

— Eh quoi, la nuit ? Seriez-vous un frêle enfançon qui a besoin de ses heures de sommeil ?

— C'est que les heures sont bien lourdes en ce château.

— Peut-être parce que la situation à laquelle nous sommes confrontés l'est aussi.

— Touché. Je m'apprête.

— Je vous reviens chercher sans tarder.

Léon sortit, Druon repoussa la couverture et se leva. Huguelin résuma son état d'esprit en lâchant :

— N'est-il pas un peu tard pour un interrogatoire qui risque fort de ressembler à un procès ?

— Si fait, et je suis fatigué. Cela étant, si nous voulons que Sidonie soit interrogée avec un peu de sérénité, qu'elle puisse se défendre des soupçons qui pèsent sur elle, mieux vaut que je m'improvise avocat.

— Je suis certain qu'elle n'est pas coupable.

— Je serais moins affirmatif que toi. Toutefois, je ne le crois pas non plus, ou alors c'est qu'elle est bien sotte, et tous la décrivent comme plutôt éveillée. Tourne-toi vers le mur.

Le garçonnet s'exécuta. Tentant de secouer sa fatigue, Druon se vêtit en prenant moins de précaution qu'à l'accoutumée. Il avait besoin de toute sa concentration pour ce qui allait suivre, et les vestiges du sommeil embrumaient encore son esprit.

Château de Saint-Ouen-en-Pail,
août 1306, ce même jour

Sous la garde dissuasive de Grinchu que sa barbe de nuit rendait encore plus sinistre, Sidonie affolée se trouvait déjà dans la grande salle lorsque Léon et Druon y pénétrèrent. Un souillon, sommé de se réveiller et de se hâter, avait lancé un feu dévorant dans l'immense cheminée. Toutes les bougies avaient été rallumées. La jeune fille fixa le mire, demandant d'une voix heurtée :

— Messire… Que se passe-t-il ? Qu'ai-je commis ? J'ai été tirée du lit par ce… (Elle désigna le gens d'armes de la baronne et rectifia :) Par Grinchu qui ne dit mot. Aurais-je mécontenté ma maîtresse ?

— Le mieux, Sidonie, est que nous patientions. Cependant, apaisez-vous… pour ce que j'en sais, il ne s'agit que d'interrogations.

L'attente fut courte. Béatrice d'Antigny pénétra, l'air fermé. Sans doute l'aigle Morgane était-elle demeurée dans ses appartements, et Druon en fut soulagé. La baronne était vêtue d'une housse bleu de mer froide, bordée de vair, passée sur une cotte d'un gris pâle. Le mire se fit la réflexion qu'en dépit de l'urgence du moment elle avait fière allure. Sans un regard pour eux, elle s'installa sur sa forme.

— J'attends ! lâcha-t-elle.

Léon relata ce qu'il avait appris des maîtres de cuisine, passant sous silence les indélicatesses du saucissier et sans doute des deux autres. L'heure n'était pas aux médiocres rapines, mais au meurtre. Intimant à Sidonie qui voulait protester l'ordre de se taire, Druon résuma d'un :

— Or donc, à moins d'imaginer une conspiration d'enherbeurs, ce qui paraît fort peu probable, le poison a été ajouté après la préparation du breuvage.

— Qu'as-tu à répondre, Sidonie ? exigea la baronne d'un ton qui fit froid dans le dos à Druon.

Paniquée, livide jusqu'aux lèvres, la jeune servante tenta de se justifier, implorant de ses mains jointes.

— Seigneur, je jure sur les Évangiles et sur mon âme que je n'ai jamais commis acte si épouvantable ! Je vous sers avec dévotion, respect, fidélité. Je préférerais mourir plutôt que de vous porter atteinte ou de permettre à quiconque de vous faire du mal.

— À la fin, c'est toi qui me portes ce vin chaud presque chaque soir ! s'emporta Béatrice d'Antigny.

En dépit de la véhémence de son ton, Druon sentit que la baronne espérait être détrompée quant à la culpabilité de cette jeune femme en qui elle avait placé un peu de sa confiance.

— Avec votre approbation, seigneur, j'en reviens à ce que j'ai déclaré à messire Léon, intervint Druon. Tous nous décrivent Sidonie comme leste d'esprit. Pourtant, il aurait fallu qu'elle soit bien obtuse pour se faire remarquer en insistant, voire en querellant, sur le fait qu'elle exigeait être seule à vous porter votre vin. C'était la meilleure façon de se désigner comme assassine.

Sidonie lui jeta un regard éperdu de reconnaissance. La baronne cria :

— Qui, alors ?

Se tournant vers la jeune servante, le mire la pressa sans brutalité :

— Avivez vos souvenirs, Sidonie. Quelqu'un vous propose-t-il son aide pour porter le plateau jusqu'aux appartements de notre seigneur ?

Elle hésita, puis :

— Euh… non.

— Réfléchissez, c'est d'une extrême importance.

— Non pas… Parfois, Clotilde s'est empressée de me remplacer… pour se faire bien voir. Nous nous sommes disputées à ce sujet. Elle n'est pas au service de chambre de notre seigneur. J'en suis chargée ! Elle n'a pas à usurper ma tâche…

— Croisez-vous parfois, quelqu'un ?

— Non… Messire mire, je vous assure que je n'ai rien commis de mauvais…

Une voix guillerette s'éleva de derrière le dorsal :

— Elle ment !

Une vague parcourut la tapisserie et Igraine parut, son freux perché sur l'épaule.

— Tu nous espionnais, commenta Béatrice.

— Non pas, seigneur. Je n'espionne jamais, je surveille, pour votre protection. (Se tournant vers la jeune Sidonie tremblante, elle plaisanta :) Ah, les filles, les filles ! On ne les refera pas. Heureusement, d'ailleurs : le monde serait moins drôle sans cela.

— Au fait ! s'impatienta la baronne.

— Eh bien, j'ai surpris Sidonie en conversation...
« galante » serait peut-être abusif, disons « plaisante » avec
votre bibliothécaire-copiste, le sieur Évrard Joliet. Tous
deux gloussaient telles des bécasses se faisant la cour. Le
plateau gisait au sol, assez éloigné d'eux. Ils semblaient si
absorbés par leurs... babillages, que je ne serais pas étonnée qu'une tierce personne ait alors eu l'opportunité de
verser prestement un poison dans le gobelet sans être vue.

— Est-ce vrai, Sidonie ? demanda Druon.

Le joli visage pâle et décomposé se colora d'un léger fard
d'émotion et le mire comprit qu'elle avait formé un attachement. Elle demeura silencieuse. Il insista :

— Sidonie, je doute que la baronne vous reproche de
trouver son copiste avenant. En revanche, si, disons... des
échanges avec le sieur Joliet ont pu engendrer une...
inattention de votre part à tous deux, il faut nous le dire.
Votre « dévotion » à l'égard de votre seigneur vous le
commande.

Le regard baissé, elle finit par avouer :

— Il est vrai que... messire Joliet a eu l'amabilité de me
faire comprendre qu'il me trouvait... d'intérêt. J'en ai été
très honorée. C'est un érudit et même si je sais lire et un
peu écrire... son affabilité envers moi était bien flatteuse.
(Soudain inquiète que ses paroles soient mal interprétées,
elle précisa à la hâte :) Je vous assure qu'il ne s'est jamais
rien passé qui heurte la pudeur ou la morale. J'avais décidé
de requérir permission de mon seigneur si... les choses
gagnaient en... précision. Messire Joliet me raconte un
peu de ses lectures, de petites anecdotes, me rapporte des
boutades amusantes... rien d'autre, en vérité.

À la fois soulagée et consternée par ce qu'elle entendait,
Béatrice d'Antigny conclut :

— En bref, il s'agit d'une amourette ?

Un murmure à peine audible lui répondit :

— Oh, à peine, seigneur. (Les larmes rattrapèrent Sidonie, et elle balbutia :) Oh… Madame… si nos… bêtises, ma légèreté ont permis à un monstre d'enherber votre vin, je ne me le pardonnerai jamais et vous aurez grand raison de me punir…

Léon poussa un soupir las. Dans la même nuit, il avait coincé un saucissier qui escroquait sa maîtresse d'un peu de lard et de quelques gratons pour mieux marier sa fille, et une jeune fille dont les émois de cœur avaient peut-être facilité la tâche d'un tueur. Belles prises pour un redoutable homme de guerre !

— Avez-vous vu ou aperçu quelqu'un, hormis vous deux ? voulut savoir Druon.

Désespérée, Sidonie hocha la tête en signe de dénégation et gémit :

— Je suis coupable de négligence. J'étais absorbée par ce que me contait messire Joliet… je n'ai pas prêté attention… Aussi, jamais je n'aurais pensé qu'un ignoble scélérat pouvait s'en prendre à notre seigneur qui est juste et bon !

À court de reproches ou d'arguments, tant la candeur de la jeune servante la stupéfiait, Béatrice d'Antigny ordonna sans hargne :

— Remonte dans ta chambre et n'en sors avant mon ordre.

Lorsqu'elle eut disparu après une révérence, Druon résuma d'un air sombre :

— Fichtre ! Voilà un interrogatoire qui me laisse sur ma faim. Il en ressort qu'au lieu de réduire le nombre de suspects tous les habitants du château le deviennent.

— La croyez-vous coupable ? s'enquit la baronne.

— Non, seigneur madame. Toutefois, à l'instant, je ne jurerais pas non plus du contraire...

Balayant la discussion d'un geste involontaire et peu courtois de la main, Druon en vint à ce qui lui paraissait le plus urgent, puisqu'il était certain que l'enherbeur allait prendre peur et se tenir tranquille, du moins quelque temps.

— D'autres choses d'importance m'encombrent l'esprit, madame, et je vous en voudrais parler en compagnie de messire Léon et de dame Igraine, si vous le souhaitez.

— Il est dit que nous ne prendrons pas de repos cette nuit. Je vous écoute.

Elle ne l'interrompit pas une seule fois pendant qu'il lui relatait l'ensemble de ses déductions, le torse penché vers lui, les mains crispées sur les pommes des accoudoirs de sa forme. Igraine s'était approchée au point de le frôler. Quant à Léon, il ne le quittait pas du regard.

— Comprenez, seigneur, que je n'évoque là que mes certitudes. La créature est un homme déguisé de peaux de bêtes, accompagné de chiens dressés à attaquer des humains.

Béatrice d'Antigny se redressa, mâchoires crispées de fureur, de haine, et cria :

— Un homme ?

— Oui-da. Rien d'infernal là-dessous. Un monstre, mais un homme.

La fureur se lut également sur le visage du géant qui éructa :

— Il est à mon seigneur ! Elle va le crever ainsi qu'il mérite.

— Qui ? exigea la baronne.

— Je l'ignore encore, mais je vais trouver. Sous peu. De surcroît, vous êtes, seigneur, la cible d'un complot et je gage que la créature et l'enherbement sont liés, d'une façon qui m'échappe encore.

Béatrice d'Antigny se tourna vers la mage et observa, d'un ton redevenu calme :

— Igraine avait donc raison. Vous deviez être mon salut. Ma reconnaissance, mire.

— Elle m'honore et me va droit au cœur, seigneur madame.

Le regard d'un bleu intense le scruta. Elle s'enquit, avec une courtoisie inhabituelle :

— Que retenez-vous, messire ? Je sens des paroles qui refusent de s'échapper.

— Mes incertitudes, madame.

— Allons, au fait ! s'énerva Léon.

— Non.

— Vous moqueriez-vous, messire ? contre-attaqua le géant, peu amène, en avançant de quelques pas menaçants.

Béatrice d'Antigny émit un petit soupir, et, chose exceptionnelle, temporisa :

— Mon bon Léon, apaise-toi. N'avons-nous pas compris que messire Druon avait parfois des susceptibilités de donzelle ? Il n'aime pas être bousculé dans ses raisonnements. On ne trousse pas son esprit comme les jupes d'une fille. Or, de fait, lesdits raisonnements nous sont précieux. Ils vont peut-être me sauver la vie et viennent de nous apprendre la véritable nature du fléau auquel nous sommes confrontés. Messire mire, auriez-vous l'obligeance de nous indiquer vos « incertitudes » ?

Druon hésita quelques instants puis se décida, non sans réticences :

— Seigneur madame, à une condition, avec tout mon respect et mes plates excuses : que messire Léon ne fonce pas à bride abattue au village pour en découdre, et que chacun ici fasse l'effort de se souvenir qu'il ne s'agit que de supputations. Je ne veux en aucun cas participer à une iniquité.

D'un ton mi-agacé, mi-péremptoire, la baronne Béatrice rétorqua :

— En ce cas, nous nous rejoignons. L'injustice me fait horreur. Ma parole, monsieur et elle sera respectée par tous mes gens.

— Eh bien... je ne comprends pas... Vraiment, je ne comprends pas...

Druon se perdit dans ses pensées pour être vite rappelé à l'ordre par la voix de fillette ironique d'Igraine :

— Nous attendons votre bon plaisir et sommes suspendus à vos lèvres, messire.

— Lorsque messire Léon et moi-même l'avons visité en sa demeure, Jean le Sage, chef du village, nous a relaté la confidence de l'ongle-bleu, confidence qu'elle lui avait réservée. Il nous a affirmé, mot pour mot : « À quelques détails près, sans doute dus à l'affolement, le récit de Séraphine ressemble aux affirmations d'Alphonse. À l'exception de la présence de deux créatures d'épouvante, dans ce dernier cas. » Or la description de la pauvre femme, relayée par Gaston, est radicalement différente et similaire à celle du Simple et de Lucie Fournier. Je suis certain que tous ces témoins sont fiables, bien que l'une ait trépassé.

Un silence se fit, chacun pesant sa déclaration.

— Où voulez-vous nous mener, mire ? exigea la baronne. Insinuez-vous que messire Jean aurait menti ?

— Au risque de vous paraître bien outrecuidant, étant entendu la confiance que vous avez placée en lui : pourquoi pas ? Encore une fois, je n'ai nulle certitude.

— Cela étant, vous semez le doute, monsieur, voire la calomnie, et on a fait pendre des gens pour moins que cela.

— Non, non, chère seigneur, intervint Igraine, amusée. Il sème les germes du raisonnement, et il convient de ne jamais les bouder.

— Bien sûr, tu lui donnes raison ? s'énerva la Baronne rouge.

— Bien sûr ! Puisque je sais qu'il nous conduit vers la vérité, laquelle ne sera pas agréable à contempler.

XLVIII

Saint-Ouen-en-Pail, août 1306, cette nuit-là

Le sommeil fuyait à nouveau Annette Lemercier. Elle ne parvenait pas à s'ôter le trépas de Séraphine de l'esprit, se morigénant des heures durant. Eh quoi ? Une ongle-bleu prise en pitié était morte. Il ne s'agissait ni d'une parente ni d'une amie, pas même d'une commère de plaisant voisinage. Certes, les circonstances de son décès avaient été sidérantes. Un meurtre déguisé en suicide.

La même question obstinée trotta dans la tête d'Annette : pourquoi avait-on assassiné cette pauvre femme ? Elle ne possédait rien, vivait en tranquillité, ne se mêlant jamais d'affaires qui ne la concernaient pas, et tous éprouvaient pour elle une compassion avivée par les horribles blessures infligées par la créature.

Jean grogna dans son sommeil lorsqu'elle se leva avec un luxe de précautions afin de ne le pas éveiller. Le pauvre était si affecté par toutes ses histoires affreuses qu'il avait pris dix ans en quelques semaines et que son beau visage se creusait, au point d'évoquer parfois un masque mortuaire. Elle aurait voulu savoir le mieux réconforter.

D'une certaine façon, elle l'aimait. Toutefois, pas du même amour que celui qu'il éprouvait. Il s'agissait plutôt d'une grande tendresse à laquelle se mêlait une admiration sans borne. Au fond, elle admettait que Jean était devenu son père, son vieux mari et même un peu son fils. Elle avait eu une chance inouïe en le rencontrant et s'était attachée à lui plaire, en dépit de leur grande différence d'âge.

Annette avait toujours eu la tête sur les épaules. Très jeune donzelle, elle dessinait déjà ce que serait son existence future. Qu'avait-elle besoin d'un fol attachement à un époux ? Ne s'agissait-il pas là de la meilleure façon d'être déçue et de souffrir ? Qu'avait-elle besoin de l'un de ces jouvenceaux séducteurs aux belles promesses, dont les flammes passionnées ne duraient qu'un printemps ? Non, pas elle. Son choix se porterait sur un homme bon, plus âgé, au fait de la vie et fort nanti. Après tout, le marché se révélait équitable : ravissante, jeune, elle se montrait vive d'esprit.

Jean correspondait en tout point à ce portrait, et elle n'avait jamais regretté son choix. Toujours raisonnable, elle l'avait judicieusement influencé afin qu'il rédige un testament devant notaire, garantissant très confortablement son futur. Prudente, Annette n'avait qu'une confiance limitée en les deux fils issus du premier lit de son époux. Pis, leurs affabilités et leurs prévenances à son égard ne la rassuraient pas outre mesure. Quant à offrir un nouvel hoir[1] à Jean pour récupérer un douaire, c'était exclu et elle y avait veillé. Il existait des plantes efficaces afin de ne pas tomber grosse. Une fois Jean trépassé – le plus tard possible, à

---

1. Héritier.

Dieu plaise –, elle vivrait paisiblement[1], sans plus dépendre de personne ainsi qu'elle en avait toujours rêvé.

Elle chassa cette perspective de son esprit. Malgré le bonheur que lui procurerait cette liberté enfin acquise, le décès de Jean lui causerait un réel chagrin.

Annette descendit sans bruit vers la cuisine afin de se préparer une infusion de verveine et de mauve, souveraine pour lutter contre l'insomnie. Le silence nocturne de la vaste demeure l'oppressait. Au demeurant, était-elle due au silence, cette sorte d'appréhension insidieuse qui ne la quittait plus depuis quelques jours, depuis le changement d'attitude de Séraphine ? Pauvre, pauvre femme. Pourquoi fallait-il que le sort s'acharne sur certains êtres qui n'avaient pas plus démérité que d'autres, bien au contraire ? Le sort ?

Les reins appuyés contre le rebord du grand évier de pierre creusée, Annelette dégustait son infusion à petites gorgées. Elle n'avait pas eu le courage d'alimenter le feu couvant de la cheminée et s'était contentée d'une eau tiède. Sans qu'elle comprenne pourquoi, son regard revenait sans cesse vers le couloir. Vers l'autre côté, la pièce servant de bureau à son époux. Soudain, elle se rendit compte que son esprit avait établi des digues, sans qu'elle en soit consciente, interdisant le passage à certaines pensées. Non ! Allons, elle perdait le sens ! Pourquoi repousserait-elle des réflexions ? Pourtant, son intelligence luttait maintenant avec âpreté contre son désir d'aveuglement.

Le sort ? En vérité ? Le sort avait-il été l'unique artisan

---

1. Le veuvage était une situation de liberté pour les femmes aisées, notamment pour celles qui avaient eu des enfants, expliquant qu'elles évitent de se remarier.

du malheur de Séraphine ? Aussitôt, une cohorte de « pourquoi » défila dans l'esprit d'Annette. Pourquoi Jean semblait-il rongé à ce point par cette affaire, certes effroyable, mais qui ne les avait pas touchés directement ? Pourquoi n'avait-il pas empêché plus fermement le père Henri de partir à la recherche de la Bête, crucifix brandi ? Pourquoi, lui, le très pieux, avait-il accédé avec tant d'aisance au caprice de son épouse qui voulait garantir un enterrement chrétien à Séraphine ? Séraphine ne s'était confiée qu'à une seule personne après son agression : Jean. Elle avait éludé, biaisé lorsqu'Annette lui avait ensuite rendu visite afin de lui extorquer quelques précisions. Pourquoi, si ce n'était parce qu'elle détenait une affolante révélation à livrer uniquement au chef de village. Pourquoi, pourquoi, pourquoi ?

Non, qu'allait-elle imaginer ? Était-elle bien folle ? Cela ne se pouvait ! Jean n'avait rien à voir dans tout cela !

Le claquement sec du gobelet qu'elle reposa la surprit. Sans même qu'elle s'y décide, elle traversa la vaste cuisine et se dirigea vers l'étude de son mari.

La clarté lunaire inondait la pièce par les fenêtres vitrées, dessinant avec netteté les silhouettes familières des bibliothèques, de la grande table de travail, du fauteuil à dossier sculpté – celui de Jean –, de l'escame recouverte d'une tapisserie champêtre sur laquelle Annette s'installait lorsqu'elle tenait compagnie à son époux. Elle récupéra la clef du tiroir de la table dans sa cachette, au fond d'une corne à encre fendue que son époux avait conservée parce qu'elle avait appartenu à son père.

Elle introduisit la clef dans la petite serrure et hésita. Qu'avait-elle besoin de savoir ? Lui revinrent en mémoire ces contes pour fillettes où la curiosité des femmes était sévèrement punie par un renversement de situation. Une brutale certitude la convainquit : si elle redoutait d'apprendre la vérité, cela signifiait qu'elle avait déjà jugé Jean coupable de quelque chose.

Elle ouvrit alors le tiroir dans lequel il rangeait au soir son livre de comptes, quelques papiers précieux et ses plumes. Sous le gros registre de cuir noir, deux lettres, toutes deux du baron ordinaire Herbert d'Antigny. S'approchant de la fenêtre afin de jouir de la clarté lunaire, elle lut d'abord la plus longue, s'y reprenant à deux fois tant son contenu lui parut ahurissant, atterrant même.

« Bien dévoué Jean,

Croyez que je comprends toute l'ampleur de votre conflit de conscience. Il est à votre honneur et j'aurais été déçu, pour ne pas dire inquiet, qu'il en soit différemment. Toutefois, vous venez d'entrer dans le véritable jeu politique. Il ne se peut concevoir sans sacrifices ni décisions qui heurtent la morale commune. L'on doit se rassurer en songeant que l'on œuvre pour le bien du plus grand nombre. Imaginez-vous votre village sous domination angloise, ou autre ? Quel serait alors le sort réservé à votre famille, à toutes celles dont vous avez la charge puisqu'elles ont placé leur confiance en vous ? C'est du reste ce qui m'a encouragé à vous offrir le bailliage de Saint-Ouen-en-Pail et environs, dès que la situation politique se sera éclaircie pour le bénéfice de tous. L'on vous y tient en grande estime, et celle-ci est justifiée.

Vous le savez aussi bien que moi. Ma tante Béatrice ne serait jamais devenue seigneur sans un fâcheux concours de circonstances. Femelle, elle n'en a ni les capacités ni l'expérience requise.

Quant au témoignage de cette ongle-bleu que vous m'avez relaté, vous comprendrez, cher Jean, qu'il ne se peut répandre à aucun prix. Votre offre financière n'ayant pas séduit cette pauvresse obstinée, je ne sais que vous conseiller à son sujet. Il est cependant évident qu'une presque gueuse ne saurait faire échouer un plan que nous avons mis des mois à établir et qui portera bientôt ses fruits.

Croyez, cher Jean, que mes vœux de réussite vous accompagnent. La forme étant impérative afin de nous défendre de toute accusation de complot, il vous faut continuer à œuvrer en délicatesse pour que le conseil de village entier me supplie d'intervenir. Nous renverserons alors Béatrice et il ne sera que de juste et de bon.

Votre seigneur reconnaissant et attentif,

Herbert d'Antigny. »

La missive glissa des doigts d'Annette. Elle chut sans hâte au sol, formant une tache blanche sur l'ombre des dalles de pierre. Ses jambes se dérobèrent et elle se laissa aller contre le mur de crainte de tomber. Un vide vertigineux avait pris son cerveau d'assaut. Un cauchemar. Il ne s'agissait que d'un cauchemar et elle allait se réveiller dans sa couche contre Jean. Le sifflement inquiétant et péremptoire d'une dame blanche la fit sursauter. Un hululement lui répondit. Les bruits de la nuit. Elle ne dormait pas.

Une vague de nausée la suffoqua et elle se rua vers la cuisine pour y dégorger sa tisane. Les sanglots se mêlèrent à ses hoquets, et elle se laissa couler au sol.

Pas Jean, supplia-t-elle. Jean ne pouvait pas... Elle avait mal compris, interprété les lignes telle une imbécile. Mais soudain, l'implacable vérité s'imposa à elle, et la fureur naquit. Contre une promesse de bailliage, un poste très flatteur et surtout très lucratif, son mari se faisait, d'une certaine façon, complice de cette créature qui mettait en pièces des gens, des gens qu'il connaissait depuis des lustres, des gens qui avaient foi en lui. Jean était à l'origine du meurtre de Séraphine, qui avait refusé de taire ce qu'elle savait en échange d'une somme d'argent. Prudent, le baron Herbert n'exigeait rien. Cependant, cette lettre était limpide : Séraphine ne devait pas répandre son témoignage, à aucun prix. Plus que tout le reste, Annette sut qu'elle ne pardonnerait jamais à Jean le pauvre petit cadavre suspendu à une poutre. Jean qu'elle avait admiré au point de finir par l'aimer un peu. Elle se releva, essuya ses joues trempées de larmes et fonça à nouveau vers l'étude pour prendre connaissance de la deuxième lettre.

Elle portait une date antérieure, deux mois plus tôt.

« Messire Jean,

Il était important que je vous rencontre afin de prendre la mesure de votre fidélité à mon égard. Croyez que vos premières réticences m'ont rassuré. La stratégie que j'ai en tête depuis longtemps est délicate et ne se fera pas sans dégâts annexes. Il en va ainsi de la politique.

Une fois votre province débarrassée de l'inepte et calamiteuse domination de ma tante Béatrice, j'aurai besoin d'un homme de confiance, bien établi sur place, respecté et écouté, comme bailli. Vous êtes cet homme.

Mon bailli Galfestan – dont je ne sais ce qui l'emporte en lui de la sottise ou de la couardise – et mes gens d'armes ayant échoué à exterminer la créature – nulle surprise – m'est venue l'idée que je vous ai révélée. Vous en savez maintenant davantage que ma chère épouse. C'est vous dire l'ampleur de la confiance que j'ai placée en vous. C'est également insister sur celle que prendrait mon courroux si

371

vous me trahissiez. Votre conseil de village va me devoir supplier afin que j'intervienne personnellement, justifiant que ma tante soit écartée. Jusque-là, qui doit être prévenu le sera.

Croyez bien que je ressens, moi aussi, le poids de mes choix. Je les ai pourtant faits en toute âme et conscience. N'oubliez jamais que nous œuvrons au bien de tous.

Votre bienveillant suzerain,

Herbert d'Antigny. »

Grâce à Jean, à son active complicité, Herbert d'Antigny cherchait à destituer Béatrice afin de récupérer ses terres. *Jusque-là, qui doit être prévenu le sera.* La créature ! On ferait savoir à la créature qu'elle ne devait pas se montrer lorsque le risque était grand pour elle. En d'autres termes, l'ignoble bête était un homme. Jean tentait maintenant de faire accroire avec subtilité, après avoir feint d'atermoyer, qu'elle était démoniaque et que seule la belle âme d'Herbert et sa force de mâle pourraient les en défaire. Un homme, peut-être à la solde d'Herbert. Peut-être Jean connaissait-il son identité. Peut-être qu'à chaque odieux carnage commis il savait qui en était l'auteur.

Sans doute y avait-il eu d'autres missives dont il s'était débarrassé par précaution, conservant ces deux-là uniquement parce qu'elles attestaient par écrit qu'il deviendrait bailli, une charge gagnée sur les hurlements, la terreur, la souffrance et le sang d'innocents.

Annette ne sut ce qui l'emportait en elle du dégoût, de la rage ou de la haine. Une autre pensée tempéra la violence de ses émotions. Se venger de l'effroyable déception que venait de lui infliger Jean, venger tous ces pauvres gens, surtout, venger Séraphine. En revanche, tout perdre à cause de la fatuité de son vieux mari qui s'imaginait se pavanant en bailli, être punie pour ses fautes à lui, était exclu.

Réfléchir. Au fond, Jean avait été l'outil choisi pour accéder à la vie qu'elle s'était prévue depuis l'enfance. Quand un outil se révèle défectueux, ne s'en débarrasse-t-on pas ?

Lorsque sa décision fut prise, elle rangea avec soin les deux lettres au fond du tiroir, replaça dessus le registre de comptes, referma et lança la clef dans la corne à encre fendue. Elle remonta doucement s'allonger à côté de Jean, songeant qu'elle allait s'appliquer à effacer de sa mémoire tout souvenir de lui.

XLIX

Château de Saint-Ouen-en-Pail,
août 1306, le lendemain

Léon, installé devant la grande table, suivait la conversation, un air sombre sur le visage.

— Êtes-vous certain, mire, que Sidonie n'est pas coupable ? Ou Clotilde ? insista la baronne qui se tenait debout à côté du perchoir de Morgane dont elle flattait la tête.

— Je ne suis certain que des faits démontrés, madame. Toutefois, je pencherais pour son innocence. Elle n'est point sotte. Je le répète : pourquoi aurait-elle insisté auprès de tous afin de vous porter votre breuvage, même au plein de la nuit, si elle avait l'intention de l'enherber ? Il était évident qu'elle serait aussitôt pointée du doigt. Elle a même vertement sermonné Clotilde qui l'avait devancée un soir, s'insurgeant de ce que la vieille servante avait usurpé sa place.

— Qui, alors ?

— Je vais trouver. Il me faut d'abord réfléchir.

— Vous passez votre temps à réfléchir ! s'emporta la baronne.

L'injustice de la réprimande ulcéra le jeune mire. Il répondit d'un ton respectueux quoique très sec :

— En effet, c'est la meilleure façon de ne pas se perdre en affolement et en erreurs de jugement. Tous ceux qui ont couru en tous sens, depuis des mois, telles des poules écervelées, ont-ils réussi à cerner la prétendue créature ? Non pas. En quelques jours seulement, en « réfléchissant », je sais déjà qu'il s'agit d'un homme accompagné de chiens. Je découvrirai très bientôt son identité... en réfléchissant.

— Dois-je entendre que je fais, ainsi que Léon, partie de ces poules écervelées ? demanda-t-elle d'un ton plat qui n'augurait rien de bon.

— Jamais je n'oserais ne serait-ce qu'y penser, seigneur madame, rétorqua Druon en s'inclinant.

Lorsqu'il se releva, il constata qu'un léger sourire flottait sur les lèvres de la Baronne rouge.

— Vous avez de la chance, mire. Je commence à vous bien apprécier. Toutefois, prenez garde. Je n'ai guère de patience avec les effronteries. Allez donc réfléchir et découvrez ce scélérat d'enherbeur au plus rapide.

Léon et Druon n'échangèrent pas un mot durant leur descente vers la pièce souterraine. Ce n'est que lorsqu'il ouvrit la porte que le géant lança :

— Vous me semblez bien préoccupé, mire.

— En effet.

— Puis-je m'enquérir de la raison de ce trouble ?

— Je passe à côté de quelque chose, un détail, que j'ai vu ou entendu, et cela m'exaspère à me ronger la rate.

— Quand ? Où ?

— Si je savais quand et où, je me souviendrais du reste, messire Léon, pesta Druon.

— Votre pardon ?

— Non, votre pardon, je suis irrité. Je déteste que mon esprit me joue des tours ! Allons, acceptez de partager un gobelet de cidre avec Huguelin et moi. Ne craignez rien, nous n'en profiterons pas pour vous assommer et nous enfuir, d'autant que, sans monture, nous n'irions pas loin avant d'être rattrapés, ironisa-t-il.

— Avec plaisir.

Lorsqu'ils pénétrèrent, Huguelin s'appliquait à tracer ses lettres d'exercice sur une chute de feuille, un bout de langue tiré de concentration.

— Huguelin, messire Léon nous fait l'honneur de partager un gobelet avec nous. Veux-tu nous servir ? demanda Druon en s'approchant de l'enfant afin d'évaluer ses progrès.

Son regard tomba sur les jeunes doigts, encore malhabiles et tachés d'encre. Il conseilla :

— Il convient de saisir la plume plus haut, sans quoi...

Il se figea, le regard fixé sur la main du garçon.

— Messire mire... ?

— Mon maître... Je ne suis pas encore rompu au traçage, mais je m'améliore... Les lettres me viennent sans effort et je n'ai fait qu'une tache sur la feuille. C'est bien mieux qu'à l'accoutumée.

— Oh... Doux Jésus, souffla Druon.

— Quoi ? Quoi ? cria presque Léon.

— Je crois savoir qui est l'enherbeur.

— Venez, allons lui arracher des aveux de ce pas.

— Certes pas.

— Avez-vous perdu le sens, mire ? Vous ne souhaitez pas qu'il paie pour ses fautes ?

— Si fait, lorsque je serai parvenu à une certitude quant à son crime abject. Vous l'allez menacer, bousculer, peut-être malmener et je ne serai jamais sûr que ses aveux aient été véritables. De grâce, messire Léon... N'avez-vous pas appris à m'accorder un peu de confiance ? Croyez-vous que je protégerais un assassin de la pire espèce[1] ? Vous voulez en découdre, j'exige une conviction.

Il sentit l'hésitation faire rage en Léon. Enfin le géant concéda :

— Je vous accorde une demi-heure. Au-delà, je pars à votre recherche et je m'occupe en personne de votre suspect. Je préfère tenir compagnie à Huguelin pendant ce délai. Si je croisais le regard de ma maîtresse, je ne pourrais lui dissimuler ce que je sais et elle ne vous octroierait jamais la permission que je vous accorde. Faites vite et au mieux.

Druon fonça. Il gravit quatre à quatre les marches et se rua vers la bibliothèque. Le sieur Évrard Joliet se penchait sur un haut lutrin et lisait. Il sursauta à l'entrée bien peu cérémonieuse du mire. Sa peau de blond s'enflamma de surprise et il bafouilla :

— Messire mire... Que me vaut l'honneur de...

— L'honneur ? C'est à voir. J'ai peu de temps, monsieur, et vous encore moins. Aussi épargnons-nous les préambules de courtoisie. Ils ne sont plus de mise.

— Je n'ai pas le sentiment de comprendre tout à fait...

— Vos mains, monsieur. Montrez-moi vos mains.

Prétendant l'affront, l'autre se rebella :

— À la fin, c'est un peu fort ! Qui êtes-vous pour...

— Préférez-vous que j'aille quérir la baronne, ou messire Léon, que j'ai eu toutes les peines à dissuader de me suivre ? Le choix est vôtre, mais hâtez-vous.

— Je...

— Vos mains !

---

1. Rappelons que l'empoisonnement est considéré comme le pire des crimes de sang au Moyen Âge.

Le bibliothécaire-copiste hésita encore puis tendit de mauvaise grâce l'une d'elles. Tous les ongles étaient recouverts de taches d'encre, celles qui étaient revenues au souvenir de Druon grâce à Huguelin. S'y mêlaient l'encre rouge de minium, la noire de fumée, l'encre de galles du chêne et l'encre verte de malachite.

— Euh... j'ai peine à me débarrasser de ces taches, expliqua Joliet.

Druon huma l'haleine de Joliet et ironisa :

— Fichtre, même en utilisant force gomme arabique comme fixateur, elles ont sacrée tenue. Allons, un bon brossage à la cendre de bois et à l'eau ne parvient-il pas à vous rendre les doigts roses et propres ? Peu importe.

Le jeune mire caressa les ongles du copiste et trouva vite ce qu'il cherchait. Il constata :

— Vous avez mâché une jolie quantité de graines d'anis. C'est mal connaître le nez des médecins, rompu à discerner l'odeur des maladies. Sous l'anis se perçoit l'ail de votre haleine, monsieur. De surcroît, des irrégularités sont apparues sur vos ongles, et c'est afin de les dissimuler que vous les gardez tachés, car, si je ne m'abuse, vous ne copiez pas des deux mains ! En d'autres termes, vous connaissez ce symptôme très révélateur de l'enherbement arsenical. Lorsque vous le manipulez chaque soir, puis léchez vos doigts afin de tourner une page, ou saisissez des aliments, lorsque vous le respirez, vous vous contaminez à faible dose.

— Menterie ! Accusation abominable ! Je vous ferai bastonner pour vos injures inexcusables. Je me plaindrai ! hurla Joliet en se reculant.

— À qui ? À la baronne que vous faisiez passer de vie à trépas ? Vous êtes une immondice de la pire espèce, Joliet. Vous avez tenté d'enherber un seigneur qui vous avait accueilli et vous traitait avec respect. Vous avez prévu de faire accuser à votre place, le cas échéant, une pauvre fille, Sidonie. Elle a cru à un joli attachement de votre part, quand votre seule intention était de pouvoir rejeter le crime sur elle. Après tout, c'était elle qui apportait le breuvage, à ceci près que vous vous empressiez de la rencontrer, de porter son plateau au prétexte de la décharger ainsi qu'un amoureux aurait fait. Vous la charmiez, la faisiez rire afin qu'elle ne voie pas la poudre que vous ajoutiez en discrétion. Vous êtes une... chose méprisable, monsieur.

Le visage de Joliet s'était décomposé. Il transpirait à profusion et se tordait les mains. Il larmoya :

— Ils vont me...

— Certes. Le sort réservé aux enherbeurs est le pire de tous.

Joliet tomba à genoux en sanglotant, couvrant sa tête de ses mains tachées d'encre. Il gémit :

— Je ne veux pas... je ne veux pas... pour l'amour de Dieu, aidez-moi !

— Pour l'amour de Dieu ? Êtes-vous bien sérieux, monsieur ? En revanche, j'accepte de vous proposer un marché. Votre unique chance est que j'exècre la torture. Or ce sont des jours et des jours d'intolérables souffrances qui vous attendent. Vous êtes jeune et vif. Malheureusement, vous y résisterez jusqu'à ce que l'on décide de votre trépas, de votre ultime soulagement. Vous n'imaginez pas à quel point un corps peut souffrir.

— Oui, oui... quel marché, de grâce...

— Messire Léon va nous rejoindre dans quelques minutes, et il sera trop tard pour vous. Ne tergiversez pas. Je veux connaître le nom de votre commanditaire, à l'instant. En échange, je vous accorderai, sous ma surveillance, un moment pour... régler votre fin grâce à votre provision d'arsenic. Elle ne sera pas douce. Cependant, elle sera beaucoup plus rapide que les tourments qui vous attendent.

Joliet, le visage trempé de larmes, le fixa. Il ferma les yeux et joignit les mains en prière en murmurant :

— Pourquoi a-t-il fallu que vous arriviez... J'y serais parvenu... Je serais riche, plutôt que de mener cette existence de cloporte au service d'incultes qui possèdent dans leurs bibliothèques tout le génie de l'homme dont ils se contre-moquent. Savez-vous que je ne l'ai jamais vue une seule fois céans... sauf afin de vérifier mes classements. Jamais elle ne m'a demandé un ouvrage. La baronne. Quant à l'autre idiote, grasse comme une oie gavée, elle prétend lire afin de m'agacer les oreilles de ses sempiternelles geignardises. J'aurais pu...

— Hâtez-vous, monsieur. Le temps nous fait défaut pour des justifications qui ne me convaincront pas. Quoi, la baronne préfère la chasse et l'administration de ses terres à la lecture, et elle devrait mourir ? Dès que messire Léon aura posé le pied dans cette pièce, je ne pourrai plus rien. Qui vous a, ou allait, vous rétribuer ?

Joliet n'eut qu'une seconde d'hésitation.

— Le baron Herbert d'Antigny.

— Ainsi que je le pensais, donc. Procédez... au reste, monsieur. Vite.

Évrard Joliet, le visage hagard, se précipita vers l'autre bout de la salle et tira l'échelle contre une bibliothèque. Il y grimpa à la hâte et récupéra un épais volume.

Trois coups violents assénés sur la porte. Léon pénétra, un air de meurtre sur le visage. Joliet jeta un regard de panique à Druon et ouvrit le livre. Un nuage d'une fine poudre grisâtre en voleta. Il en avala deux pleines poignées, la poudre lui faisant comme un masque sur le bas des joues et les lèvres. Léon se jeta vers l'échelle en vociférant une bordée d'injures. Il la secoua jusqu'à faire choir le bibliothécaire, qu'il saisit à la gorge en hurlant :

— Je vais te crever, monstre ! Je vais t'étriper ! Je vais te faire bouffer tes couilles après les avoir découpées.

— Inutile, messire Léon, jeta Druon d'une voix calme et ferme. Il va rendre l'âme dans quelques très longues heures, si longues qu'il aura moult temps de regretter son acte.

Furieux, Léon le menaça de son poing en éructant :

— C'est vous qui lui avez permis d'échapper à l'ire de la baronne et à la mienne !

— À l'évidence, par compassion. Nul ne me convaincra jamais qu'il s'agit d'une faute. Quel dédommagement auriez-vous obtenu à le torturer des jours durant ? Aucun. D'autant qu'il s'agissait d'un marché et que j'ai obtenu ainsi la confirmation de ce que je supputais. Le nom de son commanditaire.

— Qui est ce scélérat ?

— Je pense, messire Léon, avec votre respect, que notre seigneur mérite la primeur de cette information.

Ne sachant comment, ou sur quoi ou qui passer sa rage, sa peur aussi tant l'état de Béatrice l'angoissait, Léon se rua vers l'escalier, hurlant tel un forcené :

— Gardes, Grinchu, aux ordres, à l'instant !

Une cavalcade de déments n'aurait pas produit autant de vacarme. Trois hommes d'armes, épée au clair, déboulèrent dans la bibliothèque.

Désignant Évrard Joliet tassé au sol, sans réaction, attendant sa fin prochaine, il ordonna d'un ton haineux :

— Jetez cette larve malfaisante au cachot. Qu'elle y crève, sans boire ni manger. Hâtez-vous avant que je change d'avis et que je l'étripe lentement.

Joliet fut soulevé du sol telle une bête morte. Il tourna la tête vers Druon et murmura :

— À Dieu, monsieur. Merci.

La disparition du sieur Joliet sembla un peu calmer le géant qui admit :

— Monsieur... je suis décidément votre obligé. Ma reconnaissance éternelle vous est acquise. Où que vous soyez, dans quelque situation que vous vous trouviez, quels que soient vos ennemis, demandez et je serai à votre garde. Sur mon âme. Ou plutôt sur ma parole, on peut s'y fier davantage. Cela étant, à cet instant précis, et avec tout mon respect, je vous déteste.

— Je n'en prends pas offense, rassurez-vous. De plus, cela passera. Nous poursuivons un but identique – protéger la baronne – à l'aide de méthodes divergentes.

L

Château de Saint-Ouen-en-Pail,
août 1306, ce même jour

Un silence de sépulcre régnait dans la grande salle. Sexte n'avait pas sonné. Annette Lemercier, vêtue de ses plus dignes atours, se tenait droite devant son seigneur auprès de laquelle elle avait requis audience urgente peu avant.

Béatrice d'Antigny, le visage fermé, relut les deux missives qu'Annette lui avait tendues après les avoir récupérées du bureau de son mari, à l'issue de sa réflexion. Tournant le regard vers Druon, elle déclara :

— Messire mire, voilà qui confirme le nom du... commanditaire que vous avez arraché à cet... immondice de Joliet. Qu'il rôtisse en enfer ! À ce sujet, nous discuterons plus tard de votre irrévérence et de votre faute.

— Irrévérence, faute, madame ?

— On ne se substitue pas à moi pour juger et punir, mire. C'est un crime.

— J'ai obtenu ce que nous cherchions, fort vite. De surcroît, son agonie ne sera pas enviable, croyez-moi. Il périra par où il a péché : le poison. Avec votre respect, se défendit Druon.

— Diantre ! Pourquoi faut-il que vous raisonniez toujours ? s'emporta-t-elle.

— Parce que c'est ma nature, seigneur madame. *Sui generis.* Et que... c'est cette nature qui vous sert au mieux.

— Vos pirouettes vous vaudront un jour le fouet !

— Peut-être.

— Lisez, ordonna-t-elle en lui tendant les lettres, et que Léon en prenne ensuite connaissance.

Druon s'exécuta. Après que tous deux se furent passé les missives du baron ordinaire Herbert à Jean Lemercier, Béatrice d'Antigny demanda :

— Ton conseil, Léon ?

— Nous ne sommes pas une vaste province, mais nous sommes bien armés et décidés. On va cueillir le bel Herbert en son château et on lui fait regretter ses actes et ses mots, décida Léon.

— Mire ? Votre avis.

— Je ne suis pas politique, madame, mais scientifique. Toutefois, politique n'est-il pas aussi parfois un synonyme de ruse ? Rusons donc. Votre bon neveu vient d'essuyer un échec. Cuisant échec. Son enherbeur se meurt, sa créature va trépasser sous peu, son... intermédiaire, messire Jean, se trouve dans de forts vilains draps. Le seigneur Herbert va très vite comprendre que vous savez qu'il est à l'origine de ces odieux stratagèmes et que vous pouvez exiger réparation auprès de Philippe, notre souverain. En d'autres termes, il va se tenir coi durant un moment, le temps pour nous de réfléchir à la solution la plus adéquate.

— Si l'on vous écoutait, mire, les guerres n'existeraient plus, contra Béatrice.

— Que sont les guerres, madame ? Des années de carnages, de meurtres, de viols, de famines, de malheurs. Que fait-on ensuite ? On s'installe à une table et on négocie une trêve ou un armistice. Mon idée est qu'il conviendrait d'inverser le processus. De commencer par les pourparlers.

— À voir, admit la baronne.

Se tournant vers Annette figée, tête baissée, qui semblait n'avoir pas respiré durant leur échange, elle déclara :

— Madame, votre époux est coupable de haute trahison, en êtes-vous consciente ?

— Certes, seigneur madame.

— Il a agi par seule cupidité, mon neveu lui promettant une charge de bailli.

— Je ne l'ignore pas et c'est... sans doute ce qui m'a décidé à vous venir dire la vérité. Car nous sommes nantis, grâce à Dieu. Nous ne manquons de rien, ni de réputation, ni d'estime, ni d'argent. Cela et... le meurtre de cette pauvre Séraphine, qui m'ulcère et me bouleverse.

— À votre honneur, madame. Je suis en accord avec vous, avec ce que vous m'avez expliqué au début de cette audience. Ainsi que vous le savez, la haute trahison est lourdement punie. La mort et la confiscation des biens. Cependant, vous avez eu l'intégrité et le courage de me venir mettre en garde. Mon mire se rapprochait de ce coquin de Jean. Quoi qu'il en soit, vous avez fait acte d'obéissance et de valeur à mon égard. Je vous accorde donc, ainsi que vous le souhaitez, la conservation des biens et terres qui vous devaient revenir après le décès naturel du scélérat Jean. Le reste rejoindra le trésor de la province.

Annette Lemercier tomba à genoux et remercia :

— Seigneur madame, je ne sais comment... je suis si honteuse... c'est... c'était mon époux... je n'ai rien senti...

— Redressez-vous, madame. Vous n'êtes pas coupable. Moi-même, j'ai eu foi en lui.

Druon se souvint d'une phrase de son père : la vie est pleine de mystères inattendus et saisissants. Une parfaite machination. Un complot magnifiquement organisé. Et une pauvresse, une ongle-bleu, une déconsidérée avait été le grain de sable qui faisait déraper les rouages parce qu'une presque bourgeoise l'avait prise en pitié, s'obstinant à chercher les raisons de sa mort.

— Seigneur... Va-t-il... enfin... vous allez me trouver bien impertinente... je veux dire... sa mort sera-t-elle... rapide ?

Le ton de la baronne se fit plus sec :

— Madame, je vous le conseille en amabilité puisque vous êtes un de mes fidèles sujets, ne vous mêlez pas de politique. Votre époux sera jugé, condamné et puni ainsi qu'il le mérite. Le bourreau fera son office. Vous vivrez ensuite sur vos terres, protégée par acte et ordre de votre seigneur, et oublierez le reste. Du moins est-ce ce que je vous souhaite.

— Il me semble, seigneur, que madame Annette devrait être votre... invitée au château jusqu'à ce que...

— Tu as grand raison, Léon. (Se tournant vers la femme du mercier, elle interrogea :) Cette proposition recueille-t-elle votre agrément, dame Annette ?

— Seigneur, merci... Je ne me voyais pas rentrer en la demeure Lemercier après mes aveux et ces lettres que j'ai subtilisées pour vous... J'ai eu l'insolence de préparer un petit bagage qui se trouve sur ma monture... En espérant que, peut-être, vous m'offririez protection...

Un vrai sourire étira les lèvres de la baronne qui commenta :

— Une femme de tête ! Léon, hèle au service que l'on montre ses appartements à dame Annette.

LI

Château de Saint-Ouen-en-Pail,
août 1306, ce même jour

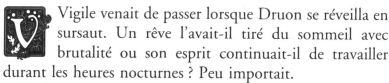Vigile venait de passer lorsque Druon se réveilla en sursaut. Un rêve l'avait-il tiré du sommeil avec brutalité ou son esprit continuait-il de travailler durant les heures nocturnes ? Peu importait.

Seulement vêtu de son chainse, il traversa la salle voûtée à l'aveuglette et secoua sans ménagement le pauvre Huguelin, qui ouvrit les yeux en glapissant :

— Quoi, quoi ?

— Le père Henri !

— Il est mort, affreusement.

— Je sais, réveille-toi ! Pourquoi a-t-il pris plein sud, en direction de Saint-Julien-des-Églantiers ? À l'opposé ou presque de tous les meurtres.

— Je... ne vois, mon maître.

— Parce qu'il n'ignorait pas qu'il y dénicherait l'assassin, l'homme qui se déguise en créature. Et comment pouvait le savoir cet homme de Dieu décrit comme véritablement bon et, à l'évidence, valeureux, mais qui n'avait pas inventé l'eau tiède ?

— Euh... chercha l'enfant en se frottant les yeux.

— Une confession !

— Mon maître, l'être d'épouvante que nous cherchons ne se confesse pas. Il est en dehors de Dieu.

— Tu as grand raison. Alors, l'un de ses proches, effaré par ses actions, mais qui ne pouvait les dénoncer ? Le père Henri ne pouvait rien révéler de ce qu'on lui avait confié sous le sceau du secret confessionnel. Avec courage, mais manque de jugement, il s'est mis en tête qu'il convaincrait ce monstre de s'amender et de se repentir. Il est donc parti dans la direction où il savait le trouver.

— Il n'y a qu'à visiter toutes les habitations qui parsèment cette route ! proposa Huguelin. Vous êtes un génie, mon maître. Un jour, avec grande application et labeur acharné, je deviendrai presque aussi intelligent que vous.

Le compliment fit à peine sourire Druon tant son esprit était occupé.

— Nous allons faire bien plus simple que cela.

— Ah oui ?

— Le registre.

— Le registre ?

— Celui sur lequel sont consignées les confessions et les pénitences distribuées. Vite, habillons-nous !

Tous deux se vêtirent à la hâte et Druon fonça vers la porte pour se souvenir qu'elle était verrouillée et qu'il ne pouvait prévenir personne.

Ils cognèrent tels des possédés contre le battant, s'époumonèrent pour appeler à l'aide, en vain.

La rage de l'impuissance fit place à l'abattement et, vaincus, ils s'assirent sur leurs lits. Miracle insolent de l'enfance, Huguelin vacilla vite et se rendormit, tassé comme un petit animal fourbu. Druon, lui, s'efforça au calme. Les heures s'écoulèrent avec une désespérante lenteur. Il passa en revue ses connaissances scientifiques. Un moyen sûr de ne pas repenser au reste, au supplice de son père, à sa vie d'avant, lorsque tout paraissait si parfait qu'on se berçait du trompeur sentiment que rien de grave ne pourrait jamais survenir.

Enfin, le bruit de la clef qui tournait dans la serrure. Druon se rua vers la porte en criant :

— Ouvrez, mais ouvrez vite. Buses !

Léon, voûté, apparut et cria en retour :

— Que se passe-t-il, à la fin ?

— Avec votre stupide manie de nous enfermer... Nous avons perdu des heures précieuses ! Vite ! Faites seller les chevaux. À l'église de Saint-Ouen-en-Pail.

LII

Saint-Ouen-en-Pail, août 1306, le lendemain

Ils pénétrèrent peu après dans la petite église de Saint-Ouen-en-Pail, située au bout de la rue principale. Modeste, de pierres montées, la bâtisse n'avait rien d'exceptionnel. Une fontaine où venaient se fournir les gens des environs glougloutait contre l'un des pans. Le visage émietté de la statue de saint Ouen avait été déposé sur l'autel. Léon se signa et regarda Druon de biais pour voir s'il l'imitait. Celui-ci déclara :

— Il s'agit juste d'une statue peinte que l'on a brisée pour insuffler la peur.

— N'auriez-vous jamais peur ? rétorqua le géant d'un ton vexé.

— Si fait. Toutefois, nous formons admirable équipe. Vous redoutez les choses surnaturelles, je ne crains que les hommes.

— Dieu ne vous inquiète pas ? s'étonna Léon.

— Non, puisque, à moins de me tromper gravement, je suis en parfait accord avec Lui. Nous cherchons le registre des confessions.

— Il sera plutôt rangé dans la petite pièce attenante,

suggéra le géant en désignant une porte basse située en diagonale d'eux.

— Elle semble fermée, remarqua Druon en s'approchant.

— Écartez-vous. Une porte ne nous arrêtera pas !

Il arracha le panneau de ses gonds d'un violent coup d'épaule. Druon remarqua aussitôt une almaire[1] de vilain bois, elle aussi verrouillée. Son sort ne fut pas plus enviable que celui de la porte, et un coup de pied de l'homme de confiance de la baronne fendit l'un de ses vantaux de haut en bas. Druon découvrit vite ce qu'il cherchait : un épais volume relié de cuir sombre. Y étaient consignés les naissances, les baptêmes, les décès, les mariages, sans oublier les confessions.

Il partit de la dernière écriture et remonta dans le temps, revivant les derniers jours du père Henri. Son doigt s'arrêta sur une ligne : « Léon, dit de Lièges, belle constance dans son repentir. A offert un petit-royal*[2] pour l'entretien de l'église. Quinze rosaires. » Léon ne pouvant voir ce qu'il lisait, Druon s'efforça à l'impavidité. Qu'avait donc commis Léon pour se montrer si généreux ? Il remonta encore, lisant avec soin les comptes rendus scrupuleux du père Henri.

Enfin, il sut qu'il avait trouvé :

« Géraud Paillet. Mon Dieu, je ne sais que faire ! Vingt deniers tournois*[3], dix neuvaines, deux mois de soins aux malades, et pourtant, les mérite-t-il ? Je crois que la pénitence l'apaise un peu. Que faire, que faire ! »

Une sévère punition. Pourquoi ne l'aurait-il pas méritée ?

---

1. Armoire.
2. Il s'agissait d'une somme assez importante.
3. Une somme importante.

Druon leva la tête et demanda d'un ton d'urgence :

— Paillet. Géraud Paillet, ça vous dit quelque chose ?

— C'est le fils du maître fèvre, Nicol Paillet. Très bonne réputation. Un gars un peu rude mais qui en a derrière le front. Il fait partie du conseil du village. Il a eu une sale histoire.

— Vraiment ?

— Sa femme l'a quitté pour un vendeur ambulant. Volatilisée, du jour au lendemain. Il faut dire qu'elle était gironde et qu'elle devait s'ennuyer dans cette ferme du trou du cul du monde…

Léon s'interrompit, fronçant les sourcils.

— Oui ? insista Druon.

— Justement, c'est plein sud du village. En direction de Saint-Julien-des-Églantiers. La route empruntée par… (Soudain, il comprit.) Qu'êtes-vous en train d'insinuer ?

— Insinuer ? Ce n'est pas le terme que j'utiliserais. La créature est à la baronne, avez-vous dit. Il conviendrait de la prévenir au plus vite. Le dernier nœud se noue. Je demeure céans. L'idée d'une autre galopade jusqu'au château ne me sied guère. J'ai patienté toute la nuit pour votre bon vouloir, rappela Druon d'un ton de reproche.

Une surprise dont il se serait passé l'attendait lorsque Béatrice et Léon pilèrent devant l'église : la baronne avait prévu un destrier pour lui, qui devait remplacer la bonne et paisible Brise afin d'aller plus vite. Une écume d'effort maculait la bouche des chevaux, et le jeune mire se fit la réflexion qu'ils devaient filer fort vite. Jamais il n'avait monté de cheval nerveux, fougueux, requérant un excellent cavalier. L'ordre intimé par la baronne ne lui donna guère le loisir de s'appesantir sur ses qualités équestres.

— En selle, messire !

Elle avait revêtu le costume de chasse qu'elle portait la première fois qu'il l'avait vue. Le gipon lacé et le caleçon ajusté de cuir qui terminait dans les hauts houseaux mettaient en valeur son corps ferme et musclé. L'aigle Morgane ne l'accompagnant pas, il comprit qu'il s'agissait pour elle d'un combat d'homme à homme.

— Entendons-nous bien : il est à moi et je le veux vivant. Je l'exécuterai moi-même, par décapitation à la hache, après que le bourreau aura fait son office. Je veux avoir son sang honni sur les mains et je veux que tous voient à quoi se résume leur terreur. Plus tard. Allons.

Son étalon hennit sous la pression de ses cuisses et fonça droit devant.

LIII

Ferme Paillet, environs de Saint-Ouen-en-Pail,
août 1306, ce même jour

Lorsqu'ils parvinrent aux abords de la ferme Paillet, l'endroit, en dépit de son allure cossue et presque coquette, avait l'air terriblement désert. Trois larges bâtiments en U délimitaient une vaste cour au centre de laquelle se montait un puits. Quelques poules et canards, qui semblaient presque gênés d'être là, picoraient sans conviction.

Druon remarqua que toutes les fenêtres de la partie réservée aux maîtres étaient vitrées, que la maçonnerie avait été rectifiée peu avant et qu'aucuns détritus ou immondices n'achevaient – comme ailleurs – de pourrir dans un coin de la vaste cour carrée, dallée de pavés. Toutefois, les trois longues bâtisses sécrétaient une étrange impression, une impression d'abandon poli et soigneux. Aucune truie, ses gorets suspendus aux mamelles, pas de tas de fumier, pas de valets débraillés, pas de gamins sales et morveux jouant au palet, ou aux voûtes[1]. Rien. N'eût été la présence des volatiles, on eût pu croire qu'un sortilège avait été jeté, que le temps s'était figé.

---

1. Jeu d'arceaux.

— Hèle, ordonna Béatrice d'Antigny à Léon.

Le géant s'exécuta et rugit à assourdir :

— Holà, au service ! Quelqu'un ? Maître Paillet ?

Les volailles s'affolèrent, se massant en panique à l'autre bout de la cour.

Puis, le silence. Un parfait et très étonnant silence leur répondit.

— Pas normal, remarqua Léon en résumant le sentiment de tous.

Il beugla à nouveau, sans résultat.

Béatrice d'Antigny démonta d'un saut léger et tira son épée. Elle avança sans hésitation vers l'entrée principale de la partie des maîtres et ouvrit la porte d'un coup de pied. Léon se précipita à sa suite, arme au clair, lui aussi. Druon flatta l'encolure de son destrier et, peu rassuré, se laissa glisser le long de son flanc. Il avait eu un peu peur durant leur chevauchée, sa monture filant trois fois plus vite que la tendre Brise au mieux de sa forme. Cependant, le cheval avait compris quel piètre cavalier il portait et suivait les deux autres. Le mire avait à peine eu à le diriger, se contentant de rester bien calé en selle et d'éviter les branches basses.

Druon jeta un regard autour de lui. Belle ferme en vérité. Tout y sentait l'opulence. Maître Paillet avait connu jolie réussite dans les affaires.

Les deux compagnons de guerre ressortirent, dépités. La baronne lui cria :

— Pas âme qui vive ! Je n'aime pas l'odeur que prend tout ceci !

Druon tendit le bras, désignant la porte entrouverte d'une grange à angle droit du bâtiment des maîtres.

Suivie de Léon, elle s'y précipita. Le géant en ressortit presque aussitôt, hurlant à l'adresse du mire :

— Vite, il n'est pas tout à fait mort !

Druon fonça. Ce qu'il découvrit le figea net. Un jeune homme pendait à une poutre, un haut escabeau renversé sous lui. Béatrice d'Antigny lui avait enserré les jambes et le soulevait de toute sa force. Léon déplaçait une échelle de meunier afin d'atteindre la corde pour la couper.

La Baronne rouge faillit s'affaler sous le poids de Géraud Paillet lorsque Léon vint enfin à bout du nœud coulant. Elle cria :

— Mire ! Faites un miracle, à l'instant !

Druon s'agenouilla à côté du jeune homme au visage bleu de cyanose et au souffle imperceptible. Que faire, mon Dieu ? Il était notoire que le cœur cessait ses battements au trépas. Si donc le cœur[1] ne s'arrêtait pas, on pouvait espérer que le sujet survive. Improvisant, le mire ferma le poing et asséna de grands coups violents dans la poitrine de Géraud, sous l'œil sidéré des deux autres. Puis lui fila des gifles à assommer un âne, suppliant en lui-même : « Vis, mais vis ! » Soudain, un râle déchirant terminé par une quinte de toux se fit entendre. Géraud revenait d'entre les morts.

Druon le bascula sur le flanc et tous patientèrent, ne sachant trop que tenter, surveillant la respiration laborieuse du presque trépassé. Un bruit étrange alerta alors Druon. Léon se pencha et déclara dans un murmure stupéfait :

— Il… pleure.

---

1. On connaît mal le rôle du cœur à l'époque.

De fait, les larmes de Géraud se transformèrent en sanglots. Il se souleva sur le coude et hoqueta :

— Vous n'auriez pas dû... me sauver. Je ne le mérite pas. Le père Henri est mort par ma faute ! À cause de ma confession. Il est venu discuter avec mon père qui lui a menti, lui a juré repentance et mortifications. Je savais... Je savais qu'il n'en était rien. Cette verrue purulente cherchait juste à gagner du temps...

Il s'étouffa dans ses sanglots, se mouchant dans sa manche. Il inspira profondément, son souffle produisant un raclement pénible, et poursuivit :

— Le père Henri s'en est retourné heureux, avec ses pieds nus et son crucifix d'argent. Je savais... je savais qu'il allait le tuer. Il ne pouvait risquer qu'il parle lorsque les horribles meurtres recommenceraient. Parce qu'il n'a aucune intention d'arrêter. Il aime ça. M'entendez ! criat-il. Il aime massacrer, torturer, violer, tuer.

— Géraud, apaisez-vous. Vous n'êtes pas responsable des actes impardonnables de votre père, tenta de le raisonner Druon.

— Si ! hurla l'autre, la salive lui dégoulinant vers le menton. Êtes-vous sourd ou crétin ? Je me doutais qu'il allait le rejoindre sur le chemin du retour pour le mettre en pièces, et je n'ai pas bougé ! Je suis resté assis là, à prier.

Les larmes le rattrapèrent. Il bafouilla :

— Il me terrorise. Il a tué ma mère devant moi, j'avais neuf ans. Une boucherie. Elle courait en tous sens, suppliant, criant. J'ai tenté de m'interposer, de la défendre. Il m'a assommé. Lorsque je suis revenu à moi, elle gisait au sol, non loin de la cheminée de la salle. Mon Dieu, quelle vision d'horreur ! Il lui avait arraché le visage, le cou et les seins. Attablé, il buvait un gobelet de vin en sifflotant et m'a contraint... à... Il m'a forcé à...

Géraud ferma les yeux comme s'il s'interdisait de revivre la scène. Druon le poussa avec douceur :

— À quoi ? À nettoyer, à l'enterrer ?

Un hochement de tête lui répondit. Léon laissa échapper une injure de soldat et la baronne poussa un soupir de fin du monde.

— Il a dit qu'il m'arriverait la même chose si je parlais. J'ai vécu dans une peur abjecte. Toute ma vie. Mais j'ignorais ce qu'il faisait au loin, lors de ses prétendus voyages de négoce. Jusqu'à ce qu'il invente la créature, qu'il ramène ces chiens d'Irlande[1], les dresse à devenir des fauves en les frappant, les affamant. Il fallait que j'avertisse quelqu'un...

— Géraud, où se trouve-t-il ? intervint la baronne.

Sa voix, d'un calme surnaturel, inquiéta Druon.

— Dans les grottes du bois de la Veuve. C'est là qu'il garde les chiens et son déguisement, passe le plus clair de son temps à ressasser ses meurtres... pour son plus grand plaisir.

— En selle, Léon. Messire Druon, vous restez ici et attendez notre retour.

— Je puis vous accompagner, seigneur madame. Je ne suis pas couard et sais me servir d'une lame, protesta le jeune mire.

La réponse, sèche, lui ôta tout espoir :

— En quoi nous seriez-vous d'aide à part nous ralentir et nous gêner ? Je vous laisse bien volontiers la science. Abandonnez-nous le combat. Veillez sur Géraud.

Pris de panique, le fils Paillet se releva en titubant et supplia :

— Seigneur madame, n'y allez pas, de grâce ! Il faut réunir une petite compagnie d'hommes armés et décidés. Il va vous mettre en pièces.

Un sourire furtif étira les lèvres de la baronne qui répondit d'un ton presque amical :

— Grand merci de votre émoi, Géraud. Cela étant, vous nous connaissez bien mal.

---

1. *Irish woolfhound*, un des plus grands chiens du monde, utilisé pour la chasse au loup.

LIV

Bois de la Veuve, août 1306, ce même jour

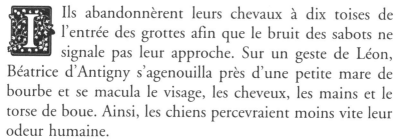Ils abandonnèrent leurs chevaux à dix toises de l'entrée des grottes afin que le bruit des sabots ne signale pas leur approche. Sur un geste de Léon, Béatrice d'Antigny s'agenouilla près d'une petite mare de bourbe et se macula le visage, les cheveux, les mains et le torse de boue. Ainsi, les chiens percevraient moins vite leur odeur humaine.

Murmurant, elle ordonna :

— Je m'occupe de lui. Toi des bêtes. Égorge-les. Dès qu'ils aboient parce qu'ils nous ont repérés, nous fonçons.

Il hocha la tête.

Ils avancèrent sans un bruit, prenant garde où ils posaient les pieds. Les fourmillements bien connus prirent d'assaut les mains du géant et son souffle se fit plus puissant, plus rapide. La férocité dévala dans ses veines mais, aujourd'hui, il ne la combattrait pas, bien au contraire. Il se demanda ce que ressentait Béatrice. La même chose que lui, à l'évidence. Il tira sa dague.

Après d'interminables minutes de progression silencieuse, ils parvinrent à leur but. Ils se plaquèrent des deux côtés de la fente qui menait dans les entrailles de pierre. Brusquement, les hurlements des chiens explosèrent et ils se précipitèrent dans la grotte, éclairée de flambeaux. Une puanteur les saisit à la gorge, mélange d'excréments, d'urine et de charogne.

Une sorte de petite salle, formation naturelle, se poursuivait par un boyau qui descendait en pente douce dans les entrailles de la terre. Les aboiements provenaient de plus loin. La topographie faisait de l'endroit un véritable coupe-gorge. Une fois engagés l'un derrière l'autre dans le couloir de roche, ils auraient les plus grandes difficultés à reculer précipitamment.

Béatrice chuchota :

— Il serait suicidaire de nous enfoncer tous deux. Je passe la première. D'autant que tu es trop grand et massif pour te pouvoir défendre avec aise dans cet étroit conduit.

Il la retint par le bras, secouant la tête en signe de dénégation.

— Non, il va lâcher les chiens. C'est ce que je ferais. Or, sur votre promesse, ils sont à moi.

Béatrice n'eut aucun doute qu'il s'agissait là d'un piètre prétexte. Il craignait pour sa vie à elle et exposait la sienne en échange. De tout autre, elle en aurait pris grave offense. Cependant, elle avait compris que Léon se rachetait auprès d'elle d'un passé dont elle avait pressenti la noirceur et le désespoir. Après un long regard, elle approuva d'un léger mouvement de tête et ordonna à voix basse :

— Brandis un flambeau devant toi et garde ta gorge. Débrouille-toi pour ménager un passage à l'un des deux. Qu'il fonce vers moi, je l'attends. (Elle n'hésita qu'un

instant et concéda :) Léon… J'ai besoin de toi, mon ami.
Ne l'oublie pas.

Une ombre liquide passa dans le regard du géant qui
préféra ne pas répondre, tant cet aveu le bouleversait. Il
décrocha un des flambeaux. Les aboiements avaient tourné
à la fureur. Y transparaissait l'envie de carnage.

Il avança vers le boyau, flambeau tendu devant lui.
Béatrice ne vit plus que la masse de son dos. Soudain, il
disparut au détour d'un coude. Des hurlements féroces.
Les chiens avaient été lâchés. Le combat à outrance commençait. Elle entendit les injures criées par Léon, les aboiements, les grondements. Un gémissement de douleur. Un
des chiens sans doute.

Brusquement, une bête énorme, gris foncé, le flanc en
sang, les yeux fous, les crocs dénudés, apparut et se précipita vers elle. Celle que Léon venait de blesser et qu'il avait
laissée fuir vers la petite salle pour que Béatrice l'achève
tandis qu'il se battait contre l'autre. Plus loin, la mêlée
qu'elle ne pouvait voir faisait rage. Le chien bondit. Elle fit
un écart et se laissa choir sur lui de tout son poids, plaquant sa gueule redoutable d'une main. Sa dague s'enfonça
dans le cou puissant, à plusieurs reprises. Le magnifique
corps ne bougea plus.

Béatrice d'Antigny se releva, les mains couvertes du sang
d'un vaillant animal dont le seul tort avait été de tomber
entre les mains d'un monstre. La haine brûlante qu'elle
éprouvait pour Nicol Paillet crût encore.

Le soudain silence qui provenait de l'autre côté du
coude l'angoissa. D'interminables secondes de silence. Enfin,
la lourde silhouette apparut. Léon émergea du boyau, tirant
derrière lui la dépouille du second chien, égorgé. Du sang

coulait à profusion de son bras, gouttant sur le sol de granit.

— Blessé ?

Il sourit :

— Salement mordu. Bah, on en a vu d'autres, n'est-ce pas, seigneur madame ! Notre bon mire va me rafistoler[1].

Béatrice essuya sa dague gainée de sang sur son caleçon ajusté et la saisit de sa main gauche. De la droite, elle tira son épée. Puis elle avança vers le couloir naturel et précisa à voix forte, afin que Paillet puisse l'entendre.

— Me suis, Léon. Il est à moi, et je le veux vivant afin que mon bourreau sorte de sa mélancolie. Il lui faut de l'amusement, je ne condamne pas assez. Il ne s'occupe pas et dépérit, ce pauvre homme. Si l'immondice parvenait à m'atteindre, qu'il meure, doucement, de ta main.

Elle déboucha avec prudence dans une salle assez vaste et remarqua aussitôt la cage ouverte dans laquelle Paillet enfermait les chiens. La puanteur y était presque insoutenable. Nul signe du maître fèvre. Léon demeura à l'entrée du boyau, en surveillance. Béatrice d'Antigny bondit vers le centre de la salle, afin de se garder de tous côtés. Une voix lourde, venimeuse, s'éleva en diagonale d'elle, provenant d'un recoin d'ombre :

— La Putain rouge et son esclave !

La baronne sourit, sincèrement amusée :

— Morbleu, on a fait bien plus savoureuses que cela en matière d'insultes à mon égard ! Alors, la larve, on se bat ou on se cache tel le pleutre découillu que l'on est ? On a besoin de chiens pour se faire accroire courageux et

---

1. Le mot est ancien et vient du latin « *fistula* ».

redoutable, n'est-ce pas ? Fais-tu dans tes braies ? Est-ce là l'odeur écœurante qui nous offense les narines ? As-tu besoin d'une nourrice pour te torcher ? Allez, le châtré, tu n'as qu'une faible femelle devant toi. Aurais-tu peur d'une femelle ?

Une silhouette fonça sur Béatrice, un énorme coutelas de chasse brandi. La baronne feinta, se recula d'un bond léger et se fendit, s'agenouillant presque au sol. La lame étincelante fila, se fichant dans le genou de Paillet qui hurla de douleur. En un éclair, Béatrice fut à nouveau en garde, surveillant sa proie. Elle pouffa :

— Oh, que d'histoires pour une petite coupure ! Allons, allons, un peu de nervosité.

— Catin de l'enfer, salope, crève !

— C'est tout ?

Paillet fondit à nouveau sur elle, arme levée. Elle roula au sol, se relevant d'un mouvement de reins derrière lui.

— J'avais pourtant juré ne jamais me battre contre des pucelles ! Quelle pitié ! On s'ennuie, le fèvre, on s'ennuie. Ose quelque chose qui nous amuse un peu.

L'exécration, plus que la peur, faisait trembler Nicol Paillet. Il recula de quelques pas et lança sa lame. Béatrice, n'ayant pas prévu le coup, tenta d'y parer ; trop tard. Le couteau se planta dans son bras droit, lui arrachant un gémissement.

— Alors, la sale pute, on est moins faraude, hein ?

La Baronne rouge inspira longuement, dissipant de sa seule volonté la douleur qui irradiait dans tout son corps. Elle tira la lame de sa chair, grimaçant de douleur, et ordonna à Léon qui avançait, hésitant encore :

— Demeure où tu es ! Nous formerons bonne compagnie pour être « rafistolés » par le mire. Paillet, tu as grand raison : finissons-en, d'autant que tu es maintenant désarmé. Tu n'es pas un digne adversaire et il ne s'agit pas d'un combat à mort. Je ne te rendrai donc pas ton arme.

La suite fut si rapide que Léon, bien que connaissant les éblouissants talents de bretteuse de sa maîtresse, fut incapable de suivre ses mouvements. Il ne distingua qu'une élégante danse, dangereuse. Elle tournoyait autour de l'homme, qui reculait, cherchait d'un regard affolé une issue. Il n'en existait d'autre que celle que Léon protégeait de sa masse et de sa dague.

Elle se fendit, en dépit de la souffrance que lui occasionnaient ses chairs lacérées. Son épée pénétra l'épaule de l'adversaire. Avant que Paillet n'ait eu le temps de hurler à nouveau, la lame trempée de sang lui pulvérisait l'autre épaule. Enfin, visant du mieux qu'elle le pouvait, elle fonça vers lui au point de le toucher, et lui navra le flanc de sa dague en étouffant un gémissement. Le maître fèvre tomba à genoux, implorant merci :

— De grâce, seigneur, de grâce. Je me vide, je vais crever…

— Mais non, mais non, j'ai été fort attentionnée, plaisanta Béatrice.

Redevenant sérieuse, elle ordonna :

— Léon, traîne-le dehors. Entrave-le. Il marchera jusqu'au château, en dépit de son genou brisé. Son calvaire commence. Et n'est pas près de se terminer.

Béatrice d'Antigny, après avoir bandé son bras du mieux qu'elle put, en profita ensuite pour inspecter la salle. Elle retrouva les fers avec lesquels Paillet avait maltraité les chiens pour les transformer en fauves, ainsi qu'un sifflet pendu à une cordelette. Elle souffla dans le bec sans produire le moindre son[1]. Ce qui ne la surprit guère : elle avait entendu parler de cet étrange artefact : nul ne pouvait entendre mais

---

1. Sifflet à ultrasons.

les animaux y obéissaient. Paillet devait s'en servir pour rappeler ses bêtes, celles qui lui permettaient de se croire plus fort, plus puissant que tous. Enfin, elle découvrit dans le recoin d'ombre son déguisement de créature. Un assemblage de peaux de loup, d'ours, grossièrement cousues, mal tannées, qui empestait comme tous les diables. De gros yeux la contemplaient. Deux billes de verres peintes de vert, fichées dans une tête qui devait être bourrée d'étoupe. Ainsi s'expliquait la hauteur de la bête, la fausse tête se posant sur celle de Paillet, justifiant qu'elle dodeline, partant de droite et de gauche. Elle souleva le long lacet qui lui permettait de sangler le déguisement sur son ventre. La rage l'envahit alors et elle adressa une acide remontrance à Dieu :

— Comment pouvez-Vous tolérer de tels êtres ? N'avons-nous pas assez des famines, des maladies, de la guerre ? Faut-il que Vous nous éprouviez encore davantage ? Qu'avons-nous fait, à la fin qu'avons-nous fait pour mériter Votre ire ?

Elle lutta de toutes ses forces contre les larmes. Non ! Béatrice d'Antigny ne pleurait pas ! Elle n'avait plus pleuré depuis le jour où on lui avait permis d'embrasser la joue froide de sa nourrice tant aimée, trépassée d'on ne savait trop quoi alors qu'elle n'avait que six ans.

Elle se releva. Emportant dans ses bras l'amas de peaux malodorantes, elle quitta la caverne. Elle ferait combler pour que personne ne pénètre en ce lieu maudit. Le temps finirait par effacer les terribles cicatrices. Elle s'y emploierait, d'abord en ridiculisant Paillet en place publique, puis en l'envoyant de vie à trépas elle-même. Il convient de toujours ridiculiser la peur tant c'est la seule façon de pouvoir vivre en sa compagnie, puis de l'oublier. Jusqu'à la prochaine, celle qui ne manquerait pas de survenir.

Son bras l'élançait. Bah, elle en avait vu d'autres. Elle était seigneur et ça n'était pas le sang qui coulait de sa plaie qui allait l'inquiéter.

LV

Château de Souprat, août 1306,
quelques jours plus tard

De fureur, Herbert d'Antigny balaya les chandeliers qui ponctuaient sa table de travail, accompagnant son geste d'une bordée d'injures.

Mains croisées sur son ventre replet, François de Galfestan attendait les ordres. L'écart d'humeur de son seigneur ne l'émouvait pas, même s'il affectait une mine anéantie de circonstance. Après tout, Galfestan – qui n'ignorait pas que tous, surtout son maître, le prenaient pour un benêt suffisant – avait opté longtemps auparavant pour une stratégie qui lui convenait à merveille. Prétendre obéir, maintenir échine basse et n'en faire qu'à son bon plaisir. Herbert le distrayait assez. Quoi, cet homme ombrageux, trop fier, qui ne pensait qu'à lui et à ses intérêts aurait aimé, jugé normal que l'on se fasse navrer pour le servir ? Que nenni ! Ce genre d'abnégation allait aux gueux, aux serfs et aux valets, ou pis, à ceux qui pensaient grappiller un peu de pouvoir et d'importance dans l'ombre des grands. Bref, ceux qui n'avaient autre possibilité. Mais les grands sont si versatiles, si peu reconnaissants en général ! Nombre ont cette propension à rejeter la faute sur les autres tant ils ne supportent pas de la voir chez eux.

Galfestan savait qu'Herbert d'Antigny ne l'avait nommé bailli que parce qu'il le trouvait sot et manipulable. Quelle importance ? Si sot et manipulable étaient synonymes de longue vie agréable et de beau confort, Galfestan s'en contentait. Il avait d'ailleurs tenté à plusieurs reprises de mettre en garde le baron. Il avait soupçonné, dès arrivé à Saint-Ouen-en-Pail, que la bête pouvait être un homme, en raison de la diversité des blessures qu'elle infligeait selon les victimes mais également parce que cette créature se montrait si douée qu'elle ne pouvait être animale. Il en avait peu après déduit que le tueur n'était autre que Nicol Paillet, dont il n'ignorait rien des forfaits antérieurs.

Le baron, obsédé par son but – éliminer sa tante d'alliance –, avait refusé d'admettre qu'on chasse avec un fauve seulement lorsqu'on le domine totalement. Or ce massacreur de fillettes[1], ce Nicol Paillet, n'était pas maîtrisable. Intelligent, il savait louvoyer et promettre. Galfestan l'avait arrêté presque deux ans auparavant, constatant avec effarement l'horreur gratuite de ses meurtres. Trois. Trois monstruosités. De pauvres puterelles au visage lacéré, défigurées, éventrées. Le maître fèvre s'était bien défendu, avec calme, onctuosité, presque. Il avait nié les faits avec un front peu commun, commençant par fournir une fausse identité.

Étrangement, Herbert d'Antigny avait jugé les preuves de son bailli peu convaincantes et déclaré Nicol Paillet non coupable[2]. Sur le moment, Galfestan n'avait rien compris à cette soudaine mansuétude, fort mal placée selon lui. Jusqu'à ce qu'un des gardes de la prison lui révèle que le baron avait visité Paillet dans sa cellule, la veille de l'audience.

---

1. Prostituées.
2. Rappelons qu'en raison de l'absence de moyens de communication les affaires restent à l'époque très circonscrites, d'autant que le seigneur rendant la justice, elles sont jugées le plus souvent rapidement.

Lorsqu'ils avaient été informés des meurtres d'humains en la province de Béatrice d'Antigny, lorsque les effroyables descriptions de blessures, si similaires à celles que portaient les cadavres des puterelles, étaient venues aux oreilles du bailli, Galfestan avait eu des soupçons. Il ne pouvait certainement pas risquer sa charge et ses avantages en se rebellant ou en critiquant. En revanche, il était hors de question de participer à une stratégie qu'il jugeait inepte et impie. Lorsqu'on l'avait envoyé à Saint-Ouen-en-Pail, il s'était donc promené dans la campagne, de-ci, de-là, en compagnie de ses gens d'armes, certain que Nicol Paillet ne serait pas assez bête ou suicidaire pour les attaquer.

— Des incompétents, des abrutis, voilà qui m'entoure ! vociféra le baron ordinaire.

Dissimulant son indifférence, François de Galfestan, joua les dindes et rectifia :

— Oh seigneur... que vous voilà sévère ! J'ai, à trois reprises, tenté de vous faire comprendre que vos choix étaient risqués. Paillet avait promis de vous obéir, mais il aurait juré n'importe quoi pour sauver sa vie scélérate. Il a dû vous bénir. Il était sauf et pouvait poursuivre ce qu'il aime : massacrer. Il a eu le bon sens de ne jamais revenir se livrer à ses amusements chez nous, avec les puterelles de nos rues. Mais je gage qu'il s'y livre ailleurs, à Chartres, ou plus loin. Certes, je ne suis pas fin politique, contrairement à vous. Cela étant, une attaque moins frontale était peut-être souhaitable...

Herbert d'Antigny le fixa comme s'il l'allait étrangler et explosa :

— De juste ! Laissez-moi la politique et servez-moi avec un peu plus de zèle et d'efficacité ! Je devrais vous faire payer cette déroute... d'ailleurs, peut-être le ferai-je...

Le bailli perçut la menace explicite. Qu'est-ce qui ulcé-
rait le plus le baron ordinaire ? Avoir échoué ? Ne pas
pouvoir mettre la main sur les terres de Béatrice ? S'être
ridiculisé ? Fait damer le pion par un tueur de catins ? Il
n'en demeurait pas moins que la tête de François de
Galfestan pouvait tomber. Au propre et au figuré. Il
connaissait un peu la baronne Hélène d'Antigny, à laquelle
il vouait une admiration certaine : cette femme de tête et
d'honneur serait morte plutôt que de s'abaisser à des turpi-
tudes indignes d'elle. Il biaisa donc, certain qu'elle ignorait
le révoltant projet de son époux :

— Qu'en pense notre gente baronne, qui est fort sage ?
Jugeait-elle judicieux de lâcher un vil tueur dans la nature,
en espérant qu'il nous aide ? Un découpeur de fillettes de maisons lupanardes, qui ne sont, après tout, que de pauvres filles
poussées par la nécessité[1]. J'avoue que j'aimerais recueillir
son pertinent jugement à ce sujet, monseigneur.

Une menace en échange. À peine voilée. Herbert la
comprit aussitôt. Galfestan était-il moins bête qu'il ne
l'avait cru ? Hélène n'avait, bien sûr, jamais eu vent de
cette partie du plan de son époux, qu'elle aurait réprouvée
haut et fort. Elle songeait que la créature – un ours, sans
doute – relevait de l'« accident » providentiel de nature à
permettre de récupérer les terres de Béatrice. Jamais, elle
n'aurait condescendu à relâcher un ignoble meurtrier pour
parvenir à ses fins. Ce fut davantage la crainte qu'elle
apprenne l'étendue de sa stupide et monstrueuse erreur
que le reste qui calma le baron. À n'en point douter, elle le
quitterait. Étant entendu les circonstances, elle pourrait
même faire éclater un scandale et requérir l'annulation de

---

1. Bien que condamnant la prostitution, l'Église excusait les
femmes qui s'y livraient si elles n'avaient agi « que par nécessité et
sans y trouver de plaisir ». De surcroît, le viol ou le meurtre d'une
prostituée étaient punis de mort.

leur mariage. Partirait avec sa fortune. Et alors l'abandonnerait aussi la seule âme avec laquelle il se soit senti frère. Au-delà de tout, au-delà de son échec cuisant, de son humiliation, il refusait de perdre Hélène. Oh, il détestait Béatrice ! Dieu comme il la détestait ! Composer. Il ne pouvait que composer.

— Galfestan… Je me suis laissé aller à la passion… Elle est mauvaise conseillère. Nous avons perdu et j'ai cru jouer de finesse. Je me suis trompé. Sur la forme, non sur le fond, car Béatrice représente une menace certaine pour nous.

Le bailli admira en esthète le retournement. Son maître avait échoué mais se débrouillait pour ne pas perdre la face. Grand bien lui fasse ! Ses erreurs se révélaient colossales et il était assez intelligent et lucide pour qu'elles le harcèlent longtemps. Les pauvres gens qui avaient péri à cause de lui ne hanteraient pas ses nuits. Ils ne représentaient rien à ses yeux, ni vifs ni morts. En revanche, la cinglante déculottée infligée par sa tante d'alliance, une femelle, même aidée d'un mire prodigieux, lui rongerait le repos.

— Certes, monseigneur. Toutefois, ne pourrait-on imaginer marché plus… paisible ?

— Je vais y réfléchir, messire bailli. Merci.

Resté seul, Herbert ressassa. Il avait perdu, il serait la risée de sa tante et sans doute de sa province. Messire Jean, de son côté, allait périr pendu ou sous la hache. Bien fait pour lui. Il aurait dû se méfier de ce vieux fat trop facile à retourner pour des avantages de parade. Évrard Joliet – qu'il avait rémunéré en pensant que, si la créature ne venait pas à bout de Béatrice, le poison le ferait – avait échoué. Son agonie avait été terrible. Bien fait pour lui. La fin de Nicol Paillet ressemblerait à un cauchemar – sur ce point, il accordait toute sa confiance à sa tante d'alliance. Bien fait pour lui aussi. Herbert avait pensé... qu'avait-il pensé au juste ? Il s'était dit que Paillet avait massacré ces pauvres filles pour se venger de sa femme volage. Certes, une bien vilaine chose, mais qui pouvait encore trouver une sorte d'explication aux yeux du baron, d'autant qu'à l'époque ladite explication apportait de l'eau à son moulin. Il avait eu tort. Nicol Paillet aimait torturer, éventrer, tuer, et qui disait qu'il ne s'était pas fait la main sur son épouse ? Herbert avait eu tort, grand tort ! Et il ne pouvait passer sa colère sur personne.

Pourtant, la haine, les haines bouillaient en lui, la pire étant destinée à ce mire dont on lui avait rapporté le rôle crucial dans sa défaite, ce Druon d'il ne savait où. Sans lui, sans sa science, Béatrice était déchue ou périssait. Pourquoi Dieu avait-il jugé nécessaire de mener ce jeune homme vers Béatrice ? Et soudain, l'idée qu'il abhorrait, dont il ne voulait surtout pas, s'imposa à lui : parce qu'elle devait vivre. L'idée qu'une puissance supérieure, surnaturelle, ait présidé au salut de sa tante lui coupa les jambes. Il se laissa choir sur son fauteuil de table et son regard tomba sur l'insolente missive qu'elle venait de lui faire porter, qu'il avait lue et relue :

« Mon bien doux neveu,

J'espère du fond du cœur que mes lignes vous trouveront en grande santé, vous et votre mesnie. J'espère surtout que madame Hélène se porte comme un charme. Vous savez comme je l'aime. Elle est de belle âme et de vive intelligence.

Je ne vous conterai pas par le menu, de crainte de vous lasser, tous les encombres auxquels j'ai dû faire face. Sans doute les connaissez-vous mieux que moi. Quoi qu'il en soit, rassurez-vous, mon bon neveu. L'odieuse créature, un Nicol Paillet, dont vous avez peut-être ouï dire, nous a fort malmenés. Il rencontrera le bourreau sous peu. Mon tourmenteur a ordre d'obtenir des aveux complets. Aveux sans doute superflus puisque nous avons ceux du sieur Joliet, mon bibliothécaire-copiste – qui se proposait de m'enherber et qui a rendu sa bien vile âme –, ainsi que deux lettres appartenant à messire Jean Lemercier. S'y ajoute l'accablant témoignage de Géraud Paillet. Toutefois, il faut bien que j'occupe mon bourreau, et son office n'aura jamais été si justifié que dans le cas de ce monstre. Toutes ces preuves confirment que quelqu'un me déteste fort et le cœur m'en saigne.

Dieu veille sur moi, cela ne fait plus aucun doute dans mon esprit. En effet, j'ai été aidée par l'arrivée providentielle d'un jeune mire itinérant d'extraordinaire talent. Il a débrouillé pour moi l'écheveau de malveillances que l'on tissait autour de ma personne.

J'ai hésité. Devais-je envoyer les preuves accumulées à votre épouse, dont le jugement est célèbre, afin de requérir son sentiment ? Devais-je les porter moi-même au conseiller du roi Philippe, et humblement solliciter de lui un arbitrage ?

Bah ! Quoi de plus précieux que le sang commun ? Restons donc entre nous. Du moins, tant que nous le pourrons...

Votre bien aimante tante et très respectueuse vassale,
Béatrice d'Antigny. »

Les menaces, dont l'ironie avait provoqué la fureur d'Herbert, étaient d'une clarté d'eau de roche. À la moindre nouvelle incartade de sa part, Béatrice préviendrait Hélène et porterait l'affaire devant le roi, preuves à l'appui. Pourtant, elle n'avait pas encore décidé de l'acculer, alors qu'elle en avait les moyens. Elle le tenait désormais à sa merci.

Soudain, dans un éclair d'honnêteté, Herbert d'Antigny comprit qu'il avait perdu cette bataille parce que son adversaire s'était mieux entourée que lui. Une adversaire d'honneur et de courage. Une adversaire que l'on saluait plutôt que de la haïr. La haïr revenait à reconnaître son infériorité face à elle.

Étrangement, cet aveu à lui-même l'apaisa un peu. Chère Béatrice, mes honneurs. Et puis, ma bonne tante, une bataille n'est pas la guerre !

LVI

Forêt de la Multonne, août 1306

Igraine, un sourire aux lèvres, termina d'entasser le bois bien sec qu'elle avait ramassé alentour de la clairière, située à un bon quart de lieue du château.

La boucle était bouclée. Toute chose était dite. Du moins en ce qui concernait « ici et maintenant ». Avait-elle peur « d'ailleurs et après » ? Elle n'aurait su l'exprimer tant elle avait pensé à ce moment, au long des années. Il lui semblait qu'elle errait depuis des siècles, sautant d'une enveloppe charnelle dans une autre. Toutefois, elle n'en était pas certaine. S'était-elle fourvoyée depuis le début ? Les conséquences en seraient si dévastatrices, si irréparables qu'elle s'interdisait d'y songer.

Au fond, elle l'admettait, elle avait peur, elle qui détestait la peur. Il lui avait toujours semblé être pétrie des âmes de ceux de sa race qui l'avaient précédée. Pourtant, aujourd'hui, dans cette clairière, un doute l'assaillait.

Elle regarda le haut bûcher qu'elle avait dressé, se détestant de sa crainte, de son hésitation, et repensa au message laissé à l'intention de Béatrice :

« Adieu, bien chère Béatrice,

Mon temps auprès de vous s'est épuisé. Je n'en regretterai pas une seconde.

Croyez bien, chère Béatrice, que j'emporte avec moi, où que j'aille, la dette qui me lie à vous. La porte d'une mort s'est claquée derrière moi, ce jour, en royaume italien, où vous m'avez sauvée d'un brasier. Il semblait donc normal que la porte d'un autre monde s'ouvre, grâce à un autre brasier.

Ne me regrettez pas. Je ne suis plus ni vive ni morte. Je suis ailleurs, autrement.

Je rejoins les miens et nos dieux. Je supplie le Vôtre de vous garder toujours.

Igraine, votre amie, par-delà le temps. »

Tout était dit. Elle ne pouvait plus reculer. Elle jeta son esconce sur les branchages. Les flammes prirent en bourrasques. Igraine se dévêtit et abandonna sa cotte au sol.

LVII

Château de Saint-Ouen-en-Pail, août 1306

Mire, je vous le demande. Restez à mon service. Vous pouvez garder votre Huguelin.

— Non, madame. Avec mon respect et mon admiration. Vous êtes un beau seigneur. Peut-être un jour, lorsque les routes, les aventures m'auront lassé, vous supplierai-je de m'accueillir à nouveau. Je dois – c'est un devoir – m'attacher à percer le secret d'une... affaire qui concerne mon père. Il est mort pour la défendre. Je n'en sais pas plus et le déplore.

— Un devoir ? Votre père ?

— En vérité.

— Je n'irai jamais contre le devoir. Mes portes vous resteront ouvertes. (Elle sembla hésiter puis :) C'est que... N'y voyez nulle faiblesse, juste un constat. Je suis maintenant si isolée. Sans Igraine. Savez-vous que Léon n'a retrouvé que sa cotte qui gisait au sol ? Ses lourds bracelets d'argent et sa tiare se trouvaient dans les cendres, noircis et un peu fondus par le brasier.

— Rien d'autre ? Sa bague en forme de serpents ? Sa canne ?

421

— Non. Léon est formel : c'était un mage. Ils ne meurent pas ainsi que nous autres. Elle a dû sacrifier sa chair pour libérer son esprit, s'envoler ailleurs. Y croyez-vous ?

— Que répondre, seigneur madame ? Qu'Igraine ait été un mage fait peu de doutes. Quant au reste, à ces futurs possibles qu'elle évoquait, ces autres mondes, je ne prendrai pas le risque de me prononcer à leur sujet. Quoi qu'il en soit, elle veille sur vous. De cela, je suis certain.

Un véritable chagrin transparut dans la voix de la Baronne rouge, lorsqu'elle déclara :

— Je n'en doute pas. Il n'en demeure pas moins qu'elle n'est plus là. (Se reprenant, elle poursuivit :) Herbert a reçu un violent camouflet. Il se tiendra tranquille quelque temps. Je lui ai fait savoir que je détenais ses lettres à Jean Lemercier. Le cas échéant, elles me permettraient de requérir justice de notre souverain Philippe le Bel. Toutefois, mes terres forment une langue au milieu des siennes, un danger pour lui, je réagirais à son instar.

— Que redoute-t-il au juste ?

— Que je fasse alliance avec l'un de ses ennemis. Il serait alors fragilisé au sud et au nord. L'Anglois, notamment.

— Eh bien, mais faites alliance, avec toute la prudence requise ! Il veut vous empêcher de conclure un pacte. Si ce pacte existe… il n'a plus aucune raison de vous vouloir disparue. Au contraire, il va vous devoir entourer, protéger, privilégier afin d'éviter une guerre qu'il ne pourrait gagner. Bien vive et bien intentionnée à son égard, vous devenez sa sauvegarde.

Béatrice d'Antigny éclata de rire et tapa dans ses mains de bonheur.

— Druon, Druon... Comme je vais vous regretter. C'est là compliment que j'ai fort peu fait dans mon existence. Je tournais autour de cette possibilité, sans parvenir à m'y résoudre... De fait, on ne craint plus une chose qui est advenue. On compose avec. Mon doux neveu Herbert va devoir entourer sa tante d'alliance de prévenances, afin qu'elle lui conserve sa tendresse. Je vais adorer cela !

— Et Julienne, et messire Jean Lemercier...

— Seront jugés et pendus ou décapités, déclara-t-elle sèchement. Jean a choisi son camp, le mauvais. Tant pis pour lui. Il en espérait rétribution et honneurs alors qu'il est déjà fort riche et considéré. Peut-être souhaitait-il aussi remercier Herbert d'avoir favorisé son cadet auprès de l'évêque de Chartres. Peu me chaut. Il a joué, il a perdu. N'oubliez pas, mire, qu'il savait qu'une créature bien humaine massacrait ces pauvres gens, même si, par prudence, Herbert lui avait tu son identité. Il a utilisé cette abomination à son profit. Qu'il s'estime heureux, j'ai décidé de faire acte de clémence à son égard. Il a volontiers parlé, il s'épargnera donc le tourment. La pendaison est douce en regard de ses crimes. À la vérité, je ne souhaite pas davantage de tapage. Je veux que cet affreux souvenir soit enterré au plus vite, pour la paix de tous.

— Et Julienne ?

— Elle n'a aucune excuse. Je la condamne donc à mort. À la décapitation simple, par la hache, ou à l'étranglement au garrot, à son choix. Elle est de mon nom et il s'agit d'une dame de haut. Même si ses tentatives étaient ineptes, à son image, elle voulait m'occire d'affreuse façon. Julienne ignore que son frère – mon cher défunt époux – se proposait de l'envoyer terminer sa vie dans un couvent. Elle l'exaspérait. Je pense... je pense qu'il la sentait malfaisante... C'est du moins ce qui me vient à l'esprit aujourd'hui. Toutefois, mon époux, qui certes possédait des défauts, se montrait homme d'honneur en toutes choses. Jamais il n'aurait médit sur sa sœur. Je n'ai pas compris ce qu'il taisait et j'ai lutté pour la conserver auprès de nous, en dame de son rang. Voici donc la façon dont elle me remercie : une grotesque poupée transpercée d'aiguilles et des têtes de vipères. Elle paiera de sa vie puisqu'elle était convaincue de faucher la mienne. Ainsi en ai-je décidé. Vous semblé-je féroce ?

— Non pas. Je me demande toujours ce qui est pire : avoir tué sans le souhaiter ou n'être pas parvenu à occire alors qu'on le voulait plus que tout. L'acte, l'intention ?

Elle le détailla dans un sourire et déclara :

— Mire... nous sommes seuls face à nos actes et à nos intentions. Dieu vient après, bien après, et le couperet tombe. Nombre d'entre nous espèrent y échapper. Ils ont tort. Aussi, efforçons-nous à l'honneur en espérant qu'il nous guide. Quant à Paillet, c'est moi-même qui le décollerai. Mon bourreau, qui est homme d'expérience, lui a arraché des aveux à glacer le sang des plus intrépides. J'ai vu tant d'horreurs, mire. Toutefois, jamais... jamais je n'aurais pensé qu'un homme pouvait se repaître et jouir à ce point de la souffrance des autres.

— Oh, seigneur madame... je suis bien certain que d'autres « bêtes[*1] » du même genre ont sévi et séviront encore. Il est habile de se déguiser en animal fabuleux ou en démon. La terreur, la superstition font le reste.

— Vous avez sans doute raison, acquiesça la baronne.

Elle fourragea derrière son dos et lui tendit une lourde bourse en expliquant :

— Pour vous. De grâce, ne refusez pas, j'en prendrais offense. Il ne s'agit pas d'un paiement. Mon paiement, celui que nous avions conclu, ce sont vos vies à tous deux. Je vous les restitue. Acceptez ceci tel un présent d'amitié et d'estime pour vous et votre galopin.

Druon s'inclina bas en acceptant la bourse.

---

1. Voir annexe : « Bête ».

— Madame, je suis honoré, touché au plus profond de moi. Je ne refuserai pas cet argent, nous en avons besoin. Sachez toutefois que mon service à vous fut une difficulté qui m'a séduit à chaque instant. Vous avez requis le meilleur de mon esprit. Certes une épreuve… mais aussi une rare satisfaction de – j'ai honte à l'avouer… – d'être plus intelligent que vos ennemis.

Il s'apprêtait à prendre un congé définitif. Elle le retint et il la sentit émue :

— Mire… Je réitère mon offre, elle est sincère. Si un jour… mes portes vous sont ouvertes. Ne l'oubliez pas. À part cela, mes vœux vous accompagnent tous les deux. À Dieu, messire mire, et bon vent vous pousse.

Restée seule, Béatrice d'Antigny songea à nouveau aux confidences que lui avaient faites Annette Lemercier. Soulagée par la générosité de la baronne à son égard, Annette avait requis dès le lendemain de son arrivée au château courte audience de son seigneur. Elle avait révélé sans ambages que si Jean dit le Sage avait habilement manipulé les autres membres du conseil de village, ceux-ci avaient été fort prompts à se vouloir remettre entre les mains du seigneur Herbert et à contraindre Béatrice au couvent.

L'entrée de Léon dans la grande salle mit terme à ses pensées.

— Messire Druon et le jeune Huguelin préparent leur frusquin. Quant aux autres, ils sont arrivés et patientent dans la cour d'honneur, seigneur madame.

— Qu'ils montent, ordonna Béatrice d'une voix plate.

Les cinq hommes firent leur entrée peu après et se répartirent en demi-cercle autour de la forme de la baronne, s'inclinant bas. L'un d'entre eux, un petit homme maigre et nerveux, dont Béatrice pensa qu'il s'agissait de Serret, l'apothicaire, présenta ses comparses. Sans doute avait-il été choisi par les autres pour la fluidité de son élocution. Il toussota et son débit se fit heurté :

— Seigneur madame, nous venons céans reconnaître notre terrible bévue, inspirée, ainsi que vous le savez, par l'infâme scélérat Jean. Nous souhaitons plus que tout faire amende honorable et vous assurer de notre absolue allégeance.

Le regard très bleu de Béatrice d'Antigny passa de l'un à l'autre et les cinq notables baissèrent tour à tour les yeux. Ironique, elle rétorqua :

— Bévue ? Est-ce ainsi que l'on nomme maintenant le crime de haute trahison ?

Lubin Serret, les mains agitées de petits mouvements nerveux, tenta :

— Oh, seigneur madame, non pas. L'admiration que nous éprouvons n'a d'égale que notre fidélité envers vous.

— N'ajoutez pas la menterie, la flagornerie à la forfaiture, l'apothicaire. Vous me voyez de bien piètre humeur.

Une voix s'éleva, grave, très lente, celle de Séverin Fournier, le riche fermier.

— Vous dites vrai... seigneur madame...

Les quatre autres lui jetèrent un regard à la fois paniqué et courroucé. Fournier reprit :

— Nous avons été bernés par l'ignoble Jean, cela est juste. Toutefois, à l'évidence, nous ne lui avons pas opposé grande résistance, loin s'en faut.

— Enfin un fragment de la vérité, commenta la baronne. Qu'ai-je à faire des promesses de traîtres qui se retourneront contre moi au premier vilain vent ? Votre déloyauté

426

n'a d'égale que votre sottise. Par courtoisie, mon défunt époux n'avait jamais souhaité intervenir dans les affaires du conseil de village. Je suis donc une sotte femelle, n'est-il pas vrai, Serret, Lafleur, Mortabeuf ? Pourtant, je n'aurai plus la délicatesse de feu le comte. Le conseil de village est dissous. Je nommerai les membres du prochain. À Dieu, messieurs.

Lubin Serret ouvrit la bouche. L'ordre claqua :

— J'ai dit à Dieu. Estimez-vous fortunés que ma colère en reste là et n'éprouvez pas davantage ma patience.

LVIII

Église Notre-Dame, Alençon, août 1306

L'évêque Foulques de Sevrin huma pour la dixième fois le gobelet d'infusion de menthe et de verveine qu'un serviteur lui avait porté, comme chaque matin. Il la goûta avec méfiance tout en se tançant. Sot qu'il faisait ! Certains poisons ne possédaient ni goût ni odeur.

Et puis quoi, la mort ? Il la redoutait tout en songeant qu'elle serait bienvenue, puisqu'elle mettrait un terme à l'agonie de son âme. Il avala à longues gorgées le contenu du gobelet.

Au-delà du lancinant désespoir qui l'habitait en permanence, au-delà de l'exécration qu'il éprouvait pour lui-même depuis sa scélératesse, Foulques avait l'impression presque viscérale que la vie s'était écoulée hors lui en lente hémorragie, ne laissant qu'une carcasse humaine vidée d'énergie, d'envie, d'espoir, de tout.

Un cauchemar, un interminable cauchemar dans lequel il errait depuis la mort de Jehan Fauvel. Peut-être même avant, lorsque la pierre rouge sang lui avait été remise. Il l'avait tirée à maintes reprises de sa cachette afin de l'étudier. Ainsi que l'avait affirmé son ami de toujours, elle ne portait rien, aucune marque, aucune particularité qui puisse éclairer sur sa signification. Foulques en était arrivé à se demander si elle en possédait véritablement une. Et s'il s'agissait d'une sorte de leurre, de piège afin de détourner l'attention d'autre chose, une chose bien plus importante, révélatrice ? Non, Jehan ne pouvait s'être ainsi fourvoyé et son cousin moine de Thiron avait été enherbé à cause de la pierre.

Un coup discret contre la haute porte à doubles battants sculptés de son bureau l'arracha à ses sinistres pensées. Son secrétaire, un jeune moine timide, pénétra à son invite. Le malaise du jeune homme frappa Foulques au point qu'il demanda :

— Que se passe-t-il ?

— C'est que, Éminence… Eh bien…

— Vous m'inquiétez, Benoît. Allons !

— Un jeune frère dominicain vient de… me remettre… ceci.

Le moine tira un rouleau de l'ample manche de sa robe et avança à regret vers le magnifique bureau en bois de rose de l'évêque afin de le lui tendre. Foulques de Sevrin s'en saisit et reconnut aussitôt le sceau inquisitoire.

— Merci, mon bon Benoît. Allez en paix.

Sa voix l'étonna : sereine, détachée. Au fond, il s'attendait à recevoir une telle missive depuis la visite de ce dominicain, Éloi Silage.

Son secrétaire parut hésiter puis quitta la pièce.

Foulques de Sevrin retourna le rouleau entre ses doigts. Lui signifiait-on le début de sa période de grâce ? Un tribunal inquisitoire se constituait-il pour le juger ? Sans doute pas. Après tout, il était évêque et l'Église détestait le scandale autour de l'un de ses prélats, jugeant, avec finesse, qu'il rejaillirait sur elle tout entière.

Il fit sauter le sceau. Étrangement, la peur, cette peur insidieuse qui ne le lâchait plus depuis des mois, recula. Il lut :

« Éminence et mon très cher frère,

Mon humilité me force à admettre que je n'ai pas apprécié ainsi qu'il se devait toutes les réponses que vous avez eu la générosité de m'offrir lors de ma visite, éclaircissements affables et dont la sincérité ne fait aucun doute. Aussi, conscient de mes faiblesses, ai-je souhaité que d'autres de nos frères vous entendent à leur tour.

Vous voudrez bien me préciser au plus rapide quelques heures que laisseraient disponibles vos immenses charges afin que je convoque mes bons frères, si désireux d'apprendre la vérité de votre bouche. Je suggère que notre rencontre ait lieu en la maison de l'Inquisition qui s'y prête tout à fait.

Votre très dévoué, très respectueux,

Très aimant frère,

Éloi Silage. »

Foulques lâcha la missive qui chut sur son bureau en s'enroulant sur elle-même. Un interrogatoire inquisitoire, rien de moins. Les requêtes des inquisiteurs étaient des ordres.

Foulques se redressa dans son fauteuil lourdement ornementé. Abruti de Silage avec sa stratégie si transparente qu'un moinillon y aurait vu clair ! Il insinuait, inquiétait, semait les germes de la peur. L'évêque réprima un petit rire désolé. Que croyait-il, le dominicain ? Qu'il était devenu prélat par innocence ? Ils étaient de taille contre de pauvres manants[1] qui traçaient leur nom d'une croix, pas contre un Foulques de Sevrin.

Une foudroyante appréhension tempéra aussitôt son regain de combativité. La pierre rouge. La pierre ne devait

---

1. Dérivé de manoir, le mot n'a aucune connotation péjorative à l'époque.

jamais tomber entre leurs mains. Pour l'amour de Jehan. Foulques était prêt à l'aller jeter au fond du lit de la Sarthe à la nuit échue, s'ils en venaient à cela. Jamais ils ne l'obtiendraient. Or il n'ignorait pas que, contrairement à son magnifique ami le mire, il ne résisterait guère longtemps à la Question.

Non ! Non, cette pierre avait tant coûté à Jehan Fauvel. Pour sa mémoire, il ne pouvait s'en défaire tel un vil caillou.

Héluise ! Il la fallait confier à Héluise.

Le messager qu'il avait dépêché une semaine plus tôt à Brévaux avait été formel : la jeune femme avait disparu et nul ne savait où elle se trouvait. Sur le moment, un immense soulagement avait envahi Foulques. Elle avait échappé à leurs implacables griffes, elle était saine et bien vive.

Mais aujourd'hui, il devait retrouver la fille de Jehan, coûte que coûte.

LIX

Sur la route, vers le nord-est, août 1306

Un chagrin assez irrationnel habitait Druon lorsqu'ils s'éloignèrent, laissant le château de la baronne Béatrice derrière eux. Ils n'avaient pourtant côtoyé ce difficile seigneur que quelques jours, se demandant sans cesse s'ils s'en sortiraient vifs.

Huguelin semblait partager l'espèce de mélancolie de son maître et cheminait à son côté, sans dire mot, au rythme lent du pas de Brise. Enfin, le garçonnet soupira :

— Quelle aventure !

— C'est le terme qui convient.

— Où allons-nous, mon maître ? Vers des lieux plus paisibles, j'espère ?

— Si fait. Nous allons nous diriger vers l'est.

— Pourquoi l'est ?

— Pourquoi pas ? On ne nous y attend pas plus qu'au sud ou à l'ouest.

— Il est vrai.

— Nous trouverons bien un château ou un manoir, voire une bourgade où mon art pourra s'exercer un temps, nous permettre de nous reposer et de vivre en tranquillité.

Il se trompait gravement.

Brève annexe historique

Bêtes : Il a existé de nombreuses « bêtes démoniaques » dans notre pays ou ailleurs. La plus célèbre était, bien sûr, la bête du Gévaudan, mais on a également des traces de bêtes d'Évreux (1633-1634), de Brive (1783), de l'Auxerrois (1731), et d'autres encore plus récentes, jusqu'au XXᵉ siècle. Si certaines semblent bien avoir été des animaux, d'autres sont plus mystérieuses.

Ainsi la bête du Gévaudan, qui a sévi entre 1764 et 1767, et à laquelle on impute environ 120 décès, a donné lieu à nombre de témoignages. Le premier meurtre qui lui a été attribué fut celui d'une adolescente de 14 ans (Jeanne Boulet), près de Langogne. Suivirent d'autres femmes, souvent très jeunes, mais également des garçons. Toutefois, la bête n'a fait aucun mort chez des hommes adultes, preuve qu'elle se méfiait de ceux qui pouvaient trop lui résister.

Des chasses et des battues furent organisées, des primes furent offertes, les plus grands chasseurs se succédèrent, en vain, si ce n'est que la bête aurait été touchée à plusieurs reprises par des balles. Cela étant, elle semblait très mobile, se déplaçait vite et rusait avec les chasseurs.

Un appel aux prières suivit, et l'évêque de Mende, comte du Gévaudan, baptisa la bête du nom de « fléau de Dieu ». L'affaire prit une dimension politique et Louis XV se retrouva en difficulté. Il dépêcha un porte-arquebuse, François Antoine. Fut alors attaquée une certaine Marie-Jeanne Valer, âgée d'une vingtaine d'années, qui se défendit avec l'énergie du désespoir. Elle planta son arme dans le poitrail de la bête, qui se laissa tomber dans la rivière pour fuir.

À la suite d'une mauvaise plaisanterie contre Antoine, Jean Chastel et ses deux fils Pierre et Antoine furent arrêtés. Il ne semble pas que la bête ait attaqué durant leur incarcération. Commencèrent donc les soupçons à leur égard.

François Antoine abattit ensuite plusieurs loups, dont un spécimen de grande taille, en laissant croire qu'il s'agissait de la bête. À sa décharge, le roi souhaitait être débarrassé de ce fléau au plus vite. Manque de chance, la bête reparaissait et les attaques reprenaient.

Jean Chastel, qui avait fait fondre des médailles de la Vierge pour constituer des balles, abattit un canidé qui « s'assit en attendant qu'il ait terminé ses prières ». La bête fut empaillée, si mal qu'elle se putréfia avant d'arriver à Versailles pour être montrée au roi. D'après les mensurations et descriptions de l'animal tué, il s'agissait d'un croisement entre chien et loup, d'un mètre de long du sommet de la tête à la racine de la queue, ce qui n'a rien d'extraordinaire.

Plusieurs théories ont été avancées au fil des siècles. La bête aurait été un loup, voire une famille de loups. On a également parlé d'un animal exotique (lion, hyène, etc.) qui se serait échappé d'un zoo ou d'un cirque. Vinrent ensuite les soupçons vis-à-vis d'un ou plusieurs hommes puisque certaines des victimes avaient été décapitées ou presque et que la bête était d'une extrême mobilité, frappant à très peu d'intervalle en des lieux distants de plusieurs kilomètres. Enfin est née, pour certains, l'hypothèse selon laquelle Jean ou Antoine Chastel aurait dressé un hybride de chien et de loup à attaquer sauvagement les humains, et aurait collaboré aux meurtres. L'animal aurait été protégé d'une cuirasse en cuir de sanglier, comme les chiens de guerre, expliquant qu'on lui ait tiré dessus sans gravement le blesser.

Les théories impliquant des hommes – et quels qu'aient été les véritables coupables – semblent les plus convaincantes. La bête était trop rusée pour qu'il s'agît d'un simple animal. De plus, des témoignages faisaient état de blessures « franches et nettes au cou » dans le cas des victimes décapitées, ce que ne provoqueraient pas des crocs. Les différentes personnes ayant vu la bête ne parlèrent pas d'un loup, pourtant bien connu des paysans à l'époque, mais d'un animal « avec une grosse tête, des flancs rougeâtres, une bande sombre sur le dos et des pattes terminées de longues griffes ». Enfin, il existe un témoignage qu'il faut, sans doute, traiter avec beaucoup de circonspection : la bête se serait assise sur son postérieur en levant les pattes de devant, ce qui est bien davantage la posture d'un homme. Elle aurait eu des boutons sur le ventre, suggérant un déguisement de peaux. Certains auteurs relatent qu'après que Jean Chastel eut tué le canidé en question, les crimes cessèrent définitivement et qu'il devint très mystique.

On ne saura sans doute jamais la vérité et les différentes interprétations continueront de coexister. Toutefois, l'invention d'une bête monstrueuse et sauvage, dans ces périodes où se mêlaient superstition et terreur de l'inconnu, était idéale pour dissimuler des meurtres en série bien humains !

BONIFACE VIII (Benedetto Caetani) (vers 1235-1303) : Cardinal et légat en France, il devint pape sous le nom de Boniface VIII. Il fut le virulent défenseur de la théocratie pontificale, laquelle s'opposait au droit moderne de l'État.

Il fut également l'auteur de lois anti-femme et fut soupçonné, sans qu'il existât de preuve, de pratiquer la sorcellerie et l'alchimie afin de préserver son pouvoir. L'hostilité ouverte qui l'opposa à Philippe le Bel commença dès 1296. L'escalade ne faiblit pas, même après sa mort, la France tentant de faire ouvrir un procès contre sa mémoire.

CLÉMENT V (Bernard de Got) (vers 1270-1314) : Il fut d'abord chanoine et conseiller du roi d'Angleterre. Ses réelles qualités de diplomate lui permirent de ne pas se fâcher avec Philippe le Bel durant la guerre franco-anglaise. Il devint archevêque de Bordeaux en 1299 puis succéda à Benoît XI en 1305 sous le nom de Clément V. Redoutant d'être confronté à la situation italienne qu'il connaissait mal, il s'installa en Avignon en 1309. Il temporisa avec Philippe le Bel dans les deux grandes affaires qui les opposèrent : le procès contre la mémoire de Boniface VIII et la suppression de l'ordre du Temple. Il parvint à apaiser la hargne du souverain dans le premier cas et se débrouilla pour circonscrire le second. Clément V est connu pour sa prodigalité vis-à-vis de sa famille, même distante. Il dépensa sans compter les deniers de l'Église afin de faire construire en son lieu de naissance (Villandraut) un château somptueux qui fut achevé en six ans, un temps record à cette époque, preuve des moyens mis en œuvre.

GUILLAUME DE NOGARET (vers 1270-1313) : Homme austère d'une vaste intelligence et d'une foi profonde, ce docteur en droit civil enseigna à Montpellier puis rejoignit le conseil de Philippe le Bel en 1295. Il participa, d'abord de façon assez occulte, aux grandes affaires religieuses qui agitèrent la France. Nogaret sortit ensuite de l'ombre et joua un rôle prépondérant dans l'affaire des Templiers et dans la lutte du roi contre la mémoire de Boniface VIII. La position de Nogaret était délicate : il voulait à la fois sauver la France et l'Église alors que le roi avait décidé de se défaire de la théocratie pontificale. Il devint chancelier du roi pour être ensuite écarté au profit d'Enguerrand de Marigny, un proche de la reine Jeanne de Navarre, avant de reprendre le Sceau en 1311.

INQUISITION MÉDIÉVALE : Il convient de distinguer l'inquisition médiévale de la Sainte Inquisition espagnole. Dans ce dernier cas, la répression et l'intolérance furent d'une violence qui n'a rien de comparable avec ce que connut la France. Ainsi, plus de deux mille morts sont recensés en Espagne durant le seul mandat de Tomas de Torquemada.

L'inquisition médiévale fut d'abord exercée par les évêques. Le pape Innocent III (1160-1216) posa les règles de la procédure inquisitoire par la bulle *Vergentis in senium* en 1199. Son projet ne fut nullement l'extermination d'individus. Pour preuve le concile de Latran IV, un an avant sa mort, soulignant l'interdiction que l'on applique l'ordalie[1] aux dissidents. Le souverain pontife visait l'éradication des hérésies qui menaçaient les fondements de l'Église en brandissant, entre autres, la pauvreté du Christ comme modèle de vie – modèle peu prisé si l'on en juge par l'extrême richesse foncière de la plupart des monastères. Elle devint ensuite une inquisition pontificale sous Grégoire IX, qui la confia en 1232 aux dominicains et, dans une moindre mesure, aux franciscains. Les mobiles de ce pape furent encore plus politiques lorsqu'il renforça les pouvoirs de l'institution pour la placer sous sa seule autorité. Il lui fallait éviter que l'empereur Frédéric II ne s'engage lui-même dans cette voie pour des motifs qui dépassaient,

---

1. Épreuve physique (fer rouge, immersion dans l'eau glacée, duel judiciaire etc.), destinée à démontrer l'innocence ou la culpabilité. Il s'agit d'un jugement de Dieu qui sortira d'usage au XIe siècle et sera condamné par le concile de Latran IV en 1215.

bien entendu, le cadre spirituel. Ce fut Innocent IV qui franchit l'étape ultime en autorisant le recours à la torture dans sa bulle *Ad Extirpanda*, le 15 mai 1252. La sorcellerie fut ensuite assimilée à la chasse contre les hérétiques.

Cela étant, on a exagéré l'impact réel de l'Inquisition qui, étant entendu le faible nombre d'inquisiteurs sur le territoire du royaume de France, n'aurait eu que peu d'impact si elle n'avait reçu l'aide des puissants laïcs et bénéficié de nombreuses délations, l'Inquisition devenant pour certains le moyen idéal pour se défaire d'un parent ou d'un voisin gênant, voire se protéger eux-mêmes.

En mars 2000, soit environ huit siècles après les débuts de l'Inquisition, Jean-Paul II a demandé pardon à Dieu pour les crimes et les horreurs qu'elle a commis.

PHILIPPE IV LE BEL (1268-1314) : Fils de Philippe III le Hardi et d'Isabelle d'Aragon. Il eut trois fils de Jeanne de Navarre, les futurs rois : Louis X le Hutin, Philippe V le Long et Charles IV le Bel, ainsi qu'une fille, Isabelle, mariée à Édouard II d'Angleterre. Philippe était courageux, excellent chef de guerre. Il était également connu pour être inflexible et dur, ne supportant pas la contradiction. Cela étant, il écoutait ses conseillers, parfois trop, notamment lorsqu'ils étaient recommandés par son épouse.

L'histoire a retenu surtout de lui son rôle majeur dans l'affaire des Templiers, mais Philippe le Bel était avant tout un roi réformateur dont l'un des objectifs était de se débarrasser de l'ingérence pontificale dans la politique du royaume.

PROCÉDURE INQUISITOIRE : La conduite du procès, ainsi que les questions de doctrine posées à l'accusé sont tirées et adaptées de Eymerich Nicolau & Pena Francisco, *Le Manuel des inquisiteurs* (introduction et traduction de Louis Sala-Molins, Albin Michel, 2001).

Les procès inquisitoires étaient souvent truqués, bien sûr. Pour plusieurs raisons. Il ne fallait pas que l'Église soit soupçonnée d'avoir accusé un innocent. Les inquisiteurs pouvaient s'absoudre les uns les autres. En d'autres termes, nul, hormis eux-mêmes, ne les jugeait. De surcroît, les inquisiteurs étaient payés sur les biens des condamnés. Certains n'avaient donc aucun intérêt à ce que les prévenus soient innocentés. De plus, il y a eu dans leurs rangs, de toute évidence, des psychopathes. Au point qu'en dépit du peu de cas que l'on faisait à l'époque de la vie humaine, seule l'âme comptant, des évêques ont eu le courage de s'élever contre les exactions effroyables de certains inquisiteurs. Des émeutes populaires eurent même lieu.

Citons quelques-unes des multiples machinations expliquées dans les manuels d'inquisition. On questionnait de pauvres gens, ne sachant ni lire ni écrire, sur de délicats points de doctrine chrétienne. Leur ignorance devenait la preuve formelle de leur hérésie. S'ils se trompaient, on en concluait que le diable leur avait troublé l'esprit. La deuxième ruse consistait à refuser à l'accusé le secours d'un avocat et à tenir secrète l'identité des témoins, ou plutôt des délateurs. L'inquisiteur pouvait également intervertir noms et déclarations de témoins, le plus souvent inspirés par la vengeance, l'envie ou la crainte de représailles de la part des inquisiteurs. Cette volontaire confusion égarait encore plus l'accusé. Cependant, le piège le plus sournois, donc le plus efficace, revenait à convaincre l'accusé que tout était tenté afin de le disculper. Se connaissait-il des ennemis acharnés au point de se parjurer pour le noircir ? S'il omettait les noms de ses détracteurs les plus zélés, l'inquisiteur prétendait alors que leurs témoignages étaient au-dessus de tout soupçon puisque l'accusé lui-même avait reconnu l'objectivité de ces gens à son égard.

Quant à un recours, mieux valait ne rien en espérer. Un appel au pape n'avait une chance de parvenir à Rome

– évitant qu'une main ne le fasse disparaître à tout jamais
– que lorsqu'un puissant s'en faisait le messager. Requérir
la récusation de l'inquisiteur était également possible mais
illusoire. Nul ne tenait à se mettre à dos un inquisiteur ou
l'évêque associé à la procédure.

GLOSSAIRE

Les offices liturgiques (il s'agit d'indications approximatives, l'heure des offices variant avec les saisons, donc le cycle jour/nuit) :

Outre la messe – et bien qu'elle n'en fasse pas partie au sens strict –, l'office divin, constitué au VIe siècle par la règle de saint Benoît, comprend plusieurs offices quotidiens. Ils réglaient le rythme de la journée. Ainsi, les moines et moniales ne pouvaient-ils souper avant que la nuit ne soit tombée, c'est-à-dire après vêpres.

– Vigiles ou matines : vers 2 h 30 et 3 heures.

– Laudes : avant l'aube, entre 5 et 6 heures.

– Prime : vers 7 h 30, premier office de la journée, sitôt après le lever du soleil, juste avant la messe.

– Tierce : vers 9 heures.

– Sexte : vers midi.

– None : entre 14 et 15 heures.

– Vêpres : à la fin de l'après-midi, vers 16 h 30 – 17 heures, au couchant.

– Complies : après vêpres, dernier office du soir, vers 18 – 20 heures.

S'y ajoutait une prière de nocturnes vers 22 heures.

Si l'office divin est strictement célébré jusqu'au XIe siècle, il sera ensuite réduit afin de permettre aux moines et moniales de consacrer davantage de temps à la lecture et au travail manuel.

Les mesures de longueur :

La traduction en mesures actuelles est ardue. En effet, elles variaient avec les régions.

– Arpent : de 160 à 400 toises carrées, soit de 720 m² à 2 800 m².

– Lieue : équivaut environ à 4 kilomètres.

– Toise : de longueur variable en fonction des régions, de 4, 5 m à 7 m.

– Aune : de longueur variable en fonction des régions, de 1, 20 m à Paris à 0, 70 m à Arras.

– Pied : équivaut environ à 34-35 cm.

– Pouce : environ 2,5-2,7 cm

Monnaies :

Elles différaient en fonction des règnes et des régions. De plus, elles ont été – ou non – évaluées par rapport à leur poids réel en or ou en argent et surévaluées ou dévaluées.

– Livre : unité de compte. Une livre valait 20 sous ou 240 deniers d'argent ou encore 2 petits-royal d'or (monnaie royale sous Philippe le Bel).

– Petit-royal : équivalent à 14 deniers tournois.

– Denier tournois (de Tours) : il devait progressivement remplacer le denier parisis de la capitale. 12 deniers tournois représentaient 1 sou.

BIBLIOGRAPHIE
DES OUVRAGES LE PLUS SOUVENT CONSULTÉS

BERTET Régis, *Petite Histoire de la médecine*, L'Harmattan, 2005.

BLOND Georges et Germaine, *Histoire pittoresque de notre alimentation*, Fayard, 1960.

BRUNETON JEAN, *Pharmacognosie : phytochimie et plantes médicinales*, TECH. & DOC./LAVOISIER, 1993.

BURGUIÈRE André, KLAPISCH-ZUBER Christiane, SEGALEN Martine, ZONABEND Françoise, *Histoire de la famille*, tome II, *Les Temps médiévaux, Orient et Occident*, Le Livre de Poche, 1994.

CAHEN Claude, *Orient et Occident au temps des croisades*, Aubier, 1983.

DELORT Robert, *La Vie au Moyen Âge*, Seuil, 1982.

DEMURGER Alain, *Vie et mort de l'ordre du Temple*, Seuil, 1989.

DEMURGER Alain, *Chevaliers du Christ, les ordres religieux-militaires au Moyen Âge, XIᵉ-XVIᵉ siècle*, Seuil, 2002.

DUBY Georges, *Le Moyen Âge*, Hachette Littératures, 1987.

ECO Umberto, *Art et beauté dans l'esthétique médiévale*, Grasset, 1997.

Équipe de la commanderie d'Arville, *Le Jardin médiéval de la commanderie templière d'Arville*.

Eymerich Nicolau & Pena Francisco, *Le Manuel des inquisiteurs* (introduction et traduction de Louis Sala-Molins), Albin Michel, 2001.

Falque de Bezaure Rollande, *Cuisine et potions des templiers*, Cheminements, 1997.

Favier Jean, *Dictionnaire de la France médiévale*, Fayard, 1993.

Favier Jean, *Histoire de France*, tome II, *Le Temps des principautés*, Le Livre de Poche, 1992.

Ferris Paul, *Les Remèdes de santé d'Hildegarde de Bingen*, Marabout, 2007.

Flori Jean, *Les Croisades*, Jean-Paul Gisserot, 1999.

Fournier Sylvie, *Brève Histoire du parchemin et de l'enluminure*, Gavaudin, Fragile, 1998.

Gauvard Claude, Libera (de) Alain, Zink Michel (sous la direction de), *Dictionnaire du Moyen Âge*, Paris, 2004.

Gauvard Claude, *La France au Moyen Âge du Ve au XVe siècle*, PUF, 2004.

Jerphagnon Lucien, *Histoire de la pensée ; antiquité et Moyen Âge*, Paris, Le Livre de Poche, 1993.

Libera (de) Alain, *Penser au Moyen Âge*, Seuil, 1991.

Melot Michel, *Fontevraud*, coll. « Patrimoine culturel », Jean-Paul Gisserot, 2005.

Melot Michel, *L'Abbaye de Fontevraud*, Petites monographies des grands édifices de la France, CLT, 1978.

Pernoud Régine, *La Femme au temps des cathédrales*, Stock, 2001.

Pernoud Régine, *Pour en finir avec le Moyen Âge*, Paris, Seuil, 1979.

Pernoud Régine, Gimpel Jean, Delatouche Raymond, *Le Moyen Âge pour quoi faire ?*, Stock, 1986.

Redon Odile, Sabban Françoise, Serventi Silvano, *La Gastronomie au Moyen Âge*, Stock, 1991.

Richard Jean, *Histoire des croisades*, Fayard, 1996.

Saint-Evroult Notre-dame-du-bois, une abbaye bénédictine en terre normande, Condé-sur-Noireau, NEA éditions, 2001.

Siguret Philippe, *Histoire du Perche*, éd. Fédération des amis du Perche, 2000.

Sournia Jean-Charles, *Histoire de la médecine*, La Découverte, 1997.

Verdon Jean, *La Femme au Moyen Âge*, Jean-Paul Gisserot, 2006.

Vincent Catherine, *Introduction à l'histoire de l'Occident médiéval*, Paris, Le Livre de Poche, 1995.

Composition et mise en page

NORD COMPO
m u l t i m é d i a

CET OUVRAGE
A ÉTÉ REPRODUIT
ET ACHEVÉ D'IMPRIMER
SUR ROTO-PAGE
PAR L'IMPRIMERIE FLOCH
À MAYENNE EN MAI 2010

N° d'édition : L.01ELKN000230.A003. N° d'impression : 76770.
Dépôt légal : février 2010.
Imprimé en France